KB043576

호모 메리지쿠스

-결혼하는 인간

호모 메리지쿠스
-결혼하는 인간

지은이 | 여해(呂海)
펴낸이 | 이형기
펴낸곳 | 도서출판 가하

초판인쇄 | 2011년 11월 11일
초판발행 | 2011년 11월 16일
출판등록 | 2008년 10월 15일 제318-2008-00100호

주 소 | 서울 영등포구 당산동5가 33-1 한강포스빌 1209호
전 화 | (02) 2631-2846
팩 스 | (02) 2631-1846
www.ixbook.co.kr

ISBN 978-89-6647-091-4 03810
값 9,000원

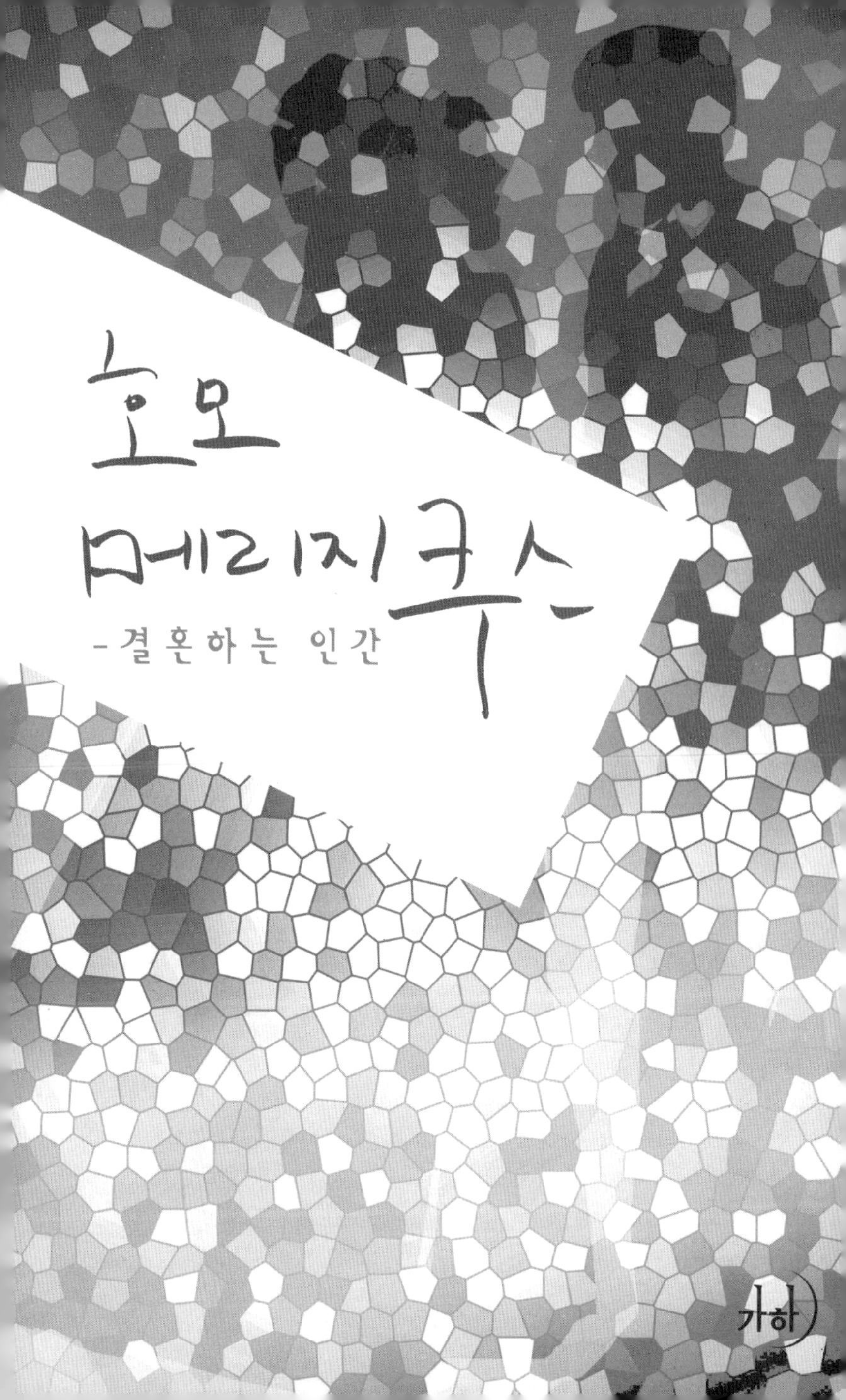
호모
메리지쿠스
-결혼하는 인간
가하

1. 거두절미 去頭截尾
: 알 만큼 아는 나이, 요점만 간단히?

직장에 다니는 서른두 살 여자에게 가장 피곤한 일이 무엇일까?
나는 결혼식 참석을 첫 번째로 꼽고 싶다.
가까운 사람이 주인공일수록 피로는 가중된다.
결혼할 생각이 아예 없는 나 같은 비혼녀는 더욱 그렇다.

꽃피는 5월, 일요일 오후 1시의 결혼예식장은 도떼기시장이다. 오랜만에 보는 사람과 인사 나누랴, 징징 짜는 애 달래랴, 왜 이리 시끄럽냐며 투덜거리랴……. 웍더글덕더글 북새통을 이루며 자기 볼일을 본다.

반쪽을 만나 평생을 약속하는 누군가의 선언이나 미래쯤은 안중에 없어 보인다. 대한민국에선 결혼식이란 게 원래 그렇다. 주인공들이 개밥에 도토리 신세를 면치 못하는 이런 행사도 세상에 드물다.

"결국 또 하는구나. 처음 결혼식 할 땐 일생에 한 번이니 참지, 두 번은 죽어도 못 하겠다 싶었는데."

하얀 웨딩드레스에 하얀 장미꽃 부케를 들고 다소곳이 웃는 신부 필살기를 선보이던 정원이 중얼거린다. 아, 밉다.

결혼하는 자기야 좋아서 하는 거니 그렇다 치자. 친구라는 이유로 두 번이나 꼭두새벽부터 끌려와 신부 시중을 드는 나는 이게 무슨 개고생인지.

“지수 너는 언제 결혼하니? 더 나이 먹기 전에 결혼해야지. 남자 없어?”

정원의 어머니가 내 손을 잡고 다정하게 두드리시며 하신 말씀이다. 오늘만 몇 번 듣는 얘기인지.

이런 걸 덕담에 인사치레랍시고 듣는 것 또한 나처럼 결혼하지 않은 여자가 결혼식에 참석했을 때 각오해야 할 통과의례다. 달갑지 않다. 그렇다고 화내기도 힘들다. 입 다물고 싹싹하게 웃는 게 최선이다.

결혼은 휴먼-비잉 프로슈머 마켓(Human-Being Prosumer Market)이다. 결혼이 곧 시장이고 결혼하는 사람들은 상품이다. 또 수요자요 공급자다.

성별에 따라 상품이 분리되고 자기 등급에 알맞은 다른 성별의 상품을 찾아 열심히 헤매는 시장. 사회적·경제적·문화적으로 적정수준의 조건을 가진 수요공급의 교차점을 찾아내면 가정을 꾸린다는 명분에 사랑을 덮어 정성껏 포장하고 탈출해야 의의가 있는 곳. 위대한 엑소더스로서만 존재가치가 발견되는 곳이 바로 결혼시장이다.

나, 박지수라는 여자는 객관적으로 봤을 때 무시무시한 결혼시장에서 좋은 조건을 갖춘 상품이 절대 아니다. 100점을 기본 점수로 볼 때 50점쯤 빠지고 들어간다.

열두 살에 부모를 여의었고, 여자 결혼적령기의 마지노선이라 불리는 서른에서 두 살을 더 먹었다. 보유한 현금도 넉넉지 않다. 내 명의로 된 부동산은 보증금 2천에 월세로 사는 집이 고작이고, 시댁에서 입이 떡 벌어질 만큼 지참금과 열쇠를 수북이 챙겨줄 사람도 없다. 학력도 고만고만하다. 눈에 확 띄는 미인도 아니다. 몸매나 키도 평균치다. 남자들이 좋아할 만한 성격은 더더욱 못 된다.

머릿결이 좋(아 보인)다는 말을 종종 듣긴 했지만 머리가 좋(아 보인)다는 얘기는 빈말로도 못 들어봤다. 중학교 1학년 때 받은 IQ 테스트에선 138, 고등학교 1학년 때는 123, 얼마 전 인터넷에서 심심풀이로 해봤을 땐 101이 나왔다.

노화속도와 조직생활에서 받는 스트레스로 하염없이 파괴되는 뇌세포를 고려해볼 때 몇 년 있으면 돌고래나 침팬지 수준으로 내려갈 확률이 다분하다. 그나마 입이라도 팔팔하게 살아 있는 게 다행이다.

직업도 그렇다. A사 마케터.

번지르르해 보이는 전문직처럼 보이지만 박한 연봉에 동네북처럼 치이는 사무직이다. 회사의 핵심부품이 아닌, 언제 갈아치워도 티 나지 않을 소모품이다. 책상이 빠진다면 다음날, 아니 12시간도 안 되어 내 자리를 채울 사람들은 세상에 넘쳐난다.

간단히 요약하자면, 결혼시장에서 나는 하품이다.

상중하 중의 하품.

계산서에는 버젓한 이름 하나 없이 기타용품으로 찍혀 나올 만한 수준. 한 번도 쓰지 않았지만 50퍼센트 세일판매에 들어갈 만큼 해묵었다. 수요를 대체할 트렌디 신상품도 매일 쏟아져 나온다.

그에 반해 정원은 명품 군이다.

이혼경력 때문에 중고로 분류야 되겠지만, 선천적으로 타고난 엄청난 미모와 이혼하면서 자기 명의로 받은 아파트에 재력가인 부모님만 합쳐도 가산점이 듬뿍 붙는다. 사람들의 수요욕구도 대단히 높다.

일반적인 관점으로 볼 때 나는 정원을 부러워해야 앞뒤가 맞다. 하지만 중요한 포인트가 있다. 결혼식 하객경력 10년차, 박지수라는 32년 묵은 이름표가 붙어 있는 상품은 결혼시장에서 팔려나가고 싶은 생각이 제로라는 것이다.

"소복을 입은 기분이야."

정원이 뜬금없이 툭 내뱉는다. 울화가 벌컥 쏟아진다.

"옷 입고 화장 싹 하고. 두 번이나 친구를 생고생시키면서 그게 할 소리냐?"

친구의 등을 찰싹찰싹 소리가 나도록 때렸다. 손바닥에 저절로 감정이 실린다.

바쁜 사람을 불러서 밥 사내라, 술 사주라, 내 말 좀 들어달라, 그 난리를 치더니. 이혼한 지 5년 만에 결혼을 또 해야 하냐며 몇 날 며칠 고뇌하고 훌쩍이다가 못 하겠다 안 하겠다 고개를 저은 게 몇 번인데. 그래놓고 기어코 결혼해서 나를 이 고생길로 밀어내나? 생각할수록 괘씸하다.

"결혼 안 해본 너는 모를 거다. 한 번 경험해보니까 나는 뼈저리게 알겠어. 하얀 웨딩드레스는 허상이야. 결혼의 무서운 현실을 가리는 판타지. 완전 '매트릭스'라니까."

그렇게 잘 알면서 왜 또 하냐고? 말이나 못 하면 밉지나 않지.

"남자가 아예 없으면 안 하지. 결혼하자고 죽어라 매달리는데 난들 어쩌겠어? 나는 이혼이고 그 사람은 사별이니 둘 다 법적으로 하

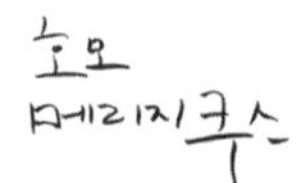

자 없고. 딸린 자식도 없고. 엄마아빠도 새출발하라고 난리를 치고. 무조건 버티면 나만 이상한 여자가 되잖아."

정원이 명랑하게 변명한다. 결혼을 결심하기 전까지 온갖 시름과 비관에 젖어 자조하던 여자답지 않다.

결국 자기 마음대로 할 거면서 "네가 하지 말라고 하면 안 할게."라는 말은 왜 하나? 초혼은 사랑해서 하고 재혼은 이상한 여자 되기 싫어서 한다니. 핑계도 갖가지다.

"이혼녀보다는 재혼녀가 낫지. 그냥 결혼했다고 말하면 그만이니까. 이혼했다는 이유로 회사에서 뒷담화에 시달리고 손가락질 받는 것도 지겹더라. 알아서 실속 차리자는 거지. 이참에 남편 핑계 대고 지긋지긋한 회사도 그만두는 거고."

돈을 벌지 않아도 먹고살 만하니까 회사를 그만둔다는 말이 쉽게 나오는 거다. 친구지만 정말 고깝다. 하지만 이혼했다는 말을 듣기 싫어 재혼한다는 말은 인정, 아니 공감한다.

대한민국 조직사회는 결혼으로 인간의 등급을 분류한다. 미혼, 기혼, 이혼, 재혼 등.

현대사회에서 새로운 신분사회와 계급을 구성하는 중요한 요소는 바로 결혼이다. 결혼하지 않은 사람들은 최하층 불가촉천민이다. 결혼 앞에서 만민평등이란 결코 이룰 수 없는 꿈이다.

분류란 연관성을 추적하여 체계적으로 구분하는 작업이다.

하지만 이 말이 결혼을 기반으로 사람을 나누는 작업으로 넘어오면 의미가 현저히 달라진다. 구분하여 그 차이를 명확히 밝히거나 가리키는 것이 아니다. 결혼 안 한 사람을 노골적으로 업신여기는 수단이다. 결혼정보회사가 해마다 늘어나고 고수익을 창출하는 것은 기혼이 아니라는 이유로 차별받는 사람들이 신분상승을 위해 몸부림치고 있다는 명명백백한 증거다.

서른이 넘어도 결혼에 영 생각이 없는 나 같은 여자들에겐 '노처녀'라는 말과 함께 차별의 수위가 한결 높아진다. 안 한 게 아니라 '못 한'이라는 수식어가 거침없이 붙는다. 언성이라도 반음 높일라치면 '노처녀' 뒤에 '히스테리'라는 말이 뒤꽁무니에 따라와 가만히 있는 사람 성질을 부쩍 돋운다.

어디 그뿐이랴.

결혼한 사람들은 결혼 안 한 사람을 철없는 아이쯤으로 치부한다. 세계평화를 위해 깊은 산골에 들어가 섭생하며 운기조식 하는 도인처럼 세상을 통달한 표정으로 "해보면 알아요."라며 가르치려 든다. 나이 든 사람이야 그렇다 치더라도 나보다 어린 사람이 그럴 땐 한 대 패주고 싶다. 오뉴월 뙤약볕에 먹은 밥그릇 수가 얼만데 고작 결혼 하나 가지고 날로 먹으려 드나?

감기에 걸려 병원에 치료를 받으러 가도 마찬가지다. 나이 지긋하신 분들이 제일 처음 묻는 것이 어디가 아파서 왔나, 그다음은 결혼했나, 다. 안 했다고 하면 당장 나오는 말이 "에이. 결혼 안 해서 아픈 거네. 빨리 해. 결혼하면 다 나아."다. 불쾌하다.

결혼은 단지 선택에 따른 결과일 뿐이다. 그러나 어떤 이에게는 어른과 아이를 구분하는 기준이며, 결혼 안 한 여자들이 아플 때 쓰면 완치율 100퍼센트를 자랑하는 만병통치약인가 보다.

사방팔방에서 결혼, 결혼 하며 떠들어대는 세상. 지긋지긋해서 신물이 난다.

"내가 또 결혼한다니까 네 막내이모가 뭐라시디? 지연이는 뭐라고 안 해?"

정원이 찔리는 표정으로 묻는다.

이혼전문 변호사 김미희, 올해 마흔여덟에 결혼경력이 없는 막내 이모는 친구의 재혼소식에 "또? 왜?"라는 간단한 두 마디로 의견을 밝혔다. 올해 스물여섯으로 대학원을 준비하는 여동생은 "두 번째인데 식장에서 해?"라고 했다. 이런 말을 시시콜콜 옮길 필요는 없다.

"당연히 축하한다고 하지. 누구는 두 번이나 가는데 누구랑 누구는 아직 한 번도 안 갔다고 불평하더라. 행복하게 잘 살래. 부럽다, 얘. 축하도 두 번 받고 축의금도 두 번 받고."

내 거짓말이 만족스러웠는지 정원이 시시덕거리며 웃는다. 좋단다. 쯧.

생각나는 대로 말을 해놓고 나니 기분이 이상하다. 나는 정원이에게 축의금을 두 번이나 냈고 결혼 축하선물에 집들이 선물까지 따로 해줬다. 시간과 노동력을 강탈당하는 것으로도 모자라 내 돈 들여 바치기까지 하다니. 억울하다. 물질적인 걸 챙기려고 이 난리고생을 자처하는 게 아니라는 건 안다. 그러나 결혼이라는 명목으로 두 번이나 알뜰하게 챙기는 정원이 얄밉다.

결혼축의금은 결혼할 생각이 있으나 아직 하지 않은 사람들에게 있어 일종의 담보요 펀드다.

내가 네 결혼에 바쁜 시간에 찾아와서 돈을 냈으니 내가 결혼하면 너도 꼭 와서 돈을 내라는 무언의 압박. 결혼식이 끝나고 사진을 찍을 때 악착같이 얼굴을 내미는 이유도 사실은 그것을 증명하기 위해서다.

하지만 여기엔 커다란 함정이 있다. 결혼축의금으로 낸 돈은 결혼해야만 회수가 가능하다는 사실이다.

결혼할 생각이 전혀 없는 나에게 결혼축의금이란 만기도 없고, 세금공제도 없고, 회수가능성이 제로에 가깝지만 다달이 끊임없이 부어야 하는 구멍 난 적금이다. 무배당·무보장·무혜택의 억울한 보험이요, 찾을 길이 도저히 없는 휴지조각 같은 예금증서. 강제성도 다분하다. 내면 당연한 거고 안 내면 눈총 받는다.

이거 좀…… 너무한 거 아닌가? 불공정거래위원회에 신고라도 할까? 일정 나이를 넘어도 결혼 안 한 사람들에게 독신축의금을 보내야 한다는 제도가 국가적으로 만들어져야 한다.

"배고파. 식 올리고, 사진 찍고, 폐백도 드려야 밥 먹을 수 있는데. 보아 하니 네 시 다 돼서 밥 먹겠네. 처음 결혼할 때도 이 시간에 해서 배고파서 죽을 것 같았는데."

앉은 자리에서 정원이 중얼거린다. 서서 버티는 무수리 입에서 말이 곱게 나갈 리 없다.

"오전 11시쯤으로 앞당기지 그랬어? 한 번 해봤으니 잘 알 거 아니야."

"열 번을 했어도 마찬가지야. 그게 내 마음대로 될 거 같니?"

한 번은 실수요, 두 번은 잘못이라는 옛 선인들의 말이 결혼에서만큼은 예외인가 보다. 결혼에서 일어난 시행착오는 늘 너그러운 이해의 대상이 된다. 결혼이 곧 면죄부 티켓이기 때문이다.

밥때도 하나 착착 못 맞추는 식을 두 번째로 올리는 정원을 봐도 그렇고, 그런 결혼에 연달아 참석한 나나 예식장 밥을 늦게라도 먹겠다며 끼니를 거르고 왔을 하객들을 봐도 그렇다.

호모
메리지쿠스

결혼한다고 하면 사람들은 초혼이건 재혼이건 엘리자베스 테일러처럼 8번 이혼했다 9번 하건 일단 축하해주고 본다. 결혼하는 과정이건 결혼한 후건 잘되면 당연한 거고, 잘못되면 그럴 수도 있는 거라며 자발적으로 이해해주려 애쓴다.

결혼은 힘이 세다.

도대체 왜 이렇게 센 걸까? 결혼이 지닌 가치나 저력을 돈이나 벡터, 뉴턴, 칼로리 같은 단위로 환산하면 얼마나 나올까?

"윤정원 신부님. 자, 이쪽으로. 친구 분, 정말 수고 많으셨어요."

상냥하고 쾌활한 웨딩플래너가 하이힐 소리를 내며 다가온다. 정원은 부케를 들고 자리에서 조심조심 일어나자, 보조원 둘이 치렁치렁한 옷자락과 면사포를 정리했다.

"나, 간다. 지수야. 조금 이따 피로연에서 보자."

서른둘이라는 나이가 무색하게 친구는 사랑스럽다. 저런 걸 보면 결혼하고 싶다는 생각이 병아리 눈곱만큼 들기도 한다.

만에 하나 결혼식장에 들어설 일이 생긴다면 나도 정원이처럼 저런 표정을 지을 수 있을까? 결혼의 가치를 부정하고, 영원을 약속하는 결혼의 서약을 못 믿고, 남자라는 동물에 대해 불신하는 내가 과연? 글쎄다.

정원의 두 번째 결혼식은 무사히 끝났다.

식사를 마치고 식장을 나서자 최종난관이 기다리고 있었다. 호프집이나 카페를 빌려 친구와 선후배가 여는 결혼피로연. 결혼식 에필로그에 해당하지만 메인 못지않게 피곤한 행사다.

피로연의 피로는 披露, 즉 일반에게 널리 알린다는 뜻이다. 하지만 앞에 결혼이라는 두 글자가 붙고 뒤에 연회를 가리키는 宴이라는 한 글자가 따라붙으면 의미가 확연히 달라진다.

몇몇 짓궂은 친구들이 성적인 장난을 선동함으로써 우애를 과시하고, 보는 이들은 좋다고 박수를 쳐줘야 분위기가 한결 더 화기애애해지는 이상한 잔치. 그게 결혼피로연이다.

방울토마토와 딸기를 입에 물고 반씩 나눠 먹기, 케이크 크림을 입술에 발라 빨아먹기, 신랑을 세워 바지춤에 바나나를 달아놓고는 신부에게 입으로 껍질을 까라고 시키기 등등 갖가지 음행들이 연출된다.

결혼피로연이라는 이름 아래 정당화되는 선정성은 너무 불편하다. 클라이언트 회사 사장님을 모시고 극장에 들어가 대형스크린으로 야동을 관람하는 기분. 하여간에 결혼이라는 수식어가 붙은 행사치고 나와 맞는 건 하나도 없다.

오후 6시경 비행기 시간을 맞추기 위해 정원과 신랑이 일어났다. 인천공항까지 운전을 해주기로 한 신랑의 친구와 동석했던 그의 애인이 함께 나섰다. 놀림거리를 잃은 사람들은 한껏 들뜬 분위기 속에 잠시 소강상태로 접어들었다. 이제 곧 자리를 파하고 집에 가자는 소리가 나오겠구나.

"간단히 저녁을 먹으러 갈까요, 뒤풀이로 나이트에 가서 몇 시간 놀다 갈까요?"

이건 또 뭐야? "집에 그냥 가요."라는 나의 의견은 후자에 동조한 사람들의 의견에 묻혀버린다. 애들 노는 곳에 물 버릴 일 있느냐는 말로 누군가 노래방이나 와인 바에 가자며 비교적 준수한 주장을 했지만, 30대들도 어울릴 수 있는 곳이 많다는 반론이 곧장 튀어나온다. 대세는 이미 기울어졌다.

기혼자들은 가족핑계를 대고 하나둘 자리를 떴다. 이럴 땐 결혼한 사람들이 정말 부럽다. 나도 자리를 뜨려 했지만 먼저 떠나는 기혼자들은 "지수 너는 애인도 없으니 더 놀다 와."라는 말로 내 어깨를 눌러 앉힌다. 내일 회사에 가야 한다, 집에 가서 할 일이 있다는 말로 핑계를 대도 여의치 않다.

게다가 이런 자리엔 애먼 사람을 붙잡고 늘어지는 어린것들이 꼭 끼어들게 마련이다. 이름도 잘 모르는 낯선 여자후배 입에서 책임 떠넘기기 성 발언이 터져 나온다.

"지수 언니가 안 가면 저도 안 갈래요."

저, 저, 저 가증스러운 것 같으니!

허나 때는 이미 늦었다. 사람들의 시선이 우르르 몰린다. 늙은 것이 얌전빼며 안 가겠다고 버티는 것은 행패다, 무의미한 힘 빼기와 시간낭비는 하지 말라는 등등 강제성이 다분한 눈빛들이다. 이런 쉐엣.

남은 사람은 총 열두 명. 남자 일곱에 여자 다섯이다. 나중에 도망을 치는 한이 있더라도 일단은 같이 움직여야 한다. 이 또한 결혼하지 않은 여자가 친구 결혼식에 참석했을 때 감당해야 할 천형이다. 네 명씩 짝을 이뤄 택시에 나눠 타고 이동하며 속으로 가슴을 친다. 업이로세, 업이로세. 결혼 안 한 내 업이요, 결혼식에 온 내 업이로세.

오후 8시. 결혼시즌이 한창인 5월 일요일을 맞아 결혼피로연의 마무리 코스로 각광받는 나이트클럽 거리는 이미 불야성을 이루고 있다. 일행들이 도착한 곳엔 돈텔마담, 돈텔무슈라는 이름의 나이트클럽이 마주보고 서 있다.

딴에는 크로스오버라고 자신만만하겠지. 하지만 금쪽같은 휴일 동안 결혼식 주인공을 시중든 친구 대표 겸 무수리 겸 하객 노릇에 하루 종일 시달려 삐딱해진 눈엔 국적을 초월하다 못해 갈 길을 잃고 헤매는 작명센스로 보인다. 마담과 무슈에게 뭘 말하지 말라는 건지, 이거야 원. 안에서 대체 무슨 일이 벌어지기에 걸려 있는 이름부터 으름장을 놓는 건지 알 수가 없다.

진을 치고 기다리던 웨이터들이 우르르 달려나와 최상의 서비스를 장담한다며 설레발을 친다. 심사숙고 끝에 사람들이 선택한 곳은 돈텔마담. 여자 숫자가 상대적으로 적으니 나이트클럽 이름이라도 여자 쪽으로 가야 한다는 말도 안 되는 주장 때문이다. '박지성'이라는 명찰을 단 앳된 웨이터는 열두 명의 남녀를 소 떼 몰듯 돈텔마담 입구로 밀어 넣는다. 쿵쾅거리는 음악을 뚫고 룸에 앉자 술과 안주가 연달아 들어온다.

공격은 최선의 방어라 누군가 말했던가. 입구 근처에 앉아 사회생활을 통해 익힌 흥 돋우기 작전에 돌입한다. 바로 폭탄주 제조 자청하기.

"그런 걸 숙녀 분이 만들면 되나요? 그냥 계세요. 제가 하죠."

이럴 때일수록 쓸데없는 기사도를 발휘하는 남자들, 꼭 있다.

"드셔보시고 말씀하세요. 제가 우리 회사 폭탄주 제조하는 대장금, 일명 술장금이거든요."

좌중에서 와하하 웃음이 터진다. 웃을 것도 참 많다. 누구는 이 자리 때문에 속이 터져 죽겠는데.

남자들을 거침없이 물리친 후 술병과 음료수, 술잔을 한가득 쌓아놓고 곧장 제작에 들어간다. 원자폭탄주, 타이타닉주, 한강철교주, 수류탄주, 회오리주 등등. 나름 노련한 손길로 언더락스를 맥주잔에 빠뜨리고 맥주를 따르고 티슈를 덮어 잔을 돌리고 심혈을 기울여 콜라로 대미를 장식한다. 데커레이션 차원에서 얇게 썬 레몬을 띄우는 것도 잊지 않는다.

이렇게 심혈을 기울이는데 칭찬은 못 해줄망정 감 놔라 대추 놔라 참견하는 사람도 당연히 있다.

"위스키가 아니라 코냑이죠."

"데킬라를 더 넣으세요."

"아니지, 바카디지."

"맥주 비율이 틀렸어요. OB는 6부, 하이트는 7부, 카스는 6.5부를 부어야 해요."

"콜라가 많이 들어갔네. 너무 달겠다."

주는 대로 마실 것이지. 일하는 사람한테 저 유치한 대사 꼬라지들하고는.

"계량스푼에 계량컵 20종 세트라도 사서 갖다 바칠깝쇼?"

……라는 대사를 빈정거리며 가열 차게 던지고 싶다. 그래도 꿀꺽 삼킨다.

폭탄주 원료와 비율구성을 따지고 드는 사람은 둘 중 하나다. 비싼 술집깨나 훑고 다니며 제법 놀아봤다고 잘난 척하기 좋아하는 찌질이거나, 살아가는 데 아무런 쓸모없는 것들을 지식이라 착각하며 겉멋과 허영에 빠져 사는 찌질이거나. 둘 다 찌질하고 한심하긴 마찬가지다.

술자리 폭탄주에 들어가는 양주와 맥주와 콜라의 비율이 조금 달라진다고 해서 세계평화가 위협받는 것은 아니다. 이럴 땐 분위기로 밀어붙이는 게 장땡이다. 마음에 안 드는 판을 뒤집고 뛰쳐나오고 싶은 마음을 배알 아래 저 멀리로 꾹꾹 숨긴 뒤 방실방실 웃으며 완성된 잔을 돌린다.

사람들은 잔을 들고 호기 있게 건배와 원 샷을 외친다. 물론 동참한다. 내 잔에는 미리 물을 듬뿍 타놓고 여차하면 쏟아낼 쓰레기통을 바로 옆에 갖다놓는 치밀함과 사람들이 술을 비울 무렵 다시 곧장 제조에 돌입하는 순발력도 잊지 않는다.

알코올이 두 순배 연달아 돌자 사람들은 점차 불콰해진다. 홀에선 블루스 타임이 한창이었다. 분위기도 적당히 달아올랐겠다, 이쯤 되면 조금 이따가 춤추러 나가겠지. 짐작이 맞기를 간절히 바라며 화장실에 다녀오겠다는 핑계를 대고 자리에서 일어난다. 그리고 최대한 미적거리며 시간을 흘려보내다 스피커에서 흐르는 빠른 템포의 음악에 따라 벽이 한참 쿵쿵 울릴 무렵에야 자리로 돌아갔다.

생각대로다.

룸은 텅 비어 있……지는 않았지만, 구석에 남자 딱 한 명만 있다. 마음이 한결 놓인다. 이 정도면 적당히 틈을 노려 일어나도 괜찮다.

"안 나가셨네요."

"네. 짐도 지킬 겸. 머리가 좀 아파서요."

예의상 묻는 질문에 그가 착실하게 대답한다. 홀에선 빠른 음악이 멈추고 블루스 음악이 흘러나온다. 피로연에서 처음 어울린 선남선녀들이 얼싸안고 있을 동안 눈요기 삼아 남자를 잠깐 관찰한다.

30대 초중반쯤 됐을까. 굵직굵직 매끈하게 생긴 얼굴은 좋게 말하면 호남형, 나쁘게 말하면 기생 오래비다. 백곰, 불곰, 물곰 등 별명에 곰이 따라붙는 남자를 선호하는 내 스타일과는 차원이 다르다.

가장 마음에 안 든 것은 두껍고 짙은 쌍꺼풀이 진 눈이다. 눈웃음까지 살살 치는 것이 느끼하기 짝이 없다. 진지함이라곤 1밀리그램도 없이 여기저기에 기름기깨나 흘릴 법한 분위기도 물씬물씬 풍긴다. 시뻘건 양념을 듬뿍 얹은 무교동 낙지가 그립다.

고급스러운 은회색 양복으로 보아 꽤 잘나가는 사람인 것 같긴 하다. 생각해보니 선불로 계산을 할 때 거리낌 없이 검은 장지갑을 열어 카드를 내민 것도 그였다.

'저 양반이 정원이 신랑 친구였나? 선배였나 아니면 후배였나?'

들은 것 같긴 한데 기억이 잘 나지 않는다. 굳이 기억할 필요도 없지만.

블루스 타임용으로 튼 세 번째 곡이 흘러나온다. 저 음악이 끝나면 사람들이 돌아올 것이 확실하다. 바로 지금이다! 호시탐탐 기회를 노리던 나는 토트백을 거머쥐고 벌떡 일어났다.

"저는 먼저 가볼게요. 내일 중요한 회의가 있어서요."

"저도 마침 갈 참이었습니다. 같이 일어나죠."

남자도 따라 일어난다. 잠깐이나마 방을 텅 비우는 것이 걱정스러웠지만, 그는 웨이터를 불러 팁을 안겨주고 여기를 봐달라는 말로 불안감을 말끔히 해소시킨다. 저 능숙한 태도라니. 좀 놀아본 사람이 틀림없다.

나이트클럽을 빠져나와 확인해보니 시간은 밤 10시를 향해 가고 있다. 먹먹했던 귓속이 뻥 뚫리고 찬바람이 들어온다. 드디어 해방이다. 친구라는 죄목으로 덮어썼던 결혼식 및 결혼피로연 참석 복역의무를 마치고 나니 살맛이 절로 난다.

"폭탄주 만드는 방법은 어디서 배우셨어요?"

지하철을 타러 걸어가는 동안 남자가 묻는다. "일하면서요."라고 대답하고 나니 뭔가 이상하다. 찜찜한 마음에 곧장 덧붙인다.

"마케터로 일하거든요. 술자리에 익숙한 편이에요."

아무 대답도 없다. 슬쩍 고개를 돌려봤지만 남자의 입가에 대롱대롱 매달려 있는 미소가 무엇을 뜻하는지 짐작하기 힘들다. 에이, 몰라. 두 번 볼 사람도 아닌데. 발걸음을 재촉한다. 씻고 푹신한 침대에 누워 자고 싶은 생각뿐이다.

적당한 지점에서 헤어져 택시를 타러 갈 것이리라는 예상과는 달리 그도 지하철을 타고 가겠다며 동행을 자처한다. 한 걸음 정도 뒤따라 걸어오던 그는 어느 틈에 옆에 나란히 서서 걷고 있다.

하이힐을 신으면 170이 조금 넘는 나보다 최소 10센티미터는 더 커 보인다. 떨어져서 봤을 때 다소 말랐다고 생각했던 체구 역시 제법 실팍한 근육이 붙어 있다. 남자에겐 숨은 키와 숨은 근육이 있다는 말이 맞나 보다.

"호영이 형 형수님이랑 친구 되시죠? 서른둘. 맞죠? 저보다 세 살 어리시네."

혼잣말을 빙자하여 존대를 나타내는 어미를 툭 잘라먹는 남자가 달갑지 않다. 이 인간이 형수의 친구를 감히 뭘로 보고.

"아까부터 계속 박지수 씨를 보고 있었어요. 오늘 시간 어떠세요?"

일명 애프터 신청. 결혼식을 틈타 피로연 끝까지 자리를 지키고 있던 남자가 적당한 여자에게 진한 페로몬 향기를 흘리며 유혹하는 묵인된 짝짓기 행위. 드물게 또 다른 결혼행렬로 이어지기도 하지만 대체적으로는 잠깐 사귀다 만다.

냉정하게 말하자면, 결혼피로연 애프터 신청에 숨어 있는 의도 90퍼센트는 같이 하룻밤 즐기자는 거다.

하지만 이 사람은 상대를 잘못 골랐다. 나는 박지수다. 나이만 서른둘이요, 직장경력이 8년이다. 얼굴 반반한 남자가 하는 말에 혹해서 가슴 두근거릴 여자가 아니다.

'시간 좋아하시네. 세련 좀 돼라, 인간아. 차라리 한번 자자고 말하는 게 덜 촌스러워 보인다.'

속으로 한껏 비아냥거려본다. 비웃음으로 무시를 할까, 초면임을 감안해서 적당히 예의를 갖춰 거절해줄까. 잠깐, 아주 잠깐 고민하던 찰나였다.

"시간 있으면 섹스나 하죠. 원 나이트 어때요?"

오 마이 갓!

하이힐 굽이 중심을 잃고 휘청거린다. 저런 말을 길바닥에서 여자에게 천연덕스럽게 할 줄이야. 놀란 나를 앞에 두고 그가 접신한 박수무당마냥 말을 술술 이어나간다.

"나이도 들 만큼 들었겠다, 알 만큼 알겠다……. 보아 하니 지수 씨도 얌전빼는 성격은 아닌 것 같은데 거두절미하고 요점만 간단히 하죠. 귀찮게 사귀자는 거 아니에요. 깔끔하게 한번 하자는 거지."

'자자.'가 아니다. 내놓고 '하자.'다. '자자.'가 세련이라면 이 남자의 수준은 아방가르드에 컬트다.

'내가 그렇게 쉬워 보였나?'

괘씸하다. 불쾌감에 눈에서 레이저 빔이라도 쏟아질 것 같다.

성적인 의미가 담긴 말을 들으면 쌍칠년도의 여자들은 얼굴을 붉히며 달아났다. 쌍팔년도의 여자들은 단호하게 입술을 깨물며 "난 그런 여자가 아니에요!"라고 외쳤다. 쌍구년도의 여자들은 남자의 뺨을 정확히 조준한 후 호되게 갈겼다.

지금은 21세기에서 몇 년이 흐른 상태.

낡은 방법으로 어설프게 거절했다가는 수컷 특유의 끈적이는 정복욕을 더 부추길 것이 분명하다. 30대 커리어우먼다운 냉철한 무시와 외면이 최고다. 분노를 속으로 삭이며 또박또박 걸어간다. 그가 졸졸 따라온다.

"싫어요? 싫으면 싫다, 좋으면 좋다, 말이라도 해주면 좋을 텐데."

말투는 정중하나 의미는 시비다. 이런 때 여자가 어떻게 나올지 오래전에 마스터했다는 태도. 질질 흐르는 자신만만함이 비위에 거슬린다.

그만하라는 뜻을 담아 노려볼 때마다 그가 수컷 냄새를 풀풀 풍기며 웃는다. 남녀상열지사를 유도하는 남자로서 어떻게 보여야 하는지 철저하게 계산한 미소다.

결혼식과 피로연 후유증으로 온몸이 녹진녹진하고 상대하기조차 귀찮다. 하지만 코를 납작하게 만들 한마디쯤은 날려줘야 한다. 더러워서 피한다는 심정으로 침묵하면 자기가 잘난 줄 알고 설치는 게 이런 종류의 인간들이다. 지하철역 입구로 통하는 계단이 한 걸음 정도 남겨진 순간, 걸음을 멈췄다.

"한 다스 꽉꽉 채울 생각은 없었는데."

그가 힐끔 쳐다본다. 해석을 요구하는 무언의 재촉.

"지금 제 가방 속에 말이에요. 그쪽처럼 제 앞에 알짱거리고 껄떡거리면서 성희롱 일삼는 남자들한테서 잘라낸 물건들이 열한 개 있거든요."

남자의 검은 눈썹이 꿈틀거린다. 지나가다 내 말을 들은 타인들이 흘끔거린다. 상관하지 않는다. 이 남자나, 그 사람들이나 어차피 두 번 볼 사람들이 아니다.

일반적으로 남자에겐 거세의 공포가 마음 한구석에 살아 있다. 이 사람도 당연히 그럴 거다.

"저한테 직접 손댄 건 없고 말로만 집적거렸으니. 어디 보자, 성희롱 최고 벌금이 삼천만 원이니까……. 인심 팍 쓸게요. 딱 천만 원어치만 자를게요."

그의 표정이 멍하게 변해간다. 앞니에 김 한 조각 붙여주고, 지나가던 똥개 한 마리를 땡칠이라 이름 붙여서 안겨주면 딱 영구다.

기세를 몰아 두 마디를 덧붙였다. 남자의 말투를 똑같이 따라하는 것도 잊지 않는다.

"어때요. 싫어요?"

이판사판. 눈에는 눈, 이에는 이라는 함무라비 법전이 고대에만 통하라는 법은 없다. 무례에는 무례로, 모욕에는 모욕으로 대항해야 마땅하다. 이런 순간 막돼먹은 수컷에게 알아서 기어주고 체면 차려주는 것은 여자의 미덕이 아니다. 소심한 약자의 발로다.

잠시 후.

그가 키득거리다 몸을 젖히고 우하하 웃는다. 무안함을 감추기 위한 웃음이 틀림없지만 소리는 무척 크고 호탕하다.

"잘 가세요."

짧고 냉정한 인사 한 마디를 남긴 채 등을 돌리고 지하철 계단을 내려간다.

자존심이 눈곱만큼이라도 있는 상식적인 인간이라면 적당한 시점에서 웃음을 멈추고 머쓱하게 고개를 돌릴 것이다. 나중에 정원의 신랑을 붙잡고 오늘 일을 험담삼아 꼬투리 잡거나 유치하게 나온다면 무시하거나 침 한 번 뱉어주면 그만이다.

하지만 또 따라온다면?

그건 문제가 다르다. 피를 바짝바짝 마르게 하는 악랄한 스토커 기질이 다분한 놈이다. 말로 해결할 범위를 넘어섰으니 주위에 도움을 청하거나, 경찰서에 뛰어가거나, 휴대전화에 미리 저장해놓은 SOS 콜을 쳐야 한다.

다행히 그는 평균치 상식이 탑재되어 있다. 계속 따라오는 대신 지하철 입구에 서서 큰 소리로 질문을 던졌다.

"박지수 씨. 뭘로 자르실 건데요?"

아무것도 못 들은 척 고집스레 앞만 보며 걸어간다. 점점 희미하게 번져가는 웃음소리는 마지막 계단을 내려가는 순간까지도 내 뒷덜미로 끈질기게 따라붙는다.

한 번으로 충분하다.

저런 바람둥이, 일생에 두 번 보는 건 절대 사양이다.

2. 설상가상 雪上加霜
: 아, 저주받은 11월.

11월은 저주받은 달이다.

1년에 몇 안 되는 법정공휴일이 11월에는 단 하루도 없다. 연말연시를 대비하여 일은 홍수처럼 넘쳐나 야근을 밥 먹듯이 해야 한다. 변덕스러운 환절기 기후로 감기 기운까지 따라붙기라도 하면 이런 곤욕이 또 없다.

뿐만이 아니다.

가을 막바지라는 이유로 더 추워지고 해 넘기기 전에 서둘러 결혼해야 한다며 11월에 날을 잡고 결혼식을 올리는 커플들은 해마다 넘쳐난다. 쉬기에도 바쁜 11월 주말 휴일을 결혼식 때문에 한 달 내내 자체반납하는 상황이 다반사. 이쯤 되면 눈에 쌍심지를 켜고 결혼하는 커플들 멱살이라도 한 번 잡고 싶은 것이 일에 찌든 직장인들의 솔직한 심정이다.

오늘 내가 딱 그렇다. 결혼당사자가 절친한 고등학교 동기동창 현경이니까 피곤하고 아파도 참고 가는 거다.

그나마 친구 대표로 시중을 들지 않아도 된다는 것과 친구 부모님을 잘 알지 못한다는 것에 감사할 따름이다. 결혼식 때마다 들었던 "지수 너도 빨리 결혼해야지."라는 재촉을 50퍼센트쯤은 피할 수 있다. 그것만으로도 심리적 압박이 한결 덜어진다.

11월 첫째 주 일요일을 맞아 나들이 나가는 차량들이 경적을 울린다. 자유롭게 하루를 보낼 그들이 부럽다. 감기 기운으로 누워 있다 택시를 잡아타고 뒤늦게 결혼식장으로 향하는 길. 눈가에 열이 오른다. 마른 콧물을 삼키니 한숨이 절로 나온다.

두 달 후 해가 바뀌면 서른셋이다. 알뜰살뜰하게 챙겨야 할 친한 관계들은 거의 기혼으로 신분을 바꾼 상태다. 오늘 결혼하는 현경이 마지막이다. 적당히 외면하거나 축의금을 인편에 보내 체면치레하며 묻어가도 되는 나이가 드디어 왔다.

'서른셋이라.'

머지않아 먹게 될 공식나이를 떠올리자니 씁쓸한 웃음이 튀어나온다.

서른셋이라는 나이는 의미심장하다. 3이 둘이나 겹치는 일명 삼삼한 나이. 앞으로의 인생이 계속 삼삼할 것인가 아니면 칙칙할 것인가는 서른셋에 대강 판가름지어진다.

일반적으로 나이 서른이 되면 10대와 20대에 쏟아부은 노력과 열정이 가시적으로 나타난다. 거기에서 10퍼센트에 해당되는 3년의 세월이 더 지나가면 남다른 무게감이 실린다.

갖가지 양념을 곁들여 익혀온 김치 같은 인생이 성숙한 발효로 가는지, 아니면 곰팡내 나는 부패로 추락하는지를 중간평가하고 궤도를 수정하는 것. 그것이 바로 삼삼한 나이 서른세 살에 해야 할 일이다.

서른셋에 자기만의 아성을 확고하게 굳힌 이들은 많다.

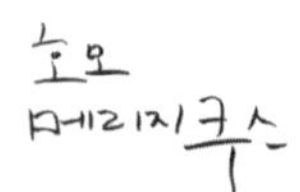

예수는 서른셋에 인간의 죄를 대신하야 수난을 받고 죽었다가 다시 부활하여 세계적인 슈퍼스타 —이름 하여 지저스 크라이스트 슈퍼스타!— 가 됐다. 이소룡은 만 서른셋에 죽어 전설이 되었고, 농구를 그만뒀던 마이클 조던 역시 다시 복귀한 후 만 서른셋이 된 1996년에 NBA 우승을 차지하여 신화가 되었다. 빌 게이츠는 서른셋에 이미 컴퓨터 소프트업계의 제왕으로 군림했다.

그들이야 물이 다르고 그릇도 남다른 사람들이라고 양보해도 그렇다. 평범하게 살아가는 대개의 보통사람들 역시 서른셋이 되면 그간 해왔던 일에 대해 결실을 보고 자기만의 지위를 확실히 다지는 굳히기 한 판을 벌인다. 승진이나 이직으로 사회적 · 정치적 입지를 마련하고, 그간 모아온 돈으로 탁월한 재테크 기술을 발휘하여 경제적 실속을 차린다.

'나는 뭐 했지?'

곰곰이 생각했지만 내세울 것이 딱히 없다. 식염수로 눈을 백 번 씻고 찾아봐도 없다.

그래도 뭔가 있지 않느냐고 계속 추궁 받는다면 땀을 삐질삐질 흘리며 보여줄 게 있기는 하다. 명함첩에 차곡차곡 끼워둔 명함들, 일로 쌓아온 허술한 인맥들, 친구들이나 회사동료들과 함께 평소 틈틈이 다녔던 서울 시내 맛집 리스트를 다이어리에 정리해둔 정도? 큰 영양가는 그다지 없는 불량식품 같은 잡동사니들이다.

모아놓은 돈도 별로 없고 일로 인정받고 있는 것도 아니다. 결혼도 안 했고 아이도 없다. 애인도 없다. 안 한 것, 없는 것투성이다. 가진 것도 없고 해놓은 것도 없으니 성숙인지 부패인지 성공인지 실패인지 가늠하기 힘들다.

한 가지는 확실하다. 겉은 화려한 독신녀로 보이지만 속은 누추하고 초라하기 이를 데 없다는 것이다.

사랑과 연애는 더 심각하다. 사춘기 시절에 했던 소소한 짝사랑까지 포함하여 지금껏 해왔던 사랑과 연애사를 정리하여 나열해도 A4지 1장을 채 넘지 않는다.

호동왕자와 낙랑공주, 클레오파트라와 안토니우스, 로미오와 줄리엣처럼 역사와 문학사에 길이 남을 사랑이 아니라도 좋다. 누군가를 생각할 때 가슴이 애잔해질 만큼의 경험은 해봤어야 마땅하다. 그런데 그런 기억조차도 없다.

사랑과 연애 앞에 나는 늘 엇박자로 놀았다. 남자가 낯간지러운 말을 하면 웬 촌발인가 싶어 웃고, 같잖은 남성미를 발휘하며 진지한 무드를 연출하면 민망하고 어색해서 웃었다.

크리스마스나 밸런타인데이처럼 특별한 기념일을 맞아 함께 밤을 보내겠다고 결심해도 마찬가지. 박물관에나 전시해야 마땅할 쌍칠년도 마초를 흉내 내거나, "너를 지켜줄게." 따위의 촌스러운 대사를 날리며 섹스를 위해 사랑을 맹세하는 남자를 보면 마음이 저절로 닫히고 귀까지 접혀버렸다.

결론적으로 말해서 사랑과 연애에 관한 한 나는 감성적인 인간이 못 된다. 무색, 무미, 무취의 담백한 인간이다. 무념, 무심, 무상이 무기이기도 하다.

혼전순결론자도 아닌 내가 섹스경험이 없는 것은 사랑과 연애를 못 해봤기 때문이 아니다. 로맨스의 작위적인 유치찬란함을 거부하는 반낭만적 본능과 마음에 안 들면 절대 동조하지 않는 꿋꿋한 비타협성, 남자에 대해 후천적으로 쌓인 지독한 불신과 가부장제에 대한 반골기질이 원인이다. 사회에 나온 후 더해진 까칠함도 한몫 톡톡히 했다.

그래도 통계를 내봤을 때 스물넷이 될 때까지는 1년에 최소 한 번 이상은 소소하게나마 꾸준히 연애사를 이어나가기는 했다. 하지만 스물다섯으로 넘어가자 사랑과 연애는 2년에 한 번 꼴로 이어졌고, 서른 살에 마지막 연애가 깨진 후로 서른둘인 현재까지 3년째 감감 무소식이다. 노력도 물론 안 했다. 하룻밤의 쿨한 사랑이라고 하는 원 나이트 스탠드는 성격상 껄끄럽거니와 세상에 창궐한 각종 성병과 에이즈가 걱정스러워 시도해본 적도 없다.

정리하여 비유하자면…….

생리처럼 다달이 이어졌던 인간 박지수의 연애사는 언젠가부터 연중행사로 벌어지고, 이어 비엔날레 개최 주기로 넘어갔다. 지금은 올림픽 주기로 넘어가는 단계다. 원 나이트처럼 결산에 포함시킬 필요 없는 비공식 경기조차 전무한 상태. 할 의욕도 그다지 없다.

서른셋을 앞둔 지금. 한 것도 없고 이룬 것도 없고 가진 것은 더욱 없는데 사랑과 연애에 대해서마저 시들하다 못해 귀찮게 느껴진다니. 아찔하다. 정신적 노화를 스스로 증명하는 참혹한 기분.

어쩜 이렇게 보잘것없이 무기력하게 살아온 걸까? 연애에서마저 무능함을 확인하는 것이 괴롭다.

흔히들 서른을 목전에 둔 스물아홉이 인생의 고비라고들 한다. 나도 그랬다. 당시 회사에서 대리 1년차였던 나는 미래에 대한 계획을 앞에 두고 아홉수를 혹독하게 겪었다.

스물아홉 살이 되던 해의 두 번째 날, 시무식을 마친 후 자기계발 세미나에 강제동원되었을 때였다. 회사에서 2030 직원들을 위해 개최한 행사로 인사고과에 반영된다는 말에 출석만 체크하러 갔을 뿐이었다. 나 못지않게 시들시들한 사람들이 객석을 가득 메웠다. 그때 무대에 선 강사가 강력하게 외쳤다.

"앞으로 명퇴와 권고사직과 해고는 더욱 횡행할 것입니다. 거기에 여러분이 포함되지 않을 것이라 자신하지 마십시오. 이대로 아무것도 준비하지 않는다면! 30년 후 여러분 열 중 일곱은 쪽방에 외롭게 살면서, 먹고살기 위해 매일 종이박스를 주우러 돌아다니게 될 것입니다."

그 순간 들었다. 뇌에서 보신각종이 33번 타종하는 소리를.

1999년에 노스트라다무스의 종말론이 판을 칠 때도 별 관심 없었고, 고대 마야 인들의 2012년 지구멸망론이 인터넷을 달굴 때도 그런가 보다 했다.

하지만 2012년보다 더 아득한 미래에 해당하는 30년 후에 대한 강사의 대예언은 피부세포 깊숙이 파고들었다. 해마다 종무식을 전후로 구조조정과 개편 이야기가 나오고, 사내 치열한 다툼에 지쳐 자의 반 타의 반으로 명퇴를 신청하는 중간관리자급 상사들을 봐왔기 때문에 더욱 절실했다.

쪽방에 살며 종이박스를 줍는 노년의 일상은 남의 얘기가 아니었다. 언제 찾아올지 모를 내 현실이었다.

그날부터 30년 후 미래에 대한 설계에 착수했다.

결혼에 대한 반감과 회의, 남자에 대한 불신이 많은 만큼 결혼은 애초부터 열외였다. 로또에 1등으로 당첨이 된다거나 생면부지의 핏줄이 나타나 알짜배기 부동산을 물려주는 시추에이션 또한 불필요한 매개변수로 일찌감치 제거되었다.

소오
메리지쿠스

소박하게나마 지금까지 이뤄온 것, 가진 것, 전쟁이나 천재지변이 일어나지 않는 한 확실히 가질 수 있는 것을 기반으로 열공 모드에 돌입했다.

개척하지 못한 새로운 재능이 있으리라 믿어 의심치 않으며 자기계발서를 뒤적이기도 하고, 새롭게 뜨는 직업군을 소개한 책들과 유학관련 서적과 재테크 서적을 쌓아놓고 보기도 했다.

외국어회화 학원에 등록하고, 공예 학원과 십자수 학원 등 회사를 잘리더라도 개인사업자로 창업이 가능할 만한 것을 배울 수 있는 학원도 찾아다녔다. 고급 마케터 전문과정과 자기계발 세미나도 부지런히 들었다. 홀로 외롭게 늙어가지 않기 위해 인맥관리도 열심히 했다. 지금보다 더 나은 미래를 위해 열심히 발버둥쳤다.

노력에 비해 별 성과는 없었다.

입바른 소리만 앵무새처럼 되뇌며 이래라저래라 하는 자기계발서는 별 도움이 못 됐다. 재테크는 CMA 통장만 건졌을 뿐 내 길이 아니라는 확신만 굳힌 채 끝났다.

학원에 투자한 비용은 교육비와 카드사용비로 연말정산에만 유용하게 쓰였다. 창업계획은 은행대출의 문턱이 얼마나 높은지에 대한 실감과 미래의 잠재적 실업자 겸 경쟁자 수가 엄청나다는 것을 확인하고 뒷걸음질쳤다.

다시 공부를 해보자는 계획도 비슷했다. 무엇을 공부해야 할지 찾기가 힘들었다. 무작정 외국으로 떠나서 하고 싶은 걸 찾아볼까, 하는 생각도 물론 했다. 그런데 견문을 넓힌다는 대의명분하에 모아놓은 돈만 까먹고 관광유람만 하다 돌아올 것이 뻔하다는 결론이 나왔다. 포기했다. 마케터 전문가과정과 세미나는 수료장에 의의를 둬야 했다.

인맥도 그랬다. 사통팔달로 퍼진 인간 네트워크가 좋은 게 아니었다. 진짜 좋은 인맥이란 붙잡으려 애쓰지 않아도 남는 인연이라는 것을 깨달은 순간 무의미한 관리를 포기했다.

시간이 흐를수록 서른을 코앞에 둔 스물아홉 살 여자에게 남은 선택사항은 하나둘 사라져갔다.

돌이켜 생각해보면 그래도 그때는 희망이 있었다. 나이 맨 앞자리가 2에서 3으로 바뀌는 순간에 대한 두려움도 많았지만 이유 없는 두근거림이 앞섰다.

“두고 봐라. 서른만 넘으면 달라질 거다. 그때 되면 다 죽었어!”

……라는 근원 모를 호기를 품었다. 입술을 앙다물고 이도 부드득 갈아봤다. 언젠가는 세상을 한 번 쥐고 흔들겠다는 야심과 자신만만한 패기도 넘쳤다.

그렇게 서른을 맞았다. 별일은 일어나지 않았다. 세상은 여전히 진부했지만 녹슬 틈도 없이 바쁘게 돌아갔다. 나 한 사람쯤 없어도 잘 돌아갈 것이 분명했다. 틈만 나면 위기를 강조하며 조직원들을 다그치는 회사도 그래 보였다.

스물아홉의 두근거림은 가라앉고 호기는 사그라졌다. 부드득 갈았던 이는 신경치료 두 번과 스케일링으로 약간의 흔적만을 남긴 채 원상복귀했다. 야심은 소심으로 탈바꿈했고 패기는 폐기처분되었다. 성과 없는 노력은 해소가 불가능한 숙취감으로 되돌려 받았다.

목구멍이 포도청이라는 진리는 하던 거나 잘하자는 현실적인 직관과 합체하여 붕붕 떠다니는 마음을 직장에 착륙시키는 데 유용하게 쓰였다. 다른 일을 찾거나 이직을 위험하게 꿈꾸기보다 적재적소에 침투하여 알아서 기어주고 손바닥 비벼주는 비굴한 습관을 키워보는 것이 여러모로 이로웠다.

카지노에서 돈을 걸고 카드를 뒤집는 것만이 도박이 아니다. 현재의 확실성을 담보로 미래의 불확실성에 도전하는 것 또한 도박이다.

박지수라는 여자의 하잘것없는 내실을 냉정하게 인정한 나는 서른한 살이 된 순간, 2년간 몰두했던 도박에서 발을 뺐다. 그리고 허리를 바짝 졸라맨 뒤 한 달 월급을 쪼개 의식주를 영위하고, 적금을 붓고, 질병 치료비 보장은 물론 연금전환까지 가능한 보험료를 내고, 남은 돈을 알뜰히 저축하는 평범한, 사실은 지리멸렬한 월급쟁이로 되돌아갔다.

서른셋을 코앞에 둔 지금, 남은 것을 돌이켜보면 다섯 가지뿐이다.

알 수 없는 미래, 끈끈한 두려움, 이유 모를 불안감과 무기력증. 그리고 자본주의 사회에서 가장 중요한 것은 뭐니 뭐니 해도 돈이 최고의 미덕이라는 기본적인 사실의 재확인.

지금 당장이야 먹고 사는 데 별 지장은 없다. 그러나 외롭고 경제적으로 불안한 30년 후 미래에 대한 걱정은 감히 떨쳐내기 힘들다.

쪽방에서 칼잠을 자고 종이박스를 주우러 돌아다니지 않으려면 그 전에 지구가 멸망해야 하는 걸까? 홀로 늙고 병들어 비참한 몰골로 생계를 꾸리며 살고 싶지 않다는 강박관념에 몸서리난다. 암담할 뿐이다.

복잡한 생각을 잘근잘근 씹으며 도착했을 때 식장에서는 주례사가 한창이다. 까치발로 대강 둘러보자 하객으로 참석한 지인들의 낯익은 뒤통수가 보인다.

뒤늦게 합류했다 사람들의 이목이 쏠릴 것을 고려하여 입구 구석에 자리를 잡고 하던 생각에 골몰한다. 누군가가 빤히 쳐다보다 옆으로 다가오는 것조차 눈치 채지 못한 채.

“여기에서 또 보네요?”

낯익은 목소리가 아니다. 하지만 분명 어디선가 들어본 낮은 음색.

설마, 설마.

아니길 바라며 천천히 고개를 돌린다. 그런데 설마가 맞다. 입고 있는 옷은 달라졌어도 저 두껍고 느끼한 쌍꺼풀을 못 알아볼 리 없다. 아아. 이 죽일 놈의 설마!

“오랜만이네요. 한 반년 만인가. 그간 잘 계셨죠, 박지수 씨?”

남자가 싱긋 웃는다. 머릿속으로 빌어먹을 만큼 좁아터진 세상에 대한 몇 가지 단상이 쏜살같이 스쳐지나간다.

‘쓰러지는 척해볼까? 벽에 머리도 부딪치는 거야. 시치미 뚝 떼고 기억상실증인 척하자.’

오호 통재라. 오호 애재라. 도모하는 해결방법 한번 참 궁하구나.

“늦게 오셨나 봐요. 저도 그랬는데.”

어느 틈에 바짝 다가온 남자가 속삭인다. 귓전을 간질이는 미세한 입김. 흠칫 놀라 뒷걸음질을 쳤다. 남자도 똑같이 뒷걸음질을 친다. 앞으로 방향을 바꾸자 그도 따라온다.

한 박자 느리게. 그러나 정확하게. 느물거리는 웃음까지 덤으로 따라붙는다.

앞자리로 도망갈까 했지만 쫓아올 것이 분명하다. 하이힐 굽으로 발등을 신나게 한 번 밟아줄까, 소리를 지를까……. 그래봤자 나만 창피해질 거다. 이럴 땐 무시가 최고다.

“신부 쪽 아니면 신랑 쪽? 난 신랑 쪽이에요.”

역시나. 한국은 너무 좁다. 몇 다리만 건너면 죄다 아는 사람이다. 반갑지도 않은데 구태여 말을 섞는 남자를 피하려는 그때, “지수 언니.” 하며 누군가 나를 부른다. 현경의 대학교 후배로 몇 번 만난 적이 있는 윤희다.

그가 시치미를 뚝 떼고 반대편으로 두어 걸음 떨어진다. 구세주를 만난 기분으로 나는 윤희의 손을 잡고 필요이상으로 반가워했다. 그녀의 왼손 약지에 햇수로 2년이 된 결혼반지가 반짝반짝 빛을 발한다.

“언제 오셨어요? 안 그래도 현경이 언니가 언니 안 왔냐면서 계속 찾았어요.”

신부 이름이 나오자 남자의 입가가 짓궂게 꿈틀거린다. 이번에도 과감히 무시다.

“언니는 언제 국수 먹여주실 거예요?”

내 이럴 줄 알았지. 결혼식에서 인사치레로 듣는 결혼강요는 이제 그마안. 서둘러 다른 방향으로 화제를 돌린다.

“지금 뭐 하는데?”

“우리 동기들 찾아다니며 축의금 걷고 있어요. 모아서 내는 게 목돈이잖아요.”

“잘 됐다. 내 것도 같이 내주라.”

핸드백을 열고 축의금 봉투를 꺼낸다. 그런데 어느새 옆에 다시 붙어버린 남자가 백 속을 함께 들여다본다.

“열한 개 있다더니?”

딱 두 사람만이 의미를 알아들을 수 있는 그 말.

하얀 봉투를 든 내 손이 허공에 우뚝 멈춰버린다. 윤희의 시선이 불쑥 끼어든 남자 쪽으로 향하다 내게 유턴한다. 눈빛에 야릇한 기가 감돌기 시작한다. 결혼 2년차 새내기 주부가 어떤 상상의 나래를 펼치고 있는지 훤히 들여다보인다. 아찔하다. 얘, 얘! 그런 거 아니야, 얘!

“아시는 분이세요?”

응, 이라고 해야 할지 아니, 라고 해야 할지.

모른다고 잡아떼기엔 분위기가 이미 수상하고, 안다고 대답하기엔 덧붙일 설명이 턱없이 부족하다. 이름도 기억이 안 나는 마당에 뭐라 말해야 하나? 망설이는 사이 그가 앞으로 나선다.

“윤유호입니다. 서재창 팀장 회사에서 왔습니다.”

“현경이 언니 신랑 쪽 분이시구나. 전 정윤희예요. 언니 학교 후배. 그런데 우리 지수 언니랑은 어떻게…….”

윤희가 말끝을 흐린다. 자기가 생각한 것이 맞는지 확인하는 절차다.

“지수 씨한테 직접 물어보시는 게 나을 거 같은데요?”

빙글거리는 남자의 대답에 이어 윤희의 미소가 터무니없는 확신 속에 능글맞게 변해간다. 그녀의 지레짐작을 일축시킬 뭔가가 필요하다.

그런데 뭐라고 얘기해야 하나.

‘내 대학교 친구 신랑의 친구?’

부족하다.

‘내가 하마터면 고자로 만들 뻔한 남자?’

그건 더 이상하다.

적당한 대답을 찾아 전전긍긍하는 사이, 그가 품에서 하얀 봉투를 꺼낸다. '축결혼', '유베이 대표이사 윤유호'라는 글자가 붓펜 글씨체로 가지런히 적혀 있다.

유베이라니. 설마 우리나라에서 업체 1, 2위를 다툰다는 대형 온라인 쇼핑몰 유베이? 현경이 신랑이 팀장으로 일한다는? 하는 짓을 보면 딱 동네 양아치인데 객관적인 사회적 체면과 명성은 월급쟁이인 나와 비교도 할 수 없는 거물이라는 사실이 놀랍다.

서열을 따져보니 어지럽다. 정원이 인맥 쪽으로는 내가 윗사람이나 여기에선 아랫사람에 해당된다. 인생사 새옹지마라는 말이 맞구나.

"미안한데, 제 것도 같이 내주실 수 있을까요? 신랑 쪽으로요."

내 것까지 우아하게 채간 그가 봉투 두 개를 윤희에게 상냥하게 내밀며 말한다. 그녀가 남자의 것에 적힌 글자를 유심히 바라보다 나를 보며 씩 웃는다. '괜찮은 남자 잡았네?' 하는 그 표정.

그 순간 두 눈으로 똑똑히 보았다. 여자 구세주의 머리 양쪽에 시커먼 뿔이 돋아나는 것을.

윤희는 남자에게 식권 두 장을 준 뒤 웅성거리는 하객들 속으로 사라진다. 내 식권을 받아내야 했지만 달라고 하기가 싫다. 예식장 밥 한 끼 굶는다고 죽진 않는다.

"몇 살이에요?"

연인끼리 다정한 비밀 이야기라도 하듯 그가 속삭인다. 대답할 내가 아니다.

"몇 살인데요?"

남의 결혼식에서 가지가지 한다. 쯧쯧.

“몇 사알?”

느닷없이 튀어나오는 반말과 길게 늘어지는 느끼한 말투에 울컥 한다.

“내 나이는 알아서 뭐 하게요?”

“지수 씨 나이야 이미 알죠. 아까 싹싹한 그 아가씨 말이에요. 몇 살이에요?”

뻔뻔하고 얄미운 응변에 심각하게 고민한다. 남의 결혼식장에서 열이 받쳐 사람을 때려죽일 경우 과실치사로 인정받을 수 있을지. 이모한테 전화 걸어서 물어볼까? 이혼전문이라도 명색이 변호산데 그쯤은 알겠지.

“그런데…….”

뭐, 뭐, 또 뭐?

“열한 개는 어쨌어요? 하나라면 모를까, 그 백, 열한 개나 들어가기엔 좀 작네요. 어디 있어요?”

알아서 뭐 하시게?

“열두 번째로 강제상납했을지도 모르는 사람이잖아요, 제가.”

이 남자, 이제 즐기고 있다. 거세의 공포를 유쾌발랄한 코믹 모드로 변환시켜서.

“보존하죠, 당연히.”

“어떻게?”

눈에는 눈, 이에는 이, 반말에는 반말.

“잘.”

풉, 소리를 내며 웃으려다 말고 그가 헛기침으로 마무리한다.

"가방에 갖고 다닌다면서요?"

작정을 했구나, 이 인간! 전투게이지가 급상승한다.

피해주려 해도 나서서 덤비는 인간은 적당히 밟아줘야 한다. 그래야 다른 데 가서 실수하지 않는다. 보리밟기하는 농부의 심정으로 팔다리 걷어붙이고 저차원적인 도전을 받아들인다. 오늘 결혼하는 친구와 이 인간을 상사로 모시며 돈 버는 친구남편에게 조금 미안하지만 어쩔 수 없다.

"오늘은 집에 놔두고 왔어요. 백이 작아서."

"그냥 놔두면 썩을지도 모르는데."

"말려서 소금에 절여뒀어요."

"천일염으로 절여두셔야 할 텐데요."

"맛소금으로 절여뒀어요. 알아서 잘 삭겠죠."

"그렇게 해서 뭐에 쓰는데요?"

"관상용 기념품이죠. 딱히 따로 쓸 데 있겠어요?"

질문을 빙자한 도발에 또박또박 맞받아쳐준다. 그는 재미있어 죽겠다는 표정이다.

"관상용보다는 사용하는 게 좋지 않을까요? 삭힌 것보다는 날것이 싱싱하고 더 좋고. 삭힌 건 수분이 빠져나가서 크기도 작은데. 원한다면 날것으로 드릴 수 있어요."

"삭힌 게 더 좋아요. 전 홍어회 무침도 삭힌 홍어로 무쳐 먹어요."

그가 크게 웃음을 터뜨린다. 때마침 주례가 끝나고 서약을 마친 신랑신부 퇴장이 이어진다. 결혼행진곡에 이어 폭죽이 터지고 박수 소리가 터진다. 입구로 나오는 현경을 향해 손을 흔들며 아는 체했지만 어수선한 분위기 속에 묻혀버린다.

결혼하는 친구에게 출석도장을 찍는 게 이다지도 힘들 줄이야. 옆에서 깐죽거리는 남자를 돌아 나가버릴까 생각하다 나중에 현경에게 두고두고 원망을 살 일을 피하기 위해 조금 더 버티기로 한다.

사람들이 북적거리는 곳에 계속 서 있자니 머리가 지끈지끈 아프다. 감기 기운이 더 심해지고 있다. 등줄기로 서늘한 한기도 오락가락한다. 전기장판 오렌지 불빛이 눈앞에 나타났다 사라진다.

친구에 대한 의리고 뭐고 다 집어치우고 집에 가고 싶다. 참으려 했지만 찌르는 것 같은 두통에 눈살이 저절로 찌푸려진다. 손가락으로 관자놀이를 짚고 빙빙 돌리다 꾹꾹 누르길 반복했다.

"어디 아파요?"

뭐라고 말할 틈도 없이 남자가 내 이마를 턱 짚는다. 이 인간이 어디에 손을 대는 거지? 그의 손을 탁 소리가 나도록 쳐서 치워내버렸다. 불쾌하라고 한 짓이지만, 그의 얼굴엔 불쾌한 기색이 전혀 없다.

"열이 좀 있네요."

걱정하는 목소리다.

'뭐야, 이 남자? 남이야 아프건 말건 자기가 무슨 상관이야?'

다른 사람 앞에서, 특히 남자들 앞에서 약하거나 아픈 모습을 보이기 싫어하는 나다. 하지만 지금은 그나마도 억지로 숨기는 것이 귀찮다.

"감기 걸렸어요?"

무시할까 하다가 그마저도 귀찮아 "네."라고 툭 내뱉는다.

"약은 먹었어요?"

"아침에요."

하객 중 하나가 나오다 나를 툭 밀고 지나갔다. 여느 때라면 알아서 재빨리 피하거나, 부딪쳐도 내색하지 않았을 거다. 그러나 몸도 안 좋고 기분도 안 좋은 오늘은 이마가 저절로 찡그려진다.

"지수 씨, 잠깐만요."

말 끝나기 무섭게 남자가 내 팔을 잡고 자기 앞으로 살며시 잡아당긴다. 어, 어 하며 몇 걸음 옮기고 정신을 차려보니 내가 그의 앞에서 있다. 내가 불편해하지 않을 만큼 먼 거리, 그러나 남들의 눈으로 볼 땐 더없이 가까운 거리에.

"지금 어디가 제일 아픈데요?"

"머리요. 두통이 좀 심하네요."

"팔꿈치를 제가 있는 쪽으로 밀어보세요."

"왜요?"

"밑져야 본전이에요. 내 말대로 해요."

잠깐 고민하다 팔을 접고 팔꿈치를 그 남자가 있는 쪽으로 슥 내밀어본다. 만약에 이 인간이 조금이라도 이상한 짓을 하면 이 자세 그대로 그의 복부를 힘껏 쳐서 전치 2주의 상처를 입히겠노라 굳게 다짐하면서.

"조금 아프더라도 참아요."

고개를 끄덕이니, 그가 내 팔꿈치를 잡고 엄지손가락으로 바깥쪽을 세게 꾹꾹 누른다. 지독한 통증에 하마터면 악, 하고 소리를 지를 뻔했다.

'이 인간, 지난번 일 때문에 품었던 억하심정을 풀어내는 거야? 자기도 여기에서 나 쪽팔리게 하면서!'

그러나 그런 마음도 잠깐. 지끈거리던 머리가 한결 개운해진다. 의외다.

"좀 나아졌어요?"

남자를 슬쩍 보며 그렇다는 뜻으로 고개를 끄덕였다.

"머리 아플 때 하는 지압이에요. 원래는 귀랑 머리, 이마의 혈도 골고루 눌러줘야 하지만, 여기서 그렇게 하기는 힘드니까."

동의한다. 그렇게 했다간 남들이 이 사람과 나를 어떻게 볼지 안 봐도 비디오다. 때와 장소에 맞춰 아픈 사람을 배려하는 남자가 달리 보인다.

"호텔에 방 잡고 나머지 지압도 다 해줄 수 있는데. 전신마사지까지 풀 옵션으로."

하이고. 그럼 그렇지.

고맙다는 말이 혀끝까지 나왔다가 다시 목구멍 속으로 쏙 들어가 버린다. 얼른 팔을 앞으로 확 잡아 빼버렸다. 그랬더니 나만 들릴 만큼 작은 목소리로 속삭인다.

"공짜로 해드린다니까요. 재회선물로."

앞만 쳐다보며 나 역시 남자만 들을 만큼 작은 목소리로 대답한다.

"그 선물, 환불 교환도 가능해요?"

갑자기 뒤통수가 근질근질하다. 돌아보니 그가 입을 가리고 쿡쿡 웃고 있다. 못 본 척 모르는 척 다시 고개를 돌려버린다. 이 남자가 내 뒤에 서서 짓고 있을 미소가 정수리에 십자수로 아로새겨지는 것 같다.

다음 차례는 포토타임이다. 신랑신부가 포즈를 취하는 가운데 사람들이 오간다. 신랑신부 단독사진, 가족사진에 이어 일가친지 차례가 돌아온다. 친인척들이 제단에 올라가 사진사의 지시에 따라 줄을 맞춘 후 포즈를 취한다. 사람들이 빠져나가자 현경의 시선이 편하게 닿을 수 있도록 사회자 단상이 놓인 앞자리 구석 근처로 이동한다. 남자도 쫓아온다.

"지수 씨, 오늘은 더 예쁘네요."

감기 기운 때문에 핏기가 빠지고 핼쑥한 얼굴이 더 예쁘다니. 눈병에 걸렸든가 안목이 참 저렴한가 보다. 바람둥이의 터무니없는 외모칭찬용 감언이설에 대꾸하기가 귀찮다.

침묵으로 버티기 한 판. 그러자 뒤에서 그가 콧소리를 낸다. 말도 아닌 것이, 감탄사도 아닌 것이, 의성어나 의태어도 아닌 이상한 소리.

호기심이 고양이는 죽일지 몰라도 사람을 죽이기야 할까. 힐끔 훔쳐본 순간 그가 내 머리에 코를 들이대고 있는 광경이 눈에 들어온다. 잠들어 있던 폭력본능이 꿈틀거린다.

"냄새 좋은데요. 라벤더 향 같은데. 무슨 샴푸 써요?"

이 인간이 진짜! 조금 전 지압 때문에 좋게 봐주려 했더니. 자기네 사장이 이렇게 시시껄렁한 사람이라는 걸 유베이 직원들은 아나? 유베이 인트라넷에 들어가 이 사실을 공지사항으로 폭로하고 싶다.

"빨래비누 써요."

"지수 씨네 빨래비누는 향이 참 좋네요. 성능은 어때요? 잘 빨아져요? 빨아봤어요?"

성적인 의미가 다분히 내포되어 있는 말. 화를 버럭 내면 "빨래를 빨아봤냐는 건데 왜 그렇게 흥분해요?"라며 물러설 수 있는 표현. 자칫 서툴게 굴었다간 바보취급 당하기 딱 알맞다.

10년 가까이 사회와 조직에 몸담아 온 30대 여자 직장인의 내공은 깊다. 이런 농담에 얼굴을 붉히면 안 된다는 사실도 잘 안다. 끓는 속을 누르고 무표정으로 일관한다. 그러나 빨래와 빨래비누를 빙자한 성적 농담의 수위는 한결 더 높아진다.

"제 걸 드릴 테니 한번 확인해봐주실래요? 잘 빨리는지."

이 인간이 계속 보자보자 하니까.

"사양할게요. 남의 걸레 빠는 취미, 없어요."

중의법으로 독한 일격을 가한 순간 남자의 표정이 순식간에 변한다. 결혼식의 왁자지껄함이 아득하게 사라지고 응축된 긴장감이 감돈다. 한참 후 그가 큰 소리로 웃기 시작한다.

"무섭습니다. 덕택에 웃어보네요."

말은 그렇게 해도 알 수 있다. 그가 정말로 적잖이 무안해하고 불쾌해한다는 사실을. 막돼먹은 남자에게 제대로 한 방 먹였다는 쾌감에 어깨가 절로 들썩거린다.

"언니! 지수 언니!"

어느 틈엔가 사진을 찍기 위해 앞에 나간 윤희가 나를 부른다. 남자와 여자가 패를 갈라 서 있는 제일 앞줄, 곱게 단장한 채 신랑의 팔짱을 끼고 있는 현경이 나를 발견하고 환하게 웃는다.

친구를 향해 손을 흔들면서도 사진은 사양하겠노라는 뜻으로 고개를 젓는다. 감기 탓에 피부 컨디션이 말이 아니다. 결혼축의금을 돌려받을 일도 없을 텐데 의무감으로 사진에 얼굴을 박는 건 앞으로 가급적 사양이다. 현경의 눈빛이 섭섭함으로 바뀐다. 방긋 웃으며 자리에서 버틴다. 불편한 몸을 이끌고 여기까지 왔으니 친구가 그 정도는 이해해야 마땅하다.

그때였다. 윤희가 후다닥 내려와 나를 끌고 단상 두 번째 열 정중

앙에 세운 것은. 곧장 내 뒤를 따라온 남자까지 옆에 민첩하게 밀어 넣은 것은.

눈 깜짝할 사이에 벌어진 일이다. 나를 굳이 이 제단에 세우려거든 이 제비는 반대편 꼭대기에 갖다 던지라고 반발할 틈조차 없었다.

"제가 두 분 자리를 잡아놨어요. 잘했죠?"

잘하긴! 당혹스러움을 감추고 앞이든 뒤든 옆이든 남자와 떨어진 곳으로 이동하려 했으나 빽빽이 들어선 사람들 때문에 여의치 않다.

"거기, 두 번째 줄 여자 분. 자꾸 움직이지 마세요."

사람들의 시선이 일시에 집중된다. 얼굴이 화끈거린다.

"옆에 남자 분. 여자 분 쪽으로 좀 더 붙으세요."

남자가 옆으로 지체 없이 성큼 다가온다. 그의 팔과 내 팔이 부딪친다. 감기로 퉁퉁 부은 내 얼굴이 자동으로 일그러진다.

제일 앞에 선 현경과 현경의 신랑은 귓속말을 소곤소곤 나누다 의아하게 바라본다. 아는 사이냐고 묻는 표정.

설마, 라는 뜻으로 정색하는 나와는 달리 그는 언제 어디서고 통하는 웃음을 천연덕스럽게 지어 보인다. 현경의 신랑이 다 알겠다는 표정으로 고개를 끄덕이고 이어 현경이 빙긋 웃는다. 다른 사람들 역시 마찬가지다.

단상에 올라오기 전까지만 해도 기싸움에서 우세했건만 사람들 틈바구니 속에서 순식간에 판도가 바뀌어버린다. 아군은 없고 사방에 적뿐이다. 결혼식에 온 비혼녀에겐 늘 이 모양 이 꼴이다. 아무것도 모르는 주제에 왜들 이러나?

부족한 휴일, 쏟아지는 일, 떨어질 줄 모르는 감기 기운, 자체반납

한 주말, 불안하기만 한 서른셋을 두 달 앞둔 낭패감..

거기에 더해 다시 마주치고 싶지 않은 바람둥이와 만나고, 그걸로도 모자라 커플 취급까지 당하다니. 심지어 상황만 보고 '드디어 똥차 하나 가는군.'이라며 확신하는 타인들의 저 표정은 뭐냐고!

억울한 대우와 부당한 처사에 두 주먹을 불끈 움켜쥔다. 그러나 서른세 살을 앞둔 비혼녀의 분노를 알아주는 이는 아무도 없다. 늙어빠진 네 주제에 남자가 나타난 것만으로도 감지덕지하라는 분위기가 대세다. 그래서 더 화가 난다.

"자, 찍습니다. 하나, 둘……."

확실하다. 저주받은 11월이 확실하다.

특히 올해는 더더욱.

노오
메리지쿠스

3. 훼가출송 毁家黜送

: 결혼, 나이 들어 안 한 여자는 명절 나기 괴롭다네.

애인 없이 홀로 사는 독신 직장여성은 여가를 만끽하는 다양한 방법을 터득하게 마련이다.

건강을 위해 헬스나 수영 등 운동을 한 가지쯤 하는 것, 독서와 DVD 보기, 음악 듣기는 필수다. 친구나 동료들과 함께 영화나 연극 같은 문화생활을 즐기고, 싸고 맛있는 집을 찾아 식도락과 음주가무를 과하지 않게 즐기는 것 역시 빼놓을 수 없는 즐거움이다.

집에 있을 때도 여가시간 알차게 보내기는 계속 이어진다. 주로 하는 것은 온라인 아이 쇼핑. 일명 장바구니 놀이라고 불리는 이것은 온라인 쇼핑몰에 들어가 마음에 드는 물건을 보고 장바구니에 차곡차곡 담은 후 로그아웃하기 전에 일괄 삭제함으로써 끝난다. 쇼핑을 즐김과 동시에 무분별한 소비와 경제적 지출을 막고, 최근 유행 스타일과 트렌드를 체크할 수 있으며, 꼭 필요한 물건은 철저히 계획을 세워 살 수 있다는 점에서 많은 이들에게 각광받는 실용적인 오락이다.

그중에서도 내가 가장 즐기고 좋아하는 여가활동은 여자들끼리의 수다다.

수다를 떤다고 하면 대개 사람들 뒷담화, 연예계 가십거리, 쓸데없는 호기심과 자극적인 정보만 남발하는 것이라 여겨진다.

모르시는 말씀. 남자들의 수다는 술을 필두로 욕설과 육두문자가 반 이상 차지하는 저차원적 어휘력 구사의 현장이지만, 여자들의 수다는 술 없이도 이루어질 수 있는 고차원적인 살풀이 한마당이다.

여자의 수다는 위대하다.

쌓인 스트레스를 해소하고, 부정적인 마음속 갈등을 긍정적인 삶의 에너지로 바꾸고, 각종 유익한 정보를 교환하며, 소통과 커뮤니케이션의 새로운 장을 펼친다. 정치, 경제, 사회, 문화, 종교, 소소한 일상 등 주제와 소재도 전방위적이다. 여자들에게 있어 수다는 수다라는 두 글자 액면가 이상의 의미와 가치가 살아 있는 행위이다.

어렸을 때부터 지금까지 나의 절친한 수다 상대는 역시 막내이모와 동생 지연이다. 대학교 졸업 직후 고집을 피워 독립을 고집했지만 틈이 나는 대로 나는 이모와 지연이 함께 사는 잠실에 갔다. 친구들이 하나둘 결혼하면서 그 횟수는 더욱 잦아졌다.

만나기만 하면 우리 셋은 밀린 수다를 불 뿜듯 뿜어냈다. 직장에서 속상한 일이 있거나 친구와의 사이에 작은 오해가 생기거나 연애를 시작하거나 사랑이 깨졌을 때도 수다는 필수 코스다.

11월의 마지막 주 금요일 저녁. 퇴근하자마자 흩날리는 눈발을 뚫고 수다를 떨러 잠실에 달려갔다.

구운 닭가슴살과 얇게 썬 계란과 양상추를 넣어 마요네즈에 허니머스터드소스로 산뜻하게 마무리한 샌드위치, 호두와 초콜릿이 듬뿍 들어간 브라우니, 귤과 오렌지와 바나나 같은 껍질을 벗기기 쉬운 과일들, 짙게 우려낸 아쌈티에 스팀밀크와 설탕을 넣어 만든 짜이 등 여자의 수다에 어울리는 풍성한 다과상이 차려졌다.

나는 현경의 결혼식에서 생긴 일을 좔좔 풀어냈다. 홍어회와 걸레 운운했다는 말에 이모와 지연이 박장대소했다.

"그렇지만 마지막엔 내가 진 거야. 그것도 KO패."

"언니가 왜 진 건데?"

"주변에서 안 도와주잖아. 사진 찍을 때 그 사람들 표정을 직접 봤어야 해. 드디어 똥차 간다, 잘 가라 빠이 빠이……. 분위기가 딱 그랬다니까."

한 달 후면 마흔아홉, 꺾어진 백 살을 앞두고 있는 이모의 눈에 독기가 감돈다.

"이제 겨우 서른둘인 네가 똥차면, 쉰이 코앞인 나를 보면 폐차 취급했겠구나."

불쾌해하는 이모의 발언. 힘이 난다.

목청을 높여, 끌려가다시피 한 식사시간까지 이어졌던 의미심장한 시선과 몸이 안 좋다는 이유로 피로연을 피하고 돌아서는 뒤통수에 박히던 웃음을 하염없이 토로한다. 광야에서 초인을 목 놓아 부르듯 핏대까지 팍팍 올린다.

"내가 그렇게 쉬워 보여? 아무 남자나 좋으니 결혼시켜달라고 보챈 적도 없는데 왜 자기들이 나서서 안달인지 몰라."

이모가 귤을 까먹으며 특유의 사무적인 어조로 투덜거린다.

"하루 이틀이니? 사람들 특기잖아. 여자가 서른 넘어도 결혼 안 하면 놀리고 장난치는 거. 대표적인 말이 있잖아. 노처녀 히스테리."

"노처녀 히스테리가 왜?"

지연이 묻는다. 그 말에 담긴 남녀차별을 눈치 못 채다니. 하긴 20대니까.

"지연이 너, 노총각 히스테리라는 말 들어봤어?"

"아니."

"노총각 히스테리는 없는데 노처녀 히스테리라는 말이 왜 있겠어? 서른 넘어도 결혼 안 한 여자는 신경질적이다, 그러니까 빨리 결혼시켜야 한다, 이런 식으로 말도 안 되는 통념을 뒤집어씌워서 사람을 공식적으로 바보로 만들겠다는 거야."

그제야 지연이 아하, 하고 무릎을 친다. 나보다 앞서 힘든 독신생활을 버텨왔던 이모가 분노에 찬 목소리로 외친다.

"히포크라테스가 문제야. 프로이드랑 브로이어도 문제고. 히스테리가 나이 들어도 결혼 안 한 여자들만 걸리는 병인가? 지수야. 우리가 위키피디아나 포털사이트에 지식으로 올리자. 노총각 파라노이아, 노총각 노이로제, 노총각 자위강박증, 이런 거 만들어서."

적극 찬성이다.

"내일 현경이 집들이 간다며? 그 사람이랑 또 부딪치는 거 아니야?"

"나도 혹시나 해서 물어봤어. 아닐 거래. 하긴 사장씩이나 되는 윗것이 설마 집들이까지 왕림하시겠어?"

정원과 현경의 결혼식에서 겪은 경험담 한풀이는 문제의 남자를 다시 만날 일이 없다는 확신으로 끝을 맺는다. 2차 수다 소재를 찾는 동안 간식을 주섬주섬 집어먹던 지연이 뭔가 생각난 듯 손뼉을 짝 쳤다.

"이모랑 언니, 1월 신년연휴에 충주 내려갈 거지?"

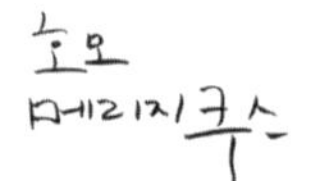

아, 그렇구나. 그 무서운 시간이 코앞에 왔다니.

이모와 나는 거의 동시에 얼어붙은 채 서로를 응시한다. 이건 수다 소재 중 가장 무시무시하고 소름끼치는 거다.

나이가 찼지만 결혼하지 않은 여자들이 정기적으로 공공의 적으로 몰리는 일대기간이 바로 신년연휴와 추석, 설이다.

친척들이 옹기종기 모여앉아 외쳐대는 결혼, 결혼, 결혼! 그 고초를 직접 당해보지 않은 사람은 모른다. 그게 정신적으로 얼마나 심각한 스트레스인지. 해마다 되풀이되는 결혼강요와 그로 인한 수난의 시간이 주마등처럼 지나간다.

훼가출송이라는 말이 있다. 미풍양속을 어지럽힌 사람의 집을 허문 뒤 그를 마을에서 쫓아내는 데서 유래했다고 한다. 개인의 사유재산과 권리를 무단으로 침해한 집단 이기주의지만, 공공의 이익이라는 대의명분으로 미화된 폭력행사다.

그런데…… 당시 미풍양속을 어지럽히는 일에 여자의 결혼거부도 포함되어 있을까?

만약 그랬다면 조선시대에 태어난 이모와 나의 전생은 폭삭 내려앉은 집을 뒤로한 채 무인도에 위리안치 당한 후 생을 마감했을 게 분명하다. 현대에도 그런 제도의 명맥이 이어진다면 무인우주선에 강제로 태워져서 지구 대기권 밖으로 쫓겨났을지도 모른다.

결혼 안 하는 건 죄가 아니다. 그런데 왜! 안 한다고 버티면 집안을 더럽히는 대역죄인 취급을 받는 걸까? 마흔여덟이 넘도록 독신을 고수한 미희 이모가 어떤 마음고생을 겪었을지 이젠 절실히 이해한다.

"이모. 올해도 선방 잘 해줘. 부탁해."

이모가 대번에 "싫다, 얘."라며 얼굴을 찡그린다. 애원 모드로 돌입한다.

"그러지 마. 이모는 방어경력이 나보다 더 길잖아."

"그러니까 더 힘들지. 됐다. 각자 따로 살아남자."

한없이 다정다감한 미희 이모지만 이 얘기만 나오면 가차 없이 냉정해진다. 조카고 뭐고 다 필요 없다. 그만큼 당해왔다는 뜻이다. 결혼이 사람 잡는다.

"요즘은 너 때문에 한소리 더 듣는단 말이야."

내가 뭘 어쨌다고?

"지난달에 진수 오빠가 한마디 하더라. 내가 못 하니까 너도 못 하는 거라고. 올케언니도 거들더라. 내가 결혼해야 너도 빨리 시집보낼 수 있대. 쉰 넘기 전에 만만한 남자가 나타나면 무조건 잡으라나? 이 나이에 총각이 있겠느냐, 웬만하면 포기하라고 그랬더니 오빠 왈. 재취자리라도 있기만 하면 고마운 줄 여기고 빨리 시집가란다. 참 내."

이모가 오렌지껍질을 쟁반에 탁 던진다. 신경질이 묻어나는 스트라이크다.

"못 하는 게 아니라 안 하는 거라고 하지 그랬어. 그리고 남자가 없잖아."

"거리에 나가봐라. 남아도는 게 남자다."

"많아도 내 남자가 아니지. 그리고 남자 많은 거 알면서 이모는 왜 안 해?"

"이혼전문 변호사로 10년 넘게 살았는데 결혼할 맛이 나겠니? 결혼이나 사랑, 남자에 대한 환상이란 게 남아나질 않아."

이미 다 아는 얘기요, 그간 수없이 주고받은 말이다. 더 이상 해봤

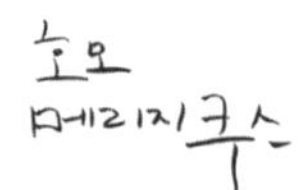

자 코앞에 닥친 문제해결엔 아무 소용없다. 고민하다 타협안을 내놓는다.

"이모. 우리 둘이 순번 정해서 가는 건 어떨까?"

"그보다 사람들이 많이 모이는 날을 피해서 같이 다녀오는 게 좋을 것 같아."

정기적으로 있는 명절이나 회갑연, 장례식 등등 해마다 비정기적으로 일가친척들이 모이는 날이 다가올 때마다 늘 그랬던 것처럼 고행의 시간을 지혜롭게 극복하기 위해 토론을 되풀이한다. 친척들이 모인 자리를 어떻게든 피해보겠다는 처절한 몸부림이라니. 당사자는 눈물이 앞을 가리는데, 제삼자인 지연은 옆자리에서 혀를 끌끌 찬다.

"또 그런다, 또. 그러다 당일치기로 내려갔다 올라올 거지? 결혼 얘기 듣는 게 그렇게 걱정돼?"

"너도 당해봐라. 그러면 안다."

"난 괜찮아. 이모랑 언니가 앞에 버티고 있는데."

나이 어린 것을 빙자하여 유세를 떨다니. 건방지다.

"아니야, 지연아. 내년부턴 네가 타깃일 거야. 나이도 어리겠다, 사귀는 사람도 있겠다, 뭐로 보나 네가 결혼할 가능성이 제일 많잖아."

이래서 이모가 좋다. 중요한 순간에 내 편이 되어 한 방 날려주니까.

이모와 내가 한편을 먹자 삐친 동생이 입술을 비죽거리며 브라우니를 크게 한 입 베어 문다. 먹는 모습만 봐도 배가 부를 만큼 지연이는 복스러워 보인다. 늘 지켜줘야 할 것 같았는데 벌써 스물여섯이라니. 재가 언제 저렇게 컸을까?

"그나저나. 지수야."

이모가 나지막이 부른다. 간절함이 실린 목소리. 부탁할 뭔가가 있다는 뜻이다. 불길한 예감이 든다.

"너……, 청송에 한 번 안 갈래?"

얼굴이 굳어버린다. 청송이라니. 내가 거길 왜 가? 왜 이따위 얘기가 화목한 수다 중에 소재로 부상하는 거지?

"며칠 전에 네 청송 친가랑 통화했어. 너희 친할머니랑 친할아버지, 숙부님이 해마다 너 오기만을 기다리시는 것 같던데. 지연이는 얼마 전에 한 번 다녀왔어."

분기를 담아 째려보자 동생은 내 눈을 슬며시 피한다.

이모가 나와 친가를 화해시키기 위해 중간에서 애를 써온 게 10년이 훌쩍 넘었다. 이모와 나 사이에서 지연이 알게 모르게 눈치를 보는 것도 알고 있다. 하지만 동생이 나 모르게 거길 다녀오다니. 이건 배신이다.

"너도 시간 내서 갔다 와. 1월 신년연휴든지 설이든지. 기왕이면 설에 가. 가서 형부랑 큰언니 차례도 지내고. 네 친할머니도 너를 많이 보고 싶어 하셔."

싫다. 안 간다. 그쪽 방향은 쳐다보고 싶지도 않다. 지연이가 갔다고 나까지 갈 이유는 없다. 나를 보고 싶어 하든 말든 내 알 바 아니다. 인연 끊고 산 지 20년이 다 되어간다. 착한 손녀 흉내를 낼 마음은 단 한 방울도 없다.

사람들에게 친할머니라는 말은 일반적으로 향수를 불러일으킨다. 내게는 천만의 말씀이다. 생각만 해도 가슴이 저리는 애틋한 피붙이가 절대 아니다. 가부장제 사회에 뼛속까지 물들어 아들의 음행을 오냐오냐 감싸고, 며느리에게 무조건적인 인내와 희생을 강요했던 박씨 가문의 야비한 수호신일 뿐이다. 친할머니가 아버지를 위해 발휘한 음산하고 비열한 모성은 생각만 해도 치가 떨린다.

오래전, 아주 오래전 기억이 떠오른다. 그 일을 나는 지금도 똑똑히 기억하고 있다.

눈이 펑펑 쏟아지던 밤이었다. 엄마는 갓 태어난 지연을 등에 업고 내 손을 꼭 잡은 채 오늘은 기어코 잡겠다고 중얼거리며 길을 나섰다.

춥다고 보채는 일곱 살배기 딸을 달래며 발을 동동 구르던 엄마는 다른 여자와 함께 여관을 나서던 남편을 발견했다. 달려가서 화를 내며 따졌다. 그리고 어린 내가 보는 앞에서 따귀를 얻어맞았다.

다음날 청송에서 달려온 친할머니는 고작 서방 바람기 하나 못 참아서 밖에서 창피하게 그 난리를 피우냐고 고래고래 고함을 치며 며느리를 나무랐다. 그리고 한동안 집에 머물며 엄마를 단속했다.

내려간 후에도 전화통화와 예고 없는 수시방문으로 며느리가 자기 아들을 괴롭히지는 않는지, 다른 생각을 품지 않는지 감시하는 부지런함을 잃지 않았다. 앞으로 나서지는 않았지만 청송에 자리 깔고 앉아 점잖은 헛기침만 해대는 친할아버지도 다를 바 없었다.

결혼하면 무조건 행복해진다는 유아용 동화책 식 결말이나 권선징악에 익숙한 어린아이로서는 절대로 이해할 수 없는 상황이 계속 이어졌다.

아버지의 성적인 문란함이 일으킨 치정극과 엄마의 일방적인 피해로 돌아간 가정 내 분란을 이해하기 위해 나는 단번에 자라야만 했다. 냉소주의로 무장한 정신적 성장은 본능이 선택한 생존방법이었다.

그렇지 않았다면 어린 나이로 감당하기 힘든 충격에 단기 기억상실증에 걸리거나 노이로제로 평생 시달렸을지도 모른다. 결혼이라는 사회적 제도에 대한 회의감과 가부장제에 대한 분노, 남자에 대한 뿌리 깊은 불신도 그때 싹튼 결과다.

눈 오는 날의 폭행사건이 있고 얼마 후 엄마는 아버지와 각방을 썼다. 그러나 아내로서 두 자매의 어머니로서 역할은 소홀히 하지 않았다. 그렇게 1년이 지났다.

엄마는 딴 여자랑 오입질하고 들어왔을 남편에게 하루도 거르지 않고 아침저녁으로 밥을 지어다 바쳤다. 일주일에 한두 번씩 아버지는 와이셔츠에 립스틱 자국을 묻혀왔고, 엄마는 편안한 표정으로 세제를 풀어 빨래를 했다. 붉은 연지 자국을 지워낸 옷을 햇빛에 널 땐 행복해 보이기까지 했다.

부모의 이혼을 각오하고 엄마를 따라나설 준비를 하고 있던 나로선 기가 막힐 노릇이었다. 엄마처럼 사는 게 결혼한 여자의 삶이라면 절대로 결혼하지 않겠다고 매일매일 다짐했다.

세상의 부모들과 부모가 될 사람들은 반드시 알아야 한다. 화려한 미사여구로 정당화하며 반려자 외의 다른 사람에게 한눈을 파는 것이, '한때 한순간의 낭만이요 로맨스'라는 화려한 미사여구로, 반려자 외의 다른 사람에게 한눈을 파는 것을 정당화하며 저지른 불륜 때문에 자식들이 절망한다는 것을. 그것을 보고 자란 자식들이 많은 것을 부정하고 불신하고 혐오하며 남은 생을 살아간다는 것을.

세상 아버지들의 어머니들 또한 깨달아야 한다. 며느리들도 기실은 누군가의 금지옥엽이라는 것을.

눈모
메리지쿠스

자기 아들을 감싸기 위해 윤리의식을 제거하고 발휘하는 모성본능은 누군가의 딸에게 무조건적 희생을 강요하는 악랄한 행위다. 자기 아들이 최고라며 무조건 떠받들고 숭배하는 그녀들은 이기적이고 사악하기 그지없는 이데올로기 그 자체다.

"지수야. 형부는 그렇다 쳐도 진희 언니 차례가 있잖아. 올해는 설에 청송에 가서……."

"외갓집에서도 엄마 제사랑 차례는 지내잖아. 충주에 갈래."

"지수야."

"낳아주기만 하면 아버지야? 어제는 이 여자, 내일은 저 여자. 그래놓고 자식이 제삿밥 차리고, 차례상에 술 따르고 절하길 바랄 자격 있어? 친할머니 보기 싫어서라도 안 가. 엄마한테 난리치던 게 아직도 생생해. 그 노친네, 꼴도 보기 싫어."

"형부가 다시 합치자고, 잘해보자고 했잖아. 진희 언니도 받아들였고. 네 아버지고 이제 돌아가신 분이야. 그러니 이제 그만 용서해드려. 큰언니도 네가 그러길 바랄 거야."

용서? 머리 뚜껑이 펑 소리를 내며 폭발한다.

"아빠 때문에 엄마가 죽었잖아!"

"지수야. 그건 사고였어. 차가 그렇게 될 줄 누가……."

"그때 아빠가 용서 빌지 않았다면, 두 번째 신혼여행이니 어쩌니 하면서 여행가자고 조르지만 않았다면 엄마는 아직도 살아 있을 거야. 아빠가 운전만 잘했어도 차가 길 밖으로 튕겨나갈 일은 없었어! 엄마가 죽은 건 다 아빠 때문이야. 엄마도 그래. 아빠를 왜 받아줘? 왜 용서해? 왜 여행을 가? 속도 없어!"

되돌릴 수 없는 과거에 대한 부질없는 원망들. 마음이 갈기갈기

찢겨진다.

“여섯 살짜리 동생 손잡고 외갓집에 내려갈 때 내가 어떤 마음이었는지 이모는 모를 거야. 용서 못 해. 안 해. 친할머니가 날 보고 싶어 해? 하! 염치도 없지. 핏줄만 이어지면 장땡이야?”

엄마에 대한 그리움, 아버지와 친할머니에 대한 증오. 마음이 아플수록 말이 더욱 독하게 나간다. 입술을 꾹꾹 깨문다. 찝찔하다.

“나는 언니랑은 달라. 희미하지만 좋은 기억만 있거든. 엄마 아빠 사이도 좋아 보였고.”

당연하다. 지연이는 고작 여섯 살이었으니까. 하지만 난 동생 나이쯤에 눈이 펑펑 오는 날에 엄마가 아빠가 바람피운 현장을 붙들었다가 길바닥에서 따귀 맞는 것까지 봤다.

“알아. 언니가 나 때문에 입 꽉 다물고 있었던 것도. 스무 살 넘은 후에 얘기 듣고 나도 충격 먹었으니까. 그래도……, 아빠가 살아계시면 좋겠어. 물론 엄마도.”

엄마가 살아계셨으면, 하고 바라는 건 나도 마찬가지다. 하지만 아빠? 천만의 말씀이다. 지금 동생이 살아계시면 좋겠다고 하는 ‘아빠’는 진짜가 아니다. 허상이다. ‘아빠’라고 부를 사람이 없으니 막연하게 그리워하는 것뿐이다.

“허구한 날 여자랑 사고 치는 아빠를 보고 자라면 너도 생각이 달라질 거다. 나보다 더하면 더했지 덜하진 않을걸?”

“그만하자. 그래, 지수야. 청송에 가지 마라. 됐지? 너희들, 차 더 마실 거지?”

이모가 대화를 끊고 일어난다. 컵과 빈 접시를 들고 싱크대로 향하는 표정이 적잖이 어둡다. 이모가 설거지를 하는 동안 나와 동생은 다과상을 앞에 두고 침묵을 지킨다.

"언니. 엄마랑 아빠, 어떻게 결혼했는지 알아?"

내가 알기론 사랑 때문이다. 부모님은 눈물 없이 볼 수 없는 위대한 사랑을 했고 대하소설 5권 분량은 거뜬히 채울 수 있는 과정을 거쳐 결혼했다.

"큰언니랑 형부랑 죽고 못 살았어. 나는 어릴 때라 기억이 잘 안 나지만 선희 언니한테 얘기는 들었어. 우리 아버지랑 어머니는 굉장히 반대하셨고."

대답을 거부하는 나를 대신해서 이모가 대답한다.

"외할아버지랑 외할머니가? 왜?"

"진희 언니가 충주에서 내로라하는 천재였거든. 일류대 법대에 떡하니 합격해서 서울로 유학 떠나 2년 만에 사법고시 1차를 패스했지. 딸 셋에 아들 하나 도합 4남매 중에 맏딸이 그러니 부모님 기대가 오죽하셨겠어?"

지연이 감탄을 연발한다. 나는 한심해 죽을 지경인데 뭐가 그렇게 좋은지.

"잘나디잘난 딸이 청송에서 올라온 가난한 촌부 아들이랑 사랑에 빠져 학교고 시험이고 다 때려치우고 결혼하겠다고 하니 눈이 뒤집히실 수밖에."

창창한 미래를 접고 엄마가 그렇게 미련한 짓을 했다. 이미 아는 얘기지만 들을 때마다 어이가 도시락 싸들고 가출할 지경이다.

"두 분이 당장 서울에 가서 큰언니를 잡아 충주로 끌고 내려오셨다나 봐. 머리도 밀었대나 뭐래나. 진희 언니가 충주에 와서 골방에 갇혀 지낸 건 나도 기억나. 그렇게 반대했는데 형부가 쫓아내려온 거야. 둘이 손잡고 도망쳤지. 그 후에 소식이 한참 끊겼고. 그러다 네 언니 낳고 같이 내려오니까 어쩔 수 없이 용서하신 거고."

"멋있다. 우리 엄마 아빠, 되게 낭만적이네."

지연이 감탄한다.

"낭만은 무슨 낭만. 낭만이 죄다 얼어 죽었지. 그렇게 눈물 쏙 빠지게 사랑해서 여자 데리고 도망친 남자가 바람은 왜 피웠대?"

내 일갈에 지연은 금세 시무룩해진다. 불편한 침묵이 이어진다.

설거지를 마친 이모가 팔팔 끓은 물 주전자를 가져왔다. 아쌈 홍차 잎을 넣자 묵직한 몰트 향이 퍼졌다. 에스프레소 머신이 만든 스팀밀크와 설탕을 주전자 안에 붓고 젓자, 검붉은 반투명의 액체 속으로 하얀색 소용돌이가 일어나며 부드러운 갈색으로 녹아든다. 편안해 보인다. 내 인생도 저런 색이면 얼마나 좋을까.

"형부가 바람피운 거, 그게 형부만 탓할 문제는 아닌 것 같아."

"그럼 엄마 탓이야? 엄마가 바람피우라고 시켰대?"

"아니. 호르몬. 사람이 사람을 사랑하게 되면 호르몬이 분비된다잖아. 도파민, 페닐에틸아민, 엔도르핀, 옥시토신, 세로토닌, 바소토신. 일명 사랑호르몬. 그런 게 나올 땐 눈에 뵈는 게 없대. 그 사람이 없으면 죽고 못 사는 거고. 큰형부도 다른 여자를 만나면서도 이성적으로 이건 아니다 했을 거야. 그런데 호르몬이 도니 본능적으로 그렇게 되어버린 거겠지."

아버지를 위한 이모의 변명 아닌 변명이다. 내가 싫어하는 말 중의 하나가 죄는 미워하되 사람은 미워하지 말라는 말이다. 이 경우엔 어떻게 되는 걸까. 호르몬은 미워하되 사람은 미워하지 말라? 개풀 뜯어먹는 소리다.

"그런 호르몬들은 분비기간이 평균적으로 18개월에서 30개월 사이래. 분비가 안 되면 사랑이 식는 거지. 과학적으로 증명이 된 거래. 나도 법률상담해주다 온라인 자유게시판에서 본 거야."

사랑의 유효기간도 몰랐던 엄마가 우습다. 똑똑했다는 사람이 왜 그랬나 모르겠다. 남자의 사랑이 18개월에서 30개월 정도 분비되는 호르몬 때문인 줄도 모르고 미래를 집어던진 뒤 반대를 무릅써가며 결혼해서는 평생을 저당 잡혀 살다니. 미련곰퉁이가 따로 없다.

무책임한 아버지는 더 밉다. 호르몬에 취해 지키지도 못할 평생의 사랑을 엄마에게 약속해서 결혼하다니. 평생을 약속한 여자가 눈 시퍼렇게 뜨고 있는데 이 여자 저 여자 바꿔가며 바람을 피우다니. 정절을 저버린 죄책감보다 같잖은 사내 자존심을 내세워 길에서 아내의 뺨을 때린 뻔뻔함은 생각하면 할수록 치가 떨린다.

어리석기 그지없다.

자주적으로 살 수 있는 탄탄대로를 포기하고 아버지와 결혼해서 매여 산 헛똑똑이 엄마가. 호르몬에 취해 헛된 맹세를 하고 결혼했던 방종한 아버지가.

평생 동안 서로 사랑하고 믿고 의지하겠다는 결혼서약이. 지금 이 순간에도 몇 개월간 분비되다 그치고 말 호르몬의 영향으로 사랑에 눈이 멀어 영원을 들먹이며 결혼하는 수많은 사람들이.

난 그러지 않을 거다. 고작 호르몬 때문에 사랑에 미쳐 평생을 약속하는 일 따위는 없을 거다.

결혼 같은 거…… 하지 않는다. 결혼이라는 이름에 얽매여 돌아서면 남일 뿐인 남자에게 의지하며 살지 않을 거다. 만에 하나, 어쩔 수 없이 결혼하게 되더라도 절대로 엄마처럼 살지 않을 거다.

지난 20년간 수없이 되풀이했던 맹세와 선언을 한 번 더 굳게 되새기는 동안 공기가 불편하게 얼어붙는다. 딱딱하게 굳은 내 표정을 살피던 이모와 동생이 눈짓을 주고받는다. 지연이 애교어린 목소리로 말을 건다.

"그런데 언니. 그……, 윤유호라는 아저씨 말이야. 잘생겼어?"

화제를 돌리는 동생의 배려를 모를 리 없다. 그래. 이럴 땐 누구 하나 질겅질겅 씹는 게 최고다. 이보시오, 윤유호 씨. 좋은 일 한다 생각하시고 오늘 살신성인하시게나.

"잘생기긴. 징그럽게 생겼어. 내 취향은 아니야."

이번엔 이모가 재촉했다.

"그러니까 어떻게? 지수야. 좀 자세히 묘사해봐."

"눈이 커. 이목구비도 굵직해. 전체적으로 매끈하게 생겼고. 어르신들이 보면 그놈 참 사내답게 잘생겼네, 하는 말이 쉽게 나올 수 있을 정도? 그런데……."

"그런데?"

"쌍꺼풀이 1센티야."

이모와 지연이 동시에 푸하하 웃음을 터뜨린다. 사실 자로 재본 건 아니라 확실한 치수는 모른다. 1센티가 될지도 긴가민가하다. 분명한 건 그 정도로 두껍고 진하다는 거다.

"언니. 그 아저씨 키는?"

"최소한 180? 나도 하이힐 신으면 170 조금 넘잖아. 나보다 머리꼭대기가 한참 위에 있더라고."

"크네. 혹시 영화배우 중에서 그 남자랑 비슷한 사람 있어? 생김새나 이미지나."

“글쎄. 음. 안토니오 반데라스? 그 사람 닮았어.”

그 순간 이모가 두 주먹을 불끈 쥐고 열광하기 시작했다.

“진짜? 세상에! 나, 안토니오 반데라스 너무 좋아하는데!”

“이모도? 나도, 나도!”

이모와 지연이 앉은 자리에서 손을 맞잡고 방방 뛴다. 공중부양도 가능할 것 같다. 사람이 사람을 좋아하는 취향은 각양각색이라더니. 가까운 피붙이들의 남자 취향이 느끼한 기름범벅 사내일 줄은 꿈에도 몰랐다.

“이모는 나중에 스페인에 가서 살아라. 지연이 너도.”

“왜? 안토니오 반데라스가 스페인 출신이라서?”

“거기엔 안토니오 반데라스 같은 남자가 넘쳐나잖아. 바르셀로나에서 택시를 탔는데 똑 닮았어. 안토니오 반데라스가 택시기사로 전업한 줄 알았다니까. 나한테 알아듣지도 못하는 스페인 말로 계속 블라블라. 길에서 여자만 봤다하면 윙크 날리고. 느끼해서 진짜.”

휴가차 여행 갔던 기억을 떠올리자니 진저리가 절로 난다.

“진짜? 이상하네. 나도 출장 때문에 스페인에 가봤지만 안토니오 반데라스 같은 사람은 거의 못 봤어. 사방을 둘러봐도 안토니오 반‘만’데라스더라. 안토니오 반데라스의 반만 따라가도 눈물 나게 고맙겠던데.”

아이고 데이고 소리를 한참 거듭하다 웃음 때문에 고인 눈물을 닦는다. 수다로 쑥쑥 빠져나간 열량을 채우기 위해 눅눅해진 샌드위치와 과일을 집어 든다.

“그런데 지수야. 그 남자 말이야, 너한테 지압까지 해주는 거 보니 여자한테 아예 나쁜 놈은 아닌가 보다?”

이모 말에 나 역시 흔쾌히 동의한다.

"나쁜 놈은 아니지. 그렇지만 여자한테 좋은 놈도 아니야."

"그럼 어떤 놈?"

"흠. 글쎄. 참 쉬운 놈?"

맞다. 참 쉬운 놈. 말해놓고 나니 이게 정답이다.

여자한테 자기 멋대로 쉽게 툭 던져놓고, 그보다 더 쉽게 아님 말고 하는 남자. 그렇게 쉬운 남자랑 다시 만날 일은 두 번 다시 없을 거다.

"언니, 언니. 나중에 결혼하고 싶으면 그 아저씨랑 해라."

"미쳤니? 내가 왜!"

"좋잖아. 안토니오 반데라스 닮은 잘생긴 형부. 얼마나 좋아?"

"하나밖에 없는 동생까지 기어코 배신을 때리네. 네 말대로 그 인간이 잘생겼다 치자. 사람이 얼굴만 잘생겨서 뭐 하니?"

"기왕이면 다홍치마라잖아. 기왕이면 잘생긴 형부가 좋지."

"사람이 인간성이 좋아야지, 얼굴이 무슨 소용이야? 얼굴 뜯어먹고 살 것도 아닌데."

"하나밖에 없는 언니 동생 소원이 형부 얼굴 뜯어먹고 사는 거야. 몰랐어?"

지연의 농담에 이모가 까르륵 웃는다. 흰 눈을 떴던 나도 웃음을 터뜨리고 만다. 11월의 밤이 소복소복 쌓이는 눈과 끊임없는 수다 속에 하얗게 익어간다.

노오
메리지쿠스

4. 암중모색 暗中摸索

: 농담이 아니라 진짜로 계약결혼?

오후 4시가 조금 넘은 시각.

겨울 하늘가와 도로 주변은 이미 어두워지고 있다. 시원하게 뚫린 고속도로를 타고 차들이 빠르게 달려나간다.

새벽까지 수다를 떠는 바람에 잠이 부족했고 현경의 집들이에 들렀다 차에서 깜빡 졸았던 것뿐이다. 그런데 눈을 떠보니 잠실로 가는 게 아니다. 서울 시내도 아니다. 오른쪽으로 해가 지는 중이다. 한반도 남쪽으로 가고 있다.

“일어났어요? 피곤한 것 같은데. 좀 더 자도 돼요. 도착하면 깨울게요.”

듣기만 해도 혈관에 콜레스테롤이 잔뜩 낄 것 같은 낮은 목소리. 윤유호라는 이름의 남자가 운전석에 앉아 하얀 이를 드러내고 히죽 웃는다.

“여기가 어디죠?”

“차 안이요.”

장난해?

“그러니까 그 차가 가고 있는 이곳이 어디냐고요.”

"어디긴요. 고속도로죠. 서해안 고속도로. 어젯밤에 서울경기에만 눈이 내렸나 봐요. 여기는 길이 좋네요. 미끄럽지도 않고."

운전석에 앉아 꼬박꼬박 말대꾸하는 남자를 시속 60km로 달리는 차 밖으로 집어던진다면 형량이 얼마나 될까? 아니다. 그 전에 내가 사고로 죽을 수도 있겠구나.

"잠실 근처에 내려달라고 했을 텐데요?"

"길이 많이 막혀서요. 카페에 가서 차나 한 잔 하고 가죠."

유연하고 천연덕스러운 저 말이라니. 편두통이 와르르 밀려온다.

"차 마시는데 고속도로는 도대체 왜 타신 건데요?"

"괜찮은 카페가 대천 해수욕장 근처에 있거든요. 드라이브 겸 가는 거죠."

당연한 일 아니냐는 듯 그가 어깨를 한 번 으쓱거린다. 저 인간을 그냥 확!

"서울 시내에도 카페는 많거든요?"

"차가 막힌다니까 그러시네."

"차 돌리세요."

"조금만 기다리세요. 거의 다 왔어요."

이야기가 헛돌고 있다. 더 이상 얘기한다는 것은 무의미하다. 달리는 차에서 뛰어내리고도 살아남을 수 있는 기술이 없는 이상 당장은 별다른 방도가 없다. 대천에 내리자마자 택시를 타거나 고속버스를 타는 게 낫다.

아이고, 두야. 두 눈을 질끈 감고 조수석에 소리 없이 무너진다. 집들이에 간 내 탓이요, 이 차에 올라탄 내 탓이요, 잠실에서 내려주리라 철석같이 믿고 졸았던 내 탓이다. 11월의 저주가 말일 오후 11시

59분 59초까지 줄기차게 이어지려나 보다.

상황이 이렇게 전개된 최대 원흉은 현경과 그녀의 남편이다. 슈퍼에서 산 24개들이 두루마리 휴지와 티슈 세트를 들고 도착했을 때 문을 열어준 사람은 희희낙락 웃는 현경의 신랑과 이 남자였다. 원망 섞인 눈빛으로 그가 오지 않는다고 거짓말한 현경을 찾았지만 친구는 손님상 차리기에 여념이 없었다.

뿐만이 아니다.

현경의 신랑은 친구들과 함께 구석에 앉아 있는 나를 자기 회사동료들이 모인 자리로 꾸역꾸역 끌어내어 남자 옆에 억지로 앉혔다. 결혼하니까 너무 좋다는 둥 사장님도 빨리 결혼하셔야 한다는 둥 온갖 낯간지러운 대사를 퍼부으며 나와 남자를 번갈아 바라보았다. 부창부수라고 뒤늦게 합석한 현경 역시 결코 다르지 않았다.

밥이 코에 들어가는지 귀에 들어가는지. 빤히 보이는 작위적인 설정에 가시방석에 앉은 기분이었다. 깨가 쏟아지는 신혼부부의 오지랖은 시간이 갈수록 극에 달했다. 참다못해 결국 한마디 던졌다.

"이런 자리에 오면 짝 없이 혼자 늙어가는 외기러기 신세가 동네북이라는 거 아는데, 이제 그만해요. 현경이 너도 그만해. 다른 분은 입장이 난처할 수도 있잖아."

'마이 묵었다 아이가! 실컷 갖고 놀았으니 이제 고마해라!'라는 협박이요, 남자를 향해서는 애인이 있다는 허위자백을 강제로 유도하는 발언이었다. 하지만 그는 "에이, 지수 씨도 참. 사람 섭하게."라는 말과 함께 내 옆구리를 팔꿈치로 툭 쳤다. 정말 섭섭하다는 듯 버림받은 강아지마냥 불쌍한 표정을 지어보이기까지 했다. 게임 끝이었다.

집주인 부부와 그에 박자를 맞춘 제비와 덩달아 날뛰는 망둥이들 틈바구니에서 홀로 화를 삭이던 나는 무난한 퇴장을 택했다. 왁자지껄해진 틈을 타서 현관을 벗어나자마자 안도와 분노의 한숨을 쉰 것도 잠깐, 이내 문이 열리고 현경과 현경의 신랑과 이 남자가 시시덕거리며 따라 나왔다. 안에서 "우리 윤유호 사장님이 드디어 장가 가십니다!"라는 외침에 이어 함성소리와 휘파람소리와 우렁찬 박수소리도 긴 꼬리를 흔들며 따라 나왔다.

현경은 "재창 씨 사장님께서 집까지 바래다주신대."라며 방실방실 웃었다. 괜찮다는데도 아내와 함께 주차장까지 따라온 현경의 남편이 막내딸을 시집보내는 늙은 아버지 같은 표정으로 말했다.

"사장님. 우리 지수 씨, 집까지 자알 모셔다주십시오. 부탁드립니다."

친구 부부의 과잉친절에 욱하는 욱녀의 본능이 꿈틀거렸다. 결혼한 사람들이 결혼 안 한 사람들에게 결혼을 강권하는 건 정말 나쁜 습관이다. 친구나 친구의 남편이나 기혼으로 신분을 바꾸자마자 이상한 것부터 배웠다.

호들갑스러운 배웅 속에 마지못해 검은색 SUV에 올랐다. 그리고 아파트단지를 벗어나자마자 근처 지하철역에 내려달라고 했다. 그러나 이 빌어먹을 남자는 귓등으로도 듣지 않았다.

"서 팀장한테 지수 씨 집까지 모셔다드린다고 약속했어요. 회사에서 매일 만나는 사람인데 거짓말은 말아야죠. 댁이 어디시죠?"

이 남자에게 사는 곳이 어딘지 가르쳐줄 생각은 추호도 없었다. 삼류 멜로드라마에나 어울리는 차 안에서의 구질구질한 실랑이도 싫었다. 그래서 내려달라고 한 곳이 이모 집 근처였다.

그런데 교통체증과 불편한 침묵과 피로 속에 잠깐 눈을 감았다 깨어나니 차가 고속도로 위를 달리고 있다. 그래놓고선 한다는 말이 차 한 잔 할까 해서라니. 기가 막히고 코가 막힌다. 무시무시한 살의가 무럭무럭 자라난다. 아까 그 자리에 있던 사람들과 이 남자를 어딘가에 파묻어버리고 싶다.

불편한 침묵 속에 한동안 운전에만 열을 올리던 그가 앞을 응시한 채 불쑥 말했다.

"너무 그렇게 티 내지 마세요."

무슨 티?

"내가 싫다는 티."

알긴 아네.

"지수 씨는 제가 바람둥이라고 생각하죠?"

결혼피로연에서 처음 본 여자한테 다짜고짜 시간 있으면 섹스나 하자고 말하는 남자를 달리 부를 단어가 있을까? 있다면 그 말을 제발 가르쳐주길. 진짜 알고 싶다.

"지수 씨 짐작대로 바람둥이 맞습니다. 그래도 싫다는 여자를 억지로 건드리진 않아요. 여자한테 징징대면서 추하게 매달릴 생각도 없어요. 그래본 적도 없고."

"네네, 자랑이십니다. 참으로 장하십니다. 브라보입니다, 브라보."

한껏 비꼬며 박수까지 세 번 짝짝짝 쳐준다. 그가 운전대를 붙들고 폭소를 터뜨리다 큰기침으로 마무리한다.

"아까 서 팀장 집에서 많이 불편했죠?"

많이 불편한 정도가 아니다. 죽을 맛이었다.

"저도 그랬어요. 회사에 서류 챙기러 들렀다가 직원들한테 엉겁결에 붙잡혀서 갔을 뿐이에요. 잠깐 얼굴만 비치고 일어날 생각이었는데. 일이 꼬였네요."

이 사람도 함정에 빠졌다는 얘기? 그나마 위로가 된다.

"서 팀장만 나무랄 일은 아니죠. 결혼식 때 제가 지수 씨 옆에 달라붙어서 장난을 친 탓이니까. 그렇다고 제가 예전에 지수 씨한테 작업 걸었다가 차였다고 이실직고할 순 없지 않겠습니까. 사장 가오라는 게 있지."

자기도 싫은데 참았다는 뜻이다. 의뭉스러운 구석은 보이지 않았다. 그런데 이상하다. 아까 봤을 땐 좋아하는 것 같더니 갑자기 왜 태도가 돌변한 걸까?

"빠져나가기 힘든 상황이니 즐길 수밖에요."

"사귀는 사람이 있으니 그만하라고 하실 수도 있었잖아요."

"지수 씨 뜻은 정확히 캐치했죠. 하지만 그런 사람이 없는 걸 직원들도 다 아는데 거짓말하기는 싫었어요. 게다가 부하직원 신혼 집들이에서 사장이 정색하고 따지면 여러 사람 입장만 난처해지지 않겠어요? 적당히 장단 맞추다 도망치는 게 상책이죠."

타당성을 인정한다. 이 사람도 묻어가는 사회생활을 꽤 해봤나 보다. 하지만 용서할 수 없는 것이 아직 남아 있다. 고속도로는 왜 탄 거야?

"시간 때우려고요. 저녁에 저랑 지수 씨한테 전화 올걸요? 같이 있나 확인하는 전화."

이건 또 웬 자다가 봉창 두드리는 소리인지.

"지수 씨가 일어났을 때 서 팀장이 어찌나 눈치를 주던지. 만나보니 서로 안 맞는 거 같아서 좋게 헤어졌다고 나중에 둘러대더라도 오늘은 달리 방법이 없었죠."

이제야 앞뒤가 착착 들어맞는다. 제목은 집들이를 빙자한 박지수—윤유호 사장의 결혼독촉회. 기획 및 제작에 현경, 각본 및 연출은 현경의 남편, 우정출연은 친구들, 그리고 제작지원과 후원 및 현장 효과음 담당은 유베이 직원들. 완벽한 구성이다.

"그러면 차에 탔을 때 말씀을 하지 그러셨어요. 상황이 이러니 말을 맞추자고요."

"그럴까 했죠. 그런데 지수 씨가 제 말을 끝까지 들을까, 듣더라도 믿을까 싶었어요. 저 망할 놈의 바람둥이가 또 꼼수 쓰는구나, 그러면서 무시해버렸겠죠. 진짜 차 한 잔 하는 것보다 서로 말 맞추기가 더 힘들 거 같아서 아무 말 안 했어요. 지수 씨도 잠깐 졸기에 에라 모르겠다, 눈 딱 감고 고속도로를 탄 거고."

이 남자가 나를 제대로 보긴 봤다. 나름대로 용쓴 사람에게 더 이상 화도 못 내겠다.

"사전에 양해를 구하지 못한 건 미안해요. 너그럽게 봐주세요."

이렇게까지 말하면 난감해지는 건 내 쪽이다. 왜 이렇게 솔직하게 나오는 거지?

"이미 말했잖아요. 나라는 놈이 원 나이트 즐기는 바람둥이 맞고 지수 씨가 나를 정확히 보는 것도 알고 있다고. 지수 씨한테 수작 걸었다가 퇴짜 맞고 내 물건까지 천만 원어치 잘릴 뻔했고. 숨길 게 뭐가 있겠어요?"

거세의 위협을 명랑하게 극복한 남자의 말과 태도에 웃고 말았다. 윤유호라는 남자가 바람둥이라는 생각을 버린 것은 아니다. 경계심을 완전히 풀어버린 것도 아니다. 하지만 그가 막돼먹은 무뢰한은 아니라는 생각이 인간 박지수를 조금은 부드럽게 만들고 있다.

"바닷가 근처에서 식사하고 서울에 올라가요. 말씀하신 잠실까지 오늘 내로 안전하게 모셔다드릴게요. 허튼 수작도 안 부리고."

"그걸 어떻게 믿어요? 지난번에도 현경이 결혼식에서 계속 집적거렸잖아요."

"그때야 퇴짜 맞고 잘릴 뻔했던 수모를 만회하자는 심정이었다고나 할까? 어느 남자건 그 정도 오기는 있으니까. 그래도 오늘 세 번째로 만난 건 정말 뜻밖이었어요. 화해도 할 겸, 제가 대접하고 집까지 모셔다드릴게요."

진짜? 대천 근처 모텔 주차장에 차 세워놓고 사람이랑 실랑이하려는 건 아니고?

"작업도 걸릴 사람한테 걸어야 보람이 있죠. 낚싯밥을 쳐다보지도 않는 고기한테 미끼 던져봐야 소용없어요. 그건 저처럼 제법 놀아본 사람이 제일 잘 압니다."

남자의 솔직한 대답에 경계를 완전히 해제하기로 했다. 분수도 알고 주제도 파악한 사람에게 모질게 대할 필요는 없다. 대천 해수욕장으로 통하는 인터체인지를 통과할 무렵 냉랭했던 공기는 솔직한 대화와 미소 덕에 편안하게 무르익었다.

차에서 내려 그의 안내에 따라 바닷가 근처 횟집에 들어갔다. 상이 차려지는 도중 나와 남자에게 번갈아 전화가 걸려왔다. 현경과 현경의 남편이 건 확인전화다.

정성이 참 갸륵하다. 국가적으로 결혼장려금 제도가 시행되거나, 주위사람들 한 쌍씩 결혼시킬 때마다 세금공제를 받는다면 거기에 더해 금일봉까지 받을 부부다.

소오
메리지쿠스

전화를 끊고 싱싱한 회를 집중공략한다. 부담을 털어내고 나니 아까와 달리 모든 음식이 꿀맛이다.

"역시 회에는 소주 한 잔 해야 제격인데. 사이다로 대신하려니 영 맛이 안 나네."

남자가 자기 소주잔에 사이다를 따르며 혼잣말처럼, 그러나 앞에 있는 내 귀에 충분히 들릴 만큼 큰 소리로 중얼거린다. 높낮이 없는 목소리로 차분히 응수한다.

"회에는 술 한 잔 해야 한다, 한 잔 하고 나면 운전 못 할 것 같다, 운전 못 하니 조금만 쉬었다 가자, 날도 추운데 쉬는 김에 어디 들어가서 쉬자, 들어가서는 조금만 자다 가자, 손만 잡고 자는 거다……. 어디서 많이 본 거죠."

그가 잔을 들다 말고 어깨를 떨며 웃는다. 그래. 진심으로 충고 한마디 해주자.

"바람둥이 모임이 있으면 운영위원회라도 열어서 진지하게 머리 맞대고 고민 좀 해보세요. 우리도 이제 새로운 레퍼토리 좀 개발해 보자고 독려하면서."

"클래식은 세대를 넘어 언제나 통하는 법이죠."

"쌍칠년도 이전에 통했던 수법을 30년 넘게 우려먹으니 문제죠. 안 지겨우세요?"

"선배들이 시행착오 끝에 매끈하게 다듬어놓은 길이니까요. 올디스 벗 구디스. 그 수법에 여전히 넘어가고 속는 여자들이 있으니 계속 쓰는 거죠."

"속는 척해주는 거예요. 남자들이 은근히 여자의 내숭과 앙탈을 바라니까 알아서 연기해주는 거죠. 집에 꼭 가야 한다고 발 동동 구르는 여자들이 모텔에 들어가서는 먼저 샤워하겠다고 나서지 않던가요? 그게 아니면 남자가 샤워하는 동안 여자가 예쁜 속옷으로 갈아입고 화장 고치고 향수까지 뿌리는 걸 모르셨나 봐요."

노골적이고 적나라한 나의 지적에 그가 웃는 낯으로 눈을 가느다랗게 뜬다.

"그런 것까지 알려면 남자랑 밀고 당긴 전적이 화려해야 할 텐데. 지수 씨도 경력이 꽤 되시죠? 나이도 있으니 그렇기도 하겠지만."

사생활에 관한 답변을 유도하는 질문. 못 들은 척 회만 집어먹는다.

"안 넘어오시네."

"레퍼토리 좀 새로 개발하시라니까요."

남자의 웃음이 더욱 커진다. 내 쪽에 있던 음식이 거의 동나자 그는 자기 쪽에 놓인 음식들을 밀어준다. 지난번에 지압해줄 때도 느꼈지만 이 남자, 참 자상하고 매너 있다. 나쁜 사람은 아니다. 바람둥이라는 것만 빼면.

"저도 결혼이 늦었지만 지수 씨도 늦은 편이죠? 주변에서 압박이 심하겠어요."

"이젠 해탈의 경지에 이르렀어요. 죽어서 화장하면 오색찬란한 사리랑 연꽃무늬 사리가 108개는 나올 거예요."

"결혼하고 싶은 생각은 없어요? 오늘 왔던 우리 회사 사람 중에 괜찮은 사람이 있으면 말씀하세요. 적당히 다리 놔드릴게요."

입맛이 뚝 떨어진다. 이 사람도 나이 서른 넘어간 여자는 남자라면 무조건 환장하거나, 결혼하고 싶어서 눈에 불을 켜고 다닌다고 생각하나 보다. 역정이 벌컥 솟는다.

노오
메리지쿠스

다수가 함께하는 자리에서 서른 살이 넘고 애인 없이 홀로 나이 들어가는 비혼녀가 끼어 있으면 얘기는 뻔하게 돌아간다.

여자를 물건으로 치부하고, 자기네들이 물건 임자를 찾아주겠다며 호기롭게 자처한다. 이 남자 저 남자에게 마구잡이로 갖다 붙여준다. 그게 좋은 거라고 착각들을 하신다. 술자리에서는 정도가 더 심해진다. 나도 부지기수로 당했다.

웃으면서 아니라고 하면 "에이, 괜찮아."라는 식의 확신과 야유가 뒤따른다. 정색하고 그만하라고 하면 그깟 일에 왜 화를 내냐며 사람을 옹졸한 바보로 취급하거나, 화내는 거 보니까 뭔가 있는 게 맞는다며 멋대로 결론을 내린다. 기혼이 그럴 때도 짜증나지만, 서른 이하의 비혼이 덩달아 찧고 까불 땐 어두운 뒷골목으로 조용히 불러내서 귀싸대기를 한 대 갈겨주고 싶다.

과년한 나이, 결혼도 하지 않고 애인이 없다는 이유로 여자를 아무 남자에게나 포스트잇처럼 함부로 갖다 붙였다 뗐다 하는 걸 사람들은 너무 당연하게 여긴다. 그게 얼마나 심각한 인권침해인지, 당하는 사람 입장에선 얼마나 불쾌한 노릇인지 모르는 걸까?

"그러지 마세요."

그가 어리둥절한 표정으로 쳐다본다. 무슨 말인지 정말 모르나 보다. 그렇다면 가르쳐줘야 한다.

"나이 들고, 결혼 안 했고, 결혼할 사람도 없다는 이유로 애먼 여자를 아무 남자한테나 찍어서 갖다 붙이는 거요. 다리 안 놔주셔도 되니까 신경 끊으세요."

남자의 얼굴에 당황한 기색이 역력하다.

"그냥 한 얘기였는데 그렇게 기분 나쁘세요?"

"남자들은 웃어넘길 수 있겠죠. 즐기는 걸지도 모르고. 자기가 인기가 있어서 그렇다고 생각할지도 모르고. 하지만 여자는 달라요. 마음에 전혀 없고, 싫다고 분명히 밝히는데도 이 남자 저 남자 붙여주는 말들이 계속 나오면 아주 불쾌해요."

"왜요?"

젓가락을 쥐고 신경질적으로 밥상을 탁탁 치며 대답한다.

"인격이 무시당하는 기분이니까요. 나를 뭘로 보나 싶어서. 네까짓 게 속으론 급해 죽을 텐데 아무 남자한테나 빨리 시집가라, 라는 식으로 취급 받는 게 싫어요. 결혼 안 했다는 이유로 멀쩡한 사람을 바보 등신으로 만들고. 정말 스트레스가 쌓여요."

그제야 그가 이해하고 동의한다는 듯 고개를 천천히 끄덕인다.

"하지만 여자들은 종종 이러잖아요. 남자면 된다, 남자만 있으면 다 된다, 이렇게요."

"밤생활이 화려한 분이 그 말을 곧이곧대로 받아들이면 안 되죠. 남자는 아무 여자나 OK라는 뜻일지 모르겠지만 여자는 그렇지 않아요. 자기 취향이라는 게 중요해요."

"남녀사이에 커뮤니케이션 문제가 상당히 크군요."

"'화성에서 온 남자 금성에서 온 여자'라는 책이 괜히 나왔겠어요?"

그가 회를 한 점 집고 고추냉이를 푼 간장에 콕 찍어 입에 넣었다.

"경우는 조금 다르지만 사실 남자도 그래요, 지수 씨."

남자도 그렇다니. 뭐가?

"결혼 안 한 남자도 스트레스가 만만치 않아요. 여자에겐 아무 남자한테나 빨리 시집가라는 식이죠? 남자는 조금 달라요. 특히 남자들끼리 있는 자리에선 더더욱. 나이가 들수록 강도가 더 심해지죠."

"어떻게요?"

"동성애 취향이냐 아니면 몸에 하자가 있는 거냐. 양자택일 외에 다른 여지를 안 주죠."

즉, 바로 이 말이다. 게이냐 고자냐. 일반적으로 남자사회에선 상당히 모욕적인 코드다.

"저도 제가 둘 중 하나라는 소문을 제법 들었어요. 화도 나고 짜증도 나고."

"게이도 아니고 몸에 하자가 있어서 그런 게 아니라고 말씀하시면 되잖아요. 너무 원기왕성하고 타고난 바람기를 주체 못 해서 결혼을 아예 안 하는 거라고 설명하면 될 텐데."

냉정하게 핵심을 콕 짚어내자 그는 웃음으로 대응한다.

"이미지 관리라는 것도 중요하니까요. 문란한 놈이라고 소문나서 찍히면 일에 차질을 빚으니까. 대한민국에서 남자로 밥벌이하면서 살려면 적당한 선이 필요해요. 그 경계를 넘어가면 살아남기 힘들죠."

적당한 안면몰수와 체면치레가 사회에서 얼마나 중요한지는 나도 잘 안다. 윤유호라는 남자에게 동병상련의 감정이 스르르 일어난다. 성적 스태미나와 테크닉이 자랑의 대상인 남자사회에서 혼기를 넘긴 남자들이 정신적으로 큰 스트레스에 시달리고 있다는 사실에 동지애가 끓어오른다.

하여간에 남자나 여자나 그놈의 결혼이 웬수다. 결혼하지 않았다는 이유 하나로 현대사회의 불가촉천민 계급으로 분류된 나와 그 남자는 착잡한 숨을 내쉬다 이내 웃어버린다.

"지수 씨는 왜 결혼을 안 하셨어요?"

"어렸을 때부터 독신주의였어요. 결혼할 생각 자체가 없었죠. 다행인지 불행인지 제 조건에 결혼시장에서 높은 가격이 매겨지는 것도 아니고."

"결혼하자는 사람은 없었어요?"

"결혼을 전제로 사귀자는 사람이 없진 않았는데 제가 싫었어요. 지금은 남자한테 신경 쓰기도 귀찮아요. 연애나 내키지도 않는 결혼에 힘쓸 에너지가 있으면 노후대비책을 하나라도 더 치밀하게 세우는 게 좋죠. 유호 씨는요?"

그가 어깨를 한 번 으쓱거린다.

"저야 당연히 구속받기 싫어서죠. 이렇게 사는 게 편하고 자유로우니까. 남자에게 있어 결혼은 안정이라는 의미도 있지만 부양을 책임져야 한다는 족쇄이기도 하거든요. 한마디로 남자한테 결혼은 굴레죠, 굴레. 덫, 늪, 올무, 그런 거."

책임기피. 역시나다.

그런데 좀 의아하다. 남자들은 일반적으로 2세에 대한 욕심이 있다. 자기를 닮은 아들딸을 갖고 싶어 하고 생리적으로 번식본능도 강하다. 그래서 결혼하는 사람도 많다. 이 사람은 그렇지 않다는 게 이상하다. 내 의문에 그가 퉁명스럽게 대답한다.

"저는 없어요. 똥 싸고, 오줌 싸고, 앵앵 울고 보채고. 생각만으로도 귀찮고 시끄럽죠. 내버려둔다고 알아서 쑥쑥 크는 것도 아니고. 그 어린것이랑 최소 20년은 말도 제대로 안 통하잖아요? 말이 통할 만큼 자랐다 싶으면 머리 컸다고 대들기나 할 거고. 뭐 하러 낳고 키우는지."

호모
메리지쿠스

2세에 대한 애착이 전혀 없는 바람둥이다운 대답이다. 하지만 그게 끝이 아니다.

"설령 제가 자식을 갖고 싶다 해도 마찬가지죠. 누구나 부모는 될 수 있어요. 하지만 누구나 부모답게 사는 건 아닙니다."

아버지가 생각난다. 갑자기 가슴이 꽉 막히는 거 같다.

"결혼을 굴레처럼 생각하는 제가 자식을 갖고 싶다는 이유로 결혼하고 아이를 낳거나 입양하는 건 이기적인 행위입니다. 아이가 부모를 선택할 수 있는 건 아니잖아요. 제 욕심만 차리는 건 아이한테 지독한 민폐죠."

한평생 바람피우다 저세상으로 간 민폐 부친을 둔 사람으로서 절절이 공감한다.

윤유호라는 이 남자, 페로몬과 성적 욕망에 충실하게 임하는 개인주의자다. 하지만 욕심과 본능에 눈이 멀어 여자에게 지키지도 못할 약속을 하거나, "내 아를 낳아도!"라는 구호를 외치는 파렴치한 이기주의자는 아니다.

"사회와 국가가 일부일처제를 장려하고 결혼제도 아래 배우자의 정절을 당연시하는 가정을 요구하는 한, 바람피우는 무책임한 부모에게 아이가 뒤통수 맞고 자라는 일은 절대로 없어야 한다고 봅니다. 그러니 저 같은 사람은 절대로 결혼하면 안 되죠."

인간 박지수의 남성형 도플갱어를 만난 기분. 손이라도 덥석 잡고 싶다. 그가 결혼과 가정, 2세에 대해 생각하는 본질과 내 것에는 상황과 성별의 차이만 있을 뿐, 큰 맥락에선 별반 차이가 없다. 감개무량하다. 오랜 세월 알고 지내온 것 같은 깊은 유대감마저 느껴진다.

나이 들면 무조건 결혼해야 한다는 생각은 비합리적이다. 안 하면 인생이 막장으로 치닫는다는 식으로 협박하는 것도 그렇다.

결혼은 국가에서 규정한 국민의 의무가 아니다. 한 개인의 선택일 뿐이다. 그도 나와 같은 생각이다. 의견이 일치하자 우리는 사이다를 따른 소주잔을 들고 저녁상에 앉은 지 한 시간 만에 최초로 건배를 했다.

"제 친구 정원이가 재혼이라는 건 아시죠?"

"네, 알아요. 형도 재혼이잖아요. 얘기 들었어요."

"그날 좀 억울하더라구요. 상당히."

"누구는 두 번 웨딩드레스 입는데 누구는 한 번도 못 입어서요?"

이 인간이 곱게 봐주려니까. 저절로 주먹이 쥐어진다. 그가 화들짝 놀라 손사래를 쳤다.

"농담이에요, 농담. 왜 억울하셨는데요?"

"축의금 낸 것 때문에요."

남자의 눈빛에 물음표가 새겨진다. 말할까 말까. 잠깐 망설이다 같은 불가촉천민끼리 숨길 게 뭐가 있겠나 싶은 마음에 정원의 결혼식 때 스쳤던 생각을 차근차근 풀어놓았다.

"결혼축의금으로 낸 돈은 제가 결혼하지 않는 이상 돌려받기가 힘들잖아요. 결혼하겠다는 사람들을 축하해주는 거야 당연해요. 하지만 저처럼 결혼할 생각이 아예 없는 사람은 축의금을 돌려받을 길이 없으니까 아까운 거죠. 누구는 결혼 두 번 한다고 축의금도 두 번 받아 챙기는데, 결혼 안 하고 앞으로도 할 생각이 전혀 없는 누구는 뿌리기만 해야 하니. 자본주의 사회에 수지타산이 전혀 안 맞죠."

그가 하하 소리 내어 웃으며 맞는 얘기라고 동조한다. 호응에 힘입어 나는 기염을 토한다.

“그뿐만이 아니에요. 결혼하면 회사에서 휴가도 받잖아요. 직원들이 모으는 축의금 말고 회사 차원에서 따로 나오는 축의금도 있고. 결혼하면 세금공제도 많이 받고. 연말정산하면 돈도 많이 돌려받고. 독신자 가정도 가정인데, 우리나라는 1인 가정에 대한 혜택이 거의 없어요. 여자 혼자 살 경우엔 은행에서 전세자금 대출받는 것도 불가능에 가까워요. 요즘처럼 독신자가 많아지는 세상에 또 다른 부익부 빈익빈의 악순환이죠. 남녀가 결혼해서 만들어진 가정에만 사회적, 경제적 혜택이 집중되는 건 정말 불공평해요.”

“그런 것까지 생각해본 적은 없는데. 따져보니 결혼하면 이득이 상당히 많네요. 돈도 그렇고 휴가도 그렇고. 나도 결혼한다고 거짓말하고 넉넉하게 휴가나 받아서 쉴까 보다.”

그가 푸념하듯 말했다. 나 역시 한숨을 푹 쉬며 호응한다.

“저도 그래요. 회사에는 결혼한다고 거짓말하고 돈이랑 휴가를 싹 쓸어서 받은 뒤에 잠수를 탈까 했던 적도 있어요. 아, 아쉽다. 게이 친구가 있으면 계약결혼이라도 할 텐데.”

“계약…… 결혼이요?”

“게이들은 성적 취향을 숨기면서 사는 사람들이 많잖아요. 주변에서 이성과의 결혼압박을 많이 받겠죠. 저랑 결혼하면 압박도 그치고 각자 원하는 걸 갖고. 사생활 터치도 안 하고. 서로 둘도 없는 친구도 될 수 있고. 아이 문제야 적당히 둘러대면 그만이고. 얼마나 좋아요?”

무심결에 말한 후 나는 자세를 고쳐 앉는다. 아무 생각 없이 한 말이지만 상당히 기발하고 창의적인 아이디어다. 이거, 이거…… 진짜로 게이를 찾아서 계약결혼을 하자고 해?

그때, 그가 뭔가 생각났다는 듯 무릎을 탁 치고 몸을 기울인다.

"지수 씨. 우리……, 결혼할까요?"

이 무슨 갑자기 얼토당토않은 소리인지.

"진지하게 말하는 거예요. 지수 씨. 저와 결혼해주실래요?"

"됐어요. 느닷없이 남자가 청혼하면 제가 헉! 할 줄 아셨어요? 저랑 얘기 헛! 하셨네요."

핀잔을 날려줬지만 그는 침착하게 말을 이어나간다.

"청혼이 아니에요. 결혼제안이지."

청혼이 아니라 제안, 그것도 결혼제안이라고?

"계약결혼을 하자는 거예요. 굳이 게이를 찾을 필요 있겠어요? 조건 맞는 사람끼리 합심하여 상부상조하자는 거죠. 지수 씨는 지수 씨대로 축의금을 회수하고 휴가도 받고. 저는 저대로 짜증나는 오해를 일축시키고 제 생활을 누릴 수 있는 그런 결혼 말입니다."

미소 띤 남자의 얼굴엔 농담 이상의 단단한 무언가가 있다. 확인사살을 하는 심정으로 넌지시 물었다. "농담이시죠?"라는 질문에 그는 고개를 단번에 가로젓는다.

"농담으로라도 결혼하자는 얘기를 섣불리 하고 다니진 않아요. 전 지금 지수 씨에게 청혼하는 게 아니에요. 결혼으로 동업자가 되자고 제안하는 거죠."

정말이다. 무심코 던진 말 한마디가 엄청난 속도로 진담이 되고 있다.

"우리 둘 다 상황은 비슷해요. 결혼하기 싫은데 여러 사람한테 압박받고 있고. 결혼하면 각자 얻는 바도 분명하고. 계약만 확실하게 하고 결혼하면 좋을 것 같은데. 어때요?"

지금까지 가방에서 빠져나갔던 하얀 봉투들, 통장에서 차감된 숫자들, 지갑에서 쑥쑥 나가는 파란 지폐들이 눈앞에 어른거린다. 머릿속에서 계산기 액정 화면에 숫자들이 나타났다 사라지는 한편, 주판알도 열심히 굴러다닌다. 내 이름으로 들어올 지폐와 수표들도 화려하게 나부낀다. 맞은편에 앉은 남자를 향해 몸을 30도가량 기울인다.

"좀 더 자세히 말씀해보시죠."

결혼을 제안한 남자는 조금 전 내가 게이와의 결혼 운운했을 때 떠오른 생각을 말로 차근차근 풀어나간다. 그가 결혼의 목적과 계약서에 담길 내용의 개요를 설명하는 동안 나는 국가고시를 보는 사람처럼 바짝 긴장한 채 한 마디 한 마디를 새겨듣는다.

또 한 번의 긴긴 대화가 끝났다. 그와 나는 휴대전화 번호를 교환하고 자리에서 일어났다.

식당 안 커다란 벽시계의 시계바늘이 오후 11시를 알린다. 계산을 마친 후 그는 서울로 서둘러 차를 몰았다. 서울 톨게이트를 지날 무렵 칠흑 같은 새벽하늘을 뚫고 하얀 눈이 흩날렸다.

5. 동상이몽 同床異夢

: 목적은 달라도 결과는 하나.

"계약…… 결혼?"

자다가 일어난 이모와 지연은 멍청하게 서로를 바라본다. 당장 뭐라고 얘기할지 생각나는 것이 아무것도 없다는 표정이다. 이모가 이마를 짚고 숨을 고르다 지연을 쳐다본다.

"지연아. 카페인이 부족하다. 네 언니 말이 도저히 정리가 안 되네. 에스프레소 한 잔 마시자. 투 샷으로."

"어. 나도 좀 마셔야겠어. 언니야. 언니도 커피 한 잔 줄까? 아메리카노?"

고개를 끄덕이자 지연이 끙 소리를 내며 일어나 부엌으로 걸어간다. 에스프레소 머신 특유의 신경질적인 소음이 퍼진다. 잠시 후 도착한 커피는 속에 뭐가 들었는지 알 수 없을 만큼 새까맣고 짙고 불투명하다. 악마의 음료라 불릴 자격이 있는 색이다.

"그러니까 지수야. 지난번에 만났던 그 남자가 청혼을 했다?"

천만에. 청혼이 아니다. 제안이다.

"아무튼. 그러니까 그게 계약결혼이다? 너는 축의금을 회수하고 그 남자는 사생활과 자유를 만끽하고? 대외적으로 필요할 때는 서로 표면상의 남편과 아내가 되어준다? 그러면 결혼하라는 주위의 압박도 사라질 것이고 결혼 안 했다고 무시당할 일도 없을 테니까?"

이모가 한 마디씩 또박또박 물을 때마다 열심히 고개를 끄덕인다. 결혼을 강권하는 부당한 분위기 조장만 없어져도 정말 숨 좀 크게 쉬고 살 것 같다.

"겉으로는 부부요, 속으로는 철저히 계약으로 맺어진 관계다? 계약서로 그걸 증명하고?"

"그렇지."

"각자 가족들한텐 알아서 숨기고?"

"응. 아. 이모랑 지연이는 제외야. 그 사람한테도 얘기했어. 대신 둘이 비밀 꼭 지켜줘야 해. 외갓집에서 알면 난리 나니까. 그 사람은 자기 혼자만 결정하면 된대."

"그 남자는 내가 상관할 일이 아니니까 됐고. 목적은 다르지만 처한 환경도 비슷하고 의견이 일치한다 이거지? 그래서 동등한 동업관계로 계약을 맺고 결혼생활을 상부상조한다?"

그렇다. 그게 엑기스다. 카페인 덕에 잠이 깬 이모가 동생 쪽으로 눈길을 옮긴다.

"지연아. 네 생각엔 어떤 것 같니?"

"언니. 그 아저씨가 언니랑 결혼하면 처제한테 용돈 많이 줄 거래?"

초점이 갑자기 어긋나고 있다. 이모가 손사래를 친다.

"갑자기 웬 삼천포니? 지연이 너는 빠져라. 지수야. 원점에서 다시 생각하자. 처음부터 다시 얘기해봐. 하나도 더하지도 말고 빼지도 말고."

이모의 말에 짜증이 난다. 내 입에 구간반복기능이 있는 것도 아닌데 똑같은 얘기를 몇 번이나 더 하라는 건지. 그때 지연이 툭 끼어든다.

"난 찬성."

오, 나이스! 기쁨에 입을 헤벌린 순간 이모의 미간에 주름이 빗살무늬 토기처럼 촘촘히 잡힌다. 지연은 김이 모락모락 나는 잔에 얼굴을 대고 눈동자를 이리저리 굴린다.

"진짜로 사랑해서 결혼한다 해도 현실적으로 많이 따지잖아. 들고 오는 열쇠가 몇 개냐는 식으로. 혼수에 예단 준비하다 청첩장까지 찍어놓고 헤어지는 커플도 많다던데, 뭐. 그에 비해 언니는 관계와 조건이 쿨하네. 서로 줄 거 확실하고, 얻는 것도 분명하고. 상당히 진보적인 결혼인데?"

총명한 것. 역시 내 동생이다.

지연이 말대로다. 결혼준비하다 속 터져 헤어지는 커플들도, 결혼해서 신혼여행 갔다가 헤어지는 커플들도 세상엔 많다. 아니다. 정정한다. 많다고는 말 못 하겠다. 내가 직접 통계를 낸 건 아니니까. 하지만 분명히 있다. 그것도 심심치 않게.

사랑이네, 검은 머리 파뿌리 될 때까지 평생을 함께하네 어쩌고 하는 미사여구로 치장하더라도, 냉정하게 봤을 때 결혼은 자본주의 논리가 확실한 비즈니스다. 현실을 담보로 불확실한 미래에 정신적·물질적 유무형의 재화와 서비스 생산을 추구하는 남녀들이 손 맞잡고 투자하는 비즈니스.

그 비즈니스의 대가로 난 돈을, 윤유호 그 사람은 자유로운 바람둥이 생활을 확실하게 받겠다는 것이다. 계약서까지 확실하게 쓰고 말이다. 그러므로 내 결혼이 진보적인 결혼이라는 동생의 의견은 100퍼센트 맞다.

결혼이 비즈니스가 아니라고? 결혼은 사랑만이 전부라고? 그건 순진하다 못해 무지하고 어리석기까지 한 생각이다. 혹은 알면서도 모르는 척 내숭을 떠는 것이거나.

"언니가 만약에 결혼하고 싶어 안달 난 여자라면 말리겠는데, 그건 아니잖아. 자손 욕심이 많아서 애를 갖고 싶어 하는 것도 아니고. 괜찮네, 뭐."

내 말이. 지연에게 거들어줘서 고맙다는 눈빛을 보내는 동안 이모는 동생을 외면한 채 신중한 표정으로 자세를 고쳐 앉는다.

"당사자인 네 의견이 제일 중요하다. 너는 어떤데? 지금 그 사람 제안에 끌려?"

당연히 끌린다. 끌리는 정도가 아니라 혹한다. 권리는 다 누리지만 책임은 없는 결혼이다. 누군들 안 그럴까? 내 말에 이모의 목울대가 꿀꺽 소리와 함께 크게 부풀다 가라앉는다.

'이모는 결사반대구나.'

직감적으로 깨달을 수 있다. 묵묵히 커피를 마시는 이모의 양쪽 눈썹이 바투하게 좁혀진다. 위협적인 고요와 정적이 유유히 감돈다.

"지수야. 너, 결혼이 무슨……."

이모가 잔소리를 퍼붓기 시작했다. 평소 잔소리가 비룡폭포라면 지금 잔소리는 나이아가라에 빅토리아 폭포를 합친 규모다. 모두 주옥같은 말이지만 너무 일반적이고 상식적인 말이라 한 귀로 듣고 한 귀로 흘린다. 굳이 담아둘 이야기가 아니다.

나는 지금 사회가치에 아부하려고 혹은 남들 시선에 굴복해서 결혼하려는 게 아니다. 착해 보이려고, 효도하려고 하는 것도 아니다. 내가 얻고 싶은 것, 결혼이라는 의식을 치르지 않았기에 포기해야만 했던 축의금과 휴가, 기타 결혼의 사회적 부가가치를 쟁취하기 위해서 이 계약을 하려는 거다.

"쇠귀에 경 읽기지. 조카 때문에 내가 속이 썩는다, 썩어. 나이가 계란 한 판 넘은 것을 매달아놓고 팰 수도 없고. 어휴."

한참 동안 잔소리를 해대다 이모가 자포자기하듯 한숨을 쉬며 중얼거린다. 땡큐, 이모. 늦게라도 깨달아줘서 고마워. 그런데 이모가 갑자기 정색을 하고 내 눈을 빤히 바라보며 묻는다.

"지수 너, 그 사람한테 정신적, 육체적으로 끌리지 않는 거 확실해?"

자신 있게 대답한다. 그렇지도 않고 그럴 리도 없노라고.

"진짜?"

"바람둥이라는 것도 싫지만 외모부터 내 스타일이랑 거리가 멀어. 쌍꺼풀 1센티도 싫고. 난 담백하고 우직하게 생긴 사람이 좋아."

"글쎄. '담백'이라는 말은 절대 동의하기 힘들지만 '우직'은 맞는 것 같다."

내 연애사를 모두 꿰뚫고 있는 이모가 인정한다.

"그럼 그건 어떡할 건데?"

그거 뭐?

"성적 욕구. 키스나 섹스, 그런 거. 그 사람은 다른 사람이랑 자유롭게 섹스하려고 결혼하는 거잖아. 네 건 네가 알아서 해결해야 할 것 같은데."

이건 너무…… 노골적이고 적나라한 지적이다. 여자들끼리 성적인 의미가 다분한 농담을 주고받을 수는 있다. 여자가 얼굴을 붉히길 바라며 그런 말을 일부러 하는 남자들 앞에선 더 세게 나갈 수도 있다. 하지만 나도 여자다. 직접적인 경험을 공개하는 건 창피하다.

"지연이도 다 컸어. 괜찮아. 말해. 어쩔 건데?"

진짜 결혼생활이 아니라 계약을 맺고 결혼'만' 하겠다는 생각에 대한 의견을 받는 자리인데 이런 사생활까지 다 털어놔야 하나? 주저하는 사이 대답을 기다리던 이모와 지연의 눈이 점차 커다래졌다. 휘영청 밝은 검은 보름달 네 개가 나를 집중적으로 더듬는다.

"안 해봤어?"

"아, 아니. 아예 안 해본 건 아니고. 저, 저기……, 키스랑 애무 정도까지는……."

그다음은 알아서 추측하라는 뜻으로 말끝을 희미하게 흐린다. 볼과 귀가 뜨끈해진다. 대형화재다.

"뜯어말려도 따로 나가서 산다기에 찐한 연애생활이라도 누리고 싶어서 그러나 했더니."

"이모는 참. 설마 내가 연애 때문에 독립했겠어? 학업도 마치고 취업도 했는데 이모랑 외삼촌 신세를 그만 지고 싶어서 그런 거지. 그건 전혀 상관없는 얘기야."

"네가 무슨 신세를 졌다고 그래? 너랑 지연이 양육비에 교육비는 언니랑 형부가 남긴 보험금과 전세금으로 충분히 쓰고도 남았어. 대학 다닐 동안에는 네가 벌어서 학자금에 용돈도 다 썼고."

"그래도 그게 아니지. 독립할 때 이모한테 집 보증금도 빌려서 나갔잖아."

"그 돈 다 갚은 게 언젠데. 됐다. 잘났다. 독립투사 났네. 가문의 영

광이다."

이모가 혀를 끌끌 찬다. 옆에서 커피를 홀짝이던 지연이 중얼거린다.

"어쩐지 문화재청에서 계속 전화가 오더라. 언니를 천연기념물로 지정해야 한다고."

천연기념물. 나이 들어도 섹스경험이 없는 사람을 빗댄 불쾌한 은유법이다.

"그러는 너는?"

발끈하자 지연이 어깨를 한 번 으쓱거렸다. 이유가 분명한 자신만만함. 입이 떡 벌어진다. 다 컸다고는 해도 내게는 그저 어리고 귀여운 동생이다. 벌써 그런 경험을 했으리라곤 생각도 못 해봤는데.

"야! 그런 중요한 얘기를 왜 안 했어?"

"모르는 척해도 눈치 채고 있겠거니 했지. 지금까지 사귄 남자가 몇인데. 그리고 경험 있냐고 물어보지도 않는데 내가 먼저 나서서 '나, 그거 해봤어.' 이러긴 힘들잖아. 솔직히 난 언니가 연애하는 동안에도 남자랑 그걸 안 해봤다는 게 더 놀랍다."

……할 말이 없다.

남자들의 경우엔 사랑한다, 연애한다는 이야기가 나오면 나오는 질문이 바로 "잤냐?" 혹은 "해봤냐?"다.

섹스는 사랑과 연애에 대한 남자들의 대화를 구성하는 필수 아미노산이다. 그게 나오지 않으면 대화 자체가 불가능하다. 플라토닉 러브를 거론해봤자 뜬구름 잡는 소리라며 사방에서 욕을 바가지로 얻어먹기 십상이다.

여자는 다르다.

노오
메리지쿠스

일반적으로 여자들끼리 모였을 때 사랑한다, 연애한다는 이야기가 나오면 당장 축하인사부터 나온다. 그리고 달달한 사랑의 환상과 알콩달콩한 연애경험을 공유한다.

문제가 발생하더라도 원인을 들어주고 적절한 충고와 위로를 던지는 선에서 그친다. 성적 접촉 여부를 캐묻는다 해도 공개적인 상한선은 키스다. 대개의 경우 그 이상을 묻고 답하는 것에 대해선 서로가 불편해한다.

『굳이 묻지도, 따지지도, 말하지도 말라.』

보험회사 광고문구가 아니다. 미국 군대에서 남자 군인들의 성적 취향에 대한 존중과 법적평등을 거론하는 자세도 아니다. 대한민국에서 공개석상에서 사랑과 연애경험을 논하는 순간 여자들이 섹스를 대하는 태도다.

가식이나 내숭이 아니다. 악명 높은 조선시대를 거쳐 오랜 역사와 전통을 통해 소통과 대화의 코드를 공유한 여자들끼리 서로를 보호하고 존중하는 차원에서 행해온 암묵적인 집단행동이요 불문율이다.

여자들 사회에선 아무리 친한 사이 –하물며 피붙이 관계– 라 하더라도, 자기 섹스경험은 가급적 X파일로 남겨둔 채 진실은 저 너머에 고이 묻어두는 것이 보편타당하다. '섹스 앤 더 시티(Sex and the City)'처럼 친구들과 브런치를 즐기며 누구와 섹스를 했네, 섹스가 어땠네 하며 활발하게 이야기하는 것은 성에 관해 보수적이고 이율배반적인 한국사회의 특성상 요원한 일이었다.

그런데 최근 10년 사이에 일대파란이 일어났다. 섹스 정보 커뮤니케이션의 해방구가 열렸다. 원인은 정보화시대와 초고속 광랜이다. 이 두 가지가 야동과 포르노의 범람만을 이룬 것은 아니다. 여자들 지식사회에 한 획을 그을 수 있는 대단히 기특한 역할도 했다. 음지에서 일어난 또 하나의 정보혁명이요, 여자를 위한 눈부신 쾌거였다.

섹스에 대한 정보교류와 커뮤니케이션의 필요성을 느낀 여자들은 한국 특유의 사회적인 폐쇄성을 절감하며 온라인으로 발길을 돌렸다. 인터넷 익명 게시판에 옹기종기 모여 경험담을 허심탄회하게 털어놓았다.

잘 모르는 불특정다수가 모인 곳에서 여자들은 실체를 숨긴 채 키보드를 두드리며 공유하고 싶은 정보와 경험담을 거리낌 없이 실어 날랐다. 정말 중요한 말은 아는 사람에게 절대로 할 수 없다는 말이 그냥 나온 게 아니다.

나도 대부분의 여자들과 비슷하다.

지금까지 수다를 통해 사랑과 연애에 관한 잡다한 개똥철학을 설파했지만 정작 내 연애사 중에 생긴 성적 접촉 경험과 현장을 아는 사람에게 오프라인으로 이야기한 적은 없다. 이모의 단도직입적인 재촉을 받았으니 밝혔지, 평상시라면 수다가 난무하는 공개석상에 내 얘기를 덩그러니 띄우는 일은 절대 없다. 지연이도 아마 그랬을 거다. 지연이도 내 동생이기 이전에 대한민국 국적을 가진 사람이고 여자니까.

'그나저나 재가 피임은 하고 한 걸까? 공부하기도 바빴을 텐데 언제 한 거지?'

노오
메리지쿠스

우연찮게 들은 말에 언니로서 별별 걱정이 다 든다.

기분도 나쁘다. 고작 섹스 한 번 안 해봤다고 여섯 살이나 어린 동생에게 천연기념물 운운하는 말을 듣다니. 이건 결혼 안 했다는 이유로 지금껏 겪어왔던 정신적 폭력과 다를 바 없다. 그때 이모가 질문을 던졌다.

"지연아. 유네스코에선 전화 안 왔디?"

"유네스코?"

"나를 세계 문화유산으로 지정한다는 전화가 올 때가 됐는데."

뭐야?

나와 지연은 이모를 멍청하게 바라봤다. 생후 50년에 가까운, 법적·생물학적으로 완벽한 처녀라고 주장하는 희귀한 동물이 커피를 꼴딱 삼켰다.

"그런 표정 짓지 마. 나도 체면이 있단다, 얘들아. 나이 쉰이 다 되어가는데 니들 눈빛 때문에 너무 무안하다. 섹스는 나이에 따른 의무가 아니야."

말이야 다 맞다. 하지만 충격이다. 얼떨떨했다. 쉰에 가까운 이모는 지금도 충분히 지적이고 아름답다. 나무랄 데 없이 멋진 여자가 그런 경험이 없다는 게 믿기지가 않는다.

"바빠서 그랬어. 젊었을 땐 사법고시 패스하려고 공부하느라 바빴고, 합격 후엔 연수원 생활하느라 바빴고. 그다음엔 판사 생활하면서 이리저리 떠돌아다니고 일하느라 바빴고. 그다음엔 변호사 사무실 개업해서 자리 잡느라 바빴고."

이모는 가치관이 뚜렷한 사람이다. 가부장제에 대해 반대의 기치를 높이 올리는 한편, 여자의 자립과 책임감을 소리 높여 주장하는 대표주자다. 표리부동한 사람도 아니다.

68혁명의 정신적 유산에 영향을 받은 이모가 남편에게 바치는 순결 운운하며 몸을 뺐을 리는 없다. 그럼, 이모가 아직도 처녀라는 말은 곧 연애경험도 없다……는 얘기인가?

“응. 없어. 짝사랑은 몇 번 해봤는데 연애로 옮길 시간이 없었어. 너무 바쁘니까 짝사랑도 하기 힘들더라고. 내가 연애경험 없는 걸 둘다 몰랐어?”

몰랐다. 정말 몰랐다. 얘기만 하지 않을 뿐 그 정도는 비밀리에 사생활로 누리고 있으리라 생각했는데. 경이로운 마음으로 이모를 바라본다.

“연애하지 않아도 즐길 수야 있지. 내가 혼전순결론자도 아니고. 자리 잡고 안정된 후에는 괜찮은 남자가 있으면 자볼까 싶기도 했어. 몇 번 생각하다가 포기했지. 못 하겠더라고.”

아니 왜?

“나는 내가 존경하는 사람, 계속 존경할 수 있는 사람이 취향이거든. 그런데 그런 사람과 섹스를 같은 선상에 놓고 생각하니까 코드가 안 맞았지.”

무슨 말인지 전혀 이해가 안 간다. 며칠사이에 IQ가 침팬지보다 더 낮아졌나?

“지수 너는 존경하는 사람이 누구니?”

“나? 그, 글쎄. 음……. 세종대왕?”

“세종대왕? 그래, 세종대왕. 딱 좋네. 생각해봐. 네가 존경하는 세종대왕이랑 한 침대에 들어가는 거야. 그 사람이 헐벗은 자태로 네 몸 위에서 헐떡거린다고 상상해봐. 동물 같은 모습을 본 후에도 계속 존경할 수 있겠니?"

당연히 아니다.

"그것 봐. 이제 이해가 가지?"

당연히 가고말고.

3초의 침묵이 흐른 후 우리 셋은 "세종대왕!"을 외치며 웃음을 터뜨렸다. 웃고 떠들고 장난치며 한참 동안 엉뚱한 수다를 떨다 우리는 두 번째 커피를 들고서야 원래의 본론인 계약결혼 문제로 되돌아갔다. 이모가 딱딱한 얼굴로 냉정하게 말했다.

"그 계약결혼, 언제까지 결론 내려야 하는데?"

"ASAP. 빠를수록 좋지. 나도, 그 사람도. 내가 결정하는 대로 연락하기로 했어."

"좋아. 네가 정색하고 얘기했으니, 나도 진지하게 말할게. 지수 네가 정말로 괜찮다면, 자신 있다면 결혼해. 굳이 말리지 않아. 단! 다시 한 번 강조한다. 네가 정말로 괜찮다면. 하고 싶고, 해낼 자신 있다면."

조건이 따르긴 했지만 결국 본인의 의지에 맡긴다는 뜻이다. 결사반대에서 반쯤 동의로 돌아온 이모 덕에 천군만마를 얻은 기분이다.

"네 인생이니까 네가 결정해. 나, 이 망할 놈의 계약결혼, 네 이모로서 불만은 정말 많아. 할 수만 있다면 도시락 싸들고 다니면서 말리고 싶어."

윗사람으로서 절대 눈뜨고 참을 사안은 아니라는 얘기다.

"하지만 이모조카 사이를 떠나 너도 성인이야. 인간 대 인간으로 말리진 않을게. 네 선택이고 네 인생이니까. 네가 어떤 결론을 내려도 좋아. 하지만 선택한 만큼 책임지는 것도 네 몫이라는 것만 잊지 마."

아! 역시 이모는 내 편이다. 늘 결정적인 순간에 한 방으로 나를 도와주는 내 편.

"단, 그 계약결혼, 만약 하겠다고 마음먹으면 계약서는 철저하게 작성해. 내가 봐줄게. 첨부문서로 호적등본 같은 것도 넣어두고. 네가 원하는 조건이랑 권리의무 다 넣어서 확실하게 해."

당연하다.

"혼인신고는 할 거니?"

"꼭 해야 해? 안 하면 안 돼?"

"하지 마. 서로 뜻이 맞아서 하는 계약결혼인데 뭐 하러 해? 정식으로 결혼했더라도 안 하고 사는 사람들도 많아. 너 같은 경우엔 분쟁이 생겼을 때 법적으로 골치만 더 아프지. 무늬만 부부니까 시부모들이나 시댁어른들한테 어떻게 할 건지 계약서에 정확히 기재해. 그 사람이 우리 가족한테 네 남편으로서 어떻게 해야 할지도 확실하게 정하고."

지당하신 말씀이다.

"친인척관계도 상세히 확인해. 계약으로 결혼했는데 알고 보니 종갓집 장손에 1년 제사가 스물네 번 넘어봐라. 눈물 나게 사랑해도 결혼을 앞두면 부담스러운 얘기인데 너 같은 상황에선 된통 덤터기 쓰고 기함할 일이니까."

그건 미처 생각 못 한 일이다. 이모가 말한 사항들을 머리로 열심히 외웠다.

"그게 다야?"

"아직 멀었어. 건강검진기록도 확인해. 보유하고 있는 재산목록이랑 재산세, 갑근세 같은 세금은 얼마 내는지, 월수입은 얼마고 지출은 얼마인지, 빚보증 선 건 없는지, 카드빚은 없는지, 그 사람 명의로 은행대출 포함하여 제2, 제3 금융권에서 대출받은 건 없는지. 그리고……."

만일의 사태를 대비하여 각종 법률처리와 서류에 능숙한 이모의 말이 끝도 없이 이어진다. 최근 지적 처리용량이 부쩍 딸리는 터라 결국 메모지를 가져와 받아 적었다.

"그리고 아까 얘기하다 만 건데. 만일을 대비해서라도 다른 사람이랑 육체적 경험은 적당히 가져보는 게 좋을 거 같다. 결혼 후에 네가 따로 만날 사람이 있으면 더 좋고."

에이, 참. 계약이랑 내 성경험이 무슨 상관이라고. 이모는 별 걱정을 다 한다.

"너는 지금 굉장히 똑똑한 척 영악 떨면서 누이 좋고 매부 좋은 결혼이라고 생각하지. 그런데 그 남자는 선수잖아. 옆에 아내라는 이름의 여자가 있는데 가만히 있을까 싶다. 시간 나고 틈나는 대로 유혹하려고 덤빌지도 몰라."

그럴 일은 없을 거다. 말이 와이프지, 동업자한테 설마.

"하나 묻자. 너는 사랑해야 섹스도 가능하다고 생각하지?"

당연한 거 아닌가? 이모가 혀를 끌끌 찬다.

"그것 봐라. 그게 그 사람이랑 너의 결정적인 차이점이야. 세상 사람이 다 너 같은 게 아니라고. 너는 마음이 가야 몸도 가지. 하지만 그 사람은 마음이 안 가도 몸이 갈 수 있는 사람이야. 프리섹스 주의라고. 둘이 관계를 맺었다 쳐봐. 그 사람은 다음날 다른 여자 찾아

나설 수 있어. 너는 그럴 수 없잖아."

"그건 너무 극단적이다. 그럴 일은 없다니까 그러네. 바람둥이 짓을 계속하고 싶어서 결혼하는 사람이 나를 붙잡고 그러겠어? 그리고 그런다고 내가 넘어갈 사람이야? 조카를 너무 물로 본다."

하지만 이모는 특유의 냉정하고 사무적인 어조로 지적했다.

"무조건 없을 거라고 단정 짓지 마. 넌 지금 모든 상황에 대비해야 해. 생각해봐. 부부동반으로 같이 나갈 일이 반드시 생길 거야. 남들 눈에 부부처럼 보이려면 손이라도 잡겠지. 남녀 간의 스킨십을 무시하지 마. 네가 마음 약해져서 눈 딱 감고 있을 때, 그 남자가 분위기 확실하게 타면 어쩔래? 그런데도 아무 일 없을 거라고 100퍼센트 자신할 수 있어?"

구체적인 상황을 듣고서야 이모의 핵심을 파악하고 잠시 심각해진다. 섹스는 아니지만 가벼운 페팅경험은 많다. 남녀의 살이 맞닿는 순간 흐르는 미묘한 에너지가 무엇인지 알고는 있다.

육체적 화학작용에는 예측불허의 변수가 다양하게 존재한다. 지금까지 끝까지 간 적은 없다. 하지만 현실적이고 냉소적이고 무덤덤한 내 성격만 믿고 방심할 일이 절대 아니라는 건 확실한 것 같다.

"이 계약결혼, 문제적 결혼이야. 네가 그 남자랑 똑같은 바람둥이라서 하겠다고 결심했어도 뜯어말리고 싶다고. 너나 그 사람이나 둘 다 자유롭게 살 생각으로 계약결혼을 했다고 보자. 자주 얼굴 보고 스킨십을 갖다 보면 없던 정도 생길 거다. 그러다 의기투합해서 잤다고 쳐봐. 한 번이 어렵지, 두 번부터는 쉬워져. 상황이 변하더라도 두 사람 모두 처음 결혼할 때와 똑같으면 상관없어. 문제는 균형이 흔들릴 때야. 결혼생활만 끝나면 차라리 괜찮지. 문제는 사람도 무너진다는 거야."

얘기의 방향이 그 남자와 섹스를 한다는 가정으로만 흘러가는 게 못마땅하다. 그러나 이모는 끄떡도 안 하고 그 문제를 집요하게 파고들었다.

"그 사람과 너는 결혼의 목적이 달라. 게다가 너는 성적으로 내공도 부족하고 은근히 보수적이라서 내가 이런 주의경고까지 주는 거다. 웬만한 여자는 바람둥이 늑대한테 살짝만 물려도 치명상이야. 호환, 마마, 전쟁보다 더 무서운 결과를 초래하게 되는 법이라고."

"내가 성적으로 보수적이야? 혼전순결론자도 아닌 내가?"

"사랑하지 않으면 같이 자기는커녕 손목도 잡으면 안 된다고 생각하잖아. 사랑하지 않아도 다 할 수 있다고 생각하는 사람에 비하면 보수적인 거지. 보수니 진보니 하는 건 상대적인 거야."

그런가? 그런 건가?

"또 딴 생각 한다. 그런 얘기는 그만두고 이 문제에 집중해. 만일의 경우, 너 진짜 어쩔 거야?"

이모 재촉에 다시 원점에 집중한다. 만일의 경우란 반드시 존재하는 법이다. 최악에 닥칠 경우의 수를 상상해봤다. 윤유호라는 남자와 내가 만약 자게 된다면 어떤 일이 벌어질지. 나는 그 사람을 어떻게 바라보게 되고 그 사람은 나를 어떻게 바라볼지.

그 사람은 잃을 게 없지만 나는 다르다. 치명상은 아니라 할지라도 계약서만으로 해결하기 힘든 골치 아픈 일이 생길 것은 자명하다. 그러니까 안 자고 안 하면 되는 거다. 그러면 깨끗이 해결된다.

"일반적으로 결혼에는 섹스도 포함되어 있지만 이 결혼은 그걸 반드시 제외시켜야 한다는 것이 내 말의 핵심이야. 그걸 잊지 마. 네 자신을 파악하고 네 욕구를 알아서 잘 관리하도록 해."

관리라니. 안 하면 그만인데 꼭 그렇게까지 해야 하나? 이모가 두 눈을 부릅뜬다.

"반드시 그래야 해. 네 스스로 컨트롤이 가능해야 해. 결혼에서 섹스나 스킨십은 대단히 중요한 문제야. 절대 그럴 일은 없어야겠지만, 만에 하나 그 사람이랑 자는 일이 생긴다면 더더욱 그래. 그 남자만큼 능수능란하진 않더라도 너 역시 사랑 없이 섹스가 가능한 경지엔 도달해야 한다고 본다."

거침없이 적나라한 조언이다. 우리 이모가 조카에게 이런 말까지 할 수 있다니. 오늘 진짜 여러 번 놀란다. 사랑이 없어도 섹스가 가능한 경지라니. 야밤에 조카한테 하는 조언치고 너무 비도덕적이라고 생각되지 않나?

"내가 네 윤리선생이니? 내가 지금 너한테 윤리강의해? 내 말이 도덕적이냐 비도덕적이냐를 두고 판단하지 마. 이모가 돼갖고 조카의 성적인 문란함을 조장하자는 게 아니야. 이 계약결혼 얘길 듣고 들떠서 왔을 때, 네가 잊거나 간과한 걸 지적하는 거야. 이 결혼을 굳이 하려면 내 말 반드시 명심해."

결혼에 있어 섹스가 중요할 것이라고 막연하게 추측은 했다. 하지만 이모가 적나라한 조언을 할 만큼 큰 이슈가 될 줄은 몰랐다. 사랑하니까 결혼한다는 명제가 단순히 성립할 수 없는 것처럼, 사랑 없이 목적과 이기를 위해 하는 계약결혼도 쉬운 일이 결코 아닌가 보다.

다른 사람들의 결혼에서는 육체적·정신적 정절을 요구하는 것이 필수사항인데 이 결혼은 결혼에서는 반드시 제거되어야 할 필수사항이라니. 생각할수록 아이러니하다. 하지만 어쩔 수 없다. 섹스의 자유를 누리기 위해 결혼한다는 그 사람과, 축의금을 회수하기 위해 결혼은 하되 섹스만 즐길 만큼 성적으로 개방적이지 못한 나의 균형을 맞추기 위한 작업이니까.

모든 상황을 계산에 넣어두라는 이모 말은 분명히 맞다. 그럼 이제 앞으로 어쩐다……. 비공식적으로 섹스파트너를 둘까 아니면 나도 그 사람처럼 바람둥이 대열에 합류해볼까?

둘 다 성격상 힘들다. 결혼 후에 연애할 남자를 구하는 게 훨씬 쉬워 보인다. 그런데 지금까지도 힘겨웠던 연애와 사랑이 결혼 후라고 잘될 수 있을지 의구심이 든다.

사랑과 연애와 섹스는 서른 살이 넘으면서 거의 생각지도 않았던 문제다. 갑자기 들입다 파고들자니 틈틈이 다른 생각이 나기도 했다. 이 열정으로 어렸을 때 공부했으면 하버드 수석입학도 거뜬했을 거라는, 대충 그런 종류의 시답잖은 생각이었다.

어느덧 새벽 5시로 넘어가고 있다. 창밖으로 서서히 어둠이 걷혀간다. 일요일 새벽, 하늘에서 함박눈이 펑펑 쏟아져 내린다. 커피를 두 사발 연속으로 마신 덕에 속이 쓰리다며 아우성치는 이모와 동생을 위해 나는 떡볶이와 오뎅탕을 만들어 대령했다.

잘 먹는 두 사람과는 달리 잘 먹히지가 않는다. 축의금 회수에 눈이 멀어 돈, 돈, 돈 하면서 계약결혼을 생각하다 보니 70년대 할리퀸 로맨스에 나오는 처량한 여자주인공이 된 기분이다. 집안과 가족을 위해 남자주인공과 강제로 결혼하고는 사랑에 울고 짜는 촌스러운 여자들 말이다. 그러나 지연은 그렇지 않은가 보다.

“쌍칠년도 할리퀸 로맨스에 나오는 청승맞은 여자들이랑 언니는 경우가 다르지. 언니는 자기를 희생양으로 삼는 게 아니잖아. 비련의 주인공은 무슨. 말도 안 돼."

이모도 동생의 말을 거들었다.

"그건 지연이 말이 맞다. 지수 너는 지금 목적을 뚜렷이 세우고 네 주관과 편의대로 할까 말까 결정하는 거잖아. 돈 때문에 팔려가는 게 아니야. 다시 한 번 강조하지만, 네가 싫으면 하지 마. 그런 결혼 안 한다고 누가 어떻게 되거나 하는 건 절대 아니니까."

두 사람의 말을 듣고 나니 마음이 한결 홀가분해진다.

그렇다. 이 계약결혼은 차원이 다른 계약결혼이다. 자기 자신을 가부장제의 제물로 바쳐놓고선 울고불고 난리를 피우다, 남자와의 섹스에 푹 빠져 육체적 욕구를 사랑이라 이름 붙이고 궁상맞게 구는 소설 속 여자들과 박지수라는 여자는 다르다.

윤유호라는 남자도 그렇다.

외형만 두고 본다면 그는 할리퀸 로맨스에 나오는 주인공과 유사한 점이 많다. 돈도 좀 있고, 껍데기도 멀끔하고, 인정하긴 싫지만 추진력과 카리스마도 있다. 그렇지만 알맹이는 완벽하게 다르다. 2세나 아내, 가정에 대한 책임감이 싫어 결혼을 거부하는 남자다.

여자에 대한 일편단심 순애보 따위는 없어 보이는 남자다. 자기희생을 당연시하는 이타적인 사람은 아니다. 그렇다고 앞뒤 가림 없이 이기적인 사람도 아니다. 자기중심적이지만 다른 사람에게 민폐를 끼치지 않는 개인주의자다. 유들유들하고 솔직하다. 호르몬에 취해 평생 사랑한다는 헛된 맹세를 하거나 결혼하겠다는 일념하에 여자를 속일 사탕발림은 절대 안 할 타입이다.

그에게선 나와 마찬가지로 속물적이고 현실적인 냄새가 난다. 결

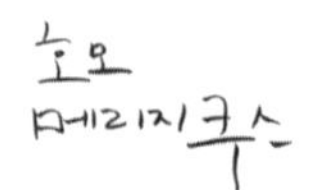

혼에 대해 더없이 냉정하고, 사랑이라는 이름으로 합리화되는 구질구질한 감정을 최신형 스팀청소기로 싹 쓸고 닦아버린 것처럼.

그런 사람과 계약결혼을 한다 해서 박지수라는 여자가 유행에 뒤떨어진 신파물의 주인공으로 떠오를 리 없다. 결론을 내리고 나니 기분이 좋아졌다. 독립심과 주체성 강한 본연의 모습으로 돌아와 떡볶이와 오뎅탕을 먹는 것에 전투적으로 임했다.

그사이 이모와 지연은 얘기 중에 튀어나온 할리퀸 로맨스를 필두로 대화의 가지를 점차 넓혀나갔다. 소설과 드라마, 영화 속에 나온 각종 로맨스의 공식은 물론 현실 속 사랑과 연애의 명백한 차이점을 두고 토론이 점차 깊어진다.

두 사람은 실제 사랑과 연애는 픽션에 나온 것과 다르지만 로맨스 공식의 장르적 관습이 현실에도 반드시 필요하다는 것에 방점을 찍었다. 촌스럽고 진부하고 유치하고 졸렬해 보이더라도 그 맛이 빠지면 사랑은 사랑이 아니며, 연애는 연애가 아니라는 것이 핵심이다. 여자들이 로맨스를 바라는 것은 당연하며 그걸 죄악시할 수는 없지만, 현실감각을 잊어선 안 된다는 점도 목 놓아 부르짖는다.

떡을 묵묵히 씹으며 이야기를 경청하다 가만히 생각해본다. 지금까지 내가 했던 사랑과 연애는 어느 쪽일지.

'공식으로 환산할 수 있는 아기자기한 장르적 관습에 가까울까, 아니면 현실이라는 이름의 냉철한 성숙에 가까울까?'

그 어느 쪽도 아니다.

누군가를 생각하는 것만으로도 마음이 저릿하고 따뜻해지는 경험조차 없는 내가 과연 사랑을 해본 적이 있다고 말할 수 있을지조차 의심스럽다. 사랑을 해봤다고 자신할 수 없으면서, 연애를 해봤다고 말을 할 수 있을지도 미심쩍다.

나는 지금까지 도대체 어떤 사랑을 바랐던 걸까?

빼앗긴 들에도 봄이 오듯이 삼삼한 나이에 계약결혼을 하더라도 사랑이 올까?

그것이 알고 싶다. 아주 간절하게.

몇 시간 후, 소파와 거실 바닥에 누워 도란도란 이야기를 나누던 이모와 지연은 어느새 자고 있다. 설거지를 마치고 나는 베란다 창가에 앉아 눈 내리는 겨울 아침을 바라보았다. 뜨겁고 쓰디쓴 악마의 음료를 마시며 윤유호라는 남자와의 계약결혼에 대한 생각을 정리했다.

마침내 굳게 마음을 먹고 휴대전화를 들었지만 행동으로 막상 옮기려니 망설여진다. 뭔가 잘못 생각하는 건 아닌지. 이래도 되는 건지.

'자꾸 시간을 들이면 들일수록 결정 내리기는 힘들어질 거야. 조건 따져보다가 영 아니다 싶으면 그때 그만둬도 돼.'

거사를 앞둔 일도양단의 결심.

휴대전화를 열고 '윤유호'라는 이름을 검색한 후, 더 이상의 머뭇거림 없이 곧장 통화버튼을 눌렀다. 아니, 눌러버렸다. 송신음이 간지 정확히 세 번 만에 남자가 곧장 전화를 받고 "네, 지수 씨."라고 말한다.

깜짝이야. 이 사람, 나를 기다린 건가?

"피곤하실 텐데 죄송해요. 지금 통화 가능하세요?"

말씀하시라는 말을 듣자마자 크게 숨을 들이켠 후 단숨에 말했다.

호오
메리지쿠스

"결혼……, 일단 하는 걸로 하죠. 가능한 빨리 협상에 들어가는 게 어떨까요?"

그의 대답은 예상대로 YES다. 0.01초의 망설임도 없다.

너무 쉽다.

아무리 계약이라도 명색이 결혼인데……. 이렇게 쉬워도 되나?

6. 모개흥정

: 결혼계약. 조건은 철저히, 계산은 확실히.

"본론으로 들어가죠. 빠른 시간 내에 끝내도록 해요. 미팅은 총 10회. 여자 만난다고 늦거나 빠지지 않도록 조심해주세요. 예고 없이 세 번 이상 단 1분이라도 늦으면 그대로 엎어버릴 거예요."

"걱정하지 마세요. 이런 중대사를 두고 그렇게 무책임하지는 않으니까. 지수 씨도 늦지 않도록 해주세요. 나도 1분이 아까운 사람이니까. 마무리되지 않을 경우를 대비해서 예비안을 만들죠. 10회 안에 계약서에 도장을 찍지 못했을 경우 합의하에 최대 4회 연장하는 것으로. 그래도 결론이 안 나면 이 얘기는 무효화하는 걸로 해요."

"좋아요. 기본 10회는 매일 만나는 걸 기본으로 하되 급한 스케줄이 생기면 연락해서 날짜를 조정하죠. 단, 연장 4회는 무슨 일이 있어도 매일 만나서 쫑 내는 걸로."

"받아들입니다. 회의할 때 둘 다 휴대전화는 끄기로 하죠. 방해되니까."

일요일 새벽에 결혼하기로 합의한 나와 그 남자가 월요일 저녁에 만나 카페에 앉자마자 이야기한 첫 대목이다. 일반적인 프러포즈나 결혼의 낭만과는 확실히 거리가 멀다.

하긴. 이모에게 윤유호라는 남자와 결혼을 목적으로 계약서를 쓰겠노라 최종선언했을 때도 마찬가지다.

이모는 한동안 입을 다물지 못했다. 내 말을 듣자마자 나온 첫 일성은 바로 이것이었다.

"기어코."

뒤를 이어 탄식에 가까운 한숨이 이어졌다. '내 조카가 돈에 눈이 멀어 자기 무덤을 파는구나!' 하는, 짜증나고 걱정되는데 말리기조차 힘들어 죽겠다는 눈빛을 오래도록 받아내기 위해선 꽤 많은 용기가 필요했다. 한숨만 푹푹 내쉬던 이모는 한참 후 단 두 마디를 덧붙였다.

"그래. 알았다."

이 또한 결혼선언에 대한 주위사람들의 일반적인 ―대체적으로는 호들갑스러운― 반응과는 차이가 있다. 하지만 내 결혼에 대해 난 지금 일반적인 것을 기대하면 안 된다. 목적 자체가 일반적이지 않으니, 주위사람의 반응도 모두 일반적이지 않은 거니까.

일반적이지 않은 게 또 하나 있다. 착잡한 표정으로 한동안 커피만 마시던 이모가 느닷없이 물었다.

"지수 너, 그 사람이랑 같이 살 건 아니지?"

"당연히 아니지."

대답해놓고 나니 바람 빠진 풍선마냥 웃음이 피식 피식 흘러나왔다. 다른 사람들은 결혼하면 같이 사는 게 당연한데, 나는 같이 사는 게 당연히 아니라니. 아이러니하다. 블랙코미디 영화의 한 장면 같다.

나와 윤유호라는 남자가 맺은 계약결혼의 기본은 크게 세 가지다. 상호평등과 절대적인 비밀유지, 그리고 각자의 결혼목적에 대한 철저한 존중 및 협력.

계약기간에 관해서는 실랑이가 있었으나 기본 3년에 특별한 이의가 없을 시 원래 계약서 조건 그대로 1년씩 자동연장. 종료할 때엔 양자의 철저한 협의를 선행하고 각자 변호사를 대동하여 4주의 조정기간을 갖는 쪽으로 의견을 모았다. 이 경우 위자료가 없는 건 당연지사다.

대원칙을 전제한 다음은 가족관계를 포함한 인적사항 공개. 며느리라는 호칭을 얻게 될 내가 바짝 긴장한 대목이다. 가부장제가 뿌리 깊은 우리나라니까.

천만다행히도 그도 나처럼 어린 나이에 부모님을 일찍 여읜 사람이다. 외아들로, 가까운 혈육은 자기를 키워주신 친척형님과 그 가족들뿐이며 현재 김천에 산다고 했다. 며느리로서 억지로 살갑게 굴 필요가 없고 사위로서 억지로 연기할 필요도 없다는 현실은 우리 둘을 웃게 만들었다.

"어렸을 때는 부모님을 일찍 여읜 것 때문에 콤플렉스가 정말 많았는데. 지수 씨와의 결혼에서만큼은 두 분이 일찍 돌아가신 게 다행이다 싶네요."

그건 나도 마찬가지다. 평소 피해의식에 진한 열등감으로 작용했던 부모의 부재가 이번만큼은 정말 행운이다. 이렇게 홀가분하다니. 결혼이라는 행사에 부모의 존재가 주는 부담과 간섭이 얼마나 큰지 역설적으로 깨우치는 대목이기도 하다.

덕택에 상견례는 물론 함들이나 예단, 이바지음식은 없는 것으로

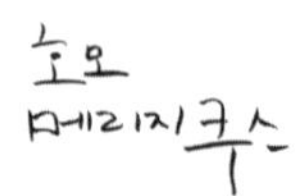

자연스럽게 결정했다. 추석과 설에는 당일치기로 반나절씩 투자하여 함께 다녀오는 것으로, 나머지 대소사는 각자가 알아서 살피기로 했다. 혼인신고는 당연히 하지 않는 것으로 합의했다.

"그런데. 유호 씨도 모르는 자식이 있을 가능성은요? 갑자기 나타나면 내가 골치 아파요."

혹시나 싶어 꺼낸 말에 그가 피식 웃으며 대답한다.

"오래전에 정관수술 했습니다. 그리고 지금껏 만난 여자 중에 하룻밤 같이 잤다고 애를 낳아서 키울 만큼 지고지순한 순정파는 없었던 것 같네요. 저도 물론 그런 놈이지만."

다행인지 불행인지 모를 말이다.

"그런 이야기를 남자에게 내놓고 솔직하게 하다니. 그러기 쉽지 않은데. 지수 씨가 점점 더 마음에 드는데요? 동업자로서 절대적인 신뢰감이 가요."

이 또한 다행인지 불행인지 모를 말이다.

다음은 부부로서 다른 사람들 앞에 나섰을 때 남편과 아내로서 누릴 권리와 짊어져야 할 책임에 대해서였다. 세부적인 항목까지 사례를 들어 의견을 교환한 뒤 우리는 대강의 합의점에 도달했다.

동등한 입장에서 이루어지는 계약결혼은 상당히 복잡하다. 결혼 당사자인 나와 그 사람 모두 절대 손해 보지 않겠다는 입장으로 철두철미하게 자기 입장을 주장하며 나섰고 난상토론 끝에 적정선에서 조율하고 타협을 봤다. 첨예한 항목일수록 조율과 타협시간이 길어지는 것은 당연지사. 주제는 결혼이지만 분위기는 APEC 정상회담이다.

1차 회담이 끝난 후 그가 너무나 당연하다는 태도로 계산서를 집었다. 그러나 내가 먼저 벌떡 일어나 카드를 그어버린 뒤 그에게 현금을 받아냈다.

"앞으로 만나는 동안 먹고 마시는 값은 무조건 더치페이로 해요."

이건 제안이 아니다. 선언이다. 갑을관계가 아닌, 동등한 갑갑관계의 계약을 체결하기 위해 만난 자리이니만큼 거기에 따라 나온 계산 지불 역시 동등하게 가야 한다는 취지에서다. 그는 마뜩잖은 표정으로 "이런 건 내가 내도 되는데."라는, 남자가 여자를 위해 지갑을 여는 것이 마땅하다는 남성우월주의적인 발언을 했지만 결국 내 의견에 따르기로 했다.

며칠 동안 계약을 준비하면서 보니 윤유호라는 이 남자, 여러모로 괜찮은 장점이 많다.

남자라는 이유로 여자인 내게 강압적으로 나오는 법이 없다. 조율이 필요한 사안에 대해선 미소 띤 얼굴로 자기 생각을 주장하되 내 입장과 의견에 대해서도 진지하게 귀를 기울이고 적극 존중할 줄 안다.

약속한 시간도 철두철미하게 지켰고 예의범절도 깍듯하다. 요즘 들어 머리숱이 부쩍 적어지는 직속상사 팀장이 이 사람의 반만 닮아도 회사생활이 살맛나겠다, 이런 클라이언트가 있다면 마케터로 먹고살기가 편하겠다는 생각이 들 정도다.

현경이 결혼식 때 의도적으로 집적거렸다는 말도 사실이었다.

협상테이블에서 보여주는 그의 태도는 점잖고 깔끔하다. 동등한 사업파트너로 제대로 대접받는 기분이다. 처음 만났던 날처럼 불쾌한 언행으로 사람 속을 뒤집으면 바로 일어서려 했지만, 그런 상황은 전혀 벌어지지 않았다. 기름기가 빠진 눈빛이나 행동은 소문으로

만 들었던 유능한 CEO 그대로다. 사람이 완전히 달라 보인다.

그가 바람둥이인 것은 확실하다. 이미 몇 번 경험했으니까. 그러나 분위기 파악 못 하고, 때와 장소 가리지 않고 절구통에 치마만 둘러도 치근대는 질 나쁜 바람둥이는 절대 아니다. 요즘 유행하는 나쁜 남자와도 코드가 다르다.

물론 그렇다고 좋은 남자로 생각하는 건 절대 아니다. 어쨌거나 본질은 바람둥이니까. 그냥 뭐……. 나쁜 사람은 아니라는 거다. 어떤 면에선 꽤 괜찮은 사람이라는 거, 그뿐이다.

계약협상 자리에서 본 윤유호라는 남자의 흠을 굳이 잡자면, 멜로드라마에서 선보이는 남자주인공 급 전용 매너가 철철 넘친다는 거다. 첫 회담(?)날 만났을 때 의자를 빼고 서서 기다리는 그의 행동에 난 정말 기겁을 했다. 그리고 자리에 앉자마자 의사표시를 분명히 했다.

"저기요, 윤유호 씨."

왜 그러느냐, 뭐가 잘못되었느냐는 듯 그가 의아하게 쳐다봤다. 이 남자 기준에선 이 오글거리는 행동이 당연한 건가?

"이런 행동은 앞으로 사절할게요."

"이런 행동이라니요?"

"의자 빼고 사람 기다리는 기술 말이에요."

'기술'이라는 단어에 그는 손으로 입을 가렸다. 그러나 키득키득 웃고 있는 눈과 들썩이는 어깨를 가릴 생각은 미처 못 했나 보다. 생각이 참 짧다. 가리려면 다 가리든가, 웃으려면 그냥 내놓고 웃든가.

"이런 기술은 치렁치렁한 레이스 치마에 환장하고 남자들이 데이트 비용을 전액 부담하는 것이 당연하다고 여기는 철부지 공주님과 여자들한테나 선보이세요. 내 취향은 아니니까."

나의 완강한 거부에 다음날부터 그는 의자빼기 기술을 포기했다. 그러나 내가 약속장소 입구에 도착하면 일어나서 기다리는 것만큼은 끝까지 고집했다. 그마저도 거북했지만 그가 하나를 양보한 만큼 나도 한 걸음 양보해야 했다.

회의를 마치면 나는 택시를 타고 돌아간다. 바래다준다는 말에 신세지기 싫다고 딱 잘라 말하자 그가 한 수 접은 결과다. 하지만 각자 알아서 가자는 요구에는 불응했다. 나와서 택시를 잡아줬고, 헤어진 지 정확히 한 시간 후에는 집에 잘 도착했느냐는 확인전화도 잊지 않는다. 사회적 범죄가 범람하는 요즘, 야심한 밤에 혼자 귀가하는 여자에 대한 배려가 속 깊다.

계약결혼에 대해 나는 끈기를 갖고 진득하게 임할 수 있었다. 물론 당사자인 내가 필요해서다. 하지만 윤유호라는 남자도 공이 크다. 사람을 대하는 유쾌함과 최소 3년간 유지되는 계약을 대하는 진중함, 문서에 들어갈 낱말과 뉘앙스를 분석하고 설계하는 치밀함과 예비동업자를 동등하게 존중하고 대우하는 반듯함, 그런 거 말이다.

다른 남자라면, 여자와 얘기하다 자기에게 눈곱만큼이라도 불리하다 싶으면 무조건 강압적으로 들이대거나 대강 눙치고 넘기려 했을 거다. 그걸 보고 내가 묵과할 리 없다.

그렇게 되면 결국 계약은 둘째 치고 서로 감정적으로 불쾌하다 반응하고 싸웠을 것이고, "됐소. 계약결혼? 이딴 거, 그냥 안 하고 말지."라며 파투 내고 일어섰음이 분명하다. 그런 면에서 이 남자, 참 괜찮다. 그래서 고맙다. 내가 포기하지 않게 해줘서.

대천 해수욕장에서 회를 먹을 때 이미 느꼈지만 윤유호라는 남자는 나와 유사한 점이 많다.

합리적인 것을 선호하고 비생산적인 것을 싫어한다. 체면의 필요성을 중시하면서도 불필요한 허례허식은 넌덜머리를 낸다. 계약결혼에 대한 건 물론이요, 계약서 작성 틈틈이 나오게 마련인 이야기를 나누다 보면 서로에게 공감하는 바도 많다.

내가 남자로 태어났다면 이 사람처럼 되지 않았을까 싶다. 그 생각은 그 사람 역시 마찬가지인 것 같았다.

"지수 씨는 저와 비슷한 부분이 많아요. 여자 윤유호를 보는 기분?"

"여자 윤유호에서 기름기는 좀 빼주시죠. 생각만 해도 속이 느글거리니까."

"기름기는 빼고. 까칠함은 더하고. 맞죠?"

"맞아요. 아, 바람기도 같이 빼세요."

"어쩌죠? 그건 좀 곤란할 거 같은데. 바람기가 지용성이 아니라 수용성이라서요."

메기고 받고. 농담 수준도 죽이 척척 맞아떨어진다. 의기투합도 잘 된다. 내가 남자였거나, 이 남자가 여자였다면 둘이 죽고 못 사는 죽마고우로 지냈음이 틀림없다.

정원의 결혼피로연과 현경의 결혼식에서 받았던 불쾌한 인상은 점점 사라졌다.

3차 회담이 끝난 날, 나는 초면에 섹스나 하자고 덤비던, 그래서 쉽고 허접하고 시시하게만 보였던 이 남자가 기실은 인간적으로 무척 괜찮은 사람이라는 사실을 인정하기 시작했다.

첫 만남에서 섹스나 하자는 말을 듣지 않았다면, 이 남자가 바람둥이가 아니라면, 동업자관계에서 계약결혼을 두고 합의 후 문서로 추진하지 않았다면, 내 결혼의 목적이 가정을 꾸리는 것이라면, 내가 사랑과 연애에 보다 적극적이고 일반적인 가치관을 지닌 사람이라면…….

복잡다단한 가정들하에 내가 그와 일반남녀로 만남을 유지한다면, 둘 중 어느 쪽이든 상대방에게 용감하게 사귀자고 말하거나 사귀자는 제안에 응해도 전혀 이상해 보이지 않아 보인다. 그 정도로 난 윤유호라는 남자에게 인간적인 호감을 깊게 느끼고 있다.

윤유호라는 남자도 나와 다르지 않았다. 그 사실을 깨달은 것은 5시간에 걸친 4차 회담이 끝난 새벽 1시 무렵이다.

"다른 곳에 가서 칵테일 한 잔씩 하는 거 어때요? 계약 말고 편하게 얘기도 할 겸."

예정에 없던, 갑작스러운 윤유호의 제안에 나는 나도 모르게 두말 않고 곧장 OK했다. 계약을 떠나 이 사람과 조금 더 함께 있고 싶다는 내 마음을 깨닫고 당황한 순간 얼굴이 확 달아오른다. 그때 그가 덧붙인다.

"고마워요. 응해줘서. 지난 며칠 동안 지수 씨 만나면서, 계약 얘기 말고 편안하게 술 한잔하고 싶었거든요. 염려마세요. 추파 던지진 않을 테니까. 떡밥 안 무는 고기한텐 미끼 안 던져요. 자, 이만 일어날까요?"

내가 일어서길 기다렸다 함께 나가던 여느 때와 달리 그가 계산서를 들고 서둘러 앞장선다. 나 역시 여느 때와 달리 더치페이를 포기했다. 그가 계산을 치르는 동안 '잘 마셨다, 칵테일은 내가 사겠다.'는 얘기를 던지고 세 발자국쯤 떨어져 어이없이 홧홧해진 얼굴을 식

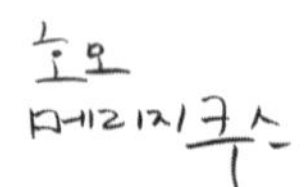

혔다.

이건 남녀감정에서 비롯된 게 아니다. 동업자들 간의 동료의식이다. 목적을 위해 같은 상황을 구축한 동업자들 간의 동료의식. 가부장제 사회에 억눌려 쌓아와야만 했던 가식과 가장을 덜어낸 사람과 사람과의 커뮤니케이션. 나는 그가 자기 주제를 파악하고, 그를 보는 내 관점도 잘 안다는 것이 편하고 좋은 거다. 그 이상도 그 이하도 아니다.

캄캄한 새벽에 윤유호라는 남자와 나란히 다른 장소로 이동하면서도 전혀 불편하지가 않았다. 평상시 다른 남자와 이 시간에 있을 때 속으로 '피곤해 죽겠는데.' 하며 짜증을 내던 내 모습과는 딴판이다.

30여 센티미터쯤 떨어져 나란히 걸을 때 인도 안쪽으로 내가 안전하게 걸어가도록 자연스레 배려하는 그의 매너도 마음에 든다. 다른 사람도 아닌, 힘든 계약을 함께 하고 같은 길을 걸어가는 동료니까.

"하이힐 신었는데. 걷는 거, 괜찮아요? 힘들면 말해요."

그런 것까지 신경 쓰다니. 기특하다. 그가 하늘을 보며 가볍게 기지개를 켠다.

"이런 밤에 걷는 것도 오랜만이네요. 기분, 좋은데요?"

나도 좋다. 하지만 저도요, 라고 호응하기는 싫다. 이 쉬운 남자는 틈을 주면 어떻게 변할지 모르니까. 가벼운 말투로 그를 놀리듯 톡 쏘아붙였다.

"그러실 거예요. 윤유호 씨는 이런 시간엔 대개 여자랑 특급호텔에 있었을 테니까."

"호텔?"

윤유호라는 남자의 입가가 살짝 굳었다. 그의 걸음이 조금씩 느려지다 멈췄다. 두어 걸음 앞서다 돌아보니 그가 나를 가만히 보고 있다.

"호텔. 특급호텔이라."

내가 했던 말을 두어 번 곱씹으며 남자가 내 얼굴을 쳐다본다. 죄지은 것도 없는데 도무지 시선을 마주칠 수가 없다. 공기가 무겁게 가라앉는다. 어색하다. 부담스럽다, 이런 느낌.

"매일 특급호텔에 들락거리긴 힘들어요. 금액이 좀 세서. 비즈니스호텔을 지향하는 편이죠. 아님 여자 집이나. 그리고 매일은 아니에요. 주기를 굳이 따지자면, 일주일에 한 번쯤?"

몇 초간의 침묵을 깨고 남자가 말한다. 평소처럼 목소리에 낀 느끼한 동물성 기름기와 얼굴에 깃든 가벼운 장난기가 눈물 나게 반갑다. 다시 나란히 길을 걷는데 그가 정면을 똑바로 바라보며 중얼거린다.

"그렇지만 다른 사람도 아닌, 지수 씨한테 그런 지적을 당하니까 가슴이 뜨끔하네요. 사실을 부인하는 건 아니지만. 그래도 바람둥이라고 너무 티 나게 구박하진 말아요. 어쨌거나 우린 지금……."

지금…… 뭐?

"동업관계잖아요. 그것도 아주 밀접한. 동업자면 이해해줘야죠. 아니면 인정해주든가. 최소 3년은, 내게 가장 든든한 동업자가 되어야 할 지수 씨한테 그런 말 들으니, 기분이 좀 그렇네요."

"알았어요. 그만 놀릴게요."

웃으며 남자를 바라보지만, 그는 여전히 앞만 본 채 살짝 미소만 머금는다. 웃는 입과는 달리 눈빛이 씁쓸하고 칙칙하다. 괜히 호텔

운운했나 하며 내가 미안해질 만큼.

“어제 집에 돌아가면서 말이에요. 상황이 달랐다면……, 지수 씨와 내가 다른 관계가 됐을지도 모른다는 생각을 했어요.”

한적한 바에 들어가 마티니와 내가 고른 피냐 콜라다를 주문하며 그가 한 말이다. “어제 집에 돌아가면서 말이에요.”라는 문장 다음에는 약 1초간의 쉼이, “상황이 달랐다면……”이라는 말 뒤엔 약 3초간의 침묵이 흘렀다.

순간적인 당혹스러움.

이건 인간 대 인간, 동업자 대 동업자의 발언이 아니다. 남자가 여자에게 호감을 표하는 말이다. 당사자는 물론이요, 어느 누가 봐도 그렇다.

지금 우리가 만나는 이유, 우리의 목적과는 동떨어진 이 발언에 대해 나는 뭐라고 해야 하는 거지? 말을 안 해서 그렇지 사실은 나도 비슷한 생각을 하고 있노라고, 아무런 가식 없이 진실만을 말하기로 맹세한 동업자답게 같은 고백이라도 해야 하는 건가? 그러긴 싫은데. 그럴 수 없는데. 그러면 안 되는데.

다행히도 그 발언은 결자해지로 이어졌다. 말해놓고 자기도 아차 싶었던지, 남자는 화장실에 손을 씻으러 다녀오겠다며 벌떡 일어났다. 그리고 샤워를 했어도 무방한 시간이 흐른 후 돌아와 “사람이 많네요.”라는 윤유호 표 너스레를 떨며 앉는다.

나는 몇 분 전 그의 입에서 나온 위험한 발언을 못 들은 척 기억하지 못하는 척해주는 기품을 발휘했다. 그리고 어떤 상표의 맥주를 좋아하느냐는 화두로 대화를 유도했다.

“기네스나 브로우체코 같은 흑맥주를 좋아해요. 블랙벨벳이라는 칵테일 마셔봤어요? 흑맥주에 샴페인을 일 대 일로 섞은 건데, 목 넘김이 부드러우면서도 맛있어요. 색깔도 카리스마 있어 보이는 색이라 비 오는 날 여자 꾀어낼 때 딱이죠."

술자리에 알맞으면서도 윤유호라는 캐릭터에 맞는 적당한 응수. 10점 만점에 10점이다.

우리는 술 취향부터 시작하여 학창시절 등 개인적인 일상에 관한 이야기를 시시덕거리며 한 시간 정도 나눴다. 전후맥락과 근원이 불분명한 위기는 첫 번째 마티니와 피냐 콜라다와 함께 스멀스멀 사라진다.

남녀사이에 반드시 연애라는 관계가 도입되어야 하는 것은 아니다. 성별이 달라도 친구가 될 수 있다. 결혼이라는 이름으로 계약을 맺을 동업자이니만큼 나나 그 사람이나 속에서 자라나는 호감으로 평생 이성친구 관계를 유지할 가능성이 충분하다.

우리 관계는 일반결혼에서 45도 각도 틀어진 계약결혼 관계다. 반열정적, 탈낭만적 결혼을 향해 합리적인 선을 긋기로 이미 합의한 상태다. 구체화되지 않은 호의적인 감정 하나 때문에 그 현실을 부인하거나 되돌리는 건 어리석은 짓이다.

지금으로도 충분히 좋다. 여기에 18개월에서 30개월 사이에 분비를 멈출 호르몬 활동을 굳이 도입시켜 장기간 이득이 되어줄 인연을 불편하게 만드는 몰지각은 없어야 한다. 절대로.

윤유호 역시 내 생각과 같았다. 첫잔을 비우고 두 번째 마티니와 피냐 콜라다가 나오길 기다릴 때 그가 나직한 목소리로 말했다.

"내가 지수 씨한테 호의를 갖고 있는 건 사실이에요. 인간적으로, 그리고 남자로서 봤을 때 지수 씨는 충분히 매력적이니까. 하지만 그런 감정 때문에 지금까지 우리가 논의한 계약관계를 되돌리진 않을 겁니다. 우리가 만난 이유는 바로 그 계약 때문이니까. 감정은 감정이고 계약은 계약이니까."

맞다. 그의 말대로다. 우리는 결혼계약 때문에 만났다. 감정은 감정이고 계약은 계약이다. 불분명한 감정에 홀려 분명한 계약을 놓칠 순 없다. 이게 우리의 현실이다.

"칵테일은 또 나왔고, 할 얘기도 다 떨어진 것 같은데. 다시 계약 얘기나 하죠."

"그러죠."

내 제안에 그가 선뜻 동의한다. 그리고 계약 이야기를 이어 나간다.

두 번째 나온 칵테일은 조금 썼다. 이해타산이 분명한 나와 그의 계약관계처럼.

5차 회담에서 나눌 이야기를 요약한 후 자리를 옮겨 나눴던 4차 회담은 그렇게 끝이 났다.

이튿날인 금요일, 우린 늘 만났던 장소에서 5차 회담을 시작했다. 문구 하나, 단어 하나, 심지어 다양한 해석의 여지가 있을 수 있는 띄어쓰기와 쉼표 하나의 위치에도 그와 나는 민감하게 반응했다. 사안별로 첨예한 대립이 생길 때마다 최적안을 찾아 머리를 맞대고 고심을 거듭했다.

대개의 사람들이 사랑과 신뢰를 결혼의 필수요건으로 삼는 것은 다 이유가 있다. 결혼을 하자고 합의했을 때, 상대방과 자신을 명확하게 분석하고 정의하고 증명한 뒤 활자화하여 서류에 기재하는 것이 너무 힘들기 때문이다.

케케묵은 할리퀸 로맨스의 마초 남주인공들이 왜 여자주인공들을 사정없이 몰아붙였는지, 말발을 앞세워 윽박질러가며 강제로 계약결혼을 했는지 이해가 간다. 그 인간들도 나처럼 계약결혼을 이유로 혼이 쏙 빠지는 문서화 과정을 거치면 지치고 골치 아팠을 테니까.

서로 손해 안 보는 조건으로 맺는 쿨한 계약결혼이라고 생각했다. 그러나 타인의 시선을 감안하고, 직접적인 생활문제로 들어가 리스트로 만들고, 이슈를 조율하고, 문자로 정리한 뒤 해당문서를 찾아 증명하고 첨부하는 일은 만만치 않았다.

사람을 피곤하고 지치게 만드는 인고의 작업.

인간의 사적인 생활영역과 거기에서 창출되는 무형의 부가가치를 대상으로 계약을 맺는 것이 얼마나 어려운지 그와 나는 뼈저리게 체험하고 있다.

결혼 후 함께 사는 것에 대해서는 예상했던 바와 같이 둘 다 부정적이었다. 각자 결혼한 목적이 있는데 왜 같이 살아야 하느냐, 뭐 하러 그래야 하느냐, 불편하기만 하다는 것이 공통된 생각이다.

하지만 결혼을 선포한 후와 신혼초기라는 특정시기에는 사람들의 이목이 집중적으로 쏠린다. 둘 다 직장인이니 어디에 신혼집을 차리느냐, 집에 어떻게 가느냐, 나도 그거 타고 가는데 같이 가자 등의 질문과 행동이 회사 안팎에서 쇄도한다.

게다가 집들이 문제도 있다. 그런 우려를 솔직히 밝히자, 그 역시 “사실 나도 그게 걱정이긴 해요.”라며 심각한 표정으로 동감을 표한다.

호모
메리지쿠스

고민 끝에 우리는 결혼 후 1개월간 함께 사는 것으로 합의했다. 다른 사람들을 초대할 일이 있으면 그 기간에 몰아서 치러버린다는 계획도 세웠다.

그러다 보니 어디에 사느냐가 대두되었다. 둘 다 자기 집에 상대방을 들이는 것을 꺼렸지만, 상대방 집에 들어가는 것도 싫다며 고집을 부렸다. 이런 것까지 비슷하다니. 너무 닮은 것도 이럴 땐 문제다.

결국 집 문제는 그가 사는 분당에 방 두 개짜리 풀 옵션 오피스텔을 구하는 것으로 일단락됐다. 보증금과 월세는 그가 부담하되 새로 집을 얻음으로써 생기는 부대비용 —관리비 및 각종 공과금 및 기타비용— 과 생활비는 반반씩 내기로 했다. 내가 1개월간 분당에서 종로까지 출퇴근하는 불편을 감안하여 내린 결론이다. 집 청소는 1주일에 한 번씩 도우미를 불러 해결하고 그 외 가사노동은 각자 책임지기로 했다.

그가 집 문제를 맡아서 해결하기로 한 만큼 결혼식 진행과 결혼에 필요한 부품준비는 내가 맡았다.

누가 누구를 위해 일방적으로 희생하거나 양보하는 일은 먼지 한 톨만큼도 없다. 이 계약과 계약에서 파생된 구체적 사안들은 우리 사이에 움트고 흐르는 추상적 감정으로 해결하기 힘든 별개의 현실이니까.

일방적으로 계약을 파기하거나 비밀유지의 원칙을 어기고 계약결혼에 관한 내용을 제삼자에게 발설할 경우, 상대방에게 끼칠 정신적 피해와 사회적인 명예훼손에 대한 보상책에 대해서도 이슈가 되었다.

갑론을박 끝에 그 문제는 내 제안대로 돈으로 해결하는 것으로 결론이 났다.

결혼하자마자 위자료조로 책정된 기본 배상금액은 5억. 1년이 지날 때마다 1억씩 누적되는 것에 더해 이자가 10퍼센트씩 붙는다. 월급쟁이인 나로서는 먼저 이혼을 주장하거나 계약내용을 누설하면 절대 안 되는 엄청난 조건이다.

그 와중에 나는 흑심을 품었다. 바로, 바로…… 돈. 벼. 락.

“윤유호 씨, 정말 결혼하고 싶은 사람 없어요?”

“그게 무슨 소리예요?”

내 말에 그가 약간 긴장한 표정으로 물었다. 이런, 이런. 웃자고 한 말에 죽자고 덤비다니. 이미 다 지어놓은 결혼 밥(?)에 내가 코 빠뜨릴까 봐 겁나나 보다.

“나는 위자료로 줄 돈이 없어서 함부로 계약을 파기하기 힘들거든요. 하지만 윤유호 씨는 다르잖아요. 윤유호 씨가 진심으로 사랑하는 사람이 생겼다며 이혼을 요구한다면 난 크게 한몫 톡톡히 챙길 수도 있는 거죠.”

그제야 그는 편안한 표정으로 “과연 지수 씨다운 생각입니다.”라며 너털웃음을 터뜨렸다. 화기애애한 분위기 속에 5차 회담이 갈무리되었다.

토요일 오후 5시. 삼청동에 있는 퓨전 레스토랑에서 저녁식사를 겸해 이루어진 계약결혼 6차 회담은 각자 가져온 서류를 교환하는 것으로 시작했다. 계약서에 도장을 찍기 전에 서류 검증절차를 합의한 결과다.

두툼한 서류봉투를 열었다. 계약서에 첨부해야 할 문서가 정리된

한 장짜리 인쇄물 뒤로 호적등본, 주민등록등본과 초본 등 개인 신상명세에 관한 것, 주소와 전화번호와 이메일 등 각종 연락처, 재직증명서를 포함하여 연말정산을 받을 때 국세청에 제출하는 서류 최근 3년 치, 지난 12개월간의 급여명세서 등 수입과 경제생활을 파악할 수 있는 서류들, 건강검진서 등이 차곡차곡 포개져 있다.

그가 작성한 계약서 초안은 나의 1차 검토를 거쳐 그의 변호사와 나의 변호사를 자처한 이모가 각자 꼼꼼히 검토 후 수정 및 보완하여 다시 보내줬다. 각 단계에서 한 번 더 수정과 검토를 마친 후 도장 찍고 공증절차만 거치면 된다. 지난했던 결혼계약 협상이 결실을 보인다는 점이 더없이 만족스럽다.

호출 벨을 누르자 대기하고 있던 종업원이 들어와 메뉴판을 건넸다. 누벨 퀴진을 표방하는 오너 셰프 레스토랑답게 프렌치를 기반으로 동서양의 조리법을 혼합하여 개발한 음식 밑에는 사진과 함께 음식에 쓰인 식재료와 맛에 대해 거창한 설명이 붙어 있다. 길고 장황한 수식어와 화려체 문구에 골이 띵하다. 뭘 먹어야 하나 고민하다 오늘의 디너 A코스를 주문하자는 제안에 따르기로 했다.

'코스'라는 거창한 단어에서 줄줄 흐르는 부티와 1인분에 칠만 원이 훌쩍 넘는 비싼 가격, 메뉴 밑에 깨알 같은 글씨로 당구장 부호를 앞세운 '10퍼센트 부가세 별도입니다.'라는 설명이 무척 부담스럽긴 하다. 그래도 예비동업자와 함께한 최초의 주말인 만큼 참기로 했다. 그 정도의 체면치레는 해야 마땅한 자리니까. 계약협상 중이니 술은 생략이다.

비싸지만 제값을 톡톡히 하는 식사에 이어 카페로 자리를 옮긴 뒤에는 각자의 변호사가 건네준 조언을 바탕으로 계약서에 대한 1차

최종점검이 이어졌다. 검증해야 할 문서까지 총동원된 여섯 번째 협상은 둘 다 녹초가 된 새벽 3시가 되어서야 11시간 만에 마무리됐다.

일요일 오후에 시작한 7차 협상은 오후 2시 광화문 근처 카페에서 이루어졌다. 주요안건은 내가 담당한 결혼식 문제다.

내가 잡은 날은 1월 셋째 주 일요일. 1월 초에 신년연휴 보너스도 있고, 연봉에서 분할적립된 퇴직금이 나오는 회사도 많고, 곧 연말정산도 있어서 사람들 주머니 사정이나 인심도 비교적 넉넉하기에 나름 치밀한 전략으로 잡은 날짜다.

빨리 식을 올리는 게 좋다고 동의하면서도 그는 뭔가 시원찮다는 표정으로 인쇄물을 뒤적거렸다.

"뭐가 이렇게 복잡하고 많아요? 웨딩마치만 울리면 되는 줄 알았는데."

돈 아끼려고 열심히 궁리하면서 준비해왔더니 뭐가 어째? 하여간에 남자들이란 족속이 이렇게 단순하다. 결혼식 준비하다가 열 받아서 결혼하기로 한 남자와 헤어졌다는 여자들이 이해가 간다.

"이나마도 제가 아는 웨딩플래너랑 상의해서 정확히 식만 올리는 걸로 맞춘 거예요. 사진촬영이랑 폐백도 빼버렸어요. 리무진 서비스도 뺐어요. 그건 유호 씨 차로 해요. 친구들은 절대로 끼워 넣지 마세요. 하지만 그 외에는 어쩔 수 없어요. 비용은 모두 5대 5, 추가요금으로 나오는 밥값은 각자 나간 식권 수에 따라 지불하면 되니까."

뭐가 왜 필요한지 열변을 토한 데 이어, 내가 완성한 안이 얼마나 단출하고 합리적인지 또박또박 설명을 덧붙이자 그도 고개를 끄덕이며 납득한다.

기타 자질구레한 프로그램은 웨딩플래너에게 모두 맡기고, 예식 의상은 카탈로그로 골라놓은 뒤 날을 잡아 같이 가서 고르고 가봉하기로 했다. 하얀 웨딩드레스나 면사포 따위에 별다른 환상이나 미련이 없는 내 주장에 그도 동의했다. 주례와 사회는 불편하게 지인이나 친구를 동원할 필요 없이 예식장에서 각각 단돈 십만 원에 제공하는 서비스를 이용하기로 했다.

"그런데 신혼여행은요? 여기에 없는데."

신혼여행은 무슨. 하지만 그의 의견은 다르다.

"결혼식 끝나면 어디 가려고요? 식 끝나고 집에 곧장 가면 사람들 눈에 더 이상해 보이지 않겠어요? 결혼피로연 하는 것도 골치 아픈 일인데."

아, 맞다. 빌어먹을 그 짓거리!

그 망할 피로연은 반드시 생략해야 한다. 음란한 소동의 주인공이 되고 싶진 않다.

"그럼 식 끝나자마자 공항으로 이동하는 스케줄로 잡죠. 가깝고 싼 곳으로 가요."

"신혼여행비는 제가 댈게요. 제가 꺼낸 얘기니까."

"5대 5로 가요. 웨딩플래너가 갖고 있는 프로그램이 있어요. 태국 방콕 어때요? 가격이나 일정이 제일 만만할 것 같은데. 방은 우선 하나만 잡고, 거기 가서 유호 씨가 따로 숙소를 잡으세요. 그 추가비용만 부담하세요. 가서 노는 것은 각자 알아서 자유롭게. 좋죠?"

"좋아요. 그렇게 하죠."

그의 동의를 끝으로 7차 회담은 단 두 시간 만에 끝이 났다. 남은 것은 계약서 최종검토와 현재 검증 중인 첨부서류 확인, 그리고 도장을 찍는 것이다. 이제 진짜 끝이 보인다.

"그런데 지수 씨. 우리……, 섹스는 진짜로 안 해요?"

계약협상 동안엔 뜸하다 했다. 무슨 낚싯밥을 던지려고 띄엄띄엄 말하나 했더니 결국 하는 소리하고는.

어느새 그의 눈엔 반들반들한 수컷의 노란 기름기가 감돈다. 짜면 카놀라유 2리터는 거뜬히 나올 거 같다. 그래. 계약협상 다 끝났다 이거지? 오래 참는다 했어. 하긴. 내추럴 본 바람둥이의 본질이 어디 가겠어?

"절대로 안 해요. 어기면 건당 2억인 거 알죠?"

"양자합의라는 게 있잖아요. 문서가 사람 몸과 마음을 함부로 구속할 수는 없죠."

"혼자 하세요. 저 붙잡고 헛수고하지 마시고."

"에이. 지수 씨도 참. 혼자 어떻게 섹스를 해요?"

그가 말을 물고 늘어졌다. 참 구질구질하다. 이럴 때 필요한 건 뭐? 한 방이다. 그것도 매우 큰.

"혼자서도 오른손으로 딸딸이 잘 치실 거잖아요. 당연한 걸 왜 저한테 물어보세요?"

그가 눈을 휘둥그레 뜨고 쳐다본다.

"남자들이 흔히들 하는 말이 있죠. 오른손으로 다 된다, 왼손은 다만 도울 뿐."

남자가 미친 듯이 웃기 시작했다. 사람들의 시선에 창피해 죽을 지경이다. 그래도 꿋꿋이 버텨내야 한다. 정신없이 웃다 반쯤 무너진 그가 서서히 숨을 몰아쉬며 몸을 일으켰다.

"마스터베이션도 나쁘진 않죠. 하지만 난 여자랑 하는 게 더 좋던

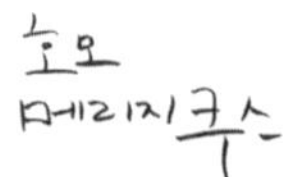

데."

"주 7일제로, 설과 추석 휴일 이틀 빼고 1년 열두 달 내내 24시간 풀 타임 바람둥이로 뛰시잖아요. 관리해야 할 여자들도 넘쳐날 테니 저는 사양할게요."

"그러지 말고 한번 해요. 지수 씨가 경험했던 것보다 제 실력이 그리 나쁘지는 않을걸요?"

오호라. 물러서라는 의미로 점잖게 거절해줬는데도 끝까지 이렇게 치근대며 나오시겠다? 그럼 나도 할 말이 있다.

"저는 위생에 민감해요. 딜도랑 바이브레이터는 다른 여자와 공유하지 않아요."

남자를 여자의 성적 도구로 전락시켜버린 내 발언에 그가 또 한 번 자지러지게 웃음을 터뜨렸다. 금방이라도 숨이 넘어갈 것 같다. 119구조대를 불러 산소마스크라도 씌워주고 싶다.

"그럼 지수 씨. 키스랑 스킨십은요?"

그런 거 안 하는 게 우리 계약의 기본이다. 왜 자꾸 이렇게 치근거리는 거지? 사방이 뻥 뚫린 자리에서 비밀스러운 얘기를 펼쳐놓는 게 그렇게 재미있나?

"해야 할 때가 있잖아요. 계약서에도 상황에 따라 적절히 감안하는 걸로 되어 있고."

이 남자, 이런 얘기할 때는 지치지도 않는다. 수준에 맞춰 대답은 해줘야 한다.

"과하지 않게 하세요. 공개된 자리에서만."

"흐음. 그래요? 그럼 남들 앞에서 애무해도 돼요? 예를 들자면……."

그가 나른한 어조로 구체적인 예를 들었다. 얼굴에 열이 오른다. 동시에 남자의 입가에 야릇한 웃음이 감돈다. 이 남자, 지금 나를 놀리는 거다. 갑자기 전투의욕이 불타오른다.

'절대로 질 수 없다!'

그를 얕잡아보듯 스윽 훑은 후 말 한 마디 마디를 끊어 심통 맞게 툭툭 던진다.

"남들, 앞에서? 자신, 있어요?"

그는 이제 아예 엎드려 웃는다. 당연히 없겠지.

"졌습니다. 항복할게요."

그러게. 질 걸 알면서 왜 덤비시나? 태연하게 허리를 세우고 물을 마시는 동안, 그가 눈가를 닦아낸 후 계속 웃으며 어깨를 들썩이다 말했다.

"만약이란 게 있으니까. 그래도 혹시 필요하면, 하고 싶으면……, 언제든 말씀만 하세요."

의도가 빤히 보인다. 잘되면 꾀어내는 데 성공하는 거고 안 되면 농담으로 물러서면 그만이고.

아버지도 이 여자 저 여자에게 추파 던질 때 이랬을 거다. 빌어먹을 바람둥이 족속에 대한 호승심이 또 한 번 불타오른다. 확 밟아버리고 싶다.

"줄 서 있는 남자들이랑 하기도 바빠요. 유호 씨한테는 차례가 안 가겠네요."

순간 남자의 얼굴에 날카로운 불쾌감이 살얼음처럼 어린다. 등줄기에 섬뜩한 냉기가 불현듯 휘몰아쳤다.

"차례? 줄 서 있는 남자들요?"

위협적인 어투. 이 남자에게서 난생처음 들어보는 목소리다. 뭐지, 이 분위기? 지은 죄도 없이 모골이 송연해진다.

"나처럼 놀아나겠다는 겁니까? 지수 씨 목적은 돈이잖아요. 그걸로 됐잖아요."

"유호 씨도 축의금 받잖아요. 그리고 결혼 후에 유호 씨만 그렇게 자유롭게 살라는 법 있어요?"

"제 목적이 원래 즐기고 싶어서니까요."

이 말인즉슨…… 자기는 결혼의 목적이 원래부터 그랬으니 해도 되고 돈이 목적인 나는 그러면 안 된다? 기가 찬 나머지 핫, 하는 헛기침소리가 흘러나온다.

"남이야 하렘을 차려서 하룻밤에 남자를 열두 번씩 갈아치우건 말건 신경 쓰지 마세요. 계약에도 있죠? 그건 내 사생활이에요. 유호 씨가 함부로 상관할 문제가 아니에요."

그 말을 끝으로 나는 입을 다물어버렸다. 그도 마찬가지다. 때때로 날선 눈빛으로 서로를 찌를 듯이 바라보지만 그뿐이다.

싸늘하고 불편한 침묵이 엄습한다. 1초, 1분, 1시간……. 시간이 무심하게 흘러간다. 평소처럼 화기애애하게 시작한 7차 회담은 평소와 달리 냉랭한 분위기에서 끝났다.

지하철을 타고 돌아가는 길에도 계속 화가 났다. 집에 도착해서도 화가 풀리지 않는다. 우리의 계약은 상호평등의 원칙 아래 동등한 입장에서 맺은 거다. 자기는 되고 나는 안 된다? 이건 계약원칙은 물론 상식에도 어긋나는 명백한 남녀차별이다. 내가 화를 내야 옳다.

그런데 그 말 하며 표정이라니.

뭐 뀐 놈이 성내는 꼴이다. 어처구니가 없다. 문서상으로 동등한 조건하에 자유와 권리를 상호존중하고 보장하기로 한 최우선 결혼 협상 대상자한테까지 불공평한 푸대접을 받다니. 억울하다. 남자들이 이 모양으로 나오니 결혼이 여자만 손해라는 거다.

하지만 이상하다. 나는 그 말 자체에 분노하는 걸까, 그 말을 한 사람이 동업자 윤유호라는 사실에 분노하는 걸까? 그것도 아니라면 그 사람과 내가 쌓아온 관계와 감정에 불신의 금이 갔다는 사실에 분노하는 걸까? 나는 대체 무엇 때문에 이렇게 분노하는 것일까?

남자들이 성차별에 익숙한 생물이라는 건 익히 알고 있는 바다. 다른 남자들이 했으면 "참으로 잘나셨어요."라는 한마디로 무시하고 넘어갔을 말에 예민하게 구는 내가, 평소와 달리 발끈하는 박지수가 마음에 안 든다.

남자는 이기적인 동물이다. 모르는 거 아니다. 흘려들으면 그만일 사소한 말 한마디를 걸고넘어지며 혼자 화를 내다니. 박지수라는 여자, 이렇게 참을성 없고 시시한 여자였나?

따르르르르.

요란한 집 전화벨 소리가 울렸다. 서류검토 중인 이모나 궁금해서 어쩔 줄 모르는 동생, 둘 중 하나다.

— 잠실 아니죠?

여보세요, 라는 예의바른 말 한마디 없이 통명스레 불쑥 용건부터 말하는 남자. 목소리가 낯익다.

— 지수 씨 사는 곳 말이에요. 잠실 아니네요. 맞죠?

그 남자다. 조금 전 헤어진 윤유호, 바로 그 사람. 수화기 너머의 그는 여전히 화를 내는 것 같다. 뭘 잘했다고.

"이모 집이 거기에 있어요. 문제 있어요?"

— ……없어요.

없는데 왜 그래! 뭐 잘못 먹었어? 오늘 왜 이래?

"집 전화번호는 어떻게 아셨는데요?"

— 어제 주고받은 서류를 잊으셨나 봅니다.

시큰둥하게 고개를 끄덕여준다. 그가 내 앞에 있기라도 한 것처럼.

— 서류를 보니 집 주소가 둔촌동으로 되어 있어서요. 지난번에 분명히 잠실에 있는 아파트단지 입구에서 내려줬는데. 혹시 나를 속인 건 아닌가 싶어서 확인차 걸었어요.

"그런 걸 속일 바엔 차라리 다른 걸 속이죠. 숨겨놓은 애가 한 다스 있다든가."

— 있어요?

"없어요."

수화기 너머로 그가 나지막이 웃는다. 평소처럼 기분 좋게. 마음 속에 응어리진 무언가가 사르르 풀린다.

— 사과하려고 전화했어요. 아까는 미안해요. 그러니까. 음……. 솔직히 말할게요. 기분이 좀 나빴어요. 남자들한테는 그런 심리가 있거든요. 남자는 그래도 되지만 여자들은 그러면 안 된다 라든가. 다른 여자들은 야하게 차려입을수록 좋지만 내 어머니나 누나, 여동생은 그러지 않았으면 좋겠다 라든가.

여느 때처럼 솔직하게 나오는 건 고마우나 성질이 불끈 치미는 말이다.

"이기적이고 모순적인 발상이에요. 세상 어느 여자든 누군가에겐 어머니나 누나, 여동생이 될 수도 있다는 건 생각 안 해보셨나 보네요."

— 알아요. 내가 우리 계약에 어긋나는 말과 행동을 한 것도 알아요. 그래도 그런 비슷한 마음은 여자들에게도 있지 않나요? 남자들에겐 바람기가 있다, 남자들은 늑대다, 그러나 내 아버지나 내 오빠, 내 동생, 내 남편은 그렇지 않다, 그렇지 않아야만 한다…….

그가 정곡을 콕 찌른다. 숨이 턱 막힌다. 이젠 얼굴 생김조차도 기억에서 가물가물한 아버지. 혹시 나도 박정우라는 남자에게 내 아버지라는 이유로 더 많은 기대를 한 걸까? 일반 남자들을 평가하고 바라보는 기준에 비해 과다하게 높은 윤리적 잣대를 들이민 걸까?

아마 그럴 거다. 그래서 더더욱 용서하기 힘든 거다. 다른 사람도 아닌 내 아버지니까.

아까 그의 말에 적당히 눙치지 못하고 가시를 세우며 뾰족하게 굴었던 것도 같은 맥락에서 한 가지를 증명하고 있다. 내가 지금 윤유호라는 남자에 대해 아직은 단정 짓기 힘든, 지극히 감정적인 어떤 기대감을 품고 있다는 사실을.

— 아까 저도 그랬어요. 뭐랄까. 내가 지수 씨 오빠 같아서 걱정이 좀 됐다고나 할까? 참한 아가씨가 나 같은 놈처럼 자유분방하게 놀다가 못된 남자한테 걸리면 어쩌나 하고요.

"멀쩡한 사람을 멋대로 유호 씨 여동생으로 만들지 마세요."

— 내가 지수 씨보다 세 살이나 많잖아요. 여동생으로 볼 만하죠.

하이고, 퍽이나.

우리나라 남자들은 이게 문제다. 여자를 얕잡아보고 어깨에 힘주고 싶을 때 하는 말이 "네가 남 같지 않아서 그래.", "네가 내 여동생 같아서 이런 말 해주는 거야."다. 실제로 도움 주는 건 아무것도 없으면서 입으로만. 젠장.

겉으로는 충고지만 속은 참견이다. 술 마시면 더하다. 알코올 기운만 들어갔다 하면 남자들은 너도 나도 앞을 다퉈 여자들의 오빠를 자처한다.

우리나라 술에만 특별히 오빠 성분이 들어 있나? 19도, 20도라는 알코올 도수가 기실은 오빠 성분 19퍼센트, 20퍼센트 함유를 뜻하나? 분노한 목소리로 그 사실을 다다다다 퍼붓자 그가 납작 엎드린다.

— 미안해요. 사과할게요.

남자의 진심이 목소리에 가득 묻어난다. 화가 좀 풀린다. 사과를 받아줘야 한다. 이제 곧 결혼도 할 건데.

알겠다고 말하자 조금은 편안한 침묵이 드리워진다. 더 이상 별다른 말은 없었지만 여느 때와 똑같은 분위기가 회복되고 있다. 화가 풀리자 어느 정도 원기를 되찾은 나는 편안한 마음으로 그에게 농담을 건넨다.

"전화 줘서 고마워요. 화 풀었으니까 안심하시고요. 이제 거의 다 끝났으니까, 집에 들어가서 오늘은 마음 푹 놓고 즐기세요. 나이 생각해서 너무 무리는 마시고."

수화기 너머로 아주 잠깐, 침묵이 흘렀다.

나도 모르게 긴장한 찰나 그가 귀에 익은 웃음소리에 이어 잘 자라는 인사말을 하고 전화를 끊는다.

'평소엔 나한테 먼저 전화를 끊으라고 하더니.'

조금 서운하다. 그래도 괜찮다. 그와 나의 커뮤니케이션 차이도 지성인답게 대화로 풀고, 내 화도 얼추 풀렸으니까.

수화기를 내려놓고 부엌으로 나가 설거지를 시작한다. 식기세정제의 하얀 거품과 쏟아지는 뜨거운 물세례 속에 7차 회담의 껄끄러움도, 윤유호라는 남자에 대해 잠시나마 쌓인 앙금과 배신감도, 짧은 시간에 미처 이유를 명확하게 분석하지 못한 사소한 분노감까지도 하수구 속으로 깨끗이 흘려보낸다. 계약체결이 코앞인데 불필요한 감정으로 일을 그르칠 순 없으니까.

그렇지만 지난 며칠 간 그를 만나며 쌓아온 호감과 기대감은 차마 보낼 수 없다. 그러고 싶지 않다.

이유는…… 나도 모른다.

이튿날 8차 회담은 예정대로 이루어졌다.

나와 그 사람은 카페에서 만나 간단히 식사를 마친 후 계약서 최종수정을 비롯하여 앞으로의 동업관계를 위한 최종점검에 들어간다. 어떻게 만났고 어떤 과정을 통해 사랑에 빠지고 결혼에 이르게 됐는가에 대해 사람들이 만족해할 만한 시나리오도 완성했다.

그리고 다음날, 마침내 계약서에 도장을 찍었다. 박지수와 윤유호의 계약결혼 협상이 대단원의 막을 내리는 순간이다. 결혼 얘기가 나온 지 정확히 11일째 되는 날이자, 결혼협상의 기본 횟수로 잡았던 10회에서 정확히 1회가 모자라는 9차 회담에 이루어진 성과다.

친구들과 회사에 알리는 것은 각자 일정에 맞춰 소화하기로 하고 주말인 토요일에는 함께 충주를 돌아 김천으로 인사를 드리러 가기로 했다. 바쁜 한 주가 이미 시작된 상태였다. 공증절차를 마치고 계약서를 한 부씩 나눠가진 후 그가 물었다.

"그런데 지수 씨. 우리 결혼이 10년 후에는 어떻게 되어 있을까요?"

나도 모른다. 1년 후도 모르는데 10년 후를 짐작하는 건 어림도 없다.

하지만 딱 하나는 확실하게 알고 있다.

나와 그의 결혼은 기정사실이다.

이제 돌이킬 수 없다.

7. 백팔번뇌 百八煩惱
: 마음이 복잡해 갈등이 만개한다네.

“평생 안 할 것처럼 굴더니 결국은 하는 거야? 또 한다고 나를 그렇게 구박하더니. 내숭 하고는. 살기 바빠서 연락 못 한 사이에 나한테 말도 안 하고 결혼을 결정해? 왜 숨겼어? 네 성격에 하루 이틀 만나고 결혼을 결심하진 않았을 거 아니야. 세상 참 좁다. 유호 씨라니. 우리 남편 후배랑 어떻게 거기까지 간 건데? 빨리 낱낱이 고해봐. 뭐야? 어떻게 된 거야?”

수요일 저녁, 종로에 있는 카페에서 기다리고 있던 정원은 내가 자리에 앉기도 전에 상기된 얼굴로 퍼붓는다.

평서문과 의문문이 뒤죽박죽 배치된 말에는 육하원칙에 기인한 결혼과정에 대한 질문과 결혼상대방을 감쪽같이 숨겨왔던 친구에 대한 힐난과 자기변명은 물론, 알고 보면 참으로 좁아터진 세상에 대한 감탄과 친구로서의 영향력을 과시하려는 의도까지 골고루 섞여 있다. 저렇게 복잡한 말을 쏟아붓는데도 뜻이 다 전달되다니. 재주는 재주다.

“배고파. 밥부터 시키자.”

“지금 밥이 문제니?”

당연하지. 문제 맞다. 모든 일은 다 먹고살자고 하는 짓이다. 그러나 내 결혼에 숨겨진 비하인드 스토리를 밝히는 데 눈이 벌게진 정원은 아랑곳하지 않는다. 여차하면 곤장을 치고 주리라도 틀 기세다. 닦달에 못 이겨 각본으로 짜놓은 삼류 멜로 대서사시를 줄줄 읊어준다.

결혼식 피로연에서 만난 두 남녀가 호감을 갖고 만남을 지속했으며, 다른 결혼식에서 또 부딪치고, 집들이에 갔던 날 데이트를 하다 결혼을 약속했다는 허무맹랑한 우연남발 스토리에 정원의 눈이 반짝반짝 빛난다. 내가 결혼에 골인한 것에 친구로서 크게 한몫했다는 보람과 자부심이다. 얘가 이 정도인데 현경은 어떻게 나올지 아찔하다. 서울에 다니러 올라와 며느리를 꼼짝 못 하게 집에 붙들어둔 친구의 시부모님께 크게 감사드린다.

대천 해수욕장에 있는 근사한 카페에 마주앉아 일몰을 배경으로 청혼을 받는 대목에 이르자 정원이 "멋지다."라며 중얼거린다. 멋지긴. 개뿔이다. 쯧. 친구를 앞에 두고 거짓말을 하려니 양심의 가책으로 속이 따끔거린다.

하지만 100퍼센트 거짓말은 아니다.

핵심은 뺐지만 정원의 피로연에서 인연을 맺은 것도, 현경의 결혼식과 집들이에서 만난 것도 사실이다. 청혼이 아니라 결혼제안이요, 카페가 아니라 횟집이지만 대천 해수욕장에도 분명 가기는 갔다.

모든 일에서 중요한 건 과정이 아니라 결과다. 바로 가나 모로 가나 서울에만 도착하면 되는 법. 산 정상에 올랐으면 동쪽으로 올라왔건 서쪽으로 올라왔건 남쪽으로 내려가건 북쪽으로 내려가건 따지지 않는 것이 사람의 도리다.

원하던 이야기를 모두 듣자 정원은 그제야 식사를 주문한다. 배가 고픈 나머지 테이블에 놓인 유리를 깨서 씹어 먹는 몬도가네 기행이라도 저지르고 싶던 터라 그저 기쁠 따름이었다. 주문한 파스타가 나오자 정원은 면을 하염없이 뒤적이며 시름겨운 한숨을 토해낸다.

"좋겠다. 그런 청혼도 받고. 난 뭐니? 첫 번째 청혼은 얼렁뚱땅, 두 번째는 설렁설렁."

"첫 번째야 그렇다 치고. 두 번째는 근사하게 청혼 받았잖아. 호텔 일류 레스토랑에서."

"밥 먹다 말고 '우리, 지금까지 만나는 동안 애 낳는 거 빼고 할 건 다 해본 거 같은데 이제 결혼도 할까?', 이거? 이게 근사해? 어디가 근사해? 난 비싼 밥 먹다 체하는 줄 알았다."

남자들이 다 그렇지, 뭐. 그걸 몰랐나?

"알아. 너무 잘 알아. 그래도 내 남자는 아니길 바라는 게 여자 마음이지. 하여간에 청혼을 하려면 어디 가서 프러포즈 잘하는 법 교육이라도 받고 올 것이지. 멋대가리 하나 없이."

저렇게 말꼬투리 붙잡고 불평불만을 늘어놓으면서 그 당시에는 피곤한 친구를 새벽까지 앉혀놓고 왜 혼자 웃다 울다 생난리를 쳤는지. 결혼은 멀쩡한 사람도 조울증 환자로 만드는 특별한 바이러스를 품고 있나 보다.

"신랑은 잘해줘?"

"잘해주긴. 밤에 술 마시고 늦게 들어오고. 귀찮다고 양치질도 안 하고, 발도 안 닦고 자. 내가 미쳤지. 남자들이 그러는 거 뻔히 다 알면서 또 결혼을 하다니."

디저트를 먹으며 정원이 투덜거린다. 하지만 말하는 동안 콧소리

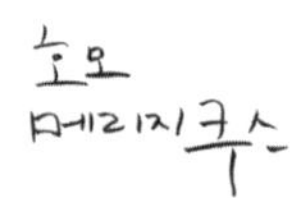

가 나오고 볼이 금세 발그레해진다. 아아. 저 내숭을 어이할꼬? 하지만 친구가 밉상으로 보이진 않는다.

사람이란 거짓을 말함으로써 진실을 강조하는 역설에 익숙한 유기체다. 진짜 돈을 잘 버는 사람치고 돈을 잘 번다고 얘기하는 사람은 없다. 마찬가지로 진짜 행복한 사람일수록 행복하다고 얘기하는 사람도 없다. 진짜인 사람은 다른 사람 앞에선 늘 앓는 소리만 입에 달고 산다.

사랑과 연애로 시작했지만 성격차이와 거듭되는 불화로 1년 만에 끝났던 첫 번째 결혼과 달리, 정원은 지금…… 정말로 행복해 보인다.

"아무튼 축하한다, 지수야. 안 하는 것보다 하는 게 낫지. 소크라테스도 말했잖아. 결혼은 해도 후회 안 해도 후회라고. 기왕에 후회할 거라면 할 건 해봐야지."

결혼신수설이라는 게 있다면 소크라테스가 창시자일 거다. '어쨌든 결혼을 하여라. 양처를 얻으면 행복할 것이고, 악처를 얻으면 철학자가 될 것이다.'라는 그 말이 증명한다.

무능한 남편 때문에 속이 뒤집힌 크산티페가 바가지를 긁는 와중에도 남자들에게 결혼을 권유하다니. 속도 좋다. 부처님 가운데토막이다. 독주를 마시고 죽었다던 그를 해부하여 들여다보면 내장 기관마다 '메이드 인 부처'라는 자그만 상표 태그가 붙어 있을지도 모른다.

"그런데 생각이 바뀐 이유가 뭐야? 난 지수 네가 평생 결혼 안 할 거라고 생각했거든. 연애는 해도 결혼 얘기만 나오면 그런 거 왜 하냐고 몸서리부터 치고. 결혼에 원수졌냐고 하면 원수졌다고 하고.

갑자기 왜 하기로 마음먹었어?"

그 결혼 안 하려다 보니 이 결혼을 하게 된 거다, 라고 한다면 뭐라고 할까?

하지만 말이 좀 이상하다. 문맥상 앞뒤가 제대로 맞아떨어지려면 이렇게 고쳐야 한다. 그'런 일반적인' 결혼을 안 하려다 보니 이'런 계약' 결혼을 하게 된 거라고.

하지만 동업자가 동의한 대상인 이모와 지연 외의 제삼자에게 계약결혼 건을 누설하는 것은 계약원칙 중의 원칙인 비밀유지조항을 어기는 일이다. 자칫 최소 5억을 물어줘야 하는 무서운 결과가 초래된다. 먹고 죽으려도 그런 돈은 없다.

"내년이면 나도 서른셋인데 언제까지 안 할 순 없잖아. 계속 만나다 보니 사람이 괜찮다 싶기도 하고. 결혼해도 좋겠다 싶어서 하는 거지, 뭐."

무난하리라 생각하고 한 대답이다. 그러나 "사람이 괜찮다 싶기도 하고."라는 대목에서 정원의 눈동자에 야릇한 빛이 반짝 감돈다.

"유호 씨, 네 신랑 될 사람 말이야. 우리 신랑 얘기 들어보니까 카사노바였던데? 놀아본 사람이 결혼하면 와이프한테 더 잘하는 법이라는 건 알지? 자랑스럽게 생각해. 숱한 경쟁률을 뚫고 네 차지가 된 거니까."

자랑스럽기는커녕 오히려 기분이 나쁘다. 박지수라는 여자가 윤유호라는 남자를 쫓아다니던 불특정다수의 여자들 중 하나로 덤핑 도매금에 같이 넘어가다니. 톡톡히 밑지는 장사다. 바람둥이라는 것은 감안했지만 이런 평판이 있는 줄 알았으면 계약서에 나한테 유리한 조건을 몇 개 더 붙일 것을.

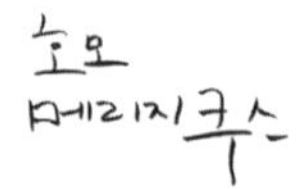

"자봤어?"

얘가 왜 안 하던 짓을 하나?

"그러는 너는? 결혼 전에 자보고 결정한 거야?"

"그걸 말이라고 하니?"

순간 한 대 얻어맞은 것 같다. 답하기 곤란한 질문에 적당히 알아서 물러나라는 뜻을 담아 가벼운 토스로 받아쳤을 뿐인데 득점이 가능한 강력한 스파이크를 날리다니. 친선도모용 수다게임에서 이건 명백한 반칙이다.

"얘는. 뭐가 창피하니? 우리 엄마가 그러는데, 옛날에는 먼저 결혼한 친구들이 결혼 앞둔 친구한테 첫날밤을 대비해서 성교육도 시켜줬대. 지수 너는 가만히 보면 참 이상해. 진한 농담은 앞장서서 잘하면서 실제 섹스 얘기만 나오면 그러더라."

얘가 두 번 결혼하고 나더니 체내에 남성호르몬이 과다분비되나? 하지만 정원은 뻔뻔하고 태연하다.

"네가 결혼 안 할 애면 적당히 체면 차려주겠는데 이젠 입장이 바뀌었잖아. 솔직히 털어놔. 그 사람이랑 잤어? 좋았어? 홍콩 갔다 왔어?"

"홍콩은 무슨 홍콩. 제주도까지 갔다. 왜?"

톡 쏘아붙이자 정원이 까르륵 웃는다.

"세상에. 둘이 제주도까지 가서 한 거야?"

농담이 통하지 않는다. 모든 길은 로마로 통한다, 가 아니라 모든 얘기는 섹스로 통한다, 인가? 차라리 말을 말자.

정원은 혼자 시시덕거리다 생각만 해도 얼굴이 빨개진다며 두 손으로 볼을 감싸는 등 나이에 안 어울리는 귀염을 떤다. 알반지 낀 주먹으로 한 대 콱 쥐어박고 싶다.

"잘했어. 한번 자보고 결혼해야 한다니까. 결혼 전에 침대매너랑 성능도 미리 체크할 겸, 서로 잘 맞는지 실습을 해봐야 해. 안 그러면 큰일 나. 내가 첫 결혼 때 그랬거든."

"그게 그렇게 중요하니?"

얼버무리는 대답을 유도하는 차원에서 한 말이다. 그러나 "당연히 중요하지."라는 또 한 번의 강 스파이크가 날아온다. 두 번 연속 얻어맞자 정신이 혼미해진다. 결혼을 앞둔 친구를 놀리는 농담이라면 이제 그만 좀 하지 싶다. 하지만 그녀는 진지하다.

"첫 번째 결혼도 속궁합이 맞았으면 그렇게 끝나진 않았을 거야. 눈앞에 별이 보이고 정신까지 까무룩 잃는 오르가즘은 원하지도 않아. 끝났을 때 최소한 내가 더러운 기분은 아니어야 하잖아. 내가 생리 중이건 감기 때문에 골골 앓건 자기가 하고 싶으면 목에 칼이 들어와도 해야 하고. 하고 나면 등 돌려서 5초 만에 코 골고. 밤마다 죽이고 싶더라. 나를 와이프로 보는 건지 전용 정액 배설도구로 보는 건지."

몰랐던 사실이다. 친구의 이혼 뒤에 감춰진 진실은 모욕 그 자체다. 나도 모르게 언성이 높아진다.

"그런 일이 있으면 말을 하지 그랬어. 친구 좋은 게 뭐니?"

"말한 적 있어. 네가 피한 거야."

"내가? 언제?"

"결혼하고 얼마 안 돼서. 결혼하기 전엔 몰랐는데, 하고 나니 그게 좀 안 맞는 거 같다고 얘기했었어. 네가 거기까지만 듣더니 얼굴 찌푸리면서 화장실 다녀온다고 일어나더라? 너는 아직 결혼을 안 해서 실감이 안 나는 이야기구나 싶었지. 그래서 나도 더 이상 안 한 거야. 불편하게 만들기 싫어서."

기억나지 않는 일이다. 나는 진심으로 사과했다.

"미안해. 내가 좀 무딘 편이잖아. 진짜 몰랐어. 미안해, 정말."

"됐어. 이제 너도 결혼하고 나면 알겠지. 이런 얘기를 너랑 터놓고 할 수 있다는 것만으로도 너무 기분 좋다, 얘."

내가 하는 결혼은 그런 말을 꺼낼 일이 절대 없으며, 섹스가 결합된 일반적인 결혼과는 차원이 다르다는 얘기를 해줘야 하나 말아야 하나. 보아 하니 앞으로 정원을 만날 때마다 남편과의 잠자리에 관한 얘기가 화제로 오를 것 같아 걱정스럽다.

그런데 궁금하다. 이모 말처럼 결혼에 있어서 섹스가 그렇게 중요한 걸까? 기혼자의 의견을 듣고 싶다.

"아주 중요해. 결혼 전엔 섹스가 결혼의 일부지만 결혼 후엔 전부가 될 수도 있어."

50퍼센트라도 놀라겠는데 전부라니. 눈알이 튀어나올 것 같다. 그런데 정원은 거기에 두 가지를 더 덧붙인다. 이혼에서 성격차이는 곧 섹스가 안 맞는다는 뜻이며, 대표적인 예가 바로 자기 자신이라는 사실을. 야담으로 바람처럼 떠돌던 이혼의 본질이 진짜라는 말인가?

"지금은 남편이랑 잠자리가 괜찮아?"

정원이 배시시 웃는다. 그걸로 이미 다 짐작했는데도 친구는 대답을 아끼지 않는다.

"처음에 했을 땐 좀 놀랐어. 이 남자가 때와 장소를 안 가리고 뭘 해도 거리낌이 없는 거야. 파격이었지. 날이 갈수록 '그래, 이 맛이야.' 싶다. 첫 결혼 때는 땅거미가 지면 짜증부터 났는데 요즘은 언제 해가 저무나 기다려져. 요즘은 그 사람, 운동하거든. 나이도 있는 사람이 날이 갈수록 더 절륜해지는 거 있지?"

이건 순 자랑이다. 저렇게 좋아 죽을 거면서 소복을 입은 것 같다는 둥 허상이라는 둥 '매트릭스'라는 둥 온갖 엄살을 다 부리다니. 남편 얘기가 나오기 무섭게 코에 힘을 주고 말끝에 'ㅇ'을 붙이는 정원의 발음을 듣고 있자니 닭살이 절로 올라온다.

그런데 계속 듣다 보니 이상하다. 얘는 도대체 왜 결혼한 걸까? 사랑해서 결혼한 거라고 생각했는데 지금 얘기하는 걸 들으면 사랑보다 섹스가 더 우위에 있다. 원인과 결과의 전후가 바뀌었다.

"사랑도 당연히 하지. 하지만 그건 기본이야. 결혼은 감정을 제외하고 뚜렷한 소득이 있어야 해. 경제적 안정이든 사회적 지위든 뭐든."

그건 공감한다.

"그럼 정원이 너는 왜 결혼한 건데?"

"솔직히 말하자면, 눈치 안 보고 섹스하고 싶어서 한 거야. 결혼한다는 건 섹스면허증을 공식적으로 취득하는 거니까. 미국이나 유럽처럼 물이 다른 나라들이야 남들 다 아는 무면허도 가능하지만, 우리나라는 분위기가 안 그렇잖아. 어차피 남들 다 하는 건데. 눈 딱 감고 따버리면 그만인데. 나이 먹을 만큼 먹고 무면허라는 이유로 죄인처럼 숨어서 누가 나 손가락질하지 않을까 벌벌 떨면서 할 이유는 없지."

다른 사람은 몰라도 최소한 내 친구는 결혼의 목적이 사랑이 아니다. 섹스다. 그 사실에 살짝 충격을 받는다. 김이 모락모락 나는 붕

어빵을 한 입 크게 베어 물었는데 익은 밀가루 반죽 속에 팥 앙금은 오간데 없고 진짜 붕어의 남은 반 토막이 꿈틀거리는 것을 목격하는 기분.

나도 사랑해서 하는 결혼은 아니다. 결혼을 통한, 기득권 세력으로의 합류라는 결정적 소득을 노리고 하는 거다. 지금까지 뿌린 축의금을 회수하고 결혼휴가를 받고 기혼으로 신분을 탈바꿈함으로써 주변 압박을 떨쳐버리겠다는 생각으로 계약서에 도장을 찍었다.

십인십색이다. 세상 사람이 다양한 만큼 결혼의 목적도 다양하다. 그렇게 결론을 내리고 싶다. 그렇지만 뭔가가 찜찜하다. 섹스가 빠진 내 결혼이 어떤 방향으로 갈지 감이 안 잡힌다.

결혼을 통해 공인된 잠자리 면허증을 소유한 이들에게 묻고 싶다. 왜, 무엇을 위해 결혼했냐고. 그리고 지금 이 순간에 면허증을 취득하기 위해 애쓰는 이들에게도 묻고 싶다. 왜, 무엇을 위해 결혼하고 싶어 하느냐고.

궁금한 게 하나 더 있다. 섹스면허증이라는 게 진짜로 나온다면 발행처가 어디가 될까?

정원을 만난 다음날은 이번 계약에 나의 변호사 겸 법률자문을 맡은 이모와의 점심식사가 잡혀 있다. 회사 근처 베트남 식당에 들어가 도장을 찍은 결혼계약서를 전달한 뒤 음식이 나오길 기다리며 정원이 한 이야기를 옮긴다. 이모는 바로 이해한다.

"면허증이라. 맞는 말이네. 모노가미 사회에선 한 사람과만 잠자리를 해야 한다는 윤리적 제한이 있긴 하지만. 그런데 그런 얘기가 갑자기 왜 나왔는데?"

"아. 아니야. 아무것도."

더 이상의 질문을 막기 위해 대충 얼버무린다. 이모도 더 이상은 캐묻지 않는다. 궁금한 게 많지만 참는 눈치다.

잠시 후 라이스페이퍼에 새우와 각종 야채를 듬뿍 넣어 돌돌 말아 바삭바삭하게 튀겨낸 짜조, 키위 드레싱을 올린 과일 샐러드에 이어 개운한 국물에 얇게 썬 안심을 곁들인 안심 쌀국수가 차례대로 상을 메운다. 마지막으로 돼지고기와 숙주와 양파를 넣어 만든 볶음 쌀국수가 도착한다.

부지런히 손을 놀리는 이모와 달리 내 수저질은 한없이 더디다. 입맛이 없느냐는 말 대신 이모는 음식접시를 내게 밀어놓는다. 입이 근질근질할 테니 씹기라도 하라는 듯.

"이모. 이모가 보기엔 사람들이 왜 결혼을 하는 것 같아?"

결국 먼저 입을 떼고 말았다. 국수를 먹는 이모의 눈빛에 반가운 기색과 함께 물음표가 새겨진다.

"그건 왜?"

"어제 정원이랑 만나서 얘기하다 보니까 갑자기 궁금해지더라고. 결혼을 왜 할까 하고. 이모는 이혼하는 사람들을 많이 만났잖아. 헤어질 거면서 왜 한 거래?"

이모는 국수를 듬뿍 집어 후루룩 소리를 내며 씩씩하게 흡입한다.

"이혼사유야 다양하지. 그 속을 내가 어떻게 다 일일이 헤아리겠니? 하지만 왜 결혼했느냐, 왜 결혼하고 싶으냐고 물어보면 일반적으로 이래. 나이가 적당히 찼으니까. 하고 싶어서. 주위에서 하라고 하니까 꼭 해야 할 것 같아서. 연애하다 보니 결혼하는 게 수순이라서. 생활의 안정과 정신적 혹은 정서적 안정을 찾고 싶어서. 2세를 갖고 싫어서. 의지하고 싶어서. 혼자 살려니 외롭고 두려워서. 미래를 대비하고 싶어서. 사랑하는 사람과 함께 살고 싶어서. 갑자기 눈에 뭐가 씌어서 했다는 사람도 있어. 요즘 여자들 중엔 취집했다고 하는 사람도 많아. 취업이 안 되니까 시집가는 거지."

결혼의 목적에 대한 정석적인 답안이다. 지극히 모범적이지만 고루해서 하품이 나올 것 같은 그런 말. 나처럼 축의금 때문에 결혼한다는 사람은 아무도 없는 것 같다.

결혼을 하는 목적이 나이, 주위의 권유, 연애에 따른 수순, 외로움, 생활과 정신의 안정, 2세 등등이라면 그 모든 걸 홀로 감당해낼 수 있는 사람은 결혼하지 않고 혼자 사는 걸까? 글쎄. 꼭 그렇지는 않은 것 같은데.

"애국애족주의자를 자처하는 어떤 사람은 이런 말도 해. 나라와 민족을 위해서 결혼한다고. 그래서 힘닿는 대로 후손을 낳아 충성하고 이바지하겠다고."

그건 정말 아니다. 말이 좋아 애국애족이다. 고대 스파르타 식 군국주의자 내지는 파시스트의 생각이다. 인간을 국가의 소모품으로 보고 여자를 인간이 아닌 애 낳는 기계로 여기는 거다. 결혼하지 않은 여자를 향해 "눈여겨보고 있다."라며 협박하고 어깃장을 놓은 히틀러와 나치즘에 조금도 다를 바 없다. 논할 가치조차 없다.

"다른 건 없을까?"

"정략적인 목적? 사업관계나 돈 때문에. '귀여운 여인' 같은 종류의 신분상승도 있을 테고. 네 결혼도 어떤 면에선 정략이잖아. 공평한 입장에서 계약서를 철저히 작성했다는 것이 조금 다르긴 하지만. 그 외엔 아이를 가졌으니 책임진다는 뜻으로 하는 결혼도 있지."

역시 대충 알고 있는 이야기들이다. 인생의 전환점이라는 결혼이라는 게 사실 알고 보면 다 거기서 거기인 걸까?

"어떤 사람은 이런 얘기도 해. 결혼은 가장 친한 친구를 얻는 거라고. 그래서 사랑이 식어도 우정을 유지할 수 없는 사람과는 결혼하지 말라고 하지. 그게 소위 결혼한 사람들끼리의 정이라는 거잖아. 의리라고도 하고."

온라인에서 많이 보고 들은 얘기다. 하지만 여기엔 꼭 필요한 전제조건이 있다. '결혼생활이 원만하게 유지되는 한'이라는 가정이다. 배우자가 곧 친구라면, 배우자의 배신은 곧 친구의 배신이다. 믿음을 저버린 친구를 끝까지 친구라고 여길 사람은 세상에 없다.

엄마의 생각이 궁금해진다. 엄마는 배신을 때린 '남편'이라는 이름의 친구와 왜 끝까지 결혼관계를 유지했던 걸까?

"예전에 내 친구들은 나한테 이런 말을 했어. 결혼하려면 무조건 연애결혼을 하라고. 중매라도 최소 1년은 연애하고 하라고. 결혼하면 딱 3개월만 재미있고 그다음부터는 아주 피곤해진다네. 그때부터는 연애할 때 좋았던 기억으로 버텨야 한다나? 선 봐서 곧장 결혼한 애들은 자기는 그런 기억도 없고 죽지 못해 산다면서 속 아픈 소리들을 많이 했지."

일리 있는 말이다. 하지만 이것도 어디서 한 번쯤 들어본 말이다. 뭔가가 부족하다. 빨간 수박 속은 정작 먹지도 못하고 푸르죽죽한 껍질만 열심히 할짝거리는 기분이다.

"이모. 지난번에 나한테 말했던 거 있잖아. 내 그거……는 알아서 관리하라는 말."

"우리끼리 있는데 뭘 그렇게 열심히 돌려서 말하니? 그냥 섹스라

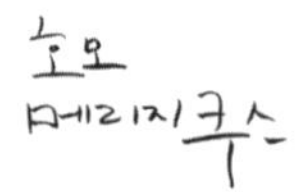

고 해. 정 불편하면 성욕이나 잠자리라고 하든가. 쓸 수 있는 말도 많은데 혼자 왜 그래?"

식당을 오가는 누가 들을까 무섭다. 이런 말을 할 수 있는 게 나이 탓인지 직업 탓인지 성격 탓인지 분간이 안 간다. 이렇게 노골적으로 말하는 사람이 아직까지 생물학적 처녀라니.

"이모 말 들었을 때도 놀랐는데 정원이 말 듣고 나서는 더 놀랐어. 결혼에 있어서 그게 그렇게 중요한 거야? 나 같은 결혼 말고 그냥 일반적인 결혼."

사방의 눈치를 보며 속살거리는 나와는 달리 이모는 고객과 상담하는 사무적인 말투로 대답했다.

"맞아. 사람들이 결혼하는 중요한 이유 중의 하나가 바로 섹스야. 숨어서 비공식적으로 하는 게 아니라 공식적으로 한다는 것을 대내외적으로 천명하는 거지. 물론 일부일처제 사회에선 상대가 딱 한 명이라고 못 박는 것이기도 하지만. 2세 욕심도 사실 섹스에 대한 욕구가 포함되어 있는 거잖아."

"그럼 성격차이라는 거 말이야. 속궁합 얘기가 정말이야?"

"정말이야. 누가 봐도 이건 이혼할 수밖에 없다 하는 경우도 많지. 하지만 불분명한 경우도 많거든. 사유에는 성격차이라고 쓰는데, 상담하면서 들어보면 섹스 때문인 경우가 많아."

결혼 후에 섹스가 전부일 수 있다는 정원의 말이 틀린 건 아니라는 얘기다. 말로만 듣던 '성격차이'가 기실은 성性에도 격이 있어 차이가 생긴다는 말인가 보다.

그러나 여전히 이해가 가지 않는다. 결혼의 목적이 섹스가 아닌데 섹스 때문에 이혼한다는 사람들의 현실이. 그게 그렇게 중요한 건가?

“섹스하고 싶어서 결혼한다고 말하는 사람은 거의 없어. 하지만 그건 잠자리 얘기를 공개적으로 말하는 것이 터부시되니까 그렇다고 봐. 일종의 엄숙주의. 결혼이라는 신성한 사회적 관계를 논하는데 어찌 감히 육체적 쾌락을 논하느냐, 라는 식이라고나 할까? 정원이야 이미 결혼했고 네가 친구니까 시원하게 털어놓는 거지.”

서로 모르는 척할 뿐 섹스는 결혼에서 없으면 안 되는 필수불가결한 기초자재라는 결론이다.

결국 결혼하라는 말은 ‘너는 이제 섹스해도 좋아.’ 혹은 ‘네가 섹스하는 사람이라는 걸 공식적으로 인정해줄게.’라는 의미에 지나지 않는다는 건가? 고작 그거 갖고 결혼 안 하는 사람들, 안 한다며 버티는 사람들을 업신여기다니. 우습기 짝이 없다.

사람들은 끊임없이 결혼에 천착하고 줄기차게 결혼을 권유한다. 지금 이 순간에도 결혼하는 사람들, 결혼을 목표로 뛰어가는 사람들, 뛰어가라고 독려하는 사람들은 세상에 널렸다. 결혼을 위해 결혼정보회사에 큰돈을 주고 신상정보를 세세히 기록한 뒤 자기에게 맞는 상대를 찾기 위해 발품을 팔며 안간힘을 쓰기도 한다.

결혼생활을 유지할 수 있는 가장 중요한 원초적 욕구는 숨기면서 결혼에 터무니없는 거룩한 의미를 부여하고 그럴듯하게 포장하기 바쁘다. 터무니없이 가식적이다. 너무 힘들게 사는 것 같다. 결혼에 맹목적으로 매달리는 이런 사람들을 대상으로 그럴 듯한 학명이 하나쯤 나와도 이젠 이상하지 않을 거 같다.

나와 윤유호라는 남자가 결혼하자는 데 의견이 일치하게 된 가장 큰 사회적·정치적 배경은 비혼이라는, 현대사회의 천민계급을 얕잡아보는 타인들의 압박 때문이다. 결혼을 하는 이유도 단순하고 구체적이다. 나는 결혼하지 않으면 받을 수 없는 돈과 휴가, 그 사람은 자유로운 생활이다.

우리의 결혼목적은 노골적이고 속물스럽다. 그걸 부정하거나 부인하지 않는다. 목적도 쉽고 간편하다. 솔직하고 확실하다. 각자의 목적을 상대방에게 숨기지도 않았다.

협상과정에서 성차별 없이 인간 대 인간으로 동등한 입장에서 진중하게 접근하고 모든 걸 합의했다. 결혼 후에도 내 밥값을 벌기 위해 일하고 내 삶을 책임질 준비도 되어 있다. 그 사실만큼은 자신 있다.

내 결혼에 대해 태클을 걸고 비난하는 사람이 있다면 도리어 말하고 싶다. 이건 내 결혼이고 내 결정이라고. 그러는 당신은 얼마나 좋은 결혼을 결정했거나 혹은 하려고 하느냐고. 당신의 결혼 속에 잠재된 바람은 대체 무어냐고.

그 바람 속에 감춰진 것을 한꺼풀 벗겨 들춰봤을 때, 나처럼 노골적이고 속물적이고 구질구질한 욕망 한 자락 없느냐고. 얼마나 성스럽고 윤리적이고 바람직하기에 남의 결정과 사생활에 그렇게 오만하고 자신만만하게 구느냐고.

결혼이 반드시 해야 하는 거라면, 한번 한 이상 지키기 위해 노력해야 할 개인적 사회적 약속이라면, 내가 하는 것처럼 각자의 목적하에 계약을 맺는 자발적 섹스리스(Sexless) 결혼이 훨씬 건전하다. 섹스가 배제된 만큼 일반적인 결혼처럼 속궁합이 안 맞는다고 파투가 날 리 만무하니까. 하지만 이모의 생각은 조금 다르다.

"결혼이라는 게 네 생각처럼 이성으로 딱딱 끊어서 되는 게 아니야. 남녀가 살붙이고 사는 관계와 생활문제니까. 회사 대 회사로 계약을 할 때 손해배상 항목을 왜 넣는 줄 아니? 어떤 돌발상황이 발생하더라도 여기가 마지노선이니까 절대 그러지 마라, 만약 건드리면 우린 이렇게 나설 거야, 하면서 법적, 경제적으로 압박을 주겠다는 의도야."

"그래서 나도 적어놨잖아. 양자합의되지 않은 상태에서, 누군가 강제로 한 번 하면 건당 2억, 이혼은 5억."

"그게 문제라는 거야. 법적으로 해결하자는 게 난 세상에서 제일 무섭다. 법적으로 해결하려면 몇 개월이 걸릴지, 몇 년이 걸릴지 해봐야 안다고. 회사 대 회사의 소송에서도 누가 위법이고 누가 적법한지 사실을 가려내고 증명하려면 얼마나 힘든지 아니?"

잘은 모른다. 그래도 조금은 안다. 그러니까 회사에서도 계약에 문제가 생겼을 때, 법정으로 가지 않기 위해 모든 조직과 라인을 풀어서 먼저 해결을 보려고 하는 거다.

"너랑 그 남자는 그걸 지극히 감정적이고 개인적인 사생활에 걸어놨다는 거야. 지긋지긋한 가부장제 사회에서 약자일 수밖에 없는 여자에게 매우 불리한 문제라고. 문제가 안 생긴다면 다행이지만 만에 하나 생겼을 때, 널 보호하기 위해서 내가 뭘 해야 할지, 뭘 증명해야 할지 생각하면 벌써부터 앞이 캄캄하다. 문제 생겨서 네가 법적으로 해결하겠다고 나섰다 쳐. 민사를 걸어도 몇 년이 걸릴지, 그래서 이길 수 있을지도 자신하기 힘들어."

"그러니까 법적인 문제까지 안 가게 처신하면 되잖아."

"만일의 경우는 생각 안 해? 법적인 문제를 다 떠나서도 그래. 문제 생겼을 때 네가 얼마나 힘들어할지, 너와 그 남자의 균형이 무너질 때 네가 어떻게 무너질지 내 눈엔 벌써 보여. 넌 왜 똑똑한 애가 그런 걸 생각을 못 해? 아니지. 사실 안 하는 거지? 축의금 받겠다는 당장의 욕심에 도취돼서. 헛똑똑이 같으니."

헛똑똑이라는 말에 화가 난다. 화가 나는 거 보니 이모 말대로 나는 헛똑똑이가 맞나 보다. 원래 바보한테 바보라고 말하면 그 바보는 화를 내는 법이니까.

"관두자. 이미 하기로 했고, 계약서에 도장까지 다 찍어온 애를 붙들고 내가 무슨 허튼소리를 하는 건지. 대신 너, 문제 생겼을 때, 후회는 해도 좋지만 흔들리고 무너지지만 마. 제발 부탁이다. 이렇게 말했는데도 그 꼴 보면, 내가 진짜 널 1박 2일 동안 패버릴 거 같다."

법조계에서 일하면서 인간과 세상사에 풍부한 연륜이 쌓인 이모는 언제 어느 때고 항상 핵심을 정확히 꿰뚫는다. 때론 너무 정확해서 모르는 척 외면하고 싶을 만큼. 지금이 딱 그렇다.

이모 말이 다 맞다. 그래. 다 맞다. 그러니까 그 사람과 마지노선을 안 넘으면 되는 거다. 그러면 만사가 편해진다.

"양자합의라는 게 있잖아요. 문서가 사람 몸과 마음을 함부로 구속할 수는 없죠."

윤유호가 한 말이 떠오른다. 그래. 그런 것도 있다. 하지만 그러면 내가 불편해진다. 법적으로, 사회적으로, 감정적으로. 그러므로 넘으면 안 된다. 내가 편하게 잘 먹고 잘 살려면 마지노선을 안 넘어야 한다. 그래야만 한다.

"남녀 개인감정 문제를 떠나도 그래. 인간은 사회적 동물이야. 사회를 구성하는 다른 사람들이 결혼을 일반적으로 어떻게 생각하는 가도 아주 중요해.”

군이 이모의 지적이 아니더라도 알고 있다. 내 결혼은 다른 사람들의 결혼과 다르다. 일반적이지 않다는 것도 인정한다. 하지만 따지고 보면 결혼 자체가 계약의 일종이다. 모두가 각자의 목적을 은밀히 갖고 상대방의 목적에 맞춰 이리저리 재고 따지며 결혼하는 거니까.

궁극적으로 내가 하는 결혼뿐 아니라 세상 모든 결혼이 계약결혼이다. 다른 점은 결혼의 목적과 그것을 향한 원동력이다. 나처럼 문서화를 거쳤느냐 안 거쳤느냐 하는 건 둘째 문제다.

일반적으로 보통의 결혼이라 정의된 계약결혼은 성적 편의를 인프라로 깔아두고 타인의 시선 속에서 사회적으로 강제된 관념과 통념에 의해 움직인다.

나와 윤유호라고 하는 남자가 하는 계약결혼은 완전히 다르다. 남의 눈치 따위는 보지 않는다. 지극히 개인적인 욕망과 필요성에 초점을 100퍼센트 맞추고 있다.

다르다는 게 틀리다는 건 아니다. 그렇다. 나와 윤유호라는 남자가 하기로 약속한 이 계약결혼은 틀린 게 아니다. 현재의 일반적인 관점으로 보기에 조금 다르고 독특하다는 것, 그저 그뿐이다.

일반적이라는 의미는 시대와 사회상에 따라 변하게 마련이다. 미래엔 나 같은 결혼이 일반적인 결혼으로 자리 잡을 수도 있다. 그러니까 지금 당장 이 순간, 이 한국사회에서 일반적이지 않다는 이유로 주눅 들 필요 없다. 일반적인 사람들이 일반적이지 않다며 수군거리지 않을까 두려워할 필요도 없다. 먼 미래에 지금의 일반은 이반이 될 수도 있고, 지금의 이반이 대세가 되어 일반이 될 수도 있으니까.

이모가 돌아간 후 약국에 들어가 소화제를 사먹으며 그렇게 결론을 내린다. 아니, 내려야만 한다. 일반적이지 않은, 지극히 이반적인 내 섹스리스 결혼이 세월이 지나 어떻게 변할 것인가, 결혼하기로 계약서를 쓴 윤유호라는 남자와 나의 관계가 앞으로 어떻게 될 것인가까지 생각했다간 더부룩해진 속이 터져버릴 것 같다.

이모가 일어서며 마지막으로 던지고 간 말이 귀에 쟁쟁하다.

"프랑스 소설가 앙드레 모루아가 이런 말을 했어. 결혼이라는 제도의 도움으로 인간의 사랑과 연애가 건전하게 발전하는 것이며, 우정에도 그런 구속이 필요하다고. 그 사람이 말한 사랑이 지수 너는 뭐라고 생각하니?"

사랑? 앙드레 모루아의 말을 빌려 난데없이 사랑이 뭐냐고 묻다니. 그럼 나는 노래 가사를 빌려 사랑이 '눈물의 씨앗'이라고 답해야 하나?

애면글면 고민하는 와중에도 시간은 흐른다. 잠시라도 쉴 수 있게 시간이 멈췄으면 좋으련만 밤이 지나자 여지없이 금요일 아침이 밝아온다.

오후가 되자 연말마다 늘 그랬던 것처럼 조직개편과 구조조정, 사내 물갈이 및 몇몇 인사의 좌천에 관한 소문이 회사에 돈다. 3년 이상 근무자를 대상으로 명퇴신청을 받는다는 공지가 인트라넷에 뜬 것 때문에 분위기가 어수선하다.

해마다 튀어나오는 연례행사나 다름없지만 올해는 특히 더하다. 오가는 사람들 표정도 많이 어둡다. 운 나쁘게 자기가 걸리는 건 아닐까, 걸리면 어쩌나 걱정하며 몸을 사리는 거다.

하지만 세계평화와 국가경제와 명퇴신청을 받는 회사상황 같은 거시적인 문제보다 미시적인 결혼문제로 내 코는 이미 석자를 넘어선 상태다. 정원에 이어 이모까지 만난 이후 나의 이반적인 섹스리스 결혼으로 내내 심란했던 나는 6시 종소리가 울리자마자 코트를 입고 퇴근길에 나선다.

"박 대리님. 매일 야근하시더니, 결혼 앞두고선 계속 칼퇴근이시네요."

"누가 목 빠지게 기다리나 보다."

누군가의 농담에 여기저기서 우우 하는 귀여운 야유소리가 튀어나온다. 윤유호라는 남자와 계약서에 도장을 찍은 다음날, 결혼한다는(기실은 나한테 줄 축의금을 준비하라는) 얘기를 회사에 공개적으로 선포하자마자 계속 따라다니는 반응이다.

며칠사이 조금 익숙해지긴 했지만 동료들이 보낸 시선과 웃음소리에 목덜미가 여전히 후끈후끈하다. 부끄럽고 민망하고 창피하다. 하지만 한편으론 이유 없이 뿌듯하다.

결혼을 앞둔 여자들은 원래 이렇게 되는 건가? 계약결혼도 이런데, 진짜로 결혼하는 사람들은 어떨까? 결혼하는 여자들은 모두 다 이런 과정을 겪었던 것인지 설문조사라도 한번 해서 분석을 해보고 싶다. 정원과 이모를 만난 이후로, 아니, 사실은 계약서에 도장을 찍은 후부터 싱숭생숭했던 마음이 이젠 오락가락 들썩이고 있다.

엘리베이터 안에서 MP3 플레이어를 꺼낸다. 이어폰을 꽂고 플레이 버튼을 누르자 파우스토 리알리(Fausto Leali)의 Io Amo가 흘러나온다. 회전문을 따라 밖으로 나오자 차디찬 겨울삭풍이 쌩 불어 닥친다. 그 순간 뒤에서 누군가 내 팔을 잡아당긴다. 깜짝 놀라 비틀거리는 사이 문제의 주인공은 얼른 반대편 팔을 잡고 중심을 맞춘다.

돌아보니 윤유호, 바로 그 사람이다. 코가 빨갛다. 밖에서 오래 기다린 걸까? 설마…… 나를?

이렇게 추운 겨울날, 생각지도 못한 시간과 장소에서 예고 없이 지인을 만나는 건 놀라운 일이다. 그 지인이 마주치기도 싫은 사람이 아니라면 의외의 반가움까지 더해지는 법이다. 무의식중에 결혼동업자를 향해 미소를 띤다. 너무 크게 벌어진 입가를 알아차리고 뒤늦게 새치름한 표정으로 감추지만 이미 그가 모두 보고 따라 웃은 후다.

동업자가 내 귀에서 이어폰 한 쪽을 뺐다. "같이 들어요."라는 요청은 가져간 이어폰 리시버를 자기 귀에 꽂은 후에야 예의상 나온다. 불쾌해하거나 돌려달라고 요구하지 않기로 했다. 같은 계약서에 날인한 이 남자에게 그 정도 자격은 충분히 있으니까.

윤유호, 내 동업자, 혹은 내 예비 남편이 나를 바라본다. 남자의 눈빛이 따뜻하다. 나를 온전히 둘러싸고 있던 세상 한편이 무너지고 거리의 왁자지껄한 소음과 캐럴송이 열린 귀로 삼투되어 밀려들어 온다.

나만의 침묵을 자연스럽게 개방하고 세상의 소음을 편안하게 공유하는 느낌. 지금까지 다른 남자와 있을 땐 느껴보지 못한 감각이다. 왜 이런 걸까? 이 사람과 내가 동업자라서 그런 걸까? 그래. 그럴 거다.

"좋은데요. 무슨 노래예요?"

노래가 끝나자 이어폰을 돌려주면서 한 말이다. 그제야 사람을 앞에 두고 인사도 안 했다는 사실을 깨닫고 서둘러 MP3 플레이어를 끈 후 가방에 챙겨 넣는다. 제목을 말해줬다간 큰일 날 것 같아 화제 방향을 전환한다.

"어쩐 일이세요? 내일 아침에 만나기로 했는데."

"왜요? 나랑 한 번 더 만나는 거, 싫어요?"

싫은 건 아니다. 사실은 좋다. 그렇다고 티 내기는 싫다. 서둘러 다시 말을 돌린다.

"데이트 약속 없어요?"

"있었죠. 취소했어요."

"왜요?"

"지수 씨 보고 싶어서요."

저 말을 믿는 건 아니다. 하지만 기분은 과히 나쁘지 않다. 그래도 말은 받아쳐줘야 한다. 안 그러면 곧이곧대로 받아들인 걸로 이해할 테니까.

"유호 씨 그 버릇, 아직 남 안 줬어요?"

"안 줄 거예요. 어떻게 익힌 버릇인데 남을 줘요? 아깝게."

하여간에 한마디도 안 진다. 얄밉다. 그런데 웃음이 난다.

"아까 그 말은 농담이에요."

뭐가 농담이지? 설마 보고 싶다는 거? 입가가 저절로 굳는다. 농담으로 보고 싶다는 말을 해? 쉽고 껄렁한 바람둥이라는 건 알지만, 그래도 이건 기분 나쁘다. 나도 여잔데.

"데이트 약속 취소했다는 거 말이에요. 기분 나빠하지 말아요. 내가 아무리 몹쓸 놈이라도 그렇지, 내일 거사를 앞두고 다른 여자랑

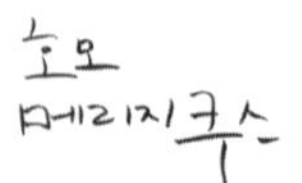

시시덕거리겠어요? 진짜로 지수 씨 보고 싶어서 왔어요."

설마 내 마음을 읽은 건 아니겠지. 얼굴에 열이 오르고 피부가 심하게 당긴다. 날이 차고 건조한 탓에 여자들에게 겨울 안면홍조 현상이 유행이라고 했다. 해가 짧고 주위가 어두워 그에게 오해의 여지를 주지 않는 게 다행일 뿐이다.

"근처에 마라톤 회의가 있어요. 다음 회의까지 중간에 시간이 남아서 잠깐 약혼녀 얼굴을 보러 부랴부랴 달려왔죠. 내일은 충주를 거쳐 김천에 가야 하니까 같이 예습복습도 할 겸."

약혼녀라니.

진짜 결혼도 아닌데 이건 부담스러운 표현이다. 그러나 정감이 묻어나는 남자의 목소리에 그러지 말라고 톡 쏘아붙일 엄두가 나지 않는다.

순간 거센 바람이 정면으로 불어왔다. 반사적으로 눈을 꼭 감고 고개를 숙인다. 그가 나를 앞으로 당긴 후 벼린 칼날 같은 공기의 대이동을 등으로 막아낸다. 든든한 보호막을 쳐준 남자가 고맙다.

잠시 후 바람이 잦아들자 그는 헝클어진 내 머리카락을 부드럽게 훑으며 찡그린 얼굴을 살핀다.

"눈에 뭐 들어갔어요?"

아니다, 괜찮다고 말하려는 순간 볼에 그의 손가락이 스쳐지나간다. 예기치 않았던 접촉에 내 몸이 굳고 그가 잠시 멈칫거린다.

"아, 미안해요."

미안할 필요 없다고, 괜찮다고 말을 할 용기가 없어 다급히 고개를 숙인다. 하지만 여전히 내 머리 주변에 맴도는 그의 손길을 피하지는 않는다. 아니. 허락한다. 날이 춥고 공기가 칼칼한데 바쁜 와중에 시간을 내어 그가 나를 만나러 오고 기다리고 바람도 막아줬으니까. 그 정성을 갸륵하게 여긴 것뿐이다. 그뿐이다.

"지수 씨."

나지막한 부름. 남자의 목소리에 스며든 은은한 기운이 내 몸을 자극한다. 결계가 쳐진 것처럼 거리의 소음이 아득히 사라진다. 하늘 높이 떠오른 비행기가 급강하하는 것처럼 귀가 먹먹하다.

세상에 윤유호라는 남자와 나, 단둘이 남아버린 것 같은 응축된 감각. 그와 나를 중심으로 사방 1미터 안의 기압이 급상승한다. 호흡이 곤란하다. 이유 모를 긴장감과 기대의 이율배반에 등이 오그라든다. 불안하다. 초조하다. 그와 나를 둘러싼 기운의 무게감에 어깨가 저릿하다.

알고 있다. 이것은 긴장감이다.

서로에게 어느새 감정적으로 깊은 호감을 가진 남녀 간에만 통하는 섹슈얼한 긴장감. 육체적인 화학반응의 전조.

예상치 못한 전개에 이성이 빨간 경고등을 켜고 사이렌을 울린다. 위험하다. 이건 위험하다. 최소 세 걸음 이상 떨어질 것. 좌로 2미터 이동. 뒤로 2미터 이동. 그의 손이, 그의 팔이 닿지 않는 곳으로 물러서라.

하지만 몸이 움직이지 않는다. 가위에 눌린 거 같다. 목소리도 나오지 않는다.

내 무언의 허락을 근거로 남자의 몸이 반걸음 가까이 다가온다. 남자의 손이 아주 조심스럽게, 그러나 조금 더 큰 폭으로 대담하게 움직인다. 헝클어진 머리카락을 한 올 한 올 가다듬어 귀 뒤로 넘기고, 코트 주름을 매만지며 내 어깨를 쓰다듬는다.

호모
메리지쿠스

용기를 내어 고개를 들어본다. 나를, 오직 나 하나만을 바라보는 그 남자의 눈빛이 어둡게 반짝인다. 이전에도 비슷한 눈빛을 본 적이 있다. 지금 이것은 예전에 사귄 남자들이 내재된 육체적 열망을 드러낼 때와 유사하다.

하지만 조금 다르다. 윤유호라는 남자의 것에는 금방이라도 터질 것 같은 영적 에너지가 숨어 있다. 뭔가를 간절히 바라고 순수하게 소망하는 사람만이 가질 수 있는 형이상학적인 그 무엇이.

"지수 씨."

내 이름을 부르는 윤유호의 목소리에 미세한 바이브레이션이 어려 있다. 문득 두려워진다. 이 남자 입에서 무슨 말이 나올지. 그 말을 들으면 어떻게 해야 할지.

이제 그만 떨쳐버려야 한다. 그의 말에서, 그의 손에서, 그의 눈에서, 그의 몸과 마음에서 새어나오는 미묘한 파장을.

부서뜨려야 한다. 이 글그렁거리는 마음을. 의외의 시간과 장소에서 그와 부딪치자마자 갈피를 못 잡고 흔들리는 내 마음을.

"지수 씨. 지금 시간 있으면 우리……."

있는 힘을 다해 그를 향해 한마디 내지른다.

"섹스나 하자구요?"

미쳤구나, 박지수. 하필 왜 이런 말을!

긴장감의 벽이 와르르 무너지자 몇 분간 단절되었던 사람들과 소음이 꾸역꾸역 밀려든다.

파동에 밀려 몸과 마음이 휘청거린다. 다행히 내가 한 말이 다른 사람들에게 들리지 않은 게 확실하다. 하지만 눈앞에 있는 단 한 사람, 단 한 남자만큼은 들었음이 분명하다. 온몸이 뻣뻣해진다. 쥐구

멍이라도 있으면 쫓아 들어가고 싶다. 한강다리 위였다면 얼어 죽거나 빠져 죽어도 좋으니 바로 뛰어내렸을 거다.

"같이 저녁식사하자고 할 생각이었는데. 섹스라. 그것도 괜찮네요."

남자의 목소리엔 웃음이 짙게 깔려 있다. 분위기를 깨려는 내 시도는 좋았다. 덕택에 확실하게 깨졌다. 문제는 지나치게 오버했다는 거다.

가벼운 농담을 해야 할 순간인데, 하고 많은 말 중에 하필 내놓고 섹스를 들먹이다니. 이 순간 본질의 핵심을 꿰뚫어 남자의 입을 닫는 게 가장 중요하긴 하다. 그래도 이건 진짜 아니다.

엎질러진 물이다. 어설픈 변명이나 핑계를 대는 건 너무 우습다. 가장 손쉬운 방법은 딱 하나, 눈앞의 남자에게 책임을 떠넘기는 거다.

"내가 유호 씨한테 이골이 나서 그래요. 처음 만났을 때도 다짜고짜 하자고 하고. 나 원래 이런 사람 아닌데. 오죽하면 그러겠어요? 내가 질려서 그러잖아요."

빈약한 투덜거림이 통했을까? 저절로 그의 눈치를 본다. 윤유호라는 남자가 슬쩍 웃는다. 조금 전의 에너지는 오간 데 없이, 그의 눈빛엔 반지르르한 기름기가 감돈다. 바람둥이 기운이 강림하셨다는 징조다.

"그 말은 한 번밖에 안 했는데."

통했구나. 다행이다. 안도의 한숨을 내쉬려는 순간 그는 말 안 해도 다 안다는 듯 음흉하게, 그러나 가볍게 툭 내뱉는다.

"땡겨요?"

호모
메리지쿠스

이 사람은 늘 이렇다. 장난처럼 섹스를 이야기하는 사람. 쉽게 말하고, 쉽게 유혹하고, 아니면 말고. 원래 그런 남자다. 이미 잘 알고 있다. 여자와 섹스에 쉬운 이 사람을 대할 때 형체 없는 관념이나 감정에 흔들리는 건 주책없는 짓이다.

"원해요?"

그의 입가에는 여전히 웃음이 감돈다. 그러나 눈은 이미 웃고 있지 않다. 바람둥이 특유의 기름기가 걷혀져 있고, 대신 남자의 목소리에 다시 작은 진동이 어린다.

아니, 아니다. 떨고 있는 것은 나다. 내 귀가, 내 몸이, 내 마음이 떨고 있다. 여기에서 멈추라고 해야 한다. 그러지 않으면 안 된다. 목이 잠긴다.

"할까요?"

그가 제안한다. 숨이 막힐 것 같은 침묵이 지나간다. 1초, 2초, 3초, 4초, 5초.

"……하죠."

남자의 얼굴에서 웃음기가 완전히 걷혀버린다. 그가 한 걸음 더 다가와 손을 뻗는다. 나는 그를 똑바로 쳐다보고 말한다.

"식사 말이에요."

그의 손이 공중에서 잠깐 흔들린다. 그는 이내 아무 일도 없었다는 듯 팔을 뻗어 태연하게 앞을 가리키며 얼른 가자는 시늉을 한다. 무엇을 먹는 게 좋겠느냐며 그가 활달한 어조로 논의를 청한다. 가슴에 얹힌 체증이 세포분열을 일으킨다.

의견을 받고 싶다. 내가 이 사람과의 계약을 손해 안 보고 잘한 건지 못한 건지. 누군가에게는 목적인 남편과의 잠자리가 쏙 빠진 채 어디로 튈지 모르는 이놈의 결혼, 대체 웃어야 할지 울어야 할지.

그리고 하나 더 알고 싶다.

만약 내가 하자는 게 식사가 아니었다면 그의 손은 어디로 갔을까?

호모
메리지쿠스

8. 막연부지 漠然不知

: 몰라도 될 이야기는 알고 나면 더 막막해.

오전 8시. 약속장소에 도착하자 깜빡이를 켠 채 시동이 걸려 있는 검은색 SUV가 눈에 들어온다. 아는 체를 하고 차문을 열자 윤유호라는 남자가 물끄러미 본다.

"무슨 걱정 있어요? 표정이 안 좋아 보이는데."

"잠을 잘 못 잤어요. 긴장했나 봐요."

사실이다. 정원과 이모를 만난 후, 사실은 계약서에 도장을 찍고 며칠째 잠을 이루기가 힘들다. 어제 이 남자와 만나고 헤어진 후엔 한숨도 자지 못했다. 그의 눈빛과 손길이 머물던 그 순간이, 그때 느낀 강한 에너지가 머릿속에서 떠나지 않았다.

충주와 김천에 가는 동안에 또 그런 일이 생기면 어떡하지? 걱정이 태산이다. 외갓집 식구들과 그의 가족을 만나고 진짜 결혼하는 것처럼 속여야 한다는 부담감도 톡톡히 한몫했다.

다행히 오늘 이 남자에게선 어제 나를 긴장시켰던 그 분위기가 말끔히 제거되어 있다. 오히려 너무 바짝 메말라서 문제다. 눈빛도, 느물느물 흩어졌던 입가도 평소와는 달리 딱딱하게 굳어 있다. 이 사람이 내가 아는 윤유호가 맞나? 이 사람도 어제 저녁의 분위기 때문에 나처럼 긴장한 건가 싶었지만 그건 아닌 거 같다.

"지수 씨랑 같이 형님이랑 형수님 만날 생각을 하니 그게 좀. 음……. 복잡하네요."

'복잡하다'라는 말은 일반적으로 여러 가지가 얽혀 있다는 뜻이다. 하지만 사람이 자기 일에 관해 '복잡하다'고 설명할 때는 의미가 달라진다. '아무리 열심히 설명해도 이 말을 듣고 있는 당신은 내 입장을 100퍼센트 완벽하게 이해하기 힘들 것이다.'라는 강력한 주관적 추측과 '그러므로 함부로 말하기 싫다.'는 의지가 담겨 있다.

이럴 땐 꼬치꼬치 캐묻지 않는 게 상책이다. 그래야 귀찮은 일에 휘말리지 않는다.

일찌감치 서울을 출발한 차는 오전 11시 무렵 충주에 도착했다. 오래된 고택 분위기가 물씬 풍기는 외갓집에 도착하자마자 외할머니가 버선발로 뛰어나와 손녀와 예비 손녀사위를 맞아주신다. 그 뒤를 이어 외숙모와 외삼촌이 나와 반갑게 웃어주신다.

아침부터 이제나 저제나 초조하게 기다리셨다는 외할아버지는 마당에 들어서자마자 넙죽 절부터 하는 훤칠한 남자와 옆에 어색하게 서 있는 나를 흡족한 눈길로 바라보신다. 3년 전에 뉴질랜드로 이민 간 선희 이모까지 와 있으면 정말 부담스러웠을 텐데 다행히 그건 아니다.

식사를 하는 도중 외갓집 식구들은 짧은 호구조사에 들어간다. 드디어 제 1 라운드 시작.

그는 조실부모하고 친척형님 밑에서 자랐다고 곧이곧대로 얘기한다. 남자의 이실직고에 외조부와 외조모의 얼굴에는 안도감과 함께 불편해하는 낯빛이 스친다. 혹여 손녀가 일찍 부모를 여의었다는 이유로 남자 집안의 반대에 부딪히는 것은 아닐까 하는 문제로 걱정했던 것과 불행한 고아나 다름없었던 그의 성장배경을 탐탁지 않아하는 감정이 동시에 고스란히 드러난다.

속에서 욱하고 성질이 발동한다. 제발 부탁인데 그런 표정들 하지 마시라, 나도 이 남자와 다를 거 하나 없다고 말하려다 정말 간신히 참았다. 내가 한 수 접고 이해해야 한다. 어른들이 자기 새끼를 걱정하는 마음이란 원래 통속적이고 모순투성이니까.

하지만 일 얘기가 나오자 분위기가 달라진다. 대학졸업 후 현재 '작은' 사업을 한다는 그의 말에 이어 나는 그의 이력을 간단히 요약하여 덧붙인다. 챙겨간 잡지를 펼쳐 그가 온라인 쇼핑업계 대표주자로 인터뷰한 기사와 사진이 실린 것을 보여주는 것도 잊지 않는다.

'작은' 사업이 기실은 겸손의 표현이요, 그가 사회적으로 유능하다고 칭송받는 자수성가형 인재라는 사실에 외갓집 어르신들은 적잖이 뿌듯해하신다. "젊어서 고생은 사서 하는 법이다."라는 공치사와 함께 마냥 대견하다는 눈빛이 날아온다.

다과상이 들어오자 제 2 라운드가 시작된다. 이번 라운드는 둘이 어떻게 만나서 인연을 쌓아 왔는지에 관해서다.

정원에게 했던 그대로 줄줄 읊는 동안 그가 다정한 웃음을 지어 보인다. 때때로 자기만 믿으면 된다는 듯 의젓한 태도로 내 손을 다정하게 잡다가 어른들 앞이니 조심한다는 티를 팍팍 내며 손을 놓는다. 그때마다 외조부모를 비롯하여 외삼촌과 외숙모의 눈썹 끝이 흐뭇함을 품고 아래로 축축 처진다.

그가 선보인 손기술이 내 눈엔 지독히 가식적인 연극이지만, 어르신들 눈에는 결혼을 앞둔 사내다운 열정과 책임감으로 충만한 행위 예술로 보이나 보다. 어쨌든 이쯤이면 충분하다.

그런데 예상치도 못했던 문제가 생겼다.

아무 도움도 받지 않고 내 돈으로 식을 준비하는 대신 예단과 함을 생략했다는 발언에 대해선 "그래도 그게 아닌데."라는 아쉬움 섞인 말씀 외엔 별다른 이의가 없었다. 거기까진 괜찮았다.

그러나 다음 달인 1월로 날을 잡았다고 말하자 외갓집 식구들은 일제히 불쾌해했다. 외할아버지와 외할머니는 노골적으로 언짢은 기색을 드러내고, 외삼촌과 외숙모의 표정이 어두워진다. 먹기에 여념이 없던 어린 사촌들까지도 찔끔하며 입을 다물 만큼 분위기가 험악해진다.

결혼식 택일을 그토록 중요하게 여기셨다니. 택일이 신부 쪽의 권한행사라는 것은 알지만 어르신들이 이렇게까지 노여워하실 줄은 정말 몰랐다. 이건 예비 시나리오에 없던 거다. 동시다발적인 공격에 핀치로 몰린 느낌. 어떻게 해야 하나 허둥지둥하는 사이 그가 책임을 자처하며 상황을 깨끗하게 정리했다.

"제가 마음이 급했습니다. 설을 넘기기 전에 해야 할 것 같아서 지수 씨에게 서둘러달라고 졸랐습니다. 죄송합니다. 용서하십시오. 어르신들과 상의하여 다시 택일하겠습니다."

결혼할 생각이 없어 걱정스러웠던 과년한 손녀요 조카다. 마음에 쏙 드는 예비 사위가 나타난 것만으로도 대견하고 고마울 지경인데 일부러 빨리 날을 잡았다니. 이렇게 기특한 남자가 다시 택일하겠다는 말을 했다고 옳다구나, 하며 큰소리칠 사람은 세상에 없다.

외할아버지는 표정을 풀고 "괜찮다. 사실은 지수 때문에 나도 많

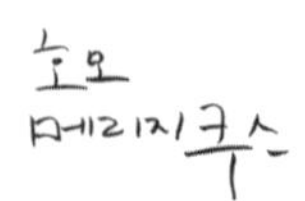

이 급했다."라는 말로 허락을 대신하고 외할머니도 웃는 낯으로 동의하신다. 부모님의 뜻이 그러한데 외삼촌 내외가 반대할 리 없다.

혼주석을 아예 비우고 신랑신부가 동반입장하기로 했다는 파격선언에 서운한 내색을 드러내시긴 했지만 딱 거기까지다. 부모님이 안 계셔서 어쩔 수 없이 혼주석을 비워야 하는 신랑을 배려하고 싶다는 내 말에 결국 응하셨다. 천만다행이다.

물론 내 동업자의 형 집에 가서는 '제가 부모님이 안 계셔서 혼주석을 비우게 되었다.' 운운하며 내 핑계를 댈 거다. 이런 게 동업자 간의 상부상조다. 급박했던 위기의 순간이 지나가자 그다음부터는 모든 것이 순조롭게 풀린다.

오후 3시가 지나자 연말이라 회사에 일이 밀렸다는 핑계를 대고 지금 가야 할 것 같다고 운을 띄웠다. 그는 말리는 척하다가 내 스케줄 때문에 어쩔 수 없다며 어른들에게 양해를 구했다. 대신 결혼하기 전에 1월 신년연휴 때 한 번 더 오겠다며 약속하고 일어섰다.

당일치기로 김천까지 들러야 하는 내막을 모르는 어른들은 많이 섭섭해하시면서도 사회인이 된 이후 늘 바쁜 척하는 나를 언제나처럼 이해해주셨다. 너그러운 표정들을 보니 양심이 쿡쿡 찔린다.

옷을 챙겨 다시 방에 돌아왔을 때 외할머니는 그의 손을 꼭 잡고 있다 얼른 놓는다. 외할아버지는 외면한 채 작은 헛기침을 하시고, 나를 보는 외삼촌의 낯빛은 동정으로 가득하다.

이럴 땐 뻔하다. 나와 지연이 왜 외갓집에서 살게 됐는지에 얽힌 해설이 나왔을 거다. 돌연한 차 사고로 부모를 잃고 외갓집에 몸을 의탁한 소녀가 여섯 살 어린 여동생을 애지중지 보살피며 자랐다는 눈물겨운 이야기 말이다.

윤유호라는 남자의 얼굴을 유심히 관찰했지만 정확히 뭘 들었는지, 뭘 생각하는지 짐작이 가지 않는다. 이럴 땐 모르는 척하는 게 상책이다. 몰라도 될 이야기를 들어버린 그가 나에 대해 터무니없는 연민에 휩싸이거나 달갑지 않은 책임감, 혹은 부담 같은 것을 갖지 않았으면 할 뿐이다.

외갓집 식구들로부터 따뜻한 환송인사를 받으며 차에 올라탄 나와 그 사람은 다음 목적지인 김천으로 향한다. 어른들이 홀딱 속아 넘어갔다는 사실에 나는 적잖이 고무되었다.

"김천에 가서도 이렇게 잘되어야 할 텐데."

국도로 들어선 그가 핸들을 꺾으며 "잘되겠죠."라고 짧게 대답한다. 평소의 능글맞은 기운이 쏙 빠진, 외갓집에서 보여준 태도와도 전혀 다른 무심한 대답이다. 남자의 반응이 시원치 않으니 갑자기 기분이 축 가라앉는다.

내 눈치를 슬쩍 살피던 남자가 쾌활하게 말했다.

"에이, 지수 씨. 뭘 또 벌써부터 걱정을 해요? 괜찮아요. 우리 형님이랑 형수님, 그렇게 까다로운 분들이 아니에요. 딱 하나 있는 조카가 사내녀석치고는 좀 수다스럽긴 한데 교환학생으로 독일에 가 있으니까 염려 마세요. 귀찮게 할 사람은 아무도 없어요."

애써 분위기를 북돋우려는 남자가 조금 이상해 보인다.

"괜찮아요, 유호 씨. 억지로 말 안 거셔도 돼요."

"억지로 말 거는 거 아닌데요?"

"얼마나 부담스러울지 알아요. 사실 아까 나도 그랬어요. 유호 씨 마음을 십분 이해해요. 김천 도착할 때까지 말 안 시킬게요. 그동안 마음정리 하세요."

알겠다는 듯 그가 입을 다문 채 고개를 끄덕인다. 동시에 얼굴이 다시 딱딱하게 굳는다. 아무래도 뭔가 있다. 그냥 내버려두는 게 낫겠다.

운전하는 그를 옆에 둔 채, 나는 나대로 좌석에 편안히 몸을 기댄 채 차창 밖으로 스쳐지나가는 국도 풍경에만 주목한다. 추수가 끝나고 겨우살이 대비에 누추해진 논, 가뭄으로 바짝 메마른 숲, 띄엄띄엄 나타나는 농가와 어디로 가야 할지 방향을 가리키는 이정표들. 너무 많은 것들이 순식간에 나타났다 한순간에 스쳐간다.

뭘 봤는지, 뭐가 보였는지 인식도 못 할 만큼 빠르게.

그의 유일한 가족이자 어렸을 때 부모를 잃은 그를 키워준 친척형 내외가 사는 곳은 김천시 외곽에 있는 작은 농촌마을이다. 농사일과 함께 슈퍼를 운영하는 그의 형과 형수는 저녁식사 시간에 맞춰 도착한 우리를 반갑게 맞아주신다. 모두 작은이모 나이 또래다.

아담한 체구에 소박하고 착한 성품을 지닌 그의 형수는 내 손을 잡고 반가워 어쩔 줄 몰라 한다. 과묵한 그의 형 역시 예비 제수씨가 온 것이 얼마나 기쁜지 사람 좋은 미소로 표현을 대신한다. 그가 장담한 대로 정말 좋은 분들로 보인다.

질문의 융단폭격을 던지던 외갓집 식구들과는 달리 그의 형과 형수는 내게 별다른 질문을 하지 않는다. 그가 결혼을 결심하고 예비 아내와 함께 이곳까지 인사하러 와준 것만으로도 그저 감개무량하다는 표정만 지어보일 뿐이다.

1월로 날을 잡았다는 얘기를 했을 때에도 마찬가지다. 말 한마디 없이 택일하고 통보한 것과 혼주석을 비운다는 사실에 섭섭하다는 내색을 할 법도 했지만 전혀 그렇지 않다. 무슨 말을 해도 그저 무조건 잘 생각했다, 잘했다는 얘기뿐이다. 기껏 덧붙인 말이 지인들과 친구들에게도 알려야 하니 청첩장이 나오면 보내라는 것 정도다.

그와 맞춘 시나리오를 까먹으면 어쩌나, 충주에서와 달리 대화의 합이 안 맞으면 어쩌나, 결혼식 날짜에 외갓집에서처럼 이의제기를 받으면 어쩌나 전전긍긍하며 속으로 예습복습하기 바빴던 나로서는 다행이다.

"열심히 준비했는데 차린 것이 변변치 않아요. 서울 아가씨 입맛에 맞을지 모르겠어요. 그래도 많이 드세요, 지수 씨."

저녁식사 상을 내며 그의 형수가 부끄럽다는 듯 웃으며 말한다. 차린 것이 변변치 않다는 말과는 달리 상은 푸짐하다. 멀리서 오는 손님을 위해 그녀가 특별히 준비했다는 갈비찜과 잡채, 각종 전과 튀김은 물론 모든 음식이 맛있다. 그중에서도 내 입맛을 사로잡은 것은 쇠고기무국과 직접 담근 시골된장에 박아서 삭힌 콩잎, 고소하고 쌉쌀한 고춧잎나물 무침과 호박김치를 넣어 보글보글 끓인 김치찌개 등 토속적인 맛을 잘 살린 음식들이다.

맛있게 밥 한 공기를 뚝딱 비워내는 나를 보며 남자의 형 내외는 먹지 않아도 배가 부르다는 것처럼 흐뭇한 미소를 띤다. 나중에 이 집에 올 땐 밥만 잘 먹어도 충분히 점수를 딸 수 있겠다.

식사를 마치고 설거지를 하겠다고 나서자 그의 형수는 손사래를 치며 커피를 갖다 줄 테니 가서 쉬라며 밀어낸다.

"알겠습니다, 형수님. 다음엔 제가 설거지할게요. 지수 씨, 가요."

실랑이를 벌이는데 그가 형수에게 양해를 구한 뒤 내 손을 덥석 잡는다. 어, 어, 하는 사이 나는 결혼동업자의 손에 이끌려 그가 예전에 학생 때 썼다던 방으로 들어갔다.

책들이 빼곡히 꽂혀진 책장들과 한 면에 달랑 놓인 앉은뱅이책상. 새로 도배를 한 듯 했지만 주인이 떠난 지 오래된 공간에선 휑한 공기가 뿜어져 나온다.

한때 그가 먹고 자고 생활했던 방에 단둘이 손을 잡고 있자니 대단히 부자연스럽다. 서 있기도 불편하지만 앉으려니 더 불편하다. 방 안을 구경하는 척 서성이며 딴청을 부린다. 그제야 윤유호라는 남자가 내 손을 놓고 먼눈을 살피다 "형수님이 청소하셨나 보네."라고 중얼거리며 책장을 쓰다듬는다.

아, 이 어색함. 몸 둘 바를 모르겠다. 지금 당장 화제전환이 필요하다.

"아까 유호 씨 형수님께서 하신 호박김치 넣은 김치찌개, 정말 맛있었어요. 제가 늙은 호박을 굉장히 좋아하거든요. 애호박은 싫어하지만."

기다렸다는 듯 그가 반가운 표정으로 얼른 대답한다.

"애호박을요? 왜요?"

"풋내가 나서요. 애호박은 씹을 때 씨까지 물컹거리는 식감도 마음에 안 들고. 그런데 늙은 호박은 안 그렇더라구요. 식감도 좋고 맛도 달고."

"뭘 그렇게 따져요? 어차피 같은 호박인데."

"그런 말 하면 호박이 화내요. 사람이면 다 같은 사람인가요?"

내 말에 그가 슬며시 입꼬리를 밀어 올린다.

"호박도 그렇고 사람도 그렇고. 지수 씨는 어린 쪽보다 늙은 쪽이 더 좋은가 봐요? 아까 형님 대할 때 보니 나를 대할 때랑 180도 다르던데요? 나한텐 떽떽거리고 딱딱하면서 형님한텐 친절하고 상냥하고."

아니나 다를까. 얘기가 또 이상한 방향으로 튀고 있다. 어이가 없어 피식 헛웃음을 흘린다. 말을 말자. 침묵은 금이라는데.

"그래도 형님한테 너무 그러지 마요. 질투 나니까. 다른 남자한테도 그러지 말고."

질투? 이 남자가? 터무니없이 허무맹랑한 발언에 나도 모르게 푭, 하고 짧은 웃음을 터뜨렸다.

"어, 어! 지금 지수 씨는 웃으면 안 되는데? 난 진짠데?"

퍽이나. 저렇게 실실 웃는 얼굴로 질투는 무슨.

"진짜로 믿게 하고 싶으면 윤유호 씨 웃음에 낀 느끼한 기름기라도 빼보세요. 보고만 있어도 혈관에 콜레스테롤이 낄 거 같으니까."

"그거 좀 이상하네요. 제 기름은 불포화지방산으로 구성되어 있는데. 아시죠? 요즘 많이 섭취하라고 여기저기서 떠드는 오메가 식스와 오메가 쓰리."

더 이상 못 참고 하하 웃어버린다. 그도 함께 따라 웃는다. 그에게 손을 잡힌 채 방에 들어섰을 때 느꼈던 서먹함은 어느새 사라져버렸다.

"잠깐만 형님 좀 보고 올게요. 혼자 있어도 괜찮겠어요?"

"걱정 말고 다녀오세요."

그가 웃으며 방을 나선다. 낯선 공간에 혼자 남겨진 나는 시간을 때울 만한 일을 찾다 그가 어렸을 때부터 읽었음이 분명한 책들이 꽂힌 책장을 찬찬히 훑어본다.

제일 아래 칸에 있는 것은 계몽사에서 나온 50권짜리 어린이 동화전집이다. 7, 80년대에 아이가 있는 집이라면 하나쯤 갖춰뒀을 표준화된 책들. 나도 어렸을 때 한글을 떼면서 같은 것을 읽고 자랐다.

그 위 칸에는 한국위인전집과 세계위인전집이, 그 위 칸에는 한국문학전집과 세계문학전집이 차례대로 꽂혀 있다. 동화책 다음엔 위인전, 그다음엔 문학전집. 그도 나와 비슷한 코스로 책을 독파한 게 틀림없다. 동업자와 내가 같은 책을 읽고 자랐다는 사실이 왠지 기쁘다.

책장 제일 위에는 사진첩들이 차곡차곡 포개져 있다. 볼까 말까 망설이다 호기심을 이기지 못하고 그것을 내려놓는다. 얇게 낀 먼지를 털어낸 후 첫 장을 넘겨본다. 내가 모르는 결혼동업자의 과거가 눈앞에 펼쳐진다.

어렸을 적 그는 진짜 귀엽다. 쌍꺼풀은 그때도 1센티지만, 눈빛은 또랑또랑하고 표정은 의젓한 것이 무척 똑똑하고 총명해 보인다. 지금의 느끼함과 능구렁이 같은 익살은 후천성이라는 결론이 나온다. 타임머신을 타고 돌아가 어린 윤유호 소년을 붙들고 "이대로만 자라다오. 기름기만 쏙 빼다오."를 강력하게 외치고 싶다.

똑똑, 작은 노크소리와 함께 문이 살짝 열리고 커피와 과일이 담긴 작은 쟁반을 들고 그의 형수가 얼굴을 빠끔 내밀며 수줍게 웃는다. 바닥에 펼쳐진 사진첩을 본 그녀가 반색을 한다.

"도련님 사진첩 보고 있었어요?"

"예. 어렸을 때 얘기를 해달라고 해도 유호 씨가 잘 안 해줬거든요."

급조한 거짓말이 입에서 술술 나간다. 아무것도 모르는 순수한 그의 형수는 이날이 오기만을 기다렸다는 듯 사진을 한 장 한 장 가리키며 이건 언제 어디에서 찍은 사진이라는 둥 그때 무슨 일이 있었다는 둥 자질구레한 사건사고와 기억을 읊어준다.

다섯 살도 채 되기 전에 부모를 잃은 그가 스무 살 가까이 차이 나는 친척형님을 아버지처럼 따르며 자랐다는 것, 그녀가 시집온 후에는 어머니처럼 깍듯이 대했다는 것을 포함하여 약 30여 분간 이어진 자분자분한 설명은 역사 프로그램의 재미난 내레이션을 방불케 한다.

"우리 도련님, 인물이 정말 좋죠? 사람들 틈에서도 눈에 확 띈다니까. 성격은 또 얼마나 좋아요. 키도 크고. 운동도 얼마나 잘했는데. 어느 한 구석 나무랄 데가 없다니까."

아들이나 다름없는 시동생을 팔방미인으로 추앙하는 여자의 말에 그저 웃음만 나온다. 그 잘난 시동생이 사실은 처음 본 여자한테 '시간 있으면 하자.'고 덤비는 바람둥이라고 알려줄까 말까. 그런 말을 들으면 그녀가 어떤 표정을 지을까 하는 심술궂은 생각이 살짝 들기도 한다.

마지막 장을 넘기자 앨범 겉면에 포개진 채 억지로 끼워져 있던 사진 여러 장이 한꺼번에 흩어진다. 교련복을 입은 고등학생 윤유호가 갈래머리에 체육복을 입은 아름다운 소녀와 함께 다정한 포즈로 찍은 사진이 제일 먼저 눈에 들어온다.

사진첩에서 일부러 떼어낸 것이 분명한, 그러나 차마 버리지 못하고 간직했을 윤유호의 과거 속 편린들.

예기치 못한 흔적이 나타나자 그의 형수 얼굴이 당혹스러움으로 어색하게 굳어버린다. 동업자가 제거하고 싶어 했던 흔적을 무심코 발견하고 놀란 것은 이쪽도 마찬가지다.

이런 애드리브를 대비한 리허설은 없었다. 그렇다고 이미 무대에 올라와 있는 상황에 호들갑스럽게 굴 수는 없다. 담담함을 가장하고 사진들을 모아 가지런히 포갠 뒤 한 장씩 넘겨본다.

자그마한 얼굴에 인형 같은 이목구비. 유달리 까맣고 긴 머리카락을 지닌 아름다운 소녀다.

이 소녀, 아니 이 여자가 누군지 한 번도 들은 적은 없다. 그러나 사진만 보고도 알 수 있다. 그녀가 누구인지. 내가 결혼할 윤유호라는 남자와 어떤 관계였고 그에게 어떤 의미였는지.

그의 형수가 "도련님이 다 버린 줄 알았는데."라고 작게 중얼거린다. 때로는 말이 필요 없는 순간이 있다. 바로 지금이 그렇다.

아무 말도 못 들은 척하고 사진을 계속 넘겼다. 숱한 이야기와 추억을 담은 사진 속에서 그와 여자는 점점 더 아름다운 모습으로 성숙하게 자라고 있었다. 꽤 오랫동안 사귀었던 것이 분명하다.

마지막 사진을 넘겼을 때 노크소리와 함께 방문이 열렸다. 웃는 낯으로 들어서던 남자는 내가 손에 들고 있는 사진들을 보자마자 표정이 천천히 굳어간다. 아침에 서울을 떠날 때나 충주를 떠나 김천으로 향할 때와 비슷하다. 뒤에 서 있던 그의 형은 얼굴이 굳은 정도가 아니다. 가위에 눌린 것처럼 몸까지 뻣뻣해 보인다. 앞으로 나란히 자세로 팔만 들면 딱 강시다.

그와 그의 형과 그의 형수가 당황해서 어찌 줄 몰라 하는 동안 나는 침착하게 사진들을 차곡차곡 정리하여 원래 자리에 꽂은 후 사진첩을 덮는다. 그리고 아무 일도 없었다는 듯 차분한 미소로 남자들을 올려다본다.

"두 분, 말씀은 다 끝내셨어요?"

몇 초의 정적이 흐른다. 부담스러움에 어깨가 결린다. 오십견으로 발전하기 전에 누구라도 좋으니 말 한마디만 해줬으면 좋겠는데.

"네. 지수 씨. 더 늦기 전에 우리 이제 가야죠. 준비하세요."

외갓집에서처럼 그가 흑기사를 자처한다. 고개를 끄덕이며 자리에서 일어나자 그가 방에 들어올 때처럼 내 손을 잡고 방을 나선다. 혼자 걸을 기운이 없었는데. 다행이다.

뒤에 남은 그의 형과 형수가 어떤 표정을 짓고 있을지 뒤돌아보지 않아도 알 수 있지만 모르는 체한다. 이런 순간엔 그래야 마땅하니까.

떠날 채비를 마치고 집을 나섰을 때 그의 형수가 커다란 쇼핑백 두 개를 들고 나왔다.

"호박김치랑 깻잎이랑 김치 좀 쌌어요. 아까 보니까 지수 씨 입에 맞는 것 같아서. 두 사람이 하나씩 가져가면 돼요."

곧 시동생의 아내 될 사람이라고는 하지만, 처음 본 사람에게 건네는 그의 형수가 보여주는 넉넉한 인심이 고맙다. 그가 1월 1일에 오겠다며 형과 인사를 간단히 하는 동안 미적거리던 그의 형수가 내게 살그머니 다가와 쇼핑백을 들어주는 척하며 소곤거린다.

"저, 저기."

뭔가 망설이는 음색. 아까 사진 속 여자에 관한 얘기가 분명하다. 이미 다 짐작하고 있는데 또 무슨 얘기를 하시려는 걸까? 그 여자에 관해 내가 꼭 알아둬야 할 또 다른 이야기가 숨어 있는 걸까?

나는 제법 어른스러운 표정으로 다음 말을 기다렸다. 뭔가 말할 듯 말 듯. 망설이고. 또 할 듯 말 듯. 또 망설이던 그녀는 남편과 이야기를 나누는 시동생을 바라보다 큰 결심을 한 듯 내 손을 꼭 잡는다.

"난 무조건 지수 씨 편이에요. 성원이 아빠도 마찬가지고. 그러니까 혹시, 만에 하나 무슨 일이 있더라도 아무 걱정하지 말아요."

아무 이유 없이 내 편을 들어줄 사람이 있다는 것은 정말 좋은 일이다. 이 계약결혼 때문에 혀를 끌끌 차고 한숨만 내쉬는 이모나, 명목뿐인 형부라도 잘생기면 다 용서된다며 농치는 지연이나. 때론 마음에 안 들고 다투기도 하지만 결정적 순간엔 앞뒤 가리지 않고 둘 다 내 편을 들어주니까.

그러나 처음 본 사람한테 무조건 내 편을 들어준다는 말을 듣는 기분은 참 묘하다. 친척 시동생 겸 아들처럼 키운 사람의 결혼상대방으로 오늘 인사를 한 사람이라고는 하나 아직 잘 알지도 못하는 타인이다. 그런 내게 왜 내 편을 들어준다는 걸까. 그런 말을 반드시 해야 한다고 생각한 특별한 이유가 있는 걸까?

형식상으로나마 손윗사람이요, 결혼 후에는 형님이라 불러야 할 여자로부터 수상쩍은 말을 들은 통에 속이 개운치 않다. 그의 형수가 시동생 모르게 남편과 단둘이 은밀한 눈빛을 주고받는 것까지 보니 나와 그가 모르는 무언가가 있다는 생각이 든다.

떨떠름하다.

서울로 향하는 한밤의 고속도로는 캄캄하다. 김천을 떠난 지 한 시간이 넘었지만 그는 아무 말도 하지 않는다. 나도 마찬가지다.

그의 형수가 한 말, 그녀가 남편과 주고받은 눈빛이 계속 마음에 걸린다. 사진에서 본 여자 얼굴도 눈앞에 빙글빙글 맴돈다. 시트에 가시태장을 두른 것처럼 엉덩이가 따끔거린다. 불편함을 어떻게든 혼자 견뎌내려 애쓰던 내가 결국 먼저 입을 열었다.

"피곤하면 말씀하세요. 제가 운전할게요."

핵심과는 전혀 상관없는 엉뚱한 말이다. 이런 말을 하고 싶은 게 아닌데.

"괜찮아요. 여자 분한테 피곤한 일을 시키고 싶지는 않아요."

"편하게 시키세요. 제가 정말 하기 싫으면 어디 한번 갖다 박을게요. 견적이 기차게 나와도 화내지 마세요."

"견적은 둘째 치고 제가 골로 갈까 봐 무섭네요. 지수 씨 성질을 알 만큼 아는데."

그가 운전대를 잡고 키득키득 웃는다. 이 사람이 나한테 그동안 많이 당하긴 당했나 보다.

"운전 맡기기 싫으면 휴게소에서 조금 쉬었다 가요. 오늘 하루 종일 운전하느라 많이 피곤할 텐데. 차 세워놓고 눈 좀 붙이세요."

"쉬었다……라. 휴게소에서 쉬었다 가는 버릇은 없는데. 어쩌죠?"

또 낚싯밥을 띄우고 있다. 이런 것에 걸리면 안 된다. 그럼 내가 너무 쉬운 여자가 되어버리니까. 코웃음을 세차게 치고 외면해버린다. 그가 작게 하하 웃는다.

"농담이에요, 농담."

그걸로 끝이다.

말을 주고받을 때와는 달리 이유를 알 수 없는 불편하고 무거운 공기가 주위에 물씬 흐른다. 날숨으로 내뿜는 이산화탄소에 질식할 것 같다. 창문을 조금 열어 환기를 시키자 얼음처럼 찬 공기가 얇게 밀려들어온다. 춥기만 추울 뿐 숨 쉬는 데에는 별 도움이 되지 않는다.

"물어봐도 돼요."

핸들을 잡고 운전에만 열중하던 그가 느닷없이 말한다. 가슴이 뜨끔하다. "뭘요?"라고 시치미를 뚝 떼고 말하자 곧장 대답이 돌아온다.

"아까 지수 씨가 본, 내 어렸을 때 사진이요. 화연이랑 같이 찍은 거."

김천을 떠난 후부터 내 입속을 뱅글뱅글 맴돌던 질문에 대한 답이 선뜻 흘러나온다.

"화연이……요?"

"그래요, 화연이. 최화연."

그렇구나……. 최화연이구나, 그 여자 이름이.

"중학교 3학년 때였어요. 서울에 살던 화연이가 우리 동네로 이사 온 게. 정말 예뻤어요. 성격도 착하고. 여자답고 얌전하고. 동갑내기고, 보자마자 서로 끌렸어요. 고등학교 1학년 때부터 사귀었죠."

화연, 최화연. 사진으로 본 얼굴도 예쁜데 이름까지 너무 예쁘다. 실제로 보면 얼마나 예쁠지 기가 팍 꺾인다.

최화연이라는 세 음절을 발음하는 남자에게 애잔한 정서가 묻어난다. '지수 씨' 하고 나를 부를 때와는 사뭇 다른 목소리다. 지금 이 순간 바로 옆 조수석에 앉은 여자, 까칠하고 냉소적인 박지수는 이 남자의 먼 기억 속에 꽃처럼 화사하게 자리 잡은 최화연에게 잽도 안 되겠다.

"그땐 화연이가 내 인생의 유일한 여자라고 생각했어요. 화연이와 한집에서 살고, 한이불을 덮고 자고, 같은 식탁에서 밥을 먹고……. 화연이와 나를 반반씩 닮은 아이들이 태어나 자라는 걸 보는 게 꿈이었죠. 자리를 잡으면 당연히 결혼할 거라고 생각했어요."

그랬을 거다. 어렸을 때부터 진심을 다해 사랑한 사이라면 당연히.

"그런데 화연이는 그게 아니었나 봐요. 나이가 들수록 가진 것 없는 동갑 애인이 점점 더 불안해졌겠죠. 부모님 반대가 있으니 더했을 거고. 제가 군대에 있을 때였어요. 갑자기 면회를 와서는 말하더군요. 여자에겐 안정이 필요하다고. 그래서 얼마 전 선을 본 남자랑 결혼한다고."

담담하게 과거를 털어놓는 남자의 목소리가 너무 낯설다. 내가 아는 원래 말투로, 나에게 '하자'고 하던 윤유호 톤으로 되돌아오라고 하고 싶다. 하지만…… 말이 안 나온다.

"기다려달라고 애원했어요. 고생시키지 않겠다고, 막노동을 해서라도 굶기지 않겠다고, 결혼하면 절대 후회하지 않게 만들어주겠다고, 제발 떠나지 말아달라고 간절히 부탁했어요. 무릎 꿇고, 빌고, 매달리고. 화연이가 그러더군요. 저에게 뭐가 있냐고. 제가 가진 게 뭐냐고. 부모도 없고, 형제도 없고. 가까운 친척이라곤 가난한 농사꾼으로 제 뒷바라지해주시는 친척형님 한 분뿐이고. 뒷배도 없고, 특별히 가진 것도 없는데 뭘 믿고 결혼할 수 있겠냐고. 그러면서 엉엉 울었어요. 아무리 사랑해도, 여자는 사랑만으로는 결혼할 수 없다고 하면서. 정말 가슴 아프게."

같은 여자로서, 사랑하는 사람을 두고 어쩔 수 없이 이별을 선택한 여자 마음이 이해가 간다. 오죽하면 그랬을까. 하지만 지금의 나는 그때 그 이야기를 들으며 죽도록 가슴 아팠을 이 남자가 더 신경 쓰인다. 이상하게도.

호모
메리지쿠스

"결혼해서 남편이랑 미국에 갔어요. 소위 고무신을 거꾸로 신은 거죠. 참 흔한 얘기예요. 지수 씨도 비슷한 얘기를 다른 곳에서 많이 들어봤죠? 드라마나 영화에도 숱하게 나오니까."

사진 속 여자에 얽힌 그의 과거사가 궁금했던 것은 사실이다. 그래도 속속들이 알고 싶지는 않았는데. 이 남자, 지나치게 솔직하다. 그래서 부담스럽다.

"제가 이 자리까지 온 건 화연이 공이 커요. 반드시 성공해야겠다는 오기가 생겼거든요. 네가 나를 버렸단 말이지, 오냐 좋다, 나를 놓친 걸 뼈저리게 후회하게 만들어주겠다……. 그런 독기가 지금의 저를 만들었어요. 취직을 하고. 일을 배우고. IT 붐을 타서 창업을 하고. 투자를 끌어 모았고. 그럭저럭 성공했고. 기세를 모아 다시 유베이를 만들어서 계속 상승세를 타고. 덕택에 돈도 좀 벌고 어디 가서 기죽지 않을 정도로 명성도 얻고."

드라마나 영화로 따진다면 수십 년간 수없이 반복되어온 삼류 스토리요, 캐릭터로 따진다면 전형적인 스테레오타입이다. 하지만 당사자가 직접 하는 이야기 속에는 듣는 이의 심금을 울리는 힘이 있다. 이래서 픽션이 논픽션을 못 따라오는 법인가 보다.

"화연이와 헤어지고 나서 여자와 깊게 사귀지 않았어요. 쉽게 만났다 쉽게 헤어졌죠. 책임감을 가져야 하는 아이나 가족, 아내, 결혼 같은 것도 내 인생에서 당연히 배제시켰고. 그런데 그게 적성에 맞았어요. 원래 남자 유전자에 바람기가 있어서 그런가? 가볍게 사는 것도 나쁘지 않더군요. 불필요한 책임감을 가질 이유도 없고. 달라붙는 여자에겐 촌스러운 짓 그만해라, 결혼 같은 건 생각 없다, 모질게 못 박아버리면 그만이고."

요약하자면, 순진한 청년 윤유호가 순 '찐'한 바람둥이 윤유호로 태어났다는 얘기다. 첫사랑에 실패한 남자가 바람둥이로 부활을 선언하게 된 비하인드 풀 스토리.

이른바 바람둥이 윤유호 비긴즈.

만약 어디선가 가십으로 주워들은 소문이라면 "그게 바람둥이들이 대는 핑계다."라며 비웃을 수 있다. 그러나 제아무리 냉소적인 사람이라도 이런 이야기를 육성고백 형 리얼 다큐멘터리로 본인 입을 통해 직접 듣는 자리에서 그러기는 힘들다.

그가 자진해서 바람둥이가 된 트라우마를 밝혔으니 나도 결혼에 부정적인 이유가 되어버린 부모님을, 내 트라우마를 밝혀야 하나? 그래야 계약상으로나 인지상정상 형평성에 맞지만 내키지 않는다. '복잡'한 심정으로 창밖을 바라보다, 혹여 내게 질문이 돌아올까 두려워 그에게 질문의 여세를 몰아간다.

"최화연이라는 그분을 정말 많이 사랑하셨나 봐요."

"그때는 그렇다고 생각했어요. 화연이를 위해선 죽을 수도 있다고 생각했으니까. 지금 생각하면 웃기지만, 화연이가 없으면 내가 살아 있을 이유가 없다고 생각했어요. 그래서 견디다 못해 약도 한 번 입에 털어 넣었고."

이건 괜히 물어봤다. 약까지 먹을 정도로 고통스러워했다니. 내가 너무 큰 결례를 저지른 거다.

"미안해요."

"괜찮아요. 다 지난 일이니까."

지금의 윤유호라는 남자를 보면 과거의 순정파 청년 윤유호가 상상이 가지 않는다. 지금 한 말, 혹시 뻥 아닐까?

……아닌 거 같다. 곁을 내주지 않고 정면만 바라보는 그의 시선을 보면. 간간이 숨을 고르는 듯 굳게 다물어진 채 파르르 떨리는 입술을 보면.

"깨어나 보니 병원이었어요. 약을 먹고 쓰러진 지 일주일 만이었죠. 정신이 들자마자 미친 듯이 웃었어요. 살아 있을 이유가 없어도 살아지는구나 싶어서."

위로해줄 말이 생각나지 않는다. 입만 팔팔하게 살아 있던 박지수, 말 잘하던 박지수, 대체 어디로 갔니?

"그래서 결심했어요. 지금까진 최화연을 위해서 살았으니까, 앞으로는 윤유호 오직 나 자신만을 위해서 살자. 나 말고 다른 사람을 위해 쓸데없는 책임감 같은 건 절대로 갖고 살지 말자……."

그 말을 마지막으로 남자가 입을 다문다. 쓴웃음을 짓는 남자의 눈매가, 입가가 무척 힘들고 아파 보인다. 측은하다.

한 여자를 죽도록 사랑했던 남자, 그로 인해 다시 태어난 남자에 관한 이야기를 듣고 나니 기분이 더 착잡해진다. 늘 뺀질거리고, 바람둥이 티를 있는 대로 다 내고 돌아다니는 윤유호라는 남자의 속에 아픈 사연이 도사리고 있다는 사실에 마음이 짠하다.

어린 나이에 부모를 잃고 시골 친척집에 얹혀살았을 한 남자아이. 고아를 바라보는 사람들의 은근한 편견과 냉대, 혹은 동정과 연민 속에 험난한 유년기와 소년기를 거쳐 청년이 된 그가 사랑마저 잃은 후 죽음의 순간을 거쳐 얼마나 이를 악물고 독하게 살아왔는지 눈에 선하다. 안쓰럽다. 손을 꼭 잡아주거나 어깨를 한 번 안고 다독거려 주고 싶을 만큼.

안 들어도 될 이야기다. 내가 우리 부모님에 대해 끝끝내 입을 다

물었듯 그도 그의 트라우마에 대해 말 안 하고 지나가면 그만이다. 서로 모르는 척하면 그만이다. 그게 우리 관계다.

진짜 결혼할 사이도 아닌데. 이런 얘기는 몰라도 되는데. 오늘 아침만 해도 존재도 몰랐던, 실제로는 얼굴도 못 본 여자인데. 그런 여자에게 가졌던 그의 감정 따위, 몰라도 되는데. 정말 몰라도 되는데…….

"얘기 안 하려고 했어요. 정말 하고 싶지 않았어요. 오늘 아침에도 그랬고, 김천에 가는 길에도, 형님 댁에서도 그렇게 생각했고. 하지만 지수 씨가 화연이와 함께 찍은 내 사진을 본 이상 무조건 숨기는 게 능사는 아니죠."

아침에 차를 탔을 때 그가 "복잡하네요."라고 말하고 내내 표정이 굳어 있던 이유가 바로 최화연 때문이라는 얘기다. 혼자 '복잡' 하고 말지. 이 남자 때문에 이야기를 들은 나까지 너무 '복잡'해져버렸다. 내가 짊어진 짐만으로도 힘겨운데 남의 짐까지 떠맡아버린 꼴이 거북하다.

"계약결혼도 결혼이잖아요. 다른 사람 눈에는 진짜로 보이기도 하고. 별 얘기도 아닌데 감췄다가 문제 키우기는 싫었어요. 나중에 지수 씨가 다른 사람에게 화연이에 대해 들어 알게 됐을 때 뒤통수 때리는 격이 되는 건 더 싫고요. 지수 씨한테 솔직하겠다고 말했죠? 아무리 계약결혼이고 이름뿐인 남편이라도 지수 씨에게 그 정도의 신뢰감은 주고 싶어요."

나를 위해서 한 말이라는 뜻이다.

그의 진심이 그렇다면 묻고 싶다. 아까 그의 형수가 왜 무조건 편을 들어준다고 했는지. 그녀가 남편과 주고받은 눈빛이 의미하는 바가 무엇인지 혹시 아는 게 있는지. 모른다면 어떻게 생각하는지.

그의 허심탄회한 의견을 들어보고 싶다. 그러나 좀처럼 말이 나오지 않는다.

어둠 속에 앞서가는 차들의 붉은 미등이 굴곡을 이루며 유유히 흘러간다. 그에게서 전이된 '복잡'함이 마음을 검붉게 어지럽힌다.

아침에 만난 지하철역에 도착한 것은 새벽 2시가 조금 넘은 시간. 남자는 날도 춥고 너무 어두우니 집 근처까지 바래다주겠다고 고집을 피운다. 하루 종일 연극을 벌인 통에 많이 피곤한 터라 나 역시 굳이 사양하지 않았다.

가르쳐준 방향대로 천천히 운전하던 그는 여기서 세워달라는 내 말에 골목어귀에 차를 세운다. 전봇대에 매달린 주황색 불빛이 얼기설기 드리워진 전깃줄을 희미하게 비춘다.

최화연이라는 여자 때문에 불편해진 마음과 오랜 시간 운전에 시달린 그의 얼굴엔 피로가 자욱하게 껴 있다. 차문을 열다 말고 잠깐 망설이다 조심스럽게 제안한다.

"저기……. 유호 씨. 우리 집에 가서 차 한 잔 하고 가실래요?"

12시간 가까이 편하게 차를 타고 다닌 사람으로서 베풀 수 있는 지극히 인간적인 호의다. 하지만 상대가 상대다. 말해놓고 나니 내가 내 무덤을 파는 소리를 한 게 아닌가 하는 생각이 든다.

뜻밖의 제안에 놀란 듯 그가 가만히 바라본다. 그리고 여느 때와 같이 능구렁이 같은 미소를 1센티 쌍꺼풀이 자리 잡은 눈가와 입가에 슬쩍 밀어 올린다.

"차만요?"

무덤 파는 소리 맞다. 그럼 그렇지. 내가 저 인간의 '복잡'함에 속았다. 하이고.

"됐어요. 차는 무슨 얼어 죽을."

차에서 내린 후 인사도 안 하고 집으로 향한다. 구시렁거리다 문득 뒤를 돌아보니 그가 실실 웃으며 쫓아오고 있다.

"그냥 가세요."

"그냥 가긴요. 준다는 차는 마시고 가야죠."

말 한마디로 천 냥 빚 갚는다는 옛말은 이제 사라져야 한다. 이제 말 한마디로 천 냥 빚을 얻는 시대가 도래하고 있다. 내가 보기에 윤유호라는 남자는 그 선두를 달리고 있다.

웬수덩어리 같으니.

9. 부답복철 不踏覆轍
: 엄마처럼 살기 싫어.

내가 사는 집은 한 층에 똑같은 구조의 집이 두 개씩 있는 4층짜리 원룸형 다세대 주택에 자리 잡고 있다. 301호가 내 집, 302호가 옆집이다.

비교적 널찍한 침실과 그에 딸린 작은 다용도실과 욕실, 작은 복도 겸 거실 겸 부엌으로 쓰는 공간은 독신이나 2인 가족이 살기에 충분하다. 그런데 그가 들어오니 공간이 꽉 찬다. 결혼 후 1개월간의 동거생활 장소를 내 집으로 하지 않은 건 정말 잘한 것 같다.

이 집에서 5년째 사는 가장 큰 이유는 고즈넉한 분위기 때문이다. 여기 사는 사람들은 타인에 대해 무관심하고 자기에 대한 관심을 남에게 기대하지 않는다. 집주인이 성격 테스트를 하고 남들에게 민폐를 끼치지 않을 조용한 개인주의자들만 뽑아 임대를 놨나 싶을 정도다.

302호엔 부부로 보이는 30대 남녀가 살고 있지만 얼굴을 본 적이 드물다. 몇 달 전 이사 온 그들과 가끔 마주쳤을 때 머쓱한 목례만 했을 뿐 정식으로 인사한 적도 없다. 다른 곳에서 만나면 알아보기조차 힘들 거다.

4층이나 1, 2층엔 누가 몇 명이나 사는지 알지도 못하고 알려고 하지도 않는다. 이 건물에 나 혼자 살고 있는 게 아닐까 하는 생각을 한 적도 있을 정도로 조용하다.

윤유호라는 남자는 안에 들어오자마자 지난 5년간 내가 이 집에 살면서 들었던 인기척을 모두 합친 것보다 더 많은 소음을 낸다. 뭐가 그렇게 궁금한지 호기심 어린 눈길로 이곳저곳을 두리번거리며 살피고, 왔다갔다 부산스럽게 움직인다.

처음 온 남의 집에서 저게 뭐 하는 건지. 물을 끓이고 찻잔을 꺼내는 동안 부스럭거리는 소리에 신경이 곤두선다. 조금만 더 있으면 그의 눈동자가 좌우로 돌아가는 초음파까지 들릴 지경이다. 참다못해 한마디 했다.

"지금 뭐 하시는 거예요? 그냥 가만히 기다리고 있으면 안 돼요?"

"그거 찾아요."

그거?

"관상용 기념품 열한 개요. 맛소금에 절여두셨다면서요. 어디 있어요?"

아직까지 그 말을 기억하다니. 애들 앞에서는 숭늉도 못 마신다는 말이 맞다.

"김장독 묻는 데 파묻어뒀어요."

"그건 또 어디 있는데요?"

"알아서 뭐 하시게요? 하여간에. 유호씨도 가만 보면 뒤끝이 무지하게 길어요. 아세요?"

"에이. 남자한테 뒤끝이라니요. 지수 씨가 충격요법을 너무 세게 써서 그런 거라니까요. 그리고 뒤끝으로 따지면 지수 씨가 더 기이이 이일죠."

그가 손사래를 치다 내 팔을 가볍게 친다. 척골신경에 친밀한 여운이 감돈다.

"맞아요. 저는 뒤끝 길어요. 땅끝마을까지는 갈걸요?"

내 말에 그가 하하 웃는다. 격의 없이 웃는 모습. 내 마음도 한결 가벼워진다. 덕택에 한밤중에 남자를 집안에 들였다는 부담감을 가볍게 떨쳐버린다.

"무슨 차 드릴까요? 커피도 있고, 허브차도 있고, 홍차도 있고. 유자차도 있어요."

"단 거는 싫고. 혹시 황기 마늘차는 없어요?"

황기 마늘차라. 생전 처음 듣는 이름이다. 그런 차도 있나?

"있어요. 남자들 정력과 스태미나에 아주 좋은 차."

한숨이 절로 나온다. 냉장고를 열어 다진 마늘통을 꺼내 건넨다.

"마늘이에요. 황기는 없어요. 물을 부어드릴 테니까 취향에 맞게 적당량 타 드세요."

그가 키득거리며 통을 다시 집어넣는다. 무엇을 마실까 고민하다 겨울을 위해 사둔 유자차를 꺼낸다. 만약 달아서 싫다고 하면 끓는 물에 마늘을 듬뿍 타서 건더기까지 꼭꼭 씹어 먹으라고 해줄 작정이다.

주는 대로 마시겠다는 표정으로 서성거리던 그는 허락도 받지 않고 갑자기 침실에 들어갔다. 그리고 침대에 털썩 앉고는 버르장머리 없이 몸을 통통 튀긴다. 모두 다 아차 하는 순간에 일어난 일이다.

"매트리스 좋네요. 침대도 널찍하고. 퀸 사이즈 맞죠? 여자 분이 혼자 살면서 왜 이렇게 큰 침대를 쓰시나. 혹시 잠버릇이 고약해요?

자면서 360도로 회전한다든가."

틈만 주면 저런다. 당장 일어나라는 무언의 재촉에 그가 불쌍한 표정을 한껏 지어 보인다.

"제가 치질환자라서 그래요. 맨바닥에 앉으면 잘 도져요. 한 번만 봐주세요."

"언제 걸리셨는데요?"

"지금 막 걸렸어요."

"가드 올리세요. 어금니도 꽉 깨무시고."

권투글러브를 낀 것처럼 두 주먹을 불끈 쥐고 자세를 취해본다. 그가 웃으며 살려달라는 듯 손바닥을 쫙 펴 보인다. 생명선이 참 길다. 내가 대외적으로 과부가 될 일은 없을 것 같다.

주전자 물이 끓는 소리에 부엌에 나간다. 찻잔에 물을 붓고 기다렸지만 침실에 들어간 남자는 나오지 않는다. 마지못해 차를 들고 들어갔을 때 그는 코트차림 그대로 눈을 감고 침대에 드러누워 있다.

"자는 거 아니에요. 눈만 붙이고 있어요."

수캉아지도 올라간 적 없는 순결한 내 침대에 감히 눕기까지 하다니. 멱살이라도 한 번 잡았다 놓을까 고민하는 사이 실눈을 뜬 그가 기지개를 켜며 일어나 침대 위에 양반다리를 하고 앉는다. 그리고 손바닥으로 매트리스를 톡톡 두드린다.

"지수 씨도 이리 와서 앉아요."

바람둥이 남자와 나란히 침대에 앉을 생각 따위는 없다. 내 탓이요를 반복하며 가슴을 친 후 그에게 찻잔을 내민다. 빨리 차만 먹이고 쫓아내는 게 상책이다.

호모
메리지쿠스

"침대에 흘리지 마세요."

"흘리면요?"

"세탁비 물어내세요."

"그러죠. 그럼 돈 물어낼 거니까 마음 놓고 흘려도 되죠?"

정말로 흘릴 것처럼 그가 찻잔을 기울인다. 또 사람을 놀려, 또. 눈에 잔뜩 힘을 주고 한마디 세게 던졌다.

"남자가 질질 흘리지 말아야 할 게 눈물과 정액만이 아니거든요?"

차를 한 모금 마시던 그가 몸을 부들부들 떨었다. 투명한 노란 빛 액체가 출렁이다 기어코 흘러넘친다. 진득한 물이 이불에 번지자 그는 미안한 표정으로 닦는 시늉을 낸다.

"이건 진짜 실수예요, 실수. 미안해요. 휴지 없어요?"

"남의 집에서 사고를 쳐야 직성이 풀리세요?"

짜증을 내며 물티슈를 뽑아들고 끈적이는 자국을 따라 박박 닦아낸다. 그가 무안해하며 슬그머니 손을 뻗는다. 그의 손등을 소리나게 찰싹 때렸다.

"아야야. 왜 때려요? 아프게."

엄살은. 덩치가 아깝다.

"그럼. 아프라고 때렸지, 설마 가려우라고 때렸겠어요?"

그가 헤헤 웃는다. 보고 있자니 같이 따라 웃을 것 같다. 남자를 외면하고 이불을 닦는데 머리카락이 흘러내린다.

"이놈의 머리카락을 확 잘라버리든지 해야지."

한 손으로는 물티슈를, 한 손으로는 머리카락을 쥔 채 툴툴거리자 그는 내 머리카락을 받아 얼른 위로 치켜든다.

“또 뭘 자르신다고. 오래 기른 거 같은데. 아깝게.”

“하나도 안 아까워요. 아까울 것도 없고.”

“그렇게 아쉬운 거 없으면서 지금까지 왜 길러서 풀고 다녔어요?”

그러게. 듣고 보니 그렇다. 난 왜 머리를 길렀지?

“저 같은 남자가 보기엔 머리카락이 긴 여자들이 일반적으로 애착이 많은 거 같아요.”

애착?

“예를 들자면 과거에 대한 애착 같은 거요. 잊고 싶은 일이 많지만 절대로 잊지 말아야겠다면서 스스로 다짐하기 위해서라고나 할까.”

속이 뜨끔하다. 정말 그럴까? 나는 무의식중에 내 과거와 다짐을 차곡차곡 담아 머리를 길러왔던 걸까? 나무에 생기는 나이테처럼 흔적을 남기면서? ……그럴 수도 있겠다.

“그게 아니면 자신이 없는 것일 수도 있겠죠. 남자에게 여자로서 사랑받고 싶은 욕심은 많은데, 욕심만큼 자신이 없으니까. 그래서 머리를 정성껏 기르고 풀고 다니는 거죠. 나 좀 봐주세요, 하는 식으로. 사실 나 같은 남자 입장에선 여자 머리카락이 주는 시각적인 효과가 상당히 크거든요.”

이번에도 속이 뜨끔하다. 이불을 닦는 손이 저절로 주춤거린다. 나, 사실은 남자 앞에서 자격지심이 강한 여자였나?

“그런 거 아니에요.”

신경질적으로 답하고 나니 속이 더 뜨끔뜨끔하다. 강한 부정은 긍정이라는데. 그가 오해하지 않도록 적당한 첨언이 필요하다.

“내가 머리를 기르는 건 미용실에 가기 귀찮아서 그래요. 짧으면 주기적으로 계속 커트해야 하고 그때마다 돈이 드니까.”

"길면 긴 대로 관리하기가 힘들지 않아요? 감기도 힘들고, 말리기도 힘들고. 혹시 자르고 싶은 생각, 없어요?"

기르라는 건지, 자르라는 건지. 나보고 어쩌라고? 내 머리 갖고 왜 자기가 난리를 치는 건지.

"남의 머리카락 갖고 백분토론 할 일 있어요? 신경 끊으세요. 마음 내키면 확 잘라버릴 거니까."

"자르지 마요."

단호한 말에 깜짝 놀라 윤유호의 얼굴을 봤다. 아주 잠깐이지만 표정이 딱딱하다. 금세 평소처럼 풀리긴 했지만.

"보고만 있어도 예쁜 머리를 왜 잘라요? 머릿결도 이렇게 좋은데."

"그렇게 예쁘면 확 잘라서 보내드릴까요? 쫑쫑 땋아서 예쁜 상자에 넣어서. 상자에 리본까지 달아 보내드릴 수도 있어요."

"그렇게 해요. 기왕이면 머리에 빨간 댕기까지 드리워서 보내줘요."

정말 그렇게 해볼까? 저렇게 원하는데. 잠깐 상상해본다. 그가 선물상자를 열었을 때 그 안에 빨간 댕기가 달린 머리카락이 담겨 있는 것을 확인하는 순간을. 흠. 이건 완전히 공포영화의 한 장면이다. 로맨스와는 거리가 멀다. 그것도 아주 상당히.

"하여간 지수 씨, 알아줘야 해요. 내 것도 자른다더니 머리도 자른다고 하고. 지수 씨는 툭하면 확 잘라버리는 걸 너무 좋아한다니까."

"전생에 단두대에서 근무했나 보죠. 그것도 프랑스 혁명 테르미도르 반동 때."

그가 작게 웃는다. 나직한 웃음소리가 기분 좋다.

"아무튼 자르지 마요. 굳이 자르고 싶은 생각 들면 미용실에 나랑 같이 가요. 지수 씨한테 잘 어울리는 머리 스타일 추천해줄게요. 지수 씨 머리 하는 동안 기다려주고. 같이 수다도 떨고."

"유호 씨가 왜요?"

신중한 표정으로 그가 잠깐 고민하다 대답한다.

"여자친구 대신?"

"됐습니다요. 유호 씨는 가만히 있기나 하세요."

이불을 지르잡고 다시 맹렬히 닦는 작업에 몰두하는 사이, 그가 느닷없이 웃음을 터뜨린다.

"지금 우리, 되게 웃기네요."

한 손에는 찻잔을, 한 손에는 내 머리카락을 잡고 들어올린 채 침대에 양반다리를 하고 앉아 있는 남자와 다른 사람에게 머리카락을 맡긴 채 물티슈로 이불 닦기에 여념이 없는 나. 우습긴 우습다.

"다 됐어요. 이젠 흘리지 마세요."

웃는 낯으로 집주인다운 엄포를 놓았다. 그때였다. 내 머리카락을 한 손에 쥔 남자가 내 입술에 살짝 입을 맞춘 것은.

갑작스러운 돌발행동에 그도 나도 몸이 굳어버린다. 이 상황을 어찌해야 하나?

"이게 아닌데. 미안해요, 지수 씨."

그가 이마를 찌푸리며 사과한다.

차라리 아무 말 하지를 말지. 신사답게 입 다물고 없던 척하거나, "어. 입술이 닿아버렸네?" 하고 평소처럼 너스레를 떨든가. "내가 그런 게 아니에요. 입술이 저절로 갔어요."라며 윤유호 표 설레발을 치든가.

호오

메리지쿠스

어울리지 않게 서먹한 표정으로 사과하는 그가 너무 낯설다. 순도 100퍼센트의 우연한 충동으로 한 일을 어떤 농담으로 마무리해야 하는 걸까? 어색해진 분위기를 바꾸기 위해 애써 쾌활하게 대답해 본다.

"괜찮아요. 실수로 딱 1초만 댔으니까."

바라던 대로 그가 풉, 소리를 내며 작게 웃는다.

"1초는 괜찮아요?"

"2초만 안 넘으면 됩니다요."

늘 그러했듯 농담이다. 하지만 말이 끝나기 무섭게 그가 다시 입술을 살짝 부딪치다 이내 떨어뜨린다. 그리고 싱긋 웃는다.

"1초 맞죠?"

이건 실수가 아니다. 고의다.

그러나 아무 말도 할 수 없다.

얼굴에 안면홍조 현상이 도진다. 겨울이라 습기가 부족하고 보일러를 튼 것 때문에 실내가 많이 건조해서 그렇다고 책임을 돌려보지만, 가슴이 뛰는 건 무슨 핑계를 대야 할지 감당이 되지 않는다.

그가 또 한 번 입술을 살짝 포개다 떼어낸다. 달콤한 유자 향을 머금은 남자의 숨결이 내 입속으로 고스란히 흘러 들어온다. 입술과 입술 사이는 1센티미터. 아슬아슬한 거리감에 입안이 바싹 탄다. 감질 나는 1초간의 입맞춤이 반복된다. 5번, 10번……. 잔잔하게 가라앉아 있던 숨소리가 고도를 높인다.

"시간연장은 안 될까요? 5초나 10초 정도로."

그 말에 정신이 번쩍 든다. 재빨리 위험구역인 침대에서 벗어나 남자의 손에서 찻잔을 빼앗아 협탁에 거칠게 내려놓는다. 그의 손에 들려 있던 내 머리카락 한 올까지도 모두 제자리에 돌려놓는다.

"차 다 드셨죠? 피곤하실 텐데 늦기 전에 이만 가서 쉬세요."

세차게 뛰는 가슴을 진정시키며 그를 종용한다. 내가 시키는 대로 그는 잠자코 침대에서 일어난다. 하지만 밖으로 걸어 나가는 대신 팔짱을 끼고 서 있는 내게 다가와 이마에 입을 맞춘다. 이번에도 딱 1초다.

"하지 마세요."

옆으로 게걸음을 치며 말했다. 피하는 나를 보며 윤유호가 웃는다.

"미안해요. 실수예요."

"알았어요. 그러니까 이제 실수는 그만하세요."

내 말엔 아무런 대꾸도 없이, 그는 나를 따라 한 걸음 옆으로 옮기며 자기 말을 한다.

"지수 씨가 생각보다 작구나. 내 입술이랑 지수 씨 이마가 안 닿네. 지수 씨, 하이힐 높은 거 신고 다니죠?"

"키높이 구두 신고 다녀요. 확인했으니까 이제 실수는 그만하세요."

경고했지만 그는 오히려 내 볼을 양 손으로 감싼다. 그의 입술이 이마에, 그리고 입술에 닿았다 떨어진다. 딱 1초씩. 한 번, 두 번, 세 번……. 그다음엔 세기를 포기해버린다.

의도치 않은 우연으로 시작된 고의적인 짧은 접촉이 연속으로 이어진다. 현기증이 난다. 남자의 두 손에 담긴 욕망 때문에. 남자의 입술에 담긴 열기 때문에.

전날 저녁식사 후 사라졌던 성적 긴장감이 온몸에 자욱하게 감돈

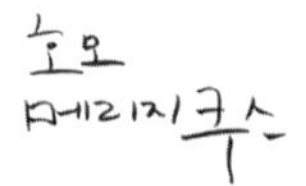

다. 올림픽 주기에 가까운 기간 동안 깊이 잠들어 있던 여자의 육체적 메커니즘이 작동을 시작한다. 내 몸이 보여주는 솔직함이 당혹스럽다.

서른셋을 앞둔 나이, 시니컬하고 까칠한 직장 8년차에게도 이런 젊은 열정이 남아 있었던 걸까? 이런 건 20대의 전유물이라 생각했는데. 사랑의 낭만을 바라는 청춘들만의 전유물이라고 생각했는데.

"여기까지만. 딱 여기까지만 실수할게요."

남자가 뒤로 물러선다. 그 말이 나를 강하게 도발한다. 실수? 좋아. 이 남자가 했으니 나도 한 번 하자. 이 사람이 실수한 시간을 모두 합친 것만큼 길고 강하게. 그래야 우리 계약관계에서 공평한 거니까.

도화선은 그가 제공했지만 불씨는 내가 던져버렸다. 그가 한 걸음 물러선 순간 나는 남자의 어깨에 손을 얹고 입을 맞췄다. 기다렸다는 듯이 그는 내 허리를 감싸 안는다.

유자 향이 나는 관능적인 키스. 맥박이 날뛰고 호흡이 가팔라진다. 어느새 나는 윤유호의 목을 끌어안고 있다. 내 허리를 안은 남자의 팔에 힘이 더 들어간다. 내 등을 더듬는 남자의 손이 뜨겁다. 그 힘에 기대, 그 열기에 취해 나는 그에게 더 힘껏 매달린다. 그의 숨결을 정신없이 탐하고 마셔버린다.

한참 후 그가 천천히 입술을 떼어낸다. 작게 한숨을 내쉬고는 조금 더 실수하고 싶다며 말없이 보채는 나를 안고 진정시킨다. 내 심장 고동소리가 가라앉을 때까지 조용히. 그의 목을 끌어안은 내 팔이 제자리로 내려갈 때까지 차분히. 오랜 시간 미동도 하지 않고 그대로 서 있기만 한다.

한참 후 제정신을 차린 나는 동업자의 품에 다소곳이 안겨 있는 내 모습에 당황하고 말았다. 뭔가 한마디쯤은 해야 한다.

"미안해요, 유호 씨. 나도 실수였어요. 이럴 생각은 없었는데. 정말 미안해요."

참으로 너저분하고 어처구니없는 변명이다. 내 등을 감싸고 있던 남자의 팔이 막대기처럼 딱딱하게 굳다 양쪽으로 스르르 풀려나간다.

"나도 미안해요. 지수 씨한테는 이런 실수 절대 하면 안 되는데."

뒤로 한 걸음 물러난 뒤 숨을 머금었다 재빨리 토해낸다. 가까이 있는 그가 미처 눈치 채지 못할 만큼 아주 작게.

잠시 뜸을 들이다 그가 장난스럽게 말했다.

"기왕 키스도 했는데. 우리, 그냥 한번 할까요? 지수 씨도 많이 굶은 거 같은데."

남녀의 화학반응 속에 어색하고 무겁게 침잠한 분위기가 단번에 와장창 깨져버린다. 이 능글맞음, 너무 고맙다. 그래도 고마운 티를 낼 순 없다. 이럴 땐 싸늘하고 시니컬하게 농담으로 이 남자를 밟아줘야 한다. 박지수답게. 그래. 나답게.

"유호 씨가 굶었나 보네요."

"맞아요. 그러니까 그냥 우리 둘이 한번 하죠?"

"됐다니까요! 나한테 애원하지 말고 유호 씨 오른손한테 DDR 한번 하자고 부탁해보세요."

금방이라도 숨이 넘어갈 것처럼 남자가 웃기 시작한다. 누가 들어도 가식적이고 의도적으로 과장된 웃음이다. 그동안 나는 구겨진 옷을 탁탁 털어낸 후 단정하게 매무새를 가다듬는다. 일부러 보란 듯이 어깨까지 으쓱거리면서.

웃음을 멈춘 그가 내 손을 꼭 잡는다. 뭔가를 간절히 호소하는 온기. 제발 이대로 잠시만 있어달라는 무언의 요청.

"지수 씨. 우리……, 괜찮은 거죠?"

괜찮다니. 무엇이? 그가 잠깐 고민하다가 말한다.

"계약 말이에요."

속에 있는 무언가가 출렁거리며 바닥으로 와르르 쏟아진다. 조금 전 침대에 흘러넘친 유자차처럼. 난 뭘 기대한 걸까. 이 남자의 입에서 무슨 말이 나오길 바랐던 걸까.

"당연하죠. 고작 키스 한 번에 파투 날 계약관계는 아니지 않나요?"

축의금 회수와 휴가, 그리고 자유로운 바람둥이 생활. 그것이 각자가 노리는 결혼의 목적이라는 것을 그 사람과 나는 다시금 되새긴다. 동등한 동업자다운 무언의 침착함으로 키스 한 번에 달라진 것은 아무것도 없음을 확인한다. 그리고 의도적인 미소를 주고받는다.

"늦기 전에 이만 가보세요. 저도 이제 자야겠어요."

"그래요. 쉬세요."

신발을 신고 문을 나서던 그가 음흉하게 웃는다.

"문 잘 잠그고 자요. 내가 또 오더라도 절대 열어주지 말고."

"걱정 마세요. 자기 전에 바닥이나 한 번 닦고 자야겠어요. 여기저기 사방에 유호 씨가 흘린 기름이 흘러넘치네요. 아우, 저기 봐. 또 떨어졌어."

내 호들갑스러운 연기에 그가 하하 웃는다. 과장되어 보이긴 하지만, 그럭저럭 나쁘지 않은 연기력이다. 진한 키스를 한 후에도 이런 대화를 서슴없이 나눌 수 있다니. 이 남자에게 딱 어울리는 인간 박지수의 능글맞은 여유가 조금은 자랑스럽다.

"지수 씨. 곧 크리스마스가 오잖아요. 그때 뭐 할 건데요?"

크리스마스라. 해마다 '크리스마스가 별거냐?'라며 휴일이 온 것에 감사하며 보냈던 나다. 그러나 올해는 기분이 다르다. 연인들에게는 최고의 시즌이지만, 솔로에게는 최악의 시즌. 계약결혼을 앞둔 솔로에게는 더더욱 최악의 시즌이 될 것 같은 불길한 예감이 든다.

"뭐 하긴요. 크리스마스는 가족과 함께. 이모 집에 가서 지낼까 해요. 동생은 남자친구가 있으니 나갈 것 같고. 이모랑 같이 커플 지옥, 솔로 천국을 부르짖을 것 같네요."

"에이. 지수 씨가 왜 솔로예요? 제가 있는데."

그가 수다스러운 몸짓으로 손사래를 쳤다. 나는 그저 흥 하며 코웃음을 치는 것으로 대답을 대신한다.

"지수 씨. 이모님 댁에 가기 싫으면 저랑 같이 어디 좀 갈래요? 동반모임이 하나 있는데."

"사양할게요. 내년부터는 같이 갈 테니까, 올해는 혼자 가세요. 예비 와이프 어디 두고 왔냐고 사람들이 물으면 대충 알아서 핑계 대시고. 빨리 가보세요. 저도 이제 좀 잘래요."

"알았어요. 이젠 진짜 갈게요."

그가 문을 닫고 나간다. 탁탁탁, 계단을 내려가는 발자국소리가 들린다.

현관문을 단단히 잠근 후 침실로 들어간다. 그가 반쯤 마시다 남기고 간 찻잔이, 흐트러진 침대가, 조금 전 격정적으로 키스를 나눴던 공간이 눈에 들어온다.

소오
메리지쿠스

얼굴에 열이 오르고 심장이 욱죄어온다. 벽에 등을 기댄 채 그대로 주저앉는다. 마음이 어딘가 심하게 고장 난 것 같다. 몸살이 올 것처럼 여기저기가 이유 없이 아프다.

어느새 아침이 밝아오고 있다. 지연이 모르게 잠깐 와달라는 연락을 받자마자 한달음에 달려온 이모는 내 얼굴을 보고 깜짝 놀란다.

"어디 아파? 얼굴이 왜 이래. 잠도 못 잤어?"

차를 준비하려 했지만 이모는 가스레인지를 끈 뒤 나를 잡아끌고 방으로 들어간다. 그리고 내가 무언가 말하기만을 잠자코 기다린다. 결국 이모의 끈기에 내가 지고 말았다. 새벽에 있던 사건을 고하자 이모의 안색이 단번에 굳어버린다.

"이럴 줄 알았어. 그놈이 덤비디?"

그렇다고 할까? 아니다. 이 순간에 거짓말은 무분별한 행위다.

"시작은 그 사람이 했어. 실수로. 그다음은 내가 하고. 나도 실수였어."

이모가 두 주먹을 불끈 쥐고 언성을 높인다.

"너는 실수인지 몰라도 그놈은 아닐 거다. 그게 그런 종자들이 잘 쓰는 치고 빠지기 수법이야. 사람 살살 달궈놓고, 자제하는 척 싹 내빼다 달려들어서 자기가 하고 싶은 대로 다 하고. 바람둥이들이 여자 후리고 다니고 싶어서 허구한 날 갈고 닦는 기술이야. 몰라?"

내가 그에게 조롱을 하건 욕을 퍼붓건 상관없지만 제삼자가 그에 대해 험담을 하는 것은 심히 불쾌하다.

윤유호라는 사람이 비인간적이고 이기적인 바람둥이는 아니며, 그럴 만한 인간적인 사연이 있다고, 새벽에도 그가 자제했던 거라고 대꾸하려다 잠시 멈칫거린다. 내가 왜 그를 감싸주려고 하는 거지? 뭐가 좋다고. 그따위 바람둥이가 뭐가 예쁘다고.

"이모도 나처럼 그럴 때 있었어? 충동적으로 남자한테 키스를 하고 싶었다거나."

"당연히 있었지. 그런데 지금은 별로야. 40대 되어도 욕구가 활발한 사람이 많다던데, 나는 마흔 넘어가니까 별로더라. 완전히 감퇴되더라고. 여자도 고자가 있나 봐."

이모 특유의 적나라한 표현에 근심걱정을 잠시 잊고 크게 웃어본다. 그러나 이모는 어깨를 한 번 들썩이다 말고 정색을 한다.

"지수야. 아무리 그래도 그 남자는 아니라고 봐. 그 사람이 결혼하겠다는 목적이 다른 거라면 대시해보라고 하겠어. 그런데 아니잖아. 섹스를 밤놀이로 즐기는 사람이야. 너는 진심으로 몸 주고 마음 주는데 그 사람은 즐기는 것뿐이잖아. 균형이 안 맞아. 안 돼. 너만 상처 입을 게 뻔해."

너만 상처 입을 게 뻔해……. 이모의 마지막 한마디는 선언이다. 딸이나 다름없는 소중한 조카를 걱정하는 절절한 심정이 살갗을 찌른다.

"예전에도 물어봤지만 이렇게 됐으니 한 번만 더 묻자. 지수야. 그 사람한테 끌리니?"

그와 있으면 통하는 것이 많아서 좋다. 억지로 얌전을 떨 필요도 없고 마음도 편하다. 새벽에 키스할 때는 설레었다.

이제 변명은 소용없다. 인정할 수밖에 없다. 나는 지금 그에게 여자로서 끌리는 거다. 동업자에 대한 호감이 여심으로 변해버렸다.

그가 내게 남자로서 어떤 마음을 갖고 있다는 것도 안다. 하지만

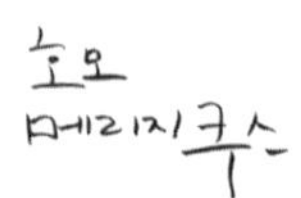

그건 박지수에게만 갖는 게 아니다. 윤유호라는 쉬운 남자가 불특정 다수의 여자들에게 공통으로 추구하는 성적 욕구다. 그 이외 다른 것이 있지만, 그게 무엇인지는 나로선 아직 규정할 수 없다. 새벽에 그가 내 요구를 받아들여 계속 진행했다면 어떻게 됐을까? 안 봐도 뻔하다.

"기가 막힌다. 계약결혼 얘기 꺼냈을 때 물으니 단번에 아니라고 하더니. 한 달도 안 됐는데 이렇게 변해버리니까 내가 더 당황스럽다."

이모의 한탄에 몸이 저절로 움츠러든다. 그와 입술이 맞부딪치던 순간 체내에서 과다하게 분비됐을 성호르몬에 책임을 전가하고 싶다. 하지만 그에게 키스를 한 건 호르몬이 아니다. 바로 나다. 내가 짊어져야 할 책임이다.

"지수야. 그냥 엎자. 진짜로 결혼하자고 했던 사람들도 문제 있으면 그렇게 해. 너도 예외 아니야. 식을 올린 건 아니잖아. 내가 그 남자랑 그쪽 변호사 만나서 얘기할게. 위자료는 안 물고 해결할 수 있을 거야."

"싫어. 할 거야. 사람들한테 말 다 해놨단 말이야. 창피하게. 그리고 들어올 돈이 얼만데."

"고작 축의금 때문에 그러니? 아서라, 이것아. 돈 때문에 조카 하나 잡을까 봐 무섭다."

"돈도 돈이지만, 꼭 그것만은 아니야."

"그럼 뭣 때문에 그러는데? 돈 말고, 휴가 말고, 네가 결혼해서 얻고 싶은 게 뭔데?"

그러게 말이다. 딱히 없다. 필요에 의해 결혼하자고 맺은 계약일 뿐이다. 그런데 그게 전부가 아닌 것 같다. 그럼 뭘까. 이 결혼에 내가 가졌던 목적 말고 또 무엇이 있는 걸까.

해명의 실타래는 잡힐 듯 말 듯 생각의 아귀를 매끄럽게 쏙쏙 빠져나간다. 하고 싶은 말이 있는 것 같은데 말로 표현하기 힘들다. 이모는 나를 끌어안고 등을 토닥이며 한숨을 쉰다. 이럴 때 이모는 꼭 엄마 같다. 미안하고 고맙다.

어딘가에 의지하고 싶을 때, 위로를 받을 때, 눈물이 날 때, 마음이 허할 때, 힘이 들 때 어머니를 떠올리는 것……. 그것은 세상의 딸들이 태어나 갖게 되는 최후의 보루이며 천형인가 보다.

딸들은 어머니의 모습을 보면서 때론 행복해하고 때론 분노하면서 자기의 미래를 설계해 나가는 법이다. 나도 마찬가지다. 늘 그랬다. 굶어죽는 한이 있더라도 엄마처럼 치사하게 살지 않겠노라 하루하루 다짐했다.

아내라는 허울 좋은 껍데기만 뒤집어쓴 채 다른 여자에게 눈 돌리느라 바쁜 아버지를 위해 밥 해주고 빨래해주고 청소하면서 가정부처럼 살았던 엄마를 조금은 미워했다. 다른 사람은 물론, 딸들이 보는 앞에서 바람피우는 남편을 왕처럼 떠받들고 지낸 엄마를 원망도 했다. 하지만 지금 이 순간은 모든 상념을 떠나 무작정 엄마가 너무 보고 싶다.

아버지와 함께 차에 오르던 엄마의 마지막 모습이 아직도 눈에 선하다. 발그레한 볼에 행복한 웃음을 담뿍 안고서 다녀오겠다며 어린 딸들을 향해 손을 흔들던 곱고 어여쁜 웃음이. 두 딸의 어머니이기 이전에 한 남자를 사랑하는 여자로 돌아간 그 모습이. 지금 살아계신다면 우리 엄마 나이가 몇이더라……?

호모 메리지쿠스

"이모. 엄마는 왜 아빠랑 이혼 안 했을까?"

엄마 얘기를 입 밖으로 꺼내자마자 나잇값 못 하는 눈물이 무리지어 툭툭 떨어진다. 이모가 티슈를 뽑아 내 눈물을 닦고 머리를 쓰다듬는다.

"네가 아홉 살인가 열 살인가. 지연이가 한참 아장아장 걸어 다닐 때였어. 큰형부가 다른 여자들이랑 바람피운다는 게 충주에도 알려졌었어. 큰언니가 선희 언니한테만 얘기했는데 선희 언니가 화가 나서 얘기해버렸거든. 집안이 발칵 뒤집어졌지. 아버지는 노발대발하시고. 어머니는 머리 싸매고 드러누우시고. 진수 오빠는 자기가 담판 짓겠다고 펄펄 뛰고."

이건 처음 듣는 말이다. 정말로 그런 일이 있었다고?

"그래서?"

"어떻게 됐겠니? 선희 언니랑 나랑 어머니가 같이 언니한테 갔지. 당장 이혼하라고 할 생각이었어. 아버지도 다 데리고 내려오라고 했고."

"그런데? 왜 그렇게 안 했어?"

"언니가 그러는 거야. 이혼은 안 한다고. 생각 없으니 그런 줄 알라고. 괜한 걸음 했다면서, 미안하지만 돌아가라고 했어. 네가 학교 마치고 올 때 됐으니까 빨리 가라고. 너랑 지연이도 자기랑 형부가 알아서 잘 키울 거니까 걱정 말라면서."

친정가족들이 도와준다고 나섰는데도 이혼을 안 하다니. 끝까지 고집을 피운 엄마가 기가 막힐 따름이다. 몰랐던 얘기를 들으니 더 화가 난다. 우리 엄마, 진짜 웃긴다. 성품이 참 진득하다. 속도 좋다. 성불하고 싶어서 안달 난 사람 같다. 이젠 괘씸하다.

"선희 언니랑 내가 물었어. 형부한테 미련이 남아서 못 떠나는 거냐고. 그런데 언니가 그러더라. 지수 아빠만 사랑이 식은 게 아니라 자기도 이미 오래됐다고. 미련도 없다나?"

이건 놀랍다 못해 충격적인 사실이다. 어이가 도시락 싸들고 가출한 정도가 아니다. 무식하게 배낭을 싸서 짊어지고 무기한 무전여행을 떠난 거다.

"그 말을 들으니 더 화가 났지. 그럼 뭐냐고 따졌어. 남편이 여자랑 눈 맞아서 야반도주한 것 때문에 창피해서 그러는 거냐, 남의 눈이 창피해서 절대 이혼할 수 없다는 거냐, 얄팍한 자존심 때문이냐……. 선희 언니랑 나랑 엄마랑 난리를 쳤지."

당연히 그럴 만하다. 내가 이모였더라도 할 만한 말이고 행동이다.

"진희 언니가 그러더라. 우리가 말한 게 다 맞는다고. 하지만 무엇보다 큰형부를 믿는다고. 그래서 이혼할 수가 없다고 하는 거야."

엄마를 이해하기 힘들었다. 지금은 더더욱 그렇다. 그 상황에서 아버지의 무엇을 믿고 기대한 것인지. 엄마로서 그 속을 짐작하기가 힘들다. 누가 가르쳐줬으면 좋겠다.

"무슨 말인지 모르겠지? 알아. 나도 그랬으니까. 큰언니한테 계속 그랬어. 지금 무슨 말을 하는 건지 도저히 모르겠다고. 형이하학적으로 알아듣기 쉽게 얘기하라고 따졌지."

"그랬더니 엄마가 뭐래?"

"큰형부가 여자들이랑 바람피우는 와중에도 자기한테 월급이랑 보너스 봉투를 100퍼센트 꼬박꼬박 다 갖다 줬다는 거야. 10원짜리 하나 빠뜨리지 않고. 무슨 돈으로 다른 여자들이랑 놀고 다니나 싶더래. 궁금하더라나? 여관비 부족하면 좀 보태줄까 싶기도 하고. 얘기를 하다가 언니가 막 깔깔거리고 웃는 거야."

우리 엄마, 아니, 김진희라는 여자…….

생각하는 게 정말 엉뚱하기 짝이 없다. 여유가 남아도신다. 내로라하는 수재였다더니 하는 생각이며 말이며 행동마다 기상천외하다. 대체 그게 무슨 짓거리인지. 바람피우는 남편 얘기를 하는데 뭐가 그렇게 좋아서 정신줄을 놓고 웃은 거야? 그게 웃을 일이야?

"같이 놀아난 여자들이 돈이 남아돌았나 보지. 아니면 월급봉투를 속였든가 딴 데서 삥땅을 쳤든가. 엄마는 뭘 그런 걸 다 걱정했대? 진짜 웃긴다. 여관비나 보태줄까 하는 그딴 얘기를 하면서 웃음이 나와? 미친 거 아니야?"

성질을 버럭 내자 이모가 내 손등을 가볍게 두드린다.

"너도 나랑 똑같이 얘기하네. 나도 언니한테 너처럼 따졌어. 그런데 큰언니가 정색을 하고 그러는 거야. 바람은 피워도 청렴한 사람이라고. 뇌물 같은 것도 받은 적 없고. 확인해보니까 월급봉투도 회사에서 받은 그대로고."

청렴? 그 와중에도 아버지를 감싸? 우리 엄마는 정말 대단한 사람이다. 속에 4대 성인이 줄줄이 들어앉으셨나 보다.

"처음엔 화가 났대. 사랑이 식었어도 이럴 수가 있나, 나는 참고 사는데 자기는 왜 못 참고 바람을 피우나 하고. 이혼할 생각도 하고, 충주에 내려와서 아버지한테 납작 엎드려 빌 생각도 하고. 눈앞에서 쥐약 먹고 콱 죽어버리면 저 인간이 제정신 차리려나 싶기도 하고. 밤에 쥐도 새도 모르게 죽여버릴까 싶기도 하고. 1년 동안 별별 생각을 다 했대."

이게 바람난 남편을 대하는 여자의 정상적인 반응이다. 그런데. 딱

1년만? 고작?

"언니가 큰형부 바람피우는 현장을 붙들던 다음날이 월급날이었대. 울다가 지쳐 드러누워 있는데 형부가 월급봉투를 스윽 밀고 나가더래. 그다음에도 계속 그랬고. 당연한 거라고 생각했는데, 시간이 흐르면서 마음이 조금씩 변했대. 이 사람이 나에 대한 남자의 애정은 식었지만 아내에 대한 남편의 애정은 살아 있구나, 가장의 책임감은 죽는 날까지 완벽하게 질 사람이구나, 하고."

이야기를 듣다 보니 가슴이 더 갑갑해진다.

"그랬는데 큰형부랑 큰언니가 다시 합치기로 한 거야. 계기가 뭔지, 무슨 일이 있었는지 아는 사람은 아무도 없어. 잘해보기로 했다고, 여행 마치고 충주에 들를 테니 그때 자세히 얘기하겠다고 했어. 남녀 간의 일이라는 게 그런 거 아니겠느냐고. 그 연락이 온 직후에 사고가 났지."

같은 여자로서 엄마의 생각과 마음을 이해하려 애써도 좀처럼 하기 힘들다. 엄마의 결정에 쉽게 동의할 수 없다.

내 어머니, 김진희라는 여자. 모를 구석이 너무 많다. 엄마가 살아 있다면, 그래서 엄마 입으로 직접 이야기를 들어도 나는 엄마를 여자로서, 엄마로서 도저히 이해할 수 없을 거 같다.

"이모는 엄마를 이해해?"

"솔직히 그땐 못 했어. 어이가 없었지. 그런데 나이를 먹고 나니까 조금은 알 것 같기도 해. 사랑 때문에 결혼했지만 언니가 남편이라는 이름에 가장 크게 가치를 둔 건 순결과 정절이 아니었나 봐. 아내와 가족과 가정에 대한 가장으로서의 책임감, 그런 게 아니었을까?"

여자의 사랑과 아내의 사랑. 남자의 사랑과 남편의 사랑. 그리고 가장으로서의 책임감과 가장에 대한 무조건적인 신뢰…….

결혼이라는 이름 아래 한 덩어리로 뭉쳐 있는 것들은 분해하면 할수록 지켜야 할 많은 윤리들이 쪼개지며 알알이 튀어나온다. 일일이 헤아리기 힘든 도덕성을 분류하여 우열을 가리고 순위까지 매긴다는 게 더 이상하다.

"언니 말이 도저히 믿기지 않아서 물었어. 지금 혹시 맞바람이라도 피우고 있느냐고. 그래서 참는 거 아니냐고 했지. 그랬더니 맞대. 자기도 지금 바람피우고 있다고 하더라고."

엄마가 맞바람을? 차라리 그랬으면 하고 바랐던 적은 많다. 하지만 그게 사실이라니. 가슴이 철렁 내려앉는다. 눈앞이 캄캄하다.

"자기는 이미 딸들이랑 바람피우고 있다고 하더라. 꼭 밖에 나가서 남자랑 바람피워야 하냐, 집 안에서도 건전하게 바람피울 수 있다, 그걸로 된 거 아니냐. 그러면서 네 외할머니를 보면서 그러는 거야. '엄마, 엄마는 내 마음 다 알지?' 하고. 그러더니 또 웃더라. 그 얘기 다 듣더니 어머니가 한숨을 쉬면서 알겠다, 우린 일어서마, 그러셨지."

다른 여자들과 바람피운 남편에 맞서 딸들과 바람을 피운 어머니라. 어이가 없어 웃고 말았다. 부모 모두 바람난 콩가루 집안이 아니라는 사실에 안도한 것도 잠깐, 지독한 허탈감이 밀려온다.

방정식에서 X를 Y로 치환하듯 엄마는 남편에 대한 사랑과 배신감을 자식에 대한 사랑으로 교환해버린 걸까? 만약 그렇다면 엄마는 진로를 잘못 선택했다. 사법고시 최종 합격자감이 아니다. 수학자로 진로를 바꿔야 했다.

누군가 말했다. 사랑이 어떻게 변하냐고. 다른 누군가는 말했다.

사랑은 변하지 않는다, 다만 상대가 바뀔 뿐이라고. 또 다른 누군가는 말했다. 사랑은 변하는 거라고. 변할 수도 있는 거라고. 결혼과 결혼의 목적도 그럴까?

엄마는 어느 쪽일지 궁금하다. 엄마의 결혼과 결혼의 목적이 변한 것인지, 아니면 변하지 않되 상대를 바꾼 것인지, 아니면 궁극적으로 변하지 않은 것에 해당되는지.

우리 엄마는 너무 어려운 사람이다. 내 머리로 이해하기가 벅차다.

"딸들이 자기 엄마를 100퍼센트 다 이해하는 건 아니야. 나도 우리 엄마, 네 외할머니를 모두 이해하지는 못해. 그러니까 지수 너도 그렇게 해. 네 엄마를 닮으려고 할 필요도 없지만 닮지 않으려고 억지로 애쓰지도 마. 네가 하고 싶은 대로 하고 살아. 알았지?"

이모에게 머리를 기댄 채 고개를 끄덕인다.

엄마에 대해 새로운 사실을 알게 됐지만 달라진 현실은 아무것도 없다.

아버지가 바람피운 것도. 눈 오는 날 엄마가 내 눈앞에서 뺨을 얻어맞은 것도. 아버지의 운전 중 실수로 엄마가 세상을 떠난 것도. 어린 날의 충격과 상처로 내가 냉담하고 까칠한 어른으로 자란 것도. 그리고 결혼과 사랑을 향한 사람들의 열망을 헛되게 바라보는 개인주의자라는 사실도⋯⋯ 모두 그대로다.

눈을 감은 채 주문처럼 되뇌어본다.

누가 뭐래도 나는 엄마처럼 살지 않을 거야. 엄마처럼 살기 싫어. 엄마처럼 되지 않을 거야. 그렇게 미련하게 살지 않을 거야.

절대로. 절대로.

새록새록 사무치는 서러움과 그리움에 자꾸만 눈물이 난다.

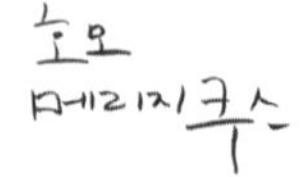

10. 첩첩산중 疊疊山中
: 비상구는 어디에 있을까?

1월 셋째 주 일요일 오후 1시로 결정된 결혼식 준비는 순탄하다.

사실 순탄했다기보다 할 것이 없다는 말이 더 정확하다. 웬만한 건 대부분 생략한 데 이어, "정해진 가격 내에 옵션과 추가비용 없이 반드시 해결해주세요."라는 말 한마디로 웨딩플래너에게 모든 것을 맡긴 덕분이다.

저렴한 자유여행용으로 신혼여행 패키지 예약을 마치고 식장을 예약하고 나니 남은 일은 웨딩드레스와 부케와 턱시도를 선택하고 반지를 주문하는 것이었다. 그는 별로 할 일도 없는데 결혼식 때문에 회사 앞까지 때때로 찾아온다. 피하고 싶은 마음에 오지 말라고, 전화로 얘기하자고 해도 소용이 없다.

"이런 건 만나서 얘기해야 빠르다니까요."

그러더니 내가 맡아 해결한 일들에 대해 계속 토를 단다.

"드레스가 너무 심플한데. 다른 거 없대요?"

내가 고른 웨딩드레스에 대해 윤유호라는 남자가 불만을 표했다. 요즘 들어 이러는 일이 부쩍 잦다. 무시했다.

"제가 입을 거니까 상관하지 마세요."

반지 역시 마찬가지다. 온라인 쇼핑몰에서 주문한, 아무런 무늬도 없는 24K 실반지를 보자 그는 노골적으로 불평했다.

"이건 심플하다 못해 너무 밋밋하지 않아요? 무슨 결혼반지가 이래요? 예쁘지도 않은데 멋도 없잖아요."

"시간도 없고 다시 고를 여력도 없어요. 정 그렇게 불만스러우면 유호 씨가 낄 반지는 유호 씨가 사서 끼세요. 전 이걸 낄래요. 이게 좋아요."

그제야 그도 더 이상 이의를 제기하지 않았다. 초반, 결혼계약서를 작성할 때도 이런 식으로 꼬투리 잡을 것이지. 그랬다면 진작 엎어버렸을 텐데.

함께 살 오피스텔은 위치와 동, 호수를 확인하는 것으로 끝냈다. 가구와 가전제품은 물론 식기류와 컵까지 다 있다는 전언에 "세상 편해졌네요. 고생하셨어요."라는 두 마디 말로 그의 노고를 치하했다. 누구처럼 상대방 피곤하게 계속 토 달고 불평하고 이의를 제기하는 짓 같은 건 안 한다.

"주말에 그 집에 같이 가보는 거, 어때요? 혹시 모르니까 가서 빠진 건 없나 봐요. 근처에 맛있는 프렌치 레스토랑이 있으니까 집 보고 오는 길에 같이 가서 저녁도 먹고."

거절했다. 고작 한 달 살 집이다. 있으면 있는 대로, 없으면 없는 대로 살면 된다. 번거롭기만 한 탐방절차는 생략이다. 그가 드러내고 서운해하기에 좋게 좋게 가자 싶어 말해줬다.

"유호 씨가 했으니 오죽 잘 고르셨겠어요? 믿을게요."

그 말에 너무 좋아하는 남자를 보니 도리어 양심이 쿡쿡 찔린다. 나의 귀차니즘을 그가 계속 모르기를 바란다.

노오
메리지쿠스

그사이 청첩장이 나왔다. 먼저 회사 사람들에게 돌린 후 일로 친분을 쌓은 관계자들에게 전화를 돌리고 우편으로 발송했다. 그리고 중고등학교 동창들과 대학친구들을 만나 저녁식사를 하며 청첩장을 나눠줬다.

"나는 다 알고 있었지." 하며 의기양양하게 눈을 빛내는 정원과 '내가 일등공신이야.'라는 듯 어깨에 힘을 주는 현경을 제외하고 나머지 친구들은 난리법석이었다. 내숭이라는 둥 여우같다는 둥 얄궂은 비난이 횡행했다.

비행기 시간 때문에 신랑신부가 참석하는 결혼피로연이 없을 거라는 선언은 만인의 공분을 샀다. 그러나 뒤풀이에 필요한 금액을 지원하겠다고 하자 금세 잠잠해졌다. 그래. 내가 없어도 니들끼리 잘 놀면 된다니까.

사흘 연달아 친구들을 만나 결혼을 통보했다. 만나지 못하는 친구들과 지인들에게는 우편으로 청첩장을 발송했다. 충주에도 청첩장을 한 무더기 보낸 뒤 정해진 규격양식에 맞춰 연차를 합친 결혼휴가 7일을 신청했다. 그러고 나니 더 이상은 할 일이 없다.

그런데도 팀장은 마케팅 팀의 특성상 필연적으로 생기게 마련인 야근이나 주말 특근을 결혼식까지 모두 제외시키는 배려를 서슴지 않는다. 일이 있어도 적당히 처리하라고 한다. 심지어 칭찬까지 덧붙인다.

"연말연시에 필요한 월별, 분기별, 연도별 팀 보고서 초안을 벌써 다 준비했어? 박 대리, 대단해. 결혼식 준비가 바쁘면 스트레스도 많을 텐데. 이렇게 성실하게 일하는 거, 정말 멋져."

이 인간이 약 먹었나. 갑자기 왜 이러는 건지. 간지러운 등을 효자

손으로 벅벅 긁고 싶다.

틈만 나면 나를 갉기 바빴던 팀장이 보여주는 너그러움은 의외다. 평소 “나만 아니면 돼!”를 외치는 복불복 스타일이 강한 사람이다. 아랫사람에게 책임을 떠넘기고 공만 싹 가로채는 행동패턴을 고려해볼 때 그의 배려를 100퍼센트 호의로 받아들이기가 힘들다. 뒤에 시꺼먼 꿍꿍이와 꼼수가 숨어 있을 것 같다. 그래도 기왕에 온 혜택은 잠자코 누리는 것이 마땅하다.

일찍 퇴근해서 집에서 쉬자니 딴 생각이 난다. 정신은 허한데 속이 들끓는다. 불균형이 심히 괴롭다. 그날의 달콤한 입맞춤을 떠올릴 때마다 그 순간 또렷이 느껴졌던 몸의 변화가 꿈과 현실의 상상 속에 생생하게 오간다. 내가 굶은 게 맞나 봐. 한탄이 절로 나온다.

1초씩 입술이 부딪쳤던 걸 빼면 제대로 키스한 건 딱 한 번이다. 야심한 밤에 분위기를 타도 그렇지, 고작 입맞춤 한 번에 풋내기처럼 굴다니.

박지수라는 여자의 내실이 이토록 촌스럽다는 게 창피하다. 진작 섹스를 해봤다면, 그래서 육체적 발화 작용을 마인드 컨트롤하는 법을 터득했다면 이런 소소한 반응을 갖고 고민할 필요는 없지 않을까?

사랑하지 않는다면 섹스는커녕 키스조차 하지 않는다는 사고방식으로 살아온 내가 너무 후지고 고리타분해 보인다. 서른셋을 코앞에 두고도 섹스를 해본 적이 없는 내가 한심하다.

별별 희한한 이유로 무드를 망치고 딴죽을 걸던 나로 인해 결국 이별을 선언하고 돌아선 남자들을 향해 진심으로 사과했다. 미안해. 섹스 한 번 못 해서 정말 미안해. 나도 지금 후회막급이야…….

노오

메리지쿠스

난 왜 이렇게 쿨하지 못할까?

지금까지 나 자신을 굉장히 쿨한 사람이라고 자부해왔지만 돌이켜보니 쿨한 게 아니다. 세상이 쿨한 것을 요구하기에 겉으로 쿨한 척하는 방법을 익혔을 뿐이다. 내 속에 내가 아닌 게 너무 많다.

사람들의 얼굴이 하나씩 스쳐지나간다. 섹스가 결혼의 전부라고 선언하던 친구 정원, 윤유호와의 육체관계는 없어야 한다고 경고한 이모, 성경험을 커밍아웃한 동생.

마지막으로 떠오른 사람은 엄마다. 저녁상을 차리고 아버지를 기다리던 그 얼굴. 얼음물을 뒤집어쓴 것처럼 정신이 번쩍 든다.

그래. 엄마처럼 살 순 없다. 절대로 그럴 순 없다.

어차피 결혼을 계약한 터다. 결혼의 선택과 결과를 책임지되, 섹스를 포함한 사생활은 내가 알아서 누려야 한다. 여자와의 섹스가 한없이 쉽고 가벼운 윤유호라는 남자가 실수나 고의를 저지를 때마다 나 혼자 우왕좌왕할 순 없다.

홧김에 하는 서방질이 아니다. 남자가 한다면 여자도 할 수 있다. 남편이 한다면 아내도 할 수 있다. 윤유호라는 남자가 하는 일을 박지수라는 여자라고 못 할 리 없다.

벌떡 일어나 명함첩을 뒤지기 시작했다. 명함첩 다음은 다이어리에 적힌 연락처다. 그러나 마땅한 사람이 없다. 헤어진 남자친구들, 몇 번 만나다 그만둔 남자들, 심지어 초등학교 동창까지 줄줄이 떠올려봤지만 하룻밤 자자고 할 만한 상대가 없다. 침실바닥이 움푹 파일 만큼 깊은 한숨이 흘러나온다.

한참 궁리하다가 컴퓨터를 켰다. 경쾌한 스타트 뮤직과 함께 화면이 열리자마자 마우스를 잡고 인터넷 브라우저를 띄운다. 초고속 광랜으로 연결된 정보의 바다에서 문제해결의 실마리를 찾고야 말겠다는 결연한 의지로 입술을 앙다물고서.

립스틱은 작지만 매혹적인 파괴력을 지닌 화장품이다.

사용할 수 있는 부위는 고작 입술뿐이지만 사용량에 비해 효과는 대단하다. 색깔과 질감에 따라 사람을 다르게 보여주는 힘도 있다. 아이라이너나 마스카라 같은 아이템보다 시각적 충격강도가 훨씬 더 세다.

크리스털 티어 레드.

우리말로 옮기자면 붉은 수정의 눈물이라는 이름을 가진 화장품의 효과는 탁월하다. 고작 립스틱 색깔 하나 바꿨을 뿐인데 이렇게까지 인상이 바뀔 줄이야. 경기침체기에 저가 아이템의 매출이 급증하는 것을 뜻하는 마케팅 용어 '립스틱 효과'는 앞으로 입술 색깔만 바뀌어도 사람이 달라 보인다는 의미로 확장되어 쓰여야 한다.

하지만 화장발로 외모를 속성으로 바꾼다 해도 내면이 바뀔 리는 만무하다. 거울을 보니 그 사실이 여실히 증명된다. 남자 열 명은 쥐락펴락 휘두를 것처럼 유혹적인 입술 빛깔에 비해, 낯선 환경에 기가 죽고 오지 말아야 할 곳을 결국 와버렸다는 생각에 잔뜩 움츠러든 눈빛은 현실적이고 소심한 박지수 그대로다.

"어쩔 수 없어. 이미 주사위는 던져졌어."

루비콘 강을 건너는 카이사르의 심정이다. 아침이 오면 'Veni, Vidi, Vici.(왔노라, 보았노라, 이겼노라.)'를 크게 외칠 수 있을까? 그건 좀 의문이다. 괜한 모임에 와서 시간낭비하고 삽질했다고 혼자 땅굴 파고 들어갈 수도 있다. 할 수 없다. 그건 그때 문제로 남겨둘 수밖에.

호오

메리지쿠스

직장에 다니는 성인남녀들이 온오프라인에서 어울리며 친목을 도모한다는 온라인 커뮤니티. 마음이 맞는 사람끼리 거리낌 없이 원나이트 스탠드를 즐긴다는 소문이 암암리에 은밀히 도는 리버럴한 모임. 원조교제나 성매매 등 지탄받아 마땅한 행위는 발각되면 바로 퇴출당하지만 취향만 통한다면 SM도 가능하다는 소문은 이미 들어 알고 있다.

인터넷을 헤매 다닌 끝에 물밑경로로 정보를 얻자마자 고민 끝에 가입하고, 송년회 번개가 열리는 오프라인 장소까지 힘들게 걸음을 한 터다. 하룻밤을 즐길 남자를 찾는 게 오늘의 과제다. 첫 경험이라는 게 신경이 쓰이긴 했지만 그런 건 단단히 각오한 바다.

'그런데 남자한테 병이 있으면 어떡하지? 독하게 마음먹고 비공식 게임을 치렀는데 창피하게 병원만 들락날락하면 어쩌지?'

겁이 난다. 크게는 AIDS를 비롯하여 작게는 임질, 매독, 트리코모나스 감염증, 클라미디아 감염증 등등 성적 접촉으로 전파되는 각종 질병의 이름이 줄줄이 떠오른다. 세균성, 바이러스성, 기생충성 등 종류도 다양하다.

섹스로 번지는 병은 왜 이리 많은 것일까? 이런데도 하겠다고 아등바등하는 사람들이 있는 거 보면 참 대단하다. 아니지. 지금은 남 말할 처지가 아니다. 내가 그런 사람들 중의 하나니까.

칼을 뺐으면 썩은 무라도 베어야 한다. 구더기 무섭다고 장 못 담글 순 없는 법. 일단 장을 담그고 구더기를 무서워하는 게 순서다.

'주사위는 던져졌다니까 그러네.'

그 한마디로 불편해서 어쩔 줄 모르는 자아를 가다듬고 심호흡을 거듭한 뒤 다시 자리로 돌아간다.

이른 저녁, 삼겹살 전문식당 단체석에 자리를 잡고 앉은 30여 명의 사람들은 그야말로 선남선녀다. 원 나이트 스탠드를 즐긴다는 사람들은 겉으로도 확연히 티가 나지 않을까 하고 생각했지만 그렇게 보이지도 않는다.

다들 너무 멀쩡해 보인다. 미풍양속을 해치거나 풍기문란을 조장하는 것과는 거리가 멀다. 이런 모임에 오는 사람은 대담하거나 발칙하거나 변태 같거나 비정상이리라 추측한 것이 부끄러울 정도다.

말 그대로 직장인들의 친목도모 및 단합 모임이다. 재기발랄한 20대 여자부터 성격이 꽤나 칼칼해 보이는 40대 남자까지 나이와 성별, 하는 일도 각양각색이다. 대화수준이나 행동도 평이하다. 벌건 대낮부터 남녀사이에 노골적인 시선이 오가고 신랑신부에게 야한 행동을 강요하고 낄낄거리는 결혼피로연보다 훨씬 건전하고 기품이 있다. 하지만 아직은 관찰이 필요하다. 구석에 앉아 꿔다놓은 보릿자루 흉내를 내며 사람들을 유심히 살펴본다.

2차로 오붓한 호프집으로 자리를 옮기자 분위기가 점차 무르익는다. 갈 사람들은 가고 새로이 합류할 사람들이 속속 도착하는 가운데 참석자의 수는 더욱 늘어난다. 대화의 주제는 각종 세상사에 관한 이드(id)에서 지극히 개인적인 리비도(libido)와 에로스(eros)적인 화제로 자연스레 탈바꿈했다.

여기저기서 비장의 삐꾸기를 호출하는 소리가 급증했다. 역사는 밤에 이루어진다는 말이 맞다. 나이가 적당히 찬 비혼 성인남녀가 밤에 모이면 성적인 에너지가 흘러넘치고 외설적인 남녀지사에 끈끈한 기대를 갖는 것은 당연한 인과관계인가 보다.

회사 회식, 일 관계로 알게 된 모임이나 같은 직종에 종사하는 사람들이 모인 포럼 등에 참석할 때도 이런 일이 태반이었다. 짝짓기 모드로 돌변하는 2차에서 온갖 핑계를 대고 표표히 돌아서기 바빴던 과거를 후회한다.

지금껏 외면해온 숱한 자리에서 눈 딱 감고 버텼다면 이런 경험을 진작 했어도 골백번은 더 했을 터인데. 그렇게 텁텁하게 살았으니 연애사가 올림픽 주기로 넘어가는 거다. 역시 면장도 알아야 하는 법이다.

'그런데 이제 뭘 어떡해야 하지?'

알 수가 없다.

이런 분위기 속에 어설프게 나대다가 치마끈 풀고 다니는 싸구려 여자로 취급받기는 죽어도 싫다. 소심하게 굴다가 간신히 손에 넣은 기회를 놓치기는 더 싫다.

용기 부족에 경험이 일천함을 절실히 인정하고 있으니 누군가가 "앞서서 나가니 산 자여 따르라!"며 리드를 해준다면 정말 좋으련만.

낯선 분위기 속에 뒤처지기는 싫고 앞으로 나서기도 애매한 입장.

사방이 뻥뻥 뚫린 공개석상에서 스스로가 맹탕에 촌닭임을 인정하는 것만큼 처량한 일이 또 있을까? 어디에 휘둘러야 할지 모를 양날검을 손에 쥔 것 같은 아슬아슬한 긴장감. 너무나 당당한 여자들과 그런 여자들에게 거리낌 없는 남자들 사이에 파묻혀 어떻게 해야 할지 고심하고 또 고심한다. 신경 써서 바른 크리스털 티어 레드가 입술에 물엿처럼 달라붙는다.

박지수라는 여자에게 잠깐 관심을 기울였던 남자들의 시선은 다른 여자들을 향해 빠르게 쏠린다. 하긴. 다소 무심하고 한 박자 느리게 반응하는 서른두 살짜리 신입회원보다 자기의 매력을 어필하면서도 적절한 순간에 치고 빠지는 여자들이 내가 봐도 훨씬 낫다.

재치 있는 말발로 남자의 마음을 쥐락펴락 들었다 놨다 하면서 적재적소에 이목을 쏠리게 하는 절묘한 타이밍과 신기에 가까운 테크닉은 가히 예술이다. 부럽다, 정말. 저런 걸 배워뒀어야 했는데.

밤이 깊어갈수록 분위기는 점점 더 달아오른다. 그와는 반대로 나는 점점 더 외톨이가 되어간다. 끈 떨어진 연이 따로 없다.

일찍이 괴테는 고독에서 영감을 찾는다고 설파했다. 그게 사실이라면 나는 지난 몇 시간 동안 20년 치 영감은 족히 발굴하고도 남는다.

오늘은 실패다. 입술에 바른 붉은색이 무색할 정도의 대실패다.

이 모임에서 쿨한 하룻밤 정사가 얼마나 많이 이루어지는지는 알 도리가 없지만 지금 내가 낄 자리는 없다. 익숙한 모임에 나가 내게 맞는 방법을 따로 모색해보는 것이 마음 편하고 유리할 듯하다.

있어야 할 장소가 아니라고 생각했을 때 해결책은 단 하나다. 바로 집에 가는 거다.

"호야 형님이 도착하셨답니다. 앞에 주차하고 계신대요."

누군가의 말이 끝나기 무섭게 사람들이 호야, 호야를 열광적으로 외친다. 오늘 술값은 호야 형님이 내실 거다, 라는 장담에 와아 하는 소리가 더욱 커진다. 호야가 누구지? 의문이 채 가시기도 전에 옆에 앉아 있던 친절한 누군가가 가르쳐준다.

"초대회장님이셨어요. 오프에 가끔 얼굴만 비추시는데도 인기가 높으세요."

사회생활에서 가장 열심히 익힌 기술이 있다면 불편한 술자리에서 적절한 타이밍에 눈에 안 띄게 탈출하는 방법이다. 지금은 스타

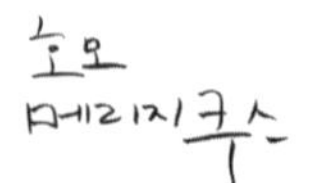

가 등장한 다음 몇 분이 최적의 시간이다.

집에 가자마자 껄끄러운 커뮤니티를 탈퇴하리라 다짐하며 문제의 초대회장이 등장하기만을 기다린다. 열렬한 박수소리와 환호성 속에 누군가 도착한다.

나는 빠져나갈 이동경로를 살피며 예의상 설렁설렁 박수를 친다. 사람들의 시선이 스타에게 집중하는 틈을 타 손을 씻으러 간다는 핑계를 대고 슬쩍 일어나려는 순간이었다.

"벌써 가시게요? 도망치시는 겁니까?"

낯익은 목소리의 주인공을 확인한 순간, 자리에 도로 털썩 주저앉고 말았다.

문제의 호야 님이 다름 아닌 예비 남편이자 결혼동업자 윤유호라니. 이놈의 세상! 좁다, 좁다 해도 이렇게까지 좁을 줄이야.

그러나 그것과는 별도로 이상한 감정에 속이 울렁거린다. 구토가 치밀어 오른다.

"오자마자 술 한 잔 안 드시고, 여자 분한테 삐꾸기부터 날리시깁니까?"

좌중에서 폭소가 터진다. 남의 속도 모르고 인간들이 왜 저 모양이야? 욕을 한 바가지 퍼부어주고 싶다.

그 후 약 1시간가량의 기억은 뇌에서 삭제되어버렸다.

집에 돌아와 쓴 커피로 정신을 차린다. 화장을 지우고 세수를 하며 그 상황에서 어떻게 빠져나왔는지 곰곰이 생각해본다.

멀리 떨어져 앉은 내 동업자가 다른 사람들을 신경 쓰지 않고 자작으로 술을 퍼마시던 게 기억난다. 여차하면 다 뒤집어 엎어버리고 싶다는 듯 간간이 나를 노려보던 것도 기억난다.

그의 따가운 시선을 받으며 왁자지껄한 상황에서 나름 우아하고 기품 있는 자태로 끝인사를 하고 나온 것 같기는 하다. 하지만 스틸 컷처럼 희미한 잔상이 토막토막 이어질 뿐, 혼자 집까지 어떻게 왔는지는 정확히 기억나지 않는다.

'그런데 내가 왜 이렇게 놀란 거지? 그 사람을 거기에서 예기치 않게 만나서? 그게 아니라면 그 사람한테 그런 곳에 간 걸 들켜서?'

어느 쪽이건 타당하지 못한 이유다. 자유롭고 왕성한 성생활을 위해 결혼하는 윤유호라는 사람이 그런 모임에 드나들리라는 것쯤은 이미 짐작하고 있다. 나 역시 똑같이 누릴 권리도 분명히 있다. 서로 구속하거나 구속받을 이유는 없다.

그런데도 마음은 그게 아니다.

여자로서 느끼는 죄책감과 배신감이 촘촘한 씨실과 날실을 이루며 그로테스크한 문양을 그려나간다. 애인이 있는데 소개팅에 나갔다가 그 자리에서 다른 여자와 만나고 있는 애인을 본 기분이다.

그에게 이런 모노가미적인 감정이 생기는 건 달갑지 않다. 앞으로 각자의 사생활은 서로 겹치지 않는 범위에서 누리는 게 좋을 성싶다. 하긴. 스와핑 클럽이라면 모를까, 대한민국이 폴리가미 사회도 아닌데 부부가 같은 어장에서 같은 물을 관리하며 노는 건 누가 봐도 눈살 찌푸릴 일이다.

침대에 눕자 휴대전화가 방정맞게 몸을 떤다. 그 사람이다. 종료버튼을 누를까 하다 마지못해 통화버튼을 누른다.

— 집 앞이에요. 문 열어요. 얘기 좀 해요.

잔뜩 화가 난 목소리다.

"술을 좀 드시는 거 같은데. 오늘은 그냥 가세요. 맨정신으로 내일 얘기해요."

— 취할 정도로 마시진 않았어요. 여기에서 말할까요? 동네 사람들 다 깨우게.

어쩔 도리가 없다. 소음공해를 막는다는 명분하에 미적미적 일어나 현관을 연다. 술 냄새에 이어 그가 성큼성큼 들어와 문을 쾅 닫는다. 얌전한 옆집사람들을 단번에 깨울 만큼 큰 소리다. 깜짝 놀라 미쳤냐고 말하려는 순간 그가 내뱉는다.

"미쳤어요?"

무례한 첫 마디. 머리꼭대기로 김이 팍 솟는다. 그건 지금 내가 할 말이다. 하지만 선수를 빼앗겼으니 다른 말로 받아쳐야 한다.

"설마 미만 쳤겠어요? 도레미파솔라시도 다 쳤어요."

"장난해요? 거기가 어떤 모임인 줄 알고 겁도 없이."

"그런 모임에 유호 씨는 왜 갔는데요? 같이 하룻밤 보낼 여자 하나 건지러 간 거 아니에요?"

그가 멈칫거린다. 숨어서 야동을 보다 엄마에게 들킨 미성년자 같은 표정이다. 얼음땡 놀이를 하다 "얼음!"을 외친 것처럼 몸도 딱딱해진다.

잠깐의 고요를 지나 그가 은회색 넥타이를 풀어 벽을 향해 거칠게 집어던진다. 그가 어떤 사람인지 잘 아는 나로선 원인을 파악하기 힘든, 분노로 가득한 행동이다.

자기 영역을 예고 없이 침범했다고 저러는 걸까? ……일리가 있다. 팔짱을 낀 채 그의 품위 없는 화풀이를 지켜보다 한마디 던진다.

"화 다 내셨어요?"

"다 안 냈다면요?"

"빨리 다 내세요. 나가시면 문 잠그고 자러 가야 하니까."

남자의 얼굴이 흉하게 일그러진다. 왜 이렇게 앞뒤 가리지 않고 화를 내느냐고, 차분하게 얘기부터 하자고 하고 싶지만 그의 얼굴을 보니 그런 마음이 싹 사라진다. 대신 내키는 대로 내가 하고 싶은 말부터 퍼부어댔다.

"내 기준보다 퇴폐적이면 어쩌나 하고 걱정했는데 솔직히 소감은 심심했어요. 일반 모임이던데요. 제가 나가는 모임들도 비슷해요. 남자 여자 모이는 곳이 원래 그렇죠. 일 얘기하다가 술 들어가면 마음에 맞는 사람끼리 자리 옮기고. 알아서 밤을 보내고."

말하고 나니 제법 자유분방해 보이는 박지수가 마음에 든다. 그러나 그는 아닌 것 같다. 맷돌에 갈린 것처럼 잔뜩 짓눌린 발음이 말이 되어 토막토막 흘러나온다.

"그래서……, 찬바람 쌩쌩 부는 날에 남자 헌팅하러 나오신 거다? 생전 안 바르던 붉은 립스틱에 진한 향수 냄새까지 풀풀 풍기시면서?"

헌팅하러 간 거 맞다. 그러나 그다음 말이 문제다. 나를 남자에 걸신들린 탕녀처럼 묘사하는 표현력에 가슴이 턱 막힌다. 자기야말로 처음 보는 여자에게 섹스나 하자고 말하는 주제에 뭐가 잘났다고! 지독한 모멸감에 숨도 가빠진다. 이성이 무한대로 미분된다.

부디 이쯤에서 멈춰주길. 눈으로 요구했지만, 그는 내 무언의 요청을 무시한다.

"그렇게 섹스가 하고 싶어요? 모르는 사람들 천지인 곳에 혼자 덜렁 올 만큼?"

"성적 욕구가 남자의 전유물은 아니에요. 난 내 걸 누릴 권리가 있어요. 그리고 그 자리에 다른 여자도 많았……."

"이것 봐요, 지수 씨. 그게 그렇게 하고 싶으면 나한테 얘기해요. 내가 해줄 테니까!"

정수리에서 화산이 폭발하는 기분. 이래서 홧김에 사람을 죽인다는 사건사고가 신문지상을 장식하는 거구나.

"해줄 테니까? 지금 거지한테 동냥해요? 내가 지금 섹스를 구걸하는 여자로 보여요?"

"그렇게 보여요!"

오물을 뒤집어쓴 것 같다. 각종 음식물 쓰레기가 쌓인 잔반통에 거꾸로 처박혀도 이것보다는 나을 거다. 눈치코치 없는 눈물이 부옇게 차오른다. 씨근덕거리면서도 소심한 세입자답게 옆집을 의식하며 목소리를 낮춘다.

"조용히 얘기하세요. 여기는 다세대주택이라 방음이 확실한 편은 아니니까."

그가 코웃음을 세차게 친다. 끝을 모르는 저 오만함이라니. 100리터짜리 주황색 쓰레기봉투에 망할 놈의 불청객을 토막 내서 넣어버리고 싶은 마음을 필사적으로 가다듬어본다.

"오늘 일은 우연이었어요. 저도 유감이에요. 생각해보니, 부부가 같이 그런 모임에 가서 각자 성생활을 즐긴다는 게 좀 그렇긴 하네요. 유호 씨가 여자들한테 낚싯밥을 던지는 커뮤니티가 있으면 말해주세요. 그런 물 관리, 어장 관리는 따로 하는 게 좋으니까. 잘 가는 장소가 있으면 함께 알려주세요. 제가 알아서 피해드릴게요. 부득이하게 겹치는 곳은 적당히 조율해요."

계약서에 적힌 상호평등과 서로의 목적을 존중하는 원칙에 입각한 발언으로 무의미한 다툼을 끝내고자 한 이성적인 말이다. 그러나 그는 지극히 비이성적으로 나온다.

"나와바리 관리를 하시겠다? 나쁘지 않네요. 신경 써줘서 고맙습니다. 메일로 보내드리죠."

그 말을 끝으로 그가 가버린다. 쿵쿵쿵 계단을 내려가는 소리가 한밤의 지축을 울린다. 그가 내동댕이친 넥타이를 똘똘 말아 거칠게 패대기쳤다. 잔뜩 구겨진 은회색 흉물이 바닥에 축 늘어진다. 부당하고 모욕적인 언행에 화가 나고 덩달아 저차원적으로 구는 내가 실망스럽다. 참고 참았던 눈물이 밀려나온다.

한참 후 침대에 누워 화해방법을 고민하기 시작했다. 미우나 고우나 결혼동업자다. 나이 서른이 훌쩍 넘은 성인답게 본의 아니게 야기된 상황과 불편한 결말을 풀기 위해 갖가지 고민을 해본다. 일단 전화를 할까, 만나서 식사를 하자고 할까, 그냥 술을 마시자고 할까…….

다 싫다. 이유 없이 눈물만 난다.

밤새 뒤척이다 피곤한 몸을 끌고 회사에 출근했다.

자리에 앉기 무섭게 팀장이 잠깐 얘기 좀 하자며 나를 부른다. 회의실로 가나 했지만 그는 인기척이 드문 으슥한 복도 끝으로 앞장선다. 그리고 주위를 두리번거리며 살피다 아무도 없는 것을 확인하고는 조용히 묻는다.

"박 대리. 결혼하고도 회사 계속 다닐 거야?"

당연하다. 먹고살려면 그래야 한다. 하지만 팀장은 생각이 다르다.

"결혼하고 나면 곧 아이도 가질 거잖아. 그러면 회사 다니기 힘들지 않겠어?"

퇴사압박이다. 말로만 들었던 그것. 결혼을 하거나 앞둔 여자들에게 으레 닥친다는 바로 그것.

이러려고 그동안 온갖 칭찬을 남발하고 휴일근무를 제외시켜주는 아량을 베풀었단 말인가. 솜털이 쭈뼛해지고 눈앞이 캄캄했다. 호랑이에게 물려가도 정신만 똑바로 차리면 되는 법. 나는 똑 부러지게 대꾸했다.

"당분간 아이는 가질 생각 없어요. 결혼하더라도 일은 일입니다. 걱정 안 하셔도 돼요."

"그래? 그렇다면 다행이고."

별로 다행인 것 같은 말투가 아니다. 눈에 보이지 않는 뭔가가 있다. 내막이 뭐냐며 캐묻는 내 눈빛을 피해 팀장은 아무 일 없으니 걱정 말라며 얼버무린다. 믿지 않을 거 뻔히 알면서 걱정 말라는 그런 사족은 왜 붙이는지.

"박 대리 남편 될 사람이 유베이 사장이라며? 집에서 살림만 해도 되겠어. 그렇지?"

다시 사무실로 돌아가는 길에 비싼 거 한 방 쏘겠다고 우쭐거리던 팀장이 자판기에서 캔 음료를 뽑아주며 한 말이다.

이건 누가 봐도 너무 노골적이다. 손에 쥔 주스 캔으로 상사의 이마를 퍽 소리 나게 치고 싶은 마음을 꾹 참고 단도직입적으로 묻는다.

"말씀하시고 싶은 게 뭡니까, 팀장님?"

"아무것도 아니야. 박 대리는 참. 결혼한다더니 왜 이렇게 예민해졌어? 가서 일 봐.”

온갖 예민한 얘기를 먼저 꺼낸 팀장은 외려 나를 탓하며 스르르 물러난다. 담배를 한 대 피우고 가겠다며 계단으로 향하는 뒷모습은 구국의 결단 앞에 고뇌하는 열사 중의 열사다.

그 열사에게 달려가 결혼하는 것도 맞고 남편이 생기는 것도 맞지만, 이건 계약으로 이루어지는 결혼이며 그가 돈을 얼마나 벌건 나와 아무 상관도 없다고 말하고 싶은 충동이 불끈 치민다. 그래도 참는다. 그놈의 비밀유지조항이 뭔지. 그놈의 5억이 뭔지.

‘정말 결혼한다고 정리해고 대상에 올라가는 걸까? 잘리더라도 당장 잘리는 건 아니겠지?’

걱정스럽다. 설마를 반복했지만 요즘 설마는 사람 뒤통수를 하도 많이 치는 탓에 믿을 게 못 된다. 스물아홉 살부터 계속 가져온 미래에 대한 불안감이 수많은 의문부호와 함께 거대하게 엄습한다.

요즘 같은 불황에 회사에서 잘리면 당장 갈 곳이 있을지, 있더라도 별다른 능력이 없는 나를 뽑아줄지 의문이다.

이제 겨우 나이 서른셋인데. 벌써부터 종이박스를 주우러 다닐 준비를 해야 하는 걸까? 종로에 몰려 있다는 쪽방촌에 연락해서 30년 후, 빠르면 10년 후에 입주할지도 모르니 방 하나 비워놓으라고 예약전화라도 넣어야 하나? 생각할수록 어지럽고 암담하다.

이것이 바로 결혼하는 여자의 현실이란 말인가. 통탄을 금치 못하겠다. 결혼한다는 말에 당장 이렇게 나오는데 아이라도 갖는다면 다음날로 책상이 빠질 것은 각오해야 할 것 같다.

사회가 점차 우스꽝스럽게 변하고 있다. 이따위 불합리한 가부장적 처사를 일삼으면서 직장에 다니는 서른 넘은 여자에게 결혼을

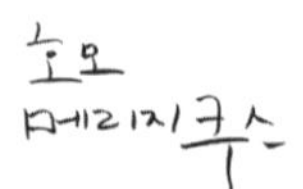

강권하고, 저출산이네 고령화사회네 운운하며 여자가 아이를 낳지 않으면 당장이라도 나라가 망할 것처럼 떠들고 다니다니. 기가 막힐 노릇이다.

심란한 상태로 돌아와 개인 웹 메일을 열자 낯선 메일 하나가 눈을 부라리며 기다리고 있다. 제목도 기가 막히다. "당신이 원하는 정보"라니.

처음엔 대출광고나 성인사이트를 광고하는 스팸메일인가 싶어 지우려 했는데, 보낸 사람이 윤유호다. 열어보니 내용도 간단하다. 자기가 가입한 커뮤니티와 잘 가는 장소가 A4지 한 장 가량의 분량으로 일목요연하게 적혀 있다. 기가 막힌다. 마지막에 적혀 있는 한 줄은 가관이다.

지수 씨 나와바리도 알려주세요. 나도 알아서 피해드리죠.

설상가상이다.

자발적 퇴사를 떠보는 상사에 이어 대내외적으로 내 남편이라는 이름표를 달게 될 동업자까지 이렇게 치사하게 나오다니. 화해하고 싶은 생각이 싹 사라진다. 무시하려 했지만 다음날 또다시 메일이 날아왔다. 제목은 "……"이요, 내용은 딱 한 줄이다.

씹어요?

매를 벌어 돈을 모을 수 있다면 윤유호라는 남자는 최단시간에 세계 최고의 재벌이 될 거다. 장담한다. 하는 짓마다 매를 자처한다. 전화나 문자메시지 대신 매일매일 메일이 날아왔다.

제목도 다양하다. "……", "?", "!" 등등 제목만 봐선 뜻을 알 수 없는 각종 부호가 난무했다. 내용은 더도 덜도 말고 딱 한 줄, 답장을 보내라는 거다.

수준 낮은 흙탕물 싸움에 발 디밀고 싶은 생각은 눈곱만큼도 없다. 그러나 하는 짓이 아니꼽고 더럽고 치사해서라도 답장을 보내야 했다.

'그런데 뭘 적어서 보내야 하지? 애국가 1절부터 4절까지 적어서 보낼까, 아니면 어부사시사라도 적어서 보낼까?'

내가 이렇게 유치해지다니. 견딜 수가 없다.

마침내 크리스마스이브 저녁, 퇴근하기 직전에 이를 갈며 메일을 썼다. 집과 회사를 기준으로 아는 동네 이름을 비롯하여 한 번이라도 간 적이 있는 곳까지 키보드로 마구 쳤다. 포털사이트를 통해 가입한 카페는 물론 포럼과 url 주소를 옮기는 것도 잊지 않았다.

보낸 지 10분도 채 안 되어 답신이 도착했다. 제목은 "???"이요, 여느 때와 마찬가지로 내용은 딱 한 줄이다.

겨우 이것밖에 없어요? 설마.

어쩌라고, 이 찌질한 양반아!

이성이 초전박살 당하는 순간 모니터를 꺼버렸다. 컴퓨터를 집어던지고 싶었지만 회사비품이니 참아야 한다. 가뜩이나 어수선한 크리스마스이브에 나잇값도 못 하고 말꼬리나 붙잡고 늘어지는 바람둥이에게 이런 유치한 메일이나 받다니. 머리뚜껑이 들썩인다.

무시하고 싶다. 무시하려 했다. 그게 원래 박지수 스타일이요 유치찬란하고 무분별한 도발에 대한 대응방식이다. 그러나 양보를 해주겠다는데도 덤비는 인간을 무조건 참아 넘기는 것 또한 능사가 아니다.

나잇값을 상실한 인간에겐 눈높이를 맞춰줘야 하는 바. 나는 함무라비 법전을 되새기며 모니터를 다시 켜고 키보드를 맹렬하게 두드려 메일을 보내버렸다. 제목은 "서울만."이요, 내용도 한 줄이었다.

전국구인 줄 몰랐습니다. 조만간 지방별로 정리해서 보내드리지요.

더 이상의 답신은 없었다. 대신 문자메시지가 날아왔다. 예전에 약속했던 대로, 1월 1일 아침 7시에 충주와 김천으로 출발할 테니 준비하라는 내용이다.

알았어요, 라는 네 글자로 간단히 답을 보낸 후 잠실에 갔다. 그리고 남자친구와 다투고 들어온 지연과 이모와 함께 "커플 지옥, 솔로 천국"을 외치며 크리스마스를 빈둥빈둥 흘려보냈다.

동업자에게선 '메리 크리스마스'라는 인사말이 담긴 흔한 디폴트형 문자메시지조차 없다. 동반모임이 있다더니 갔는지 안 갔는지는 알 수도 없다.

집으로 돌아와 보일러를 켜자 이틀사이 서늘해진 방에 냉기가 가시고 온도가 올라갔다. 혼자 차분한 시간을 갖게 되자 문제의 결혼동업자에 대한 고민과 갈등지수도 덩달아 높아진다.

먼저 연락을 해볼까 말까. 크리스마스 잘 지냈냐고 문자를 보낼까 말까.

'어차피 결혼할 사이다, 사소한 안부를 먼저 묻는 게 뭐가 어때서?'라는 말로 정당화시키려 노력했지만 자존심이 허락지 않는다. 도장을 찍은 계약서로 보나 결혼의 목적으로 보나 무엇을 묻고 따져봐도 내가 잘못한 것은 없다. 양보도 할 만큼 다 했다. 석고대죄로 사과를 받아도 모자랄 판국이다.

독한 마음으로 휴대전화를 덮다가도 나는 이내 폴더를 열고 그의 이름을 검색해본다. 내가 왜 이러나 하면서 입술을 씹으면 손이 저절로 그의 번호를 누르고 있다.

회사에서 잘릴지도 모르는 위기상황에 그와 왜 이런 불쾌한 다툼을 벌여야 하는 건지. 더 이상의 불필요한 정신적 에너지 낭비를 막기 위해 나는 휴대전화를 꺼버린다.

며칠 후로 다가온 서른셋이라는 나이, 밥벌이를 가능하게 했던 직장에서 결혼 때문에 불시에 해고당할지도 모른다는 위협감, 쪽방에 살며 종이박스를 줍게 될지도 모를 암울한 노후와 미래, 속을 알 수 없는 엄마.

그리고 윤유호라는 이름을 가진 바람기 많은 결혼동업자와 계약, 섹스가 빠진 내 결혼의 실체, 답답한 내 감정까지.

어느 것 하나 만만한 화두가 없다. 깊은 산골 옹달샘 물을 마시러 산중에 들어갔다가 물을 마시기는커녕 날까지 어두워져 길을 잃은 막막한 기분이다. 머리를 쥐어뜯는다. 지독한 스트레스에 원형탈모증이 생길 것 같다.

우울하고 불안하고 무기력한 연말이 슬금슬금 기어간다.

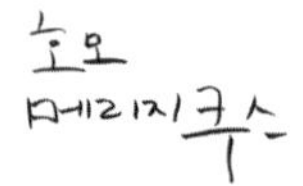

크리스마스이브의 문자를 끝으로 그에게선 아무 연락도 오지 않는다.

1월 1일 신년연휴에 대한 부담이 대나무처럼 쑥쑥 자란다.

11. 수서양단 首鼠兩端

: 때론 마음 내키는 대로 일단 지르고 보는 법.

결국 새해 새날이 밝아버렸다.

나이는 삼삼해졌으나 기분은 삼삼하지 않다. 기력이 팔팔하지도 않다. 칠칠찮은 감정은 일일이 거론하기 힘들 만큼 구구하다. 다투고 연락이 끊겼던 결혼동업자와 함께 김천과 충주를 돌고 올 일이 아득하다.

예수가 세상을 구원하고 이소룡이 전설이 되고 마이클 조던이 신화가 되고 빌 게이츠가 제왕의 자리를 굳힌 나이, 대부분의 보통사람은 목욕재계하고 심기일전하며 한 해를 위한 설계에 들어갈 새해 벽두 첫날에 나는 고작 남자 하나 때문에 전전긍긍하며 끙끙 앓다니. 인생이 왜 이리 꿀꿀하나.

간절히 바라면 이루어진다는 말은 순 개뻥이다. 간절히 바라도 이루어지지 않는 일이 현실에는 태반이다.

맹장염이나 복막염이 힘들다면 소소하게 배탈이라도 나기를 그토록 바랐건만 기적은 일어나지 않았다. 가벼운 감기몸살을 기대하며 찬물에 머리를 감았다. 머리가죽이 욱신거리는 지독한 고통만 체험했을 뿐 별 탈이 나지 않았다.

노오
메리지쿠스

신체가 이토록 건강하다는 사실에 '하늘도 무심하시지.'를 외칠 일이 생기리라곤 꿈에도 몰랐다. 밤새 내내 그에게 몸이 안 좋아 못 가겠다는 전화가 오길 고대했다. 안 왔다.

꿈은 이루어지지 않았다. 2002년 월드컵 4강 진출 이후 꿈은 자야만 꾼다는 말이 맞다.

어쨌거나 약속은 약속이다. 새벽 6시 55분에 그는 집 앞 골목에서 전화를 걸었고 대기하고 있던 나 역시 곧장 집을 나섰다. 단 1분의 오차도 없이 차는 7시에 떠났다. 이번엔 김천이 먼저였다.

가는 내내 분위기는 살벌했다. 평소의 농담 따먹기는 어림없었다.

김천에 도착해서도 그 분위기가 어디 갈 리 없었다. 이른 점심을 준비한 그의 형수는 안절부절못했다. 말수가 거의 없던 그의 형이 말도 안 되는 우스갯소리를 건넸지만 급조한 화제가 악화된 상황을 반전시킬 리 만무하다.

밥이 입으로 들어가는지 코로 들어가는지도 모르게 식사가 끝났다. 그가 형에게 이끌려 가게로 사라지자 상을 치운 그의 형수는 나를 일으켜 다른 방으로 향했다. 그가 어렸을 때 쓰던 방. 처음 왔을 때 그가 구경하라며 데려다줬던 바로 그 방이다.

"저, 저기. 지수 씨. 무슨 일 있어요?"

조심스러운 물음에 뭐라고 답해야 할지 몰라 하는 사이 그의 형수는 책장을 바라보다 다디단 다방커피를 한 모금 삼키고 우물쭈물 입을 연다.

"도련님이 문제죠? 지수 씨한테 결혼하자고 했을 때랑 다르게 대해요?"

그녀의 말은 거의 확신이다. 다르게 대하는 건 맞지만, 상황과 이유를 구체적으로 시시콜콜 밝히기는 곤란하다. 그랬다간 이 착한 여자는 게거품을 물고 쓰러질 거다.

답하기 민망하거나 곤란한 질문이 날아올 땐 침묵이 최고인 법. 찻잔을 들고 바닥에 깔린 장판의 덩굴무늬 숫자를 속으로 헤아린다.

하나, 둘, 셋, 넷. 다섯까지 셌을 때 그의 형수는 한숨을 내쉬며 "이럴 줄 알았지."라는 의미심장한 말을 흘린다.

"여자끼리니까 터놓고 말할게요. 화연이 얘기……. 도련님한테 들은 적 있죠?"

화연이라니.

난데없이 튀어나온 결혼동업자의 전 애인 이름에 화들짝 놀라버린다. 그러나 그의 형수는 이미 다 짐작하고 있다는 듯 무거운 표정으로 고개를 끄덕인다.

"지수 씨도 알고 있는 게 좋을 거 같으니까 말해줄게요. 사실은 화연이가 한국에 돌아왔어요. 지수 씨가 우리 집에 처음 오기 전에 한 번 왔다갔거든요."

이건 또 무슨 소리인지! 간이 툭 떨어진다.

"이혼했다나 봐요. 도련님 연락처를 가르쳐달라고 하기에 성원이 아빠가 호통 쳐서 쫓아 보냈어요. 가진 것 없다는 이유로 다른 남자한테 가버릴 땐 언제고 이제 와서 무슨 염치로 그런 걸 묻는 거냐고 하면서."

그의 형수는 그와 내 사이가 틀어진 이유에 대해 잘못 생각하고 있다. 그러나 아무런 해명도 할 수 없다. 머지않아 남편이라는 이름을 가질 결혼동업자가 죽도록 사랑했던 여자가 나타났다는 사실만으로도 심장이 우뚝 멈췄다 전속력으로 뛰기를 반복한다.

"화연이가 도련님 연락처를 알아내서 따로 만난 게 아닌가 싶어요. 성원이 아빠랑 나는 그래도 설마 했는데. 벼룩도 낯짝이 있지. 진짜 너무하네. 혹시 그런 눈치 못 챘어요?"

첩첩이 겹쳐 언제 터질지 모르는 고민거리 위로 최화연이라는 또 하나의 초대형 시한폭탄이 쌓이는 순간이다. 이게 터지면 그야말로 연쇄폭발이다.

이 말이 사실일까.

사랑했던 옛 여자를 만나서, 그래서 크리스마스이브 이후에 아무런 연락도 없던 걸까.

만약 그렇다면 결혼동업자 윤유호라는 남자가 더없이 실망스럽다. 자기를 차고 다른 남자에게 가버린 여자 때문에 바람둥이가 되어놓고선, 그녀가 나타났다고 둘도 없는 순정파로 돌변해 헬렐레해서 만났다니. 줏대가 바닥을 친다. 쉬운 남자라는 건 알았지만, 이 정도일 줄은 몰랐다.

깊이를 알 수 없는 배신감도 번진다. 찻잔이 달달 떨리고 연갈색 액체가 장판에 흘러넘친다. 그의 형수는 재빨리 잔을 빼앗아 내려놓은 뒤 휴지로 바닥을 훔치고는 주먹을 틀어쥔 내 손을 꼭 붙잡는다.

"화연이 처지가 말이 아니에요. 도련님도 조금은 흔들릴 거예요. 자기 인생을 흔들었던 여잔데 왜 안 그렇겠어요? 하지만 지수 씨까지 흔들리면 안 돼요. 만났더라도 아무 일 없었을 테니까 걱정 말고. 나랑 성원이 아빠는 무조건 지수 씨 편이라는 것도 잊지 마세요. 알았죠?"

……아무 말도 할 수 없다.

신년연휴를 맞아 길을 떠난 나들이차량 때문에 김천을 떠나 충주로 향하는 길목은 많이 막힌다. 그의 형수가 한 말을 내내 되씹어본다. 가슴에 돌덩이가 턱턱 쌓이다 즐비한 돌탑까지 주르르 세워진다.

묻고 싶지 않았다. 묻지 않으리라 다짐에 다짐을 거듭했다. 그러나 입술이 저절로 옴짝거린다. 목구멍으로 최화연이라는 이름 석 자가 들락날락거린다. 고온의 찜질방에 들어간 것처럼 숨통이 턱턱 막혀온다. 여전히 핸들을 움켜쥐고 딱딱하게 굳어 있는 남자를 향해 참고 참았던 말문을 열었다.

“휴게소 나오면 잠깐 들를 수 있을까요? 화장실도 들르고 커피 한 잔 하고 싶은데.”

아무 대답도 없다. 하지만 몇 킬로미터 지나 휴게소가 나오자 즉시 주차장으로 들어가 차를 세우며 “무슨 커피 마실래요?” 하고 무뚝뚝하게 묻는다. 유분이 제거된 남자의 목소리는 뻑뻑하다. 아메리카노를 부탁하자 그가 다시 묻는다.

“안에서 마시고 갈래요, 아니면 타고 가면서 마실래요?”

“마시고 가요. 유호 씨한테 잠깐 할 얘기도 있고.”

그 순간 그의 입가에 옅은 웃음이 나타났다 사라진다.

“그렇게 해요. 나도 지수 씨한테 할 얘기가 있었으니까. 안에서 봐요. 추우니까 옷 단단히 여미고.”

귀에 익숙한 유들유들한 말투는 아니지만 목소리는 상냥하다. 조금 전까진 그렇게 냉랭하더니. 무슨 조화인가 싶다. 주위를 둘러보아도 호랑이와 여우가 모월 모시에 결혼한다는 플래카드 같은 건 붙어 있지 않다.

화장실에 갔다가 휴게소 안에 들어가자 후미진 구석에 커피 두 잔을 놓고 앉아 있던 그가 자리에서 일어난다. 참 깍듯하다. 싸우고 다툰 와중에도 잊지 않는 멜로드라마 남자주인공 급 매너라니. 쓴웃음이 나온다.

"누가 먼저 얘기할까요?"

종이컵이 반쯤 비워질 무렵 그가 말했다. 물어볼 것도 많았지만, 그가 무슨 말을 하려는지 먼저 듣고 싶다. 먼저 말하라고 권하자 남자의 낯빛이 조금 어두워진다.

"지난번 일은……, 미안하게 됐어요. 내가 심했어요. 미안해요."

갑작스러운 사과에 어안이 벙벙하다. 이 남자가 무슨 폭탄발언을 하려고 이렇게 기름칠을 하는 거지?

"둘러대지 않을게요. 그날, 지수 씨한테 화가 났어요. 좀 많이. 아무리 계약이라도 내 와이프 될 사람이 다른 남자와 자고 다닐 걸 생각하니 열도 받고. 걱정도 되고."

내가 추측한 영역다툼은 아니다. 그러나 뉘앙스가 못내 불쾌하다. 그날 술을 좀 많이 마신 거 같더니, 우리나라 술에만 들어 있는 오빠 성분을 과다복용한 건가?

"또 여동생 타령이에요?"

"그렇게 해석할 수도 있겠죠."

그가 나지막한 음성으로 하하 웃는다. 남자라는 이유로 자기가 나보다 우위에 있다고 으스대는 것 같은 이 웃음, 이 목소리. 비위에 심하게 거슬린다.

"유호 씨는 지키지 않을 정절을 저에게 요구하는 거예요? 웃기지 마세요."

핵심을 지적하자 동시에 남자의 눈빛에 분노가 어린다.

“아직도 돌아가신 아버지에게 반항이에요? 오늘로 나이가 서른셋이나 됐으면서 유치하게. 어머니가 맞바람을 피우셨으면 마음이 편했겠어요? 나잇값 좀 하시죠, 박지수 씨.”

체내에 돌아야 할 핏기가 발바닥으로 쑤욱 빠져나간다. 이어 곧장 밀려오는 현기증. 턱과 입술이 저절로 부들부들 떨린다. 정원이나 현경이조차 모르는 일을 그가 알고 있다니. 화가 난다.

사람은 누구나 마음속에 타인이 절대로 건드리면 안 되는 금기가 있다. 이 사람은 지금 그걸 건드렸다. 그걸로 나잇값 운운하며 나를 비웃듯 나무랐다.

가장 분기탱천한 건 끔찍한 기억과 과거에서 비롯된 내 생각과 행동양식을 변덕스러운 사춘기의 산물쯤으로 비하한 점이다. 이건 모독이다. 포철에서 뜨거운 쇳물을 한 바가지 퍼와 면전에 부어버리고 싶다.

금기를 함부로 입에 올린 그의 얼굴에도 한 줄기 후회가 스쳐간다.

“이건 정말 할 말이 아닌데. 미안해요. 내가 지금 순간적으로 너무 화가 나서.”

“어떻게 알았어요?”

“충주에 갔을 때 지수 씨 외조부님께 들었어요. 이런 때 이런 식으로 말할 생각은 전혀 없었어요. 미안해요.”

부모님의 죽음만 말씀하신 게 아니라 그런 수치까지 밝히시다니. 손녀를 지배하는 절대적 트라우마를 처음 본 낯선 남자에게 사정없이 까발려버린 외조부모에 대한 원망이 치솟는다. 이 결혼을 진짜 결혼처럼 보이게 만든 나와 그의 연기력에도 마찬가지다.

"어르신들은 저한테 지수 씨를 아끼고 잘 챙겨달라고, 잘 부탁한다고, 그래서 하신 말씀이세요. 나쁜 뜻은 없으셨어요. 함부로 말한 제 잘못이에요. 미안해요. 정말로 미안해요."

정말로 미안한지 안 미안한지 관심 없다. 결혼이라는 이유 하나로 나를 그에게 바친다는 식으로 결론을 낸 어르신들의 가부장적 사고방식에 진저리가 난다. 그게 얼마나 전근대적이고 케케묵은 발상인지 지적하고 싶다. 볼썽사나운 가족사를 남에게 공개한 일이 내 자존심을 완전히 망가뜨리는 사안이라는 걸 왜 모르는지 먼저 따지고 싶다.

외갓집 식구들은 물론 사람의 약점을 기어코 공격 카드로 꺼내 쓴 그의 저열함에 치가 떨린다. 이 모욕적인 자리를 당장 박차고 일어나야 했지만 힘이 쪽 빠져나간 다리가 맥없이 무너진다. 무릎이 후들거린다. 글루코사민과 고칼슘 우유를 챙겨먹었어야 했다. 그런데 그가 하고 싶은 말은 내 치부를 건드린 걸로 끝이 아니다.

"빙빙 돌려서 말 안 할게요. 지수 씨랑 자고 싶어요. 농담이 아니라 진짜로."

이건 또 웬 뚱딴지같은 소리인지. 대화의 갈피를 못 잡겠다.

"입 있다고 말씀 참 잘하십니다. 사람 속을 뒤집어놓고 지금 그게 할 소리예요? 유호 씨가 걸핏하면 그런 얘기를 하는 사람이라는 건 잘 아는데, 지금은 그딴 얘기할 때가 아니잖아요!"

언성을 높였지만 그는 눈 하나 깜짝하지 않는다.

"더 솔직히, 더 적나라하게 말하죠. 그날 그 자리에서 지수 씨를 보고 꼭지가 돌았어요. 지수 씨가 다른 남자랑 자는 거, 싫어요. 다른 남자 만나는 것도 싫어요. 지수 씨한테 눈길 던지던 놈들, 지수 씨한테 말 시키던 놈들, 모조리 죽여버리고 싶었다고요. 알아요?"

그 말의 의미를 어영부영 되새기는 동안, 갑작스레 들춰진 상처에 더해 미처 사그라지지 않은 분노가 그와 나의 계약을 기름 삼아 불꽃을 튀기며 일어난다. 울분이 북받친다.

"뭐가 어쩌고 어째요?"

"전국구에 지방 운운하는 메일을 받았을 땐 지수 씨 목을 졸라버리고 싶었어요. 이래도 내 말뜻 모르겠어요?"

미안하다. 모르겠다. 모르고 싶다. 내 알 바 아니다. 난 내가 더 중요하다. 상처 입은 내 자존심과 계약조건을 들어 막말을 퍼부으려는 순간 그가 착잡한 표정으로 혼잣말처럼 중얼거린다.

"지수 씨가 아버지 때문에 상처받은 것도, 그래서 결혼을 거부했다는 것도 이제 알겠어요. 그래도 지수 씨가 나처럼 놀아나는 걸 보고 싶지는 않아요. 알아요. 내가 지금 이기적으로 굴고 있다는 거. 나는 다른 여자랑 자도 되지만 지수 씨한테 그러지 말라고 하는 게 얼마나 웃긴 짓인지도 알고 있고. 같이 자면 안 된다는 우리 계약도 똑바로 기억해요."

그의 자아비판에 조롱어린 박수를 세 번 짝짝짝 쳤다.

"그걸 아신다니 정말 다행이십니다. 그것도 모르셨다면 지금 테러 내지는 암살이 일어날 뻔했어요. 알 카에다를 부르든지 모사드를 부르든지. CIA도 괜찮겠네요."

"지수 씨."

"진짜 웃기네요. 내가 우리 엄만 줄 알아요? 엄마처럼 참고 살 줄 알아요?"

"지수 씨, 내가 말하고 싶은 건……."

"유호 씨가 다른 여자들이랑 마음대로 자고 다니는 동안 내가 뭐 할 거라고 생각하셨어요? 조선시대 마님처럼 골방에 처박혀서 바늘로 허벅지 찔러가며 날 샐까요? 남편이라는 작자는 밖으로 아랫도리 휘두르고 다니는데, 아내라는 이유로 날이면 날마다 좌청룡 우백호 남주작 북현무에 봉황, 기린까지 줄줄이 수놓을 줄 알았어요? 내가 유호 씨를 기다리다 외롭게 밤을 지새울 거라고 생각하셨어요? 대단한 착각이에요. 나에게도 사생활이 있고, 그걸 누릴 권리가 있어요."

"다 알아요. 그러니까 이제 그만해요. 나도 지금 복잡해요. 제발, 거기까지. 부탁이에요."

이 남자의 '복잡'이 또 나왔다. 빌어먹을 '복잡'같으니. 간청에 못 이기는 척 폭발을 멈추고 고개를 돌린다. 나도 '복잡'해 미칠 거 같다. 그래도 한바탕 퍼부은 덕에 부글부글 끓어올랐던 속은 조금 가라앉는다. 간신히 이성을 되찾은 뒤 최대한 냉정한 관찰자적 시점으로 그를 바라본다.

윤유호가 나에 대해 뚜렷한 감정을 갖고 있는 것은 분명해 보인다. 육욕이나 성욕, 정욕이라 부를 수 있는 육체적인 것. 거기에 더하여 그는 내게 다른 여자에 대해 갖지 않는 차별화된 욕구도 갖고 있다. 독점욕 혹은 소유욕이라 정의할 수 있는 감정.

두 가지를 합친 그의 진심은 뭘까. 섣불리 단정 짓거나 정의를 내리기 힘들다. 최화연이 한국에 있기에 더욱 그렇다.

한동안 착잡한 표정으로 커피만 마시며 내 시선을 피하던 남자가 입을 열었다.

"지수 씨한테 뭔가를 바라는 건 아니에요. 내가 어떤 놈이고, 어떻게 여자들이랑 놀면서 살아왔고, 특별한 일이 없는 한 앞으로도 그렇게 살 거라는 걸 내가 아는데. 부담감이나 책임감 없이 계속 그렇게 살고 싶어서 정관수술 하고, 지수 씨와 이 웃기지도 않은 계약결혼을 약속했는데."

내 말이 그 말이다.

이 결혼은 윤유호의 목적이 있고 박지수의 목적이 있다. 제발 그것만 기억하란 말이다. 우리 계약에 있어 법적·경제적 마지노선이 건드려질 일은 제발 하지 말란 말이다, 이 인간아!

"하지만 지금 내 마음이 그렇다는 것만 지수 씨가 알아줬으면 좋겠어요. 내가 당장 하고 싶은 말은 여기까지예요."

알면? 알아주면? 그다음엔 나보고 어쩌라고?

당혹스럽다. 난데없이 도박판에 끌려와 그가 충동적으로 훽 던진 패 한 장을 얼떨결에 받은 기분이다. 그와 동업관계를 맺고 지금까지 성실하게 차곡차곡 쌓아온 모든 것이 콩케팥케 흐트러지고 있다. 그러나 담담함을 가장해야만 한다.

"유호 씨 사과는 받아들일게요. 하지만 조금 전 이야기는 못 들은 걸로 할게요. 유호 씨 감정은 제가 상관할 바가 아닌 거 같네요. 내 감정은 내가 다스릴 테니, 유호 씬 건 유호 씨가 알아서 처리하세요. 그럼 이제……, 된 거죠?"

되긴 뭐가 되나. 된 건 아무것도 없다. 속은 여전히 갑갑하고 산더미 같은 폭탄을 짊어진 채 외줄타기를 하는 기분도 여전하다. 하지만 말이라도 그렇게 해야 숨을 쉴 것 같다.

대화의 방점을 억지로 찍자 그가 고개를 슬며시 든다. 딱딱하게 굳어 있던 눈가가 풀리고 수컷의 장난기가 뺀질뺀질 감돌기 시작한다. 그리고 기름기가 찰찰 넘치는 원래 음성으로 대꾸한다.

"그러니까 나랑 한번 잘래요? 지수 씨만 원하면 다 해결되는데. 내가 잘해줄게요."

이렇게 쉬운 남자라니. 너무 진지해 보여서 잠시 잊고 있었다. 아랫도리 본능에 충실하게 임하는 사람에게 분석과 통합의 관념론으로 접근하면서 진심이 무엇인지 고민하는 내가 미쳤지.

"그런데 지수 씨. 저한테 하실 말씀 있다고 안 하셨어요?"

그가 내 손에 든 빈 종이컵을 빼앗아 자기의 것과 포개며 묻는다. 정작 물어보고 싶었던 최화연이라는 본론을 꿀꺽 삼켜버린 뒤 태연하게 거짓말을 한다.

"저도 그 얘기였어요. 그리고 충주에선 잘해봐요. 아까 김천에서 식은땀이 다 났다구요. 내 땀에 내가 빠져서 익사하는 줄 알았어요."

"이런. 그렇게 되면 해외토픽감인데."

휴게소를 나와 차를 타며 그가 시시덕거린다. 서울을 출발할 때에 비해 분위기가 훨씬 온화하게 누그러졌다.

속내를 드러낸 것만으로 한시름 크게 덜어낸 것처럼 보이는 남자와 달리 나는 여전히 마음이 무겁다. 한국 땅 어딘가에 있을 최화연을 떠올리자 가슴까지 먹먹해진다.

차가 다시 출발한다. 멍하니 창밖을 바라본다. 이 차는 목적지로 가지만, 나는 지금 대체 어디로 가고 있는 걸까. 내 인생은 앞으로 어디로 가는 걸까. 어떻게 변해가는 걸까.

예측할 수 없는 미래의 불확실성이 서른세 살의 첫 번째 날을 맞이한 나를 어둡게 적신다.

충주에 도착하자마자 나와 그 사람은 처음과 마찬가지로 외갓집 식구들의 대환영을 받았다. 다른 점이 있다면 몇몇 친척들이 더 추가되고 막내이모와 동생 지연도 자리에 함께했다는 것이다.

내우외환이 겹치는 순간. 그의 터무니없는 고해성사 때문에 가뜩이나 속이 시끄럽던 나는 조마조마한 심정으로 세 사람을 바라본다. 등에 진땀이 난다.

혹시나 들통 나지 않을까 조바심 내는 나와는 달리 그는 싹싹한 예비 조카사위에 넉살 좋은 예비 형부다운 태도로 두 사람을 대한다. 미희 이모는 물론, “계약결혼의 계자도 꺼내지 마. 내가 최소 5억을 물어줘야 한다.”라는 말로 단단히 입단속 시킨 지연이 역시 그를 이미 몇 번 본 사람처럼 태연하게 대한다.

그가 내 진짜 예비 남편이라고 철석같이 믿는 사람들이 포진한 가운데 세 사람이 선보이는 연기 앙상블은 대단하다. 채점판과 심판들이 있다면 만장일치로 10점 만점에 10점을 줄 정도다.

배짱이 좋은 건지, 무모한 건지. 둘 다 아니라면 아무 생각도 없는 건지. 알 도리가 없다.

보고 있기가 너무 힘들어 부엌으로 피신해버렸다. 그리고 누가 시키지도 않은 설거지에 안주거리 만들기에 전념한다.

“1센티 안 되는 거 같은데? 한 0.5센티? 안토니오 반데라스보다는 폴 메르쿠리오 쪽에 가깝다. ‘댄싱 히어로’에 나온 남자.”

미희 이모가 부엌에 들어와 사람이 괜찮아 보인다는 말끝에 농담처럼 툭 던지고 간 말이다.

노오
메리지쿠스

엎어치나 메치나. 1센티나 0.5센티나. 안토니오 반데라스나 폴 메르쿠리오나 둘 다 인상은 비슷하지 않나? 그런데 이모는 그렇게 반대하더니, 윤유호라는 남자가 마음에 든 걸까? 그래서 나한테 와서 저런 농담을 하나? 대체 저 남자 뭘 보고.

"내 소원 이뤘다. 형부 얼굴 뜯어먹고 살아도 되지?"

내가 화장실에 들어가자 후다닥 따라 들어온 지연이 방실방실 웃으며 한 말이다. 철딱서니 없는 것. 이 언니의 속도 모르고. 그래. 다 뜯어먹어라!

"이모님이랑 지연 씨, 정말 좋은 분들이네요. 진작 한번 찾아뵐 걸."

커피 한 잔만 더 달라며 나온 그가 슬쩍 던지고 간 말이다.

이 사람, 지금 자기가 진짜 내 남편이 되는 거라고 착각하는 건가? 누구는 스트레스 때문에 머리가 빠지고 백발마녀가 될 지경인데 하는 말꼬라지 하고는. 베르사이유 궁전을 탈출하여 도망치다가 바렌느에서 붙잡혀 하룻밤 사이에 백발이 되어버렸다는 마리 앙투아네트의 스트레스를 이젠 깊이 이해할 수 있다.

무심, 무념, 무상이라는 박지수 인생 최대의 무기를 되새겨본다.

오색찬란한 사리, 연꽃무늬 사리, 에밀레종이 새겨진 사리에 이어 천불상이 새겨진 사리와 반야심경 전문이 새겨진 사리가 포도송이마냥 속에서 알알이 영글어간다.

이른 저녁식사를 마친 후 하루 더 머물고 가겠다고 한 이모와 동생을 남겨둔 채 나와 그 사람은 열렬한 환송을 받으며 일찌감치 충주를 떠났다.

단 하루의 휴일인 덕에 귀경차량은 서울로 향하는 도로마다 꼬리에 꼬리를 물고 이어진다. 오늘의 사명을 다하고 외환이 사라지자 묻어뒀던 갈등이 사납게 일어나 내부순환을 거듭한다.

"안 피곤해요?"

그가 자상하게 묻는다. 아침에 칼바람이 쌩쌩 불던 모습과는 전혀 딴판이다. 차라리 냉랭할 때가 편했다. 갑갑하긴 해도 이렇게 '복잡' 하진 않았으니까. 그가 웃는 낯으로 지금처럼 나를 챙길 때마다 심장이 경적소리를 내고 마음에 거친 스키드마크가 새겨진다.

"아까 형님한테 혼났어요. 지수 씨 표정이 안 좋다고. 한 여자를 책임질 놈이 왜 그렇게 무책임하게 구냐면서 화를 냈어요. 형님이 큰소리 내는 일은 정말 드문데. 지수 씨가 정말 마음에 드시나 봐요."

외갓집 식구들이나 그의 형이나 사고방식이 도토리 키 재기다. 나는 그에게 내 인생을 맡긴 적 없다. 맡기겠다고 말한 적도 없다. 그런데 주위에서는 그걸 기정사실로 받아들이고 있다.

결혼이라는 것이 곧 여자의 사랑과 삶을 남자가 가져가고 그 대가로 의식주를 책임지는 게 일반상식이라는 사실을 뼈저리게 느끼는 순간이다. 그런 불편부당한 인식은 제발 사양하고 싶다.

그의 형수가 문득 떠오른다. 자기와 남편은 무조건 내 편이라고 하던 그 말이.

두 사람을 방문한 최화연과 연결시켜보니 답이 바로 나온다. 친할머니만큼은 아니더라도 그녀 역시 그녀의 남편만큼이나 가부장적으로 보인다. 그래도 내 편을 들어주겠다는 마음만큼은 고맙다. 물론 궁극적으로 자기 시동생을 위하는 모성본능과 애틋함이 발동된 것이겠지만.

“저기……, 최화연 씨 말이에요.”

한참을 망설이다 용기를 모아 내내 가슴에 담아두었던 질문을 던졌다. 귀국한 것을 알고 있느냐, 만나고 있느냐를 묻고 싶어서.

그런데 윤유호라는 남자의 반응은 뜻밖이다.

“오늘 그 이름 여러 번 듣네요. 아까 형님도 난데없이 화연이 얘기를 불쑥 꺼내더니.”

그가 피식 웃는다. 만나지 않았다는 뜻일까? 아니다. 한국에 있다는 사실 자체를 모르는 것 같다. 손바닥에 땀이 흥건히 밴다.

“형님이 한참 나무라다가 뜬금없이 묻더라구요. 혹시 화연이 소식은 들은 거 있냐고. 지수 씨 얘기가 나올 땐 찍소리도 못 했는데 갑자기 화연이를 들먹이니까 열을 받아서 성질을 냈죠. 미국에서 잘 살고 있을 옛 여자 얘기를 왜 하냐고.”

아무것도 모른다는 뜻이다. 이유가 불분명한 한숨을 자그맣게 삼켜본다. 그러나 그가 중얼거리며 덧붙인 말이 마음을 강타한다.

“기분이 껄끄럽네요. 다 정리하고 잊었다고 생각했는데 내 안에 아직도 화연이가 남아 있구나 싶어서. 화연이 얘기만 나오면 이렇게 예민해진다는 게 마음에 안 들어요.”

하나의 문제가 해결되자 또 하나의 문제가 불거지는 순간이다. 인간관계의 풍선효과가 이런 거구나. 차창 밖으로 눈을 돌린다. 생각 없는 눈요기라도 하면 좋으련만 도로 정체로 차가 느릿느릿 움직이는 덕에 그마저도 쉽지 않다.

“그런데 화연이는 왜요? 더 궁금한 게 있어요?”

뭐라고 핑계를 대야 하나. 머리를 쥐어짰지만 꾸며낼 이야기가 없다. 그렇다고 내 입으로 그녀가 한국에 있다는 사실을 알릴 수도 없다.

혼란스러운 마음과는 달리 최화연의 존재에 대해 들었던 순간부터 지금까지, 묻고 싶었지만 차마 묻지 못했던 것이 입에서 방언처럼 터져 나왔다. 공백을 때우기 위해 동원된 것치고는 참으로 단작스러운 질문이다.

"지금도 최화연 씨를 사랑하세요?"

핸들에 얹힌 남자의 손가락이 안으로 접힌다. 손등에 난 마디가 뚜렷한 굴곡을 이루며 굳어간다.

아차, 싶다. 이건 그 사람 사생활인데. 그 사람이 누구를 사랑하건 내가 참견할 부분이 아닌데. 쓸데없는 얘기를 꺼내서 미안하다고 말하려는 순간, 그가 "제가 사랑하긴 했을까요?"라며 중얼거린다.

"예전엔 사랑에 대해 잘 안다고 생각했어요. 청춘의 교만이었죠. 몇 날 며칠 울며불며 지내다 화연이가 불행해지기만을 바랐어요. 그제야 깨달았죠. 나라는 놈은 사랑이 뭔지 잘 모르고 있구나, 하고. 진짜 사랑했다면 행복을 빌어줘야 하는데 불행하라고 빌다니. 그러다 보니 진짜로 화연이를 사랑한 게 맞나 의심도 가고. 과거에도 그랬는데 지금은……. 글쎄요."

사람을 앞에 두고 이렇게 남세스러운 얘기를 할 수 있는 게 놀랍다. 이 사람은 최화연이라는 여자를 진심으로 사랑했던 게 맞다. 지금은…… 모르겠다.

"남자들은 원래 그래요. 사랑의 '사' 자만 나와도 간지럽고. 낯 뜨겁고. TV에서 여자에게 꽃 갖다 바치고 온갖 희한한 이벤트 벌이면서 사랑 고백하는 남자들 보면 사내새끼가 간지럽게 저게 뭐 하는 짓이냐면서 욕하고. 남자라는 게 그렇게 생겨먹은 종족이에요. 나이가 서른여섯이나 됐지만 나는 지금도 사랑이 뭔지 잘 모르겠어요. 별로 알고 싶지도 않고."

그가 나를 바라본다. 평소와 다름없이 적당히 뻔뻔하고 유연한 미소지만 눈빛과 말투는 한없이 진중하다.

"하지만 원하는 게 뭔지는 알아요. 지수 씨를 원해요. 지수 씨를 안고 싶고, 지수 씨와 자고 싶어요."

숨이 쉬어지지 않는다. 이 남자, 너무 솔직하다.

"처음 봤을 땐, 아니, 두 번째 만남까진……. 그래요. 기회만 있다면 지수 씨와 하룻밤 자고 싶었어요. 기회만 있다면, 지수 씨만 오케이하면 그러려고 작정했죠."

안다. 내가 윤유호라는 남자를 쉬운 남자로, 바람둥이로 낙인찍은 것도 그 때문이니까.

"너무 욕하지 말아요. 마음에 드는 괜찮은 여자를 봤을 때 사내란 족속은 다 그런 생각을 하니까."

"알아요. 남자들 그러는 거."

"서 팀장 집에 갈 땐 은근히 기대했어요. 지수 씨를 또 만날 수 있지 않을까, 세 번째로 또 만난다면 얼마나 좋을까, 하고. 이런 생각도 들어요. 서 팀장 집들이가 있던 날, 난 나도 모르게 당장 필요 없는 서류를 핑계로 일부러 회사에 간 게 아닐까, 나도 모르게 일부러 내가 회사에 있다고 사람들에게 알린 게 아닐까."

남자들에겐 오기가 있다. 여자의 거절은 남자들의 오기를 발동시키는 법이다. 지금 이 남자, 무의식적으로 우연을 빙자한 필연을 만들었다는 얘기를 하고 있다.

그런 오기를 부릴 정도로 최소한 몸만큼은 그 정도로 간절하게 나를 원한다는 걸까? 구차한 인연을 꾸며낼 만큼?

"지수 씨 데려다주라고 하던 서 팀장이랑 와이프한테 고마웠죠. 지수 씨가 나와 계약결혼하겠다고 연락 줬을 때도 좋았어요. 이 결혼을 통해 난 박지수라는 토끼도 내 옆에 두고, 지금까지 후회 없이 즐겨왔던 내 사생활이란 토끼도 계속 유지하겠구나, 하고. 하지만 날이 갈수록 혼란스럽네요. 내가 뭔가 크게 실수한 거 같고."

그의 입에서 부담스러운 말이 계속 튀어나온다. 어깨가 시큰거린다. 무거운 말의 무게에 깔려죽어도 좋으니 계속 듣고 싶은 마음이 반, 중간에 끼어들어 "토끼라니. 전 토끼 띠 아닌데요."라는 말로 분위기를 전환하고 싶은 마음이 반……. 내 마음을 나도 모르겠다.

"하지만 우리 계약을 없던 걸로 되돌리기는 싫어요. 그러면 지수 씨와는 진짜로 남남이 되어버리니까. 그렇다고 이 계약을 진짜 결혼으로 방향을 돌리고 싶진 않아요. 우리 사이가 1년 후, 10년 후에 어떻게 될지는 아무도 모르니까. 게다가 난 지수 씨에 대해 뭔가를 약속할 만큼 나나 지수 씨한테 자신 있진 않으니까."

이 남자 말이 다 맞다. 나도 나의 1년 후, 10년 후, 이 남자와의 1년 후, 10년 후를 모른다. 이 남자가 나에게 자신 없는 만큼 나도 이 남자에게 자신이 없다. 그렇게 자신이 없는데 평생을 약속해? 가당치도 않다.

"지수 씨에 대한 내 이런 감정이 평생 간다고 장담할 순 없지만……. 나라는 놈, 그럴 자신도 없고 그걸 너무 잘 알지만……. 그래도 지금은 내 감정에 충실하고 싶어요. 난 지금 박지수라는 여자를 원해요. 그 여자를 안고 싶고, 그 여자와 같이 자고 싶어요."

호오
메리지쿠스

얼굴이 달아오른다. 손발이 달달 떨린다. 엄지손톱을 꾹꾹 누르며 태연을 가장하고 억지로 입술을 뗀다.

"다른 여자들, 있잖아요. 유호 씨 원래 그런 사람이잖아요. 지난번에도 그 모임에 간 건 여자들 만나러……."

"눈에 안 들어와요. 지수 씨와 세 번째로 만난 이후부터 그랬어요. 언제 어디를 가든 나도 모르는 사이에 내 눈이 지수 씨를 먼저 찾고 있어요. 그때 그 모임……. 맞아요. 지수 씨가 지적한 대로 여자 하나 건지러 나갔어요. 그런데 내 눈은 구석자리에 있는 지수 씨를 제일 먼저 찾아내더군요. 이제 만족해요? 바람둥이라고 비웃던 남자 입에서 이런 말까지 나오게 했으니."

아니, 만족스럽지 않다. 그의 말을 더 듣고 싶다. 그의 속을 낱낱이 알아내고 싶다. 내 속이 더 시원해지게.

"시간 날 때마다 지수 씨 회사 근처에 가서 어슬렁거리고, 지수 씨와 우연히 만나지 않을까 기대하며 두리번대고. 만나면 근처에 회의가 있어서 잠깐 들렀다, 결혼식 때문에 할 얘기 있어서 왔다, 이런 식으로 사내새끼답지 못하게 구차한 변명이나 대는 거……, 더 이상은 안 하고 싶어요."

지금까지 회사 앞에서 만났던 게 우연이나 결혼식이라는 의무가 아니라는 건가? 그가 만들어낸 필연에 달달 떨린다. 손이, 몸이, 그리고 마음이.

"최소한 지금은, 지금만큼은. 지수 씨가 다른 남자들한테 눈 돌리지 말고, 앞에 있는 나를, 아니, 나만. 나 하나만 남자로 봐줬으면 좋겠어요. 그게 내 심정이에요."

그만, 이제 그만. 이제 됐다. 이제 정말 충분하다. 더 이상은 못 듣겠다.

들을 얘기는 다 들었다. 그러니 이제 박지수답게 생각해야 한다. 박지수답게 말하고 행동해야 한다.

비웃어줘야 한다. 허튼 수작 부리지 말라고 윤유호라는 남자에게 받아쳐야 한다. 그따위 음험한 뻐꾸기 호출은 안 통하니 웬만하면 포기하라고 일침을 놓아야 한다. 그러나 겉멋을 제거하고 투박하게 진심을 털어놓는 남자에게 세련된 몽니를 부리기엔 내 연륜이 턱없이 부족하다. 나는 아직 너무 젊다.

계약결혼 협상을 하는 순간부터 지금껏 그와 나 사이에 오갔던 감정의 정체가 무엇인지 묻고 따지고 정의하는 과정과 결과물을 모두 배제하고 싶다. 계약결혼이니 축의금 회수니 결혼의 목적이니 하는 이해타산도 잠시 잊고 싶다. 나를 원한다고 솔직하게 밝히는 그의 몸과 마음에 나 역시 지금 이 순간만큼은 모든 가식을 벗고 응하고 싶다.

이건 도박이다.

이미 확실하게 획득한 계약결혼 관계를 판돈으로 걸고 단판승으로 로열 스트레이트 플러시를 기대하는 위험한 승부. 나는 이것이 내 생애 마지막이라는 기분으로 그가 벌여놓은 판에 뛰어든다.

"안 피곤하세요? 피곤하면 말씀하세요. 제가 운전 교대할게요."

기습제안에 그가 빙긋 웃는다.

"기차게 갖다 박으시게요? 웬만하면 봐주세요. 서른여섯에 골로 가긴 아깝잖아요."

"길이 너무 막히네요. 근처에서 쉬었다 가요. 잠깐 쉬었다가 길이 뚫리고 나서 움직이는 게 나을 거 같아요."

"휴게소에서 쉬었다 가는 버릇 같은 거 없다는 걸 알면서 그러시네요."

몸에 있는 용기를 한 방울도 남김없이 끌어 모았다.

"휴게소 말고요."

남자의 미소가 얼어붙는다. 물리적으로는 약 1분, 상대적으로는 머리카락을 뽑아 짚신 한 켤레를 삼을 만한 심리적 시간이 흐른 뒤 그가 나지막이 묻는다.

"후회하지 않을 자신 있어요?"

"후회하지 않을 자신은 없어요. 그렇다고 후회할 거라고 단정 지을 수도 없어요."

내 대답을 듣기 무섭게 그는 깜빡이를 켠다. 갓길로 차를 뺀 후 서울로 들어서는 길목 반대방향으로 선회한다.

한산한 도로로 들어서자 곧이어 길가에 몇 개의 모텔이 나타난다. '42인치 LCD 평면 TV, 인터넷, 월풀 욕조, 최신 DVD 완비'라고 쓰인 현수막과 손님을 끌기 위해 세워진 노란 스카이댄서가 바람에 따라 이리저리 몸을 흔든다.

모텔 주차장에 들어서자 직원이 차 번호판을 가릴 하얀 가리개를 들고 부리나케 뛰어나온다. 차에서 먼저 내린 나는 건물 안으로 들어가 카드를 내민다. "쉬었다 갈 거예요."라는 말이 입에서 자연스레 흘러나온다. 신용카드 단말기는 마그네틱 선에서 승인코드를 읽은 후 차각차각 소리를 내며 영수증을 뱉어낸다.

사인을 한 고객용 매출전표와 410이라는 숫자판이 달린 객실 열쇠가 손에 쥐어진다. 차를 주차하고 뒤늦게 들어왔다가 내가 이미 계산해버린 것을 본 그가 이마를 찌푸린다. 그리고 엘리베이터에서 한마디 던진다.

"이런 데선 여자가 돈 내는 거 아니에요."

그럼, 남자만 내나? 미안하지만 이 자리에서 윤유호가 정의한 성별 역할구분에 응하고 싶은 생각은 없다.

"내가 하자고 말했고, 내가 원해서 하는 거예요. 내가 돈 내는 게 맞아요."

그는 더 이상 아무것도 말하지 않는다. 여느 때와 다르다. 엘리베이터가 섰다. 그는 내 손목을 잡고 뚜벅뚜벅 걸어가다 410호 앞에 멈춘다. 열쇠로 방문을 여는 내 손이 희미하게 떨린다.

안에 들어서자마자 방 안의 훈기를 느낄 겨를도 없이 그의 입술이 내 것을 고스란히 덮어버린다. 내 집에서 했던 키스와는 비교도 하기 힘들 만큼 격렬한 호흡이 입안을 채운다. 코트 단추가 풀리고 몇 겹의 옷을 넘어 맨가슴을 단숨에 그러쥔 남자가 다시 입을 맞춘다.

이론으로는 빠삭하게 알고 있다. 키스와 가벼운 페팅경험도 있고 각종 소설과 영화를 통해 수많은 섹스를 간접적으로 섭렵하기도 했다. 그러나 살갗에 와 닿는 이런 열정은 난생처음이다.

"저, 저기. 유호 씨. 미안한데, 말할 게 있어요."

입술이 잠깐 떨어진 틈을 타 간신히 말했다.

"말해요."

말은 그렇게 하면서도 그는 내 몸에서 좀처럼 손을 떼지 않는다. 그의 손이 가슴을 더듬는다. 피부가 그닐거린다. 그의 입술이 목을 훑는다. 아랫배가 욱신거린다.

"말해요. 다 들을 테니까."

이 상태에서 말을 하는 게 과연 가능한 걸까? 이렇게 숨이 가쁜

데. 이렇게 심장이 펄떡이는데.

그가 내 입술에 입술을 댄다. 핥거나 깨물지도 않고 그냥 꾹. 계약서에 도장을 찍듯 그냥 길게 꾹.

입술과는 달리 손은 점점 더 노골적으로 움직인다. 가슴을 능숙하게 매만지는 손길과 대답을 재촉하는 눈길의 동시공격을 받고 얼굴이 삽시간에 뜨거워진다. 빌어먹을 안면홍조 현상 같으니.

"저기, 아직. 경험이……."

할 수만 있다면 '안 해본 게 대수요?'라며 되바라지게 굴고 싶다. 그러나 난생처음 남자와 모텔에 들어온 거다. 성적인 부분이 아니더라도 '처음'이라는 건 언제나 낯설고 두렵게 마련이다. 그걸 의식할수록 사람이 소심해진다. 고개를 빳빳이 들고 있자는 내 의지와는 상관없이 목덜미가 새빨간 수줍음을 타며 무겁게 내려앉는다.

내가 경험이 없음을 밝힌 이유는 딱 하나다. 이론은 능숙하나 실제로는 처음 하는 섹스니 미숙한 대응이 나와도 너그럽게 이해해주길 바란다는 의미다. 딴에는 상대방을 배려하기 위해서다.

그런데 내 가슴 위를 마음대로 떠돌던 남자의 손이 멈칫, 하다가 살며시 떨어진다. 이건 또 무슨 시추에이션인지. 하자는 건지, 말자는 건지.

설마 이 남자, 처녀막이라는 허접한 존재를 순결의 지표라 여기며 열광하는 개마초일까? 내가 자기한테 처녀성을 바친다고 착각하는 걸까?

만약 그런 생각을 병아리 눈곱만큼이라도 한다면, 나는 이 남자를 거미줄이 가득한 박물관에 데려가 볕도 안 드는 후미진 구석에 세워놓을 거다. 목에 '멸종되어야 마땅한 쌍칠년도 개마초 과'라는 팻말을 걸어서.

그가 개마초일 경우를 대비해서 몇 마디 대사를 더 날렸다.

"난 처녀성을 악착같이 지켜온 게 아니에요. 촌스러운 할리퀸 로맨스 여주인공들처럼 이런 걸로 밑천 삼아 남자한테 과시할 생각은 더더욱 없어요. 나이 차면 다 하는 거, 어쩌다 보니 시기가 늦어진 것뿐이에요. 그러니 앞으로 내 첫 남자니 뭐니 그딴 소리는 절대로 하지 마세요. 쪽팔리니까."

직접적으로 말을 하고 나니 더 찝찝하다. 아무 말도 하지 말 걸 그랬나? 아니다. 그래도 이게 낫다. 거사를 치르는 중이거나 다 치른 상태에서 "당신, 처녀였어?" 따위의 구닥다리 대사를 듣는 것보다 백만 스물한 배 낫다.

그가 말하길 기다렸지만 좀처럼 입을 열지 않는다. 미동도 없다. 몰래 살펴보니 뭔가 열심히 고민하는 눈치다. 설마 이 상황에 "지수 씨 순결을 지켜주고 싶어요." 운운하거나 "우리, 오늘은 손만 잡고 자요." 이러는 건 아니겠지. 생각만 해도 밥맛, 아니 병맛이다.

……뭐라고 말 좀 하지. 힘들어 죽겠는데 날 새겠다. 이러다간 성욕이 완전히 사그라질 거 같다.

그가 자기 고민을 하는 사이, 나는 내 고민을 하며 같이 시간을 때우기로 한다. 만약 윤유호라는 남자가 내가 그토록 혐오하는 개마초로 판명 날 경우 이 방에서 어떻게 나가야 할까, 하는 뭐 그런 거.

여긴 4층이다. 창문에서 뛰어내리는 것은 위험하다. 유치한 몸싸움이나 실랑이 없이 문을 통해 무사히 나가야 한다. 타당하고 안전하고 우아한 탈출을 모색하며 전전긍긍하는 사이, 그가 고개를 들고 "지수 씨, 나를 봐요."한다. 그리고 내 양어깨를 짚고 눈을 똑바로 쳐다보며 차분히 말한다.

"먼저 많이 경험해본 사람으로서 말할게요. 지금부터 지수 씨는 나를 아주 많이 좋아해줘야 해요. 몸 어디에 손을 대건, 내가 지수 씨한테 무슨 짓을 하건 아무리 부끄러워도 다 받아줘야 해요. 하지만 힘든 건 표현을 해요. 그렇게 해주는 게 나한테도 좋으니까."

다행이다. 이 남자, 염려했던 개마초는 아니다. 말하는 걸 보니 섹스할 때도 자기 욕심만 부지런히 챙길 거 같지는 않다. 게다가 섹스에 어리바리한 초보자를 위한 저 상냥하고 성실한 가르침이라니. 이건 감동이다.

사람은 모르면 배워야 한다. 섹스라고 예외 없다. 자칭 선험자의 조언에 첫 번째 섹스에 임하는 나 역시 비장한 각오로 고개를 끄덕여본다.

그 순간 남자가 나를 강하게 끌어안는다. 순간이동을 한 것처럼 방에 들어와 나를 침대에 눕히고 곧장 행동으로 돌입한다. 옷을 벗고 벗기는 동작은 숙련가답다. 그의 입술은 따뜻하면서도 과감했고, 나를 안는 알몸은 부드러우면서도 서슴없다.

탁월한 리드로 전희가 시작된다. 생식기관에 연동된 여자의 세포감각은 이성보다 백만 배 빠르게 광속으로 반응한다. 열이 나고 몸이 부글부글 들끓는다. 그의 입술과 손이 내 입술과 손에 맞닿을 때마다, 그의 몸이 내 몸과 맞부딪칠 때마다 윤유호라는 남자에 대한 허기가 감질나게 채워진다.

무언가를 생각한다는 것 자체가 불가능할 무렵, 딱딱한 남자의 살덩이가 단단히 맞물린 내 속살을 밀고 들어온다. 아랫도리에 느껴지는 뜨겁고 생경한 이물감. 콧잔등에 잠시 주름이 졌지만 그저 그뿐이다. 애무를 받는 동안 몸이 충분히 열린 덕이다.

아주 조금 힘들긴 했지만, 온라인에서 첫 경험에 대해 불특정다수의 여자들이 토로하던 찢어지는 고통 따위는 없었다. 이 정도라면 시트에 남부끄러운 혈흔이 남지도 않을 것이다. 이 모텔 빨래를 맡으신 분들에게 미안해하지 않아도 되겠구나.

"괜찮아요?"

그의 물음에 고개를 끄덕인다. 중심을 맞추고 안착한 페니스가 피스톤 운동을 천천히 시작한다. 그에 따라 내 몸이 그의 것을 삼키다 뱉길 반복한다.

점차 빨라지는 속도에 맞춰 허리를 움직이고 그의 입술을 핥는다. 그의 맨가슴에 입을 맞추고 남자의 단단한 어깨를 할퀴고 깨문다. 어느 누구도 가르쳐준 적 없는 여자의 본능이다. 윤유호를 향한 허기는 어느새 과포화상태가 되어 나를 보다 적극적으로 움직이는 힘이 되고, 그 힘이 남자를 쉴 새 없이 유혹하고 도발한다.

끌려간다. 높은 곳을 향해 하염없이 끌려간다. 끌려가는 나 못지않게 끌고 가는 남자의 숨이 점점 더 가빠진다. 이제 머지않았다는 듯 그의 움직임이 더욱 거세고 빨라진다.

어느 순간 윤유호의 몸짓이 우뚝 멈춘다. 이제 다 온 건가. 정상을 확신하고 흐읍, 하며 큰 숨을 들이킨다. 온몸이 바르르 떨린다. 뇌의 촘촘한 주름이 한순간에 확 펴지다 다시 천천히 원위치로 돌아가며 진동을 일으키는 것이 심장으로 고스란히 느껴진다. 머리카락부터 발끝까지 저릿저릿하다. 이게 말로만 듣던 오르가즘이라는 건가?

몸 밖이 짓눌린다. 여전히 내 위에서 버티려는 윤유호의 무게 때문에. 몸 안이 묵직하다. 여전히 딴딴한 남자의 것을 삼키고 놔주지 않으려는 내 몸의 관성 때문에.

남자의 입술이 내 것 위로 겹쳐진다. 그의 입속으로 받은 숨을 뱉어내고 대신 그의 것을 들이켠다. 정신이 몽롱하다. 윤유호의 이산화탄소에 중독된 것 같다.

그렇게 몇 분. 호흡을 삼키고 그가 다시 움직인다. 다른 것도 있다고, 더 좋은 곳도 있으니 같이 가자며 말 한마디 없이 재촉한다. 이 남자, 산에 처음 오르는 사람을 데리고 지리산 산맥을 굽이굽이 오르고 완주할 사람이다. 초보 주제에 난 또 그러자며 겁도 없이 따라나선다.

섹스는 경험이 아니다. 체험이다. 이론을 안다고 해서 섹스를 아는 척하면 절대 안 된다. 그건 오만이다.

서른세 살의 첫 번째 날, 나는 아홉 번 죽고 열 번 깨어났다. 겨우 한 번 죽었다 깨어난 예수에 비할 바가 아니다. 섹스 때문에 결혼했다는 정원과 결혼한 부부가 갖는 성적 접촉의 중요성을 강조한 이모를 이제야 이해할 것 같다.

마침내 내 첫 번째 섹스가 끝났다. 그는 나를 꼭 껴안은 채 부드러운 입맞춤과 마무리 애무를 다정하게 퍼붓는다. 끝나자마자 등 돌리고 5초 만에 코를 골며 잤다는 정원의 첫 번째 남편과는 달리 남자의 후희는 상냥하고 따뜻하다. 나를 소중히 대우해주는 그 느낌은 운우지락 중에 느꼈던 쾌감과는 또 다른 기쁨이다. 대실 마감시간이 다가오자 그가 나를 일으켜 함께 욕실로 들어간다. 마다했지만 힘이 센 쪽은 그 사람이다.

"처음이라 몸이 많이 불편할 거예요. 근육통도 있을 거고. 내가 하자는 대로 해요."

사실 욱신거리는 아랫배와 치골 부근에 남은 뻐근함에 손을 들어 올리는 것조차 힘들다. 그의 말에 순순히 따랐다. 샤워를 시켜준 그는 방으로 돌아가 서둘러 자기 옷부터 입은 뒤 내 옷가지를 챙겨와 차근차근 입혀준다. 브래지어 후크를 손수 채워주고 앙가슴과 목에 연달아 입을 맞추는 남자를 보며 새해 첫날이라 기분을 낸답시고 일부러 새로 산 레이스 팬티와 브래지어 세트를 챙겨 입은 게 천만 다행이라는 앙큼한 생각이 든다.

수건과 드라이어로 머리까지 말끔히 말려준 후 그는 들어올 때와 마찬가지로 내 손을 꼭 잡고 방을 나선다. 체면을 잊고 노곤함에 잠이 들었다 깨어나서 보니 낯선 아파트단지 주차장으로 차가 들어서고 있다. 여기가 어디지, 하는데 자기 집이라는 남자의 말이 이어진다.

"지수 씨가 원하는 대로 쉬었다 왔잖아요. 이번엔 내가 원하는 대로 해야죠. 그래야 우리 사이에 공평하니까."

이게 무슨 말일까?

"같이 자자구요. 그게 내가 원하는 거니까."

이미 호랑이 굴에서 벌어진 도박판에 끼어들어 패를 뒤집은 후다. 그의 뜻에 응할 수밖에 없다. 그러나 자자는 말과는 달리 그는 나를 거의 재우지 않았다.

거의 밤을 지새우다시피 한 아침, 나는 그의 차에 실려 출근시간에 아슬아슬하게 맞춰 회사에 도착했다. 시무식과 팀별 점심회동에 이어 졸린 눈을 비비며 간신히 업무를 마친 뒤 6시가 되자마자 바로 퇴근했다. 첫 섹스의 후유증으로 여기저기 쑤시고 결린다.

엘리베이터를 타고 내려왔을 때 로비에서 대기하고 있던 그가 내 손목을 잡아챘다. 집에 가야 한다고 말해도 소용없다. 분당으로 향하는 차 뒷좌석에는 그가 백화점에서 샀다는 여성용 옷가지와 속옷, 화장품이 든 종이가방이 실려 있다.

이 남자의 의도가 뭔지 노골적으로 보인다. 하지만 싫지가 않다. 나는 어쩌면 이런 날이 오기를 바랐던 걸까?

집으로 돌아간 것은 1일 아침에 그의 차를 타고 떠난 지 사흘이 지난 후. 그나마도 오늘은 무슨 일이 있어도 집에 꼭 가야겠다고 우긴 덕이다.

따라 들어오겠다는 남자를 어르고 달래서 억지로 돌려보낸 후 집에 들어가 보일러와 전기장판을 틀었다. 그리고 코트만 벗어던진 채 침대에 쓰러져 잠이 들어버렸다.

결혼식이 이십 일도 채 남지 않은 어느 날 밤의 풍경이다.

12. 양호유환 養虎遺患
: 하지만, 키운 호랑이에게 물리기는 싫다.

결혼식은 어느새 일주일 앞으로 성큼 다가왔다.

그동안 나는 결혼동업자와 거의 매일 만났다. 하루에도 몇 번씩 통화를 하고 문자메시지를 주고받는다. 약속을 정하면 그가 오거나 내가 그의 집으로 간다. 밖에서 데이트를 겸해 만날 땐 그가 일찌감치 로비에 도착해 기다리고 있다.

그가 올 때마다 누가 볼까 나는 안절부절이다. 회사엔 제발 오지 말라고 했지만 혼자 싱글벙글 아랑곳하지 않는다. 심지어 자기 회사에 나보고 오라 한다. 아예 보챈다.

"내 사무실, 안 보고 싶어요? 전망이 꽤 좋은데. 근처에 맛집도 많아요. 같이 먹으러 가요. 와요. 정말 안 올 거예요? 좀 와주지."

가고 싶은 생각은 추호도 없다. 내가 거길 왜 가? 나중에 무슨 일 생겼을 때 그 회사 사람들이 날 알아보면 어쩌려고. 현경이 남편 하나로도 충분하다. 그 이상은 안 된다. 우리 회사야 내 영역이니 관리 감독이 가능하지만, 나도 모르게 내 얼굴이 팔리는 짓은 제발 사양하고 싶다.

그의 집에서 사흘을 연달아 보낸 후 아침까지 함께 있지는 않는다. 그가 애원했지만 그것만큼은 모질게 뿌리쳤다. 그러나 만남에 섹스는 빠지지 않는다.

"오늘은 지수 씨 집에서 저녁에 자장면 시켜먹는 거, 어때요?"

목적이 자장면이 아니라는 건 그도 알고 나도 아는 사실이다.

섹스를 한 이후, 아니 섹스를 한 횟수가 늘어날수록 그는 내게 더 다정해진다.

영화를 보자, 드라이브를 가자, 이러자 저러자, 요구사항도 많다. 나에게 뭔가 해주거나 사주고 싶어 안달복달이다. 우스갯소리도 더 자주 하고 덩치와 나이에 어울리지 않게 애교까지 떨면서 나를 웃게 만든다.

인파에 섞여 있을 때 자기 마음대로 손을 잡는다. 여봐란 듯이 어깨와 허리를 폈고 유난스럽게 당당해진다. 이 여자는 나와 함께 잔 여자라고 세상에 선언하고 다른 남자들에겐 앞에 얼씬도 말라며 경고하는 거만함이 하늘을 찌른다.

깍지를 끼고 걷기도 하고 팔짱을 껴보라고 하기도 한다. 싫다고 하면 자기가 먼저 반강제로 끼고는 팔꿈치로 가슴을 툭툭 치거나 슬며시 문지른다. 불 꺼진 영화관 안에서 키스는 예사다. 옷 속에 손을 넣어 허벅지와 가슴으로 진출하는 무모한 시도까지 한다.

"여기선 하지 말라니까요!"

손등을 꼬집고 야멸치게 나무랄 때마다 그는 잠시 기가 죽는 척하다가 다시 들이댄다. 때론 못 들은 척 천연덕스럽게 웃기만 할 때도 있다. 영화가 눈에 안 들어온다며 나를 끌고 나가 복도 구석에서 키스를 하기도 한다.

영화를 보다 말고 극장 근처 모텔로 부리나케 들어간 적도 있다. 드라이브 코스로 유명한 도로의 어두운 갓길에 차를 세워두고 카섹스를 시도하다 공공장소에서는 죽어도 싫다는 나의 거부와 만류에 집으로 달려가 마무리를 짓기도 했다.

윤유호의 보채기 작전에 못 이겨 한 달 동안 함께 살 집에 갔을 때도 그랬다. 침대성능만 시험해본다던 남자는 거실 소파와 욕실 욕조와 샤워기 성능까지 기어코 확인하고서야 나를 놔줬다.

그가 대담해질수록 나는 더 소심해진다. 남들에게 들키면 어쩌나 싶고 보는 눈이 두렵다. 나이 서른셋에 이게 무슨 꼴인가 싶어 창피하다. 이 남자는 하루 종일 이것만 생각하나?

"맞아요. 남자는 10초에 한 번씩 이 생각만 해요."

그 말을 들으니 더 징그럽다.

하지만 뻔뻔하고 노골적으로 달려드는 그가 무조건 싫은 것은 아니다. 솔직히 말한다면, 하지 말라고 거부하며 말로써 남자를 애태우는 것이 좋다.

타박을 놓을 때마다 더욱 거세지는 그의 욕구를 확인하는 것이 좋다. 내가 거절할 때마다 속이 타서 안달복달하는 그의 모습을 보는 것이 좋다. 그것은 나중에 우리가 합일할 때 쾌감을 더욱 배가시키기도 한다. 여자의 내숭이 섹스의 전희 역할도 하는구나. 그걸 이제 알겠다.

그가 수컷의 본능을 노골적으로 드러낼수록 나도 암컷의 본능을 야무지게 깨우쳐간다.

단정한 사무직 정장 안에 윤유호를 흥분시킬 만한 야한 속옷을 챙겨 입고 그가 좋아하는 향수만 골라 뿌릴 정도로 간교하게. 그와

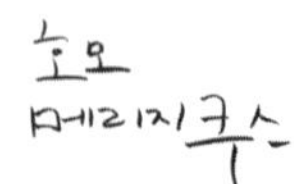

언제든 쉽게 섹스를 할 수 있게 매일 스커트만 챙겨 입을 정도로 앙큼하게. 서서 할 때 키가 큰 남자가 조금이나마 덜 불편하게끔 굽이 높은 하이힐들만 골라 장만해서 신을 정도로 치밀하게.

퇴근 후 집 근처에 도착했을 때 그는 이미 골목어귀에 주차하고 대기하던 상태다. 내가 걸어오는 것을 보자마자 차에서 내려 걸어오던 그가 능글맞게 한마디 한다.

"내가 먼저 자장면 시켜놓았으면 더 좋았을 텐데. 열쇠 하나 복사해서 주세요. 우리 집 열쇠도 드릴게요."

즉, 내 집 네 집 가릴 것 없이 자기 마음대로 드나들자는 거다. 턱도 없는 소리. 단번에 거절한다.

"쓸데없는 소리는 하지도 마세요."

하지만 거기까지다. 윤유호라는 남자에게 냉담했던 태도는 집에 들어서기 무섭게 내 속에서 폭발하는 열기 속에 금세 녹아들어버린다. 집 밖에선 비교적 점잖았던 윤유호라는 남자 역시 야성에 눈을 뜬 사자처럼 돌변한다. 현관에 들어서자마자 그는 내 핸드백을 마루에 던져버린 후 다급하게 키스를 퍼붓다 속삭인다.

"보고 싶어서 미치는 줄 알았어요."

나도 마찬가지다. 말 대신 그의 목을 끌어안고 입을 맞춘다. 격정적인 환대에 그도 똑같이 화답한다. 코트가 사정없이 벗겨지고 단정했던 스커트자락이 골반까지 올라간다. 입술에 이어 귓불을 빠는 남자가 손으로는 부지런히 블라우스 단추를 연다. 급하다. 방으로 들어갈 시간조차 아깝다.

회사에서 퇴근하기 직전 윤유호라는 남자를 위해 갈아입은, 캡 없는 얇은 레이스 브래지어를 더듬는 그의 손가락이 리드미컬하게 움직이다 내 가슴을 움켜쥔다. 가슴골을 핥고, 유륜을 더듬다 이어 정점을 빠는 남자의 입술은 거침이 없다. 잠시 후 그의 몸 일부가 어느새 흠뻑 젖어버린 내 안에 들어온다. 늠름한 그것을 내 몸이 아귀처럼 삼켜버린다.

그의 힘에 밀려 신발장에 등이 탁탁 부딪친다. 쾌감에 몰려 가쁜 호흡이 열린다. 진한 키스를 나눌 때마다, 그가 가슴을 부드럽게 빨다 잘근잘근 씹을 때마다, 그의 몸이 나를 두 번 세 번 치받을 때마다 포르노 여주인공보다 더 야한 신음소리가 입가로 새어나온다.

옆집 사람들이 들으면 어떡하지? 문을 잠그지 않았는데 어떡하지? 혹시라도 누군가 현관문을 두드리며 무슨 일이 있느냐고 묻다가 문을 활짝 열기라도 하면 어떡하지?

두렵다. 그런데도 짜릿하다. 이 순간 1분 1초를 놓치기 싫다.

당장의 급한 갈증이 해소되자, 그가 움직임을 멈추고 내 눈을 바라보며 잠시 웃는다. 그의 눈빛이, 내 몸 안에 이어지는 사내의 꿈틀거림이 민망하다. 아, 하고 작게 입을 벌린다. 키스하고 싶다는 내 뜻을 귀신같이 알아채자마자 그의 입술이 날아와 내 입술을 쏜다.

키스 끝에 다시 이어지는 남자의 섹시한 유혹. 등이 아프고 무릎에 힘이 빠져 더 이상은 버티기 힘들겠다 싶을 무렵, 그가 나를 번쩍 안아들고 서둘러 침실에 들어간다.

윤유호라는 남자는 완벽하다.

최소한 침대에서만큼은 그렇다. 거칠면서도 부드럽고 다정하면서도 터프하다. 탐욕스럽지만 자제할 줄 알고 음란하면서도 점잖다. 기술력도 좋다. 자칫 지루해질 수도 있는 피스톤 운동 동작을 장시간

박진감 넘치게 이끌며 나의 수비와 공격을 적극 유도할 줄 안다.

몇 시간이 지나도 그는 지금 막 시작한 것처럼 싱싱한 힘과 끈기가 넘친다. 섹스 머신에 매력적인 카사노바라 자부할 만한 자격이 있다.

특별한 스승 덕택에 나는 남녀의 합일에 대해 많은 것을 배우고 실전으로 하루하루 새롭게 깨우치며 최단시간 내에 능숙한 테크니션으로 변모해간다. 먼 훗날 내가 만약 섹스에 관한 책을 낸다면 'Special Thanks to 윤유호'라고 대문짝만 하게 쓰고, '섹스에 관해 꼭 필요한 모든 것을 나는 윤유호에게 배웠다.'라는 첨언을 반드시 덧붙일 거다.

하지만 그와 섹스를 할 때마다 나는 도박을 강요당하는 기분이다. 얼떨결에 판에 끼어 로열 스트레이트 플러시를 확인했는데도 계속 붙들려 앉아 새로운 카드를 한 장씩 받고 뒤집는 아슬아슬한 기분.

단판이 삼세 번으로 늘어나고 언제 끝날지 모를 연장전으로 돌입할 때마다 최종결말에 대한 불안함도 커져간다. 슬슬 발을 빼고 싶지만 눈덩이처럼 불어난 판돈과 판을 지속하고 싶어 하는 상대 때문에 그러기도 쉽지 않다. 지금까지 얻었던 것보다 더 큰 것을 한 방에 잃을지도 모른다는 생각이 든다. 그때마다 몸이 절박하게 달아오르며 남자를 사정없이 흡입한다.

집에서 자장면을 같이 먹는다는 핑계로 시작한 섹스가 끝났다. 오늘의 도박도 다행히 성공이다. 촉촉하고 매끄러운 남자의 몸과 땀에 젖은 체취가 기분 좋다. 그가 내 머리카락에 얼굴을 묻고 마음껏 들이마신다. 두 번째 만났던 날과는 달리 나는 그의 행동을 제지하지 않는다. 오히려 여자라는 이름으로 즐기고 있다.

"지수 씨, 조금 여윈 것 같은데. 웨딩드레스 숍에 가서 다시 치수를 맞춰봐요."

살이 빠진 것은 사실이다. 턱 선도 갸름해지고 허리의 굴곡도 눈에 띄게 드러났다. 섹스와 키스가 최소 200kcal에서 최대 1,000kcal에 이르는 열량을 소모하기 때문에 다이어트에 좋다는 말이 낭설은 아닌 것 같다. 최근 미국 위스콘신 대학에서 한 연구결과에 의하면 1시간 동안의 성행위가 고작 88kcal에 불과하다고 했지만 그것도 사람 나름인가 보다.

"말 나온 김에 하는 말인데. 웨딩드레스 말이에요. 다른 걸로 바꾸면 안 되겠어요? 그건 별로 안 예쁜 거 같아서요. 지수 씨한테 잘 어울리지도 않고."

웨딩드레스 얘기가 또 나왔다. 웨딩플래너에게 정한 예산 내에서 고를 수 있는 것은 한물 지나간 구식이다. 그래도 개중에 유행을 타지 않고, 신부로서 봤을 때도 손색없이 무난하고 단아한 디자인이다. 그의 의견과는 달리 충분히 예쁘고 충분히 나와 잘 어울린다.

"그럴 돈 없어요. 시간도 없고. 겨우 일주일 남았는데 지금 와서 새로 고르긴 힘들어요."

"돈은 걱정하지 마요. 내가 말했으니 내가 처리할게요. 그리고 웨딩드레스 숍이 거기만 있는 것도 아니고. 지수 씨는 그냥 내가 하자는 대로 하기만 하면 돼요."

내 돈이 더 들어갈 일이 아니라니 다행이긴 하다. 하지만 그의 제안을 무작정 호의로 받아들이기엔 뭔가 꺼림칙하다. 결혼과 돈 잘 버는 남편 운운하며 자진퇴사 압박을 암암리에 넣던 팀장보다 더한 꿍꿍이가 숨어 있어 보인다.

"내 말대로 해요. 결혼식인데 다른 사람들 앞에서 더 예뻐 보이면 좋잖아요."

그의 집요한 설득에 결국 떨떠름하게 승낙했다. 거기에 더해 그는 다른 것을 더 요구했다. 반지를 다시 고르자고 했고, 웨딩플래너에게 연락해 예전에 예약한 것을 취소하고 퍼스트 클래스와 리조트가 포함된 3박 4일용 신혼여행 푸껫 패키지로 새로 예약했다며 일방적으로 통보했다. 화를 내려고 했지만 칭찬을 바라는 것 같은 남자의 의기양양한 말투에 그러기도 쉽지 않다.

'그래. 내 돈 드는 거 아니니까.'

마지못해 납득했다. 자장면 대신 그가 원하는 대로 된장찌개와 겉절이를 만들어 저녁식사를 끝내자 그가 나서서 설거지를 한다. 그리고 침대에 나란히 기대어 앉아 함께 차를 마시고 TV를 보다가 한 번 더 유희를 즐겼다.

사실은 내가 먼저 윤유호의 가슴에 입을 맞추며 어설프게나마 교태를 부리고 유혹했다. 아직은 어색하기 짝이 없는 대시지만, 늘 그러하듯 윤유호라는 남자는 열렬한 키스와 격정적인 애무로 0.001초만에 적극적으로 피드백을 준다.

이 사람은 내게 자신감을 준다. 무색, 무미, 무취의 박지수. 무념, 무심, 무상이 무기인 박지수. 그런 여자도 클레오파트라 뺨치는 고혹적인 여자가 될 수 있다는 자신감을.

침대에서 시작된 두 번째 섹스는 바닥과 벽을 거쳐 다시 침대로 이동했다. 섹스를 할 때마다 느끼는 것이지만 남녀가 몸을 나누는 자세가 이렇게 많다는 것이 놀랍다. 인체가 동시다발적으로 자유롭고 유연하게 움직일 수 있다는 사실은 경이롭기까지 하다.

히말라야 산맥에서 구름 위로 번지점프를 한 것 같은 아득한 감각이 연속적으로 퍼진다. 온몸의 세포가 풀려나가는 기분이다. 그가 나를 껴안고 목에 입을 맞추며 속삭인다.

"최고예요."

최고라니. 지금까지 내가 그와 했던 섹스 중에 이번에 한 것이 최고라는 것일까, 아니면 자기와 잔 여자들 내가 최고라는 것일까? 후자라면…… 그 안에 최화연도 포함이 되어 있는 걸까?

흘려들을 수도 있는 얘기다. 그러나 완연한 여자로 무르익어버린 귀와 예민한 마음에서 급브레이크가 걸린다.

자고 가고 싶다며 그가 투정을 부렸지만 그 요청만큼은 끝끝내 거절했다. 그와 더 있고 싶고, 함께 아침을 맞고 싶다는 생각도 있지만 그보다는 나를 위한 혼자만의 시간이 필요하다.

자정 무렵 아쉬워하는 남자를 현관까지 배웅한 후 나는 헝클어진 침대를 바라본다. 조금 전 집을 나선 결혼동업자가 최고라며 감탄했던 쾌락의 잔재가 흥건히 남아 있다.

주름이 자글자글 잡힌 시트는 거대한 지도 같다. 나를 포함하여 그가 나와 비교했을지도 모를 불특정다수의 여자들이, 군웅이 할거하던 춘추전국시대처럼 침대 위에서 영역다툼을 벌인다. 그중 최화연이라는 여자는 가장 큰 면적을 차지하고 있다.

서둘러 시트와 이불을 걷어버린 후 새것을 꺼내 침대에 깐다. 주름 하나 없게 팽팽하게 당겼지만 구겨진 기분은 전혀 나아지지 않는다. 최화연과 그가 상대했을 이름 모를 여자들이 맴돌며 내 정신을 어지럽힌다.

함께 잔 이후 묘하게 거만해지고 뭔가를 끊임없이 요구하는 윤유

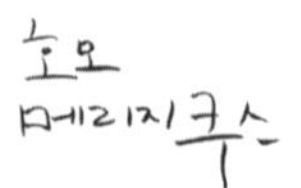

호에게 날이 갈수록 지치는 기분이다. 몸으로 느낀 섹스의 만족감이 커질수록 불편한 앙금이 머릿속에 게적지근하게 가라앉는다. 가장 중요한 알맹이만 쏙 빠져나가고 빈껍데기만 남은 것 같은 허한 느낌. 무중력상태 같은 환각 속에 서늘한 한기가 밀려온다. 나도 모르게 몸서리를 친다.

이튿날 퇴근했을 때 그가 로비에서 기다리고 있었다. 그의 차에 실려 간 곳은 청담동에 있는 웨딩드레스 숍. 점원들의 안내에 따라 드레스를 연달아 갈아입고 동업자 앞에 나섰다.

내가 원했던 것은 칼라와 소매가 달리고 낙낙한 폭에 움직이기도 편한 얌전한 종류다. 하지만 그는 황금색 실로 자수가 놓인 탑에 양식진주와 풍성한 레이스로 치맛자락을 장식한, 화려하고 노출이 심한 디자인에 눈독을 들인다.

드레스 치마폭이 엄청나게 크고 넓다. 결혼식 행사 중에 숨바꼭질이 있다면 그 안에 어린애 대여섯 명은 거뜬히 숨길 수 있을 거 같다. 두 시간 가까이 옷을 입었다 벗었다를 반복하는 동안 많이 지쳐 있던 터라 자포자기하는 심정으로 그가 고른 것에 낙점을 찍는다.

"잠깐만요, 지수 씨."

그가 다가와 넓적한 자줏빛 공단케이스를 연다. 그리고 보석이 박힌 목걸이와 귀걸이를 꺼내 직접 채워준다. 선물이니 결혼식 때 하라는 말도 덧붙이면서.

대기하고 있던 직원이 나란히 포즈를 취한 나와 그 사람을 폴라로이드 사진기로 찍는다. 은은한 상앗빛 할로겐 불빛 아래 화려한 웨딩드레스를 입고 액세서리로 치장한 사진 속 여자는 눈이 번쩍 뜨일

만큼 아름답다. 머리를 틀어 올리고 한껏 드러낸 목선과 쇄골은 고귀한 왕녀처럼 기품 있어 보인다.

하지만 내가 알고 있던 본래의 나, 여자 박지수가 아닌 생판 처음 보는 딴 사람 같다. 기분이 찜찜하다. 귀걸이 무게 때문에 늘어지는 귓불이 무겁다. 목걸이 때문에 목도 간지럽고 답답하다.

웨딩드레스 숍을 나와 다음에 간 곳은 보석점이다. 기다리고 있던 사장이 미리 준비한 반지를 들고 나왔다. 백금에 내 탄생석을 자잘하게 박아 넣은 디자인이다. 그의 것에는 그의 탄생석이 박혀 있다. 결혼식용으로 주문해서 침실 협탁 서랍에 고이 넣어둔 24K 실반지가 초라하다.

그다음에 간 곳은 분당, 그의 집이다.

현관문을 닫기 무섭게 그가 나를 세게 끌어당겨 안는다. 키스하는 그의 입술이, 입안을 훑는 그의 혀가, 옷을 벗기고 속살을 더듬는 그의 손길이 여느 때보다 더 강하고 거칠다. 블라우스 단추가 뜯겨지고, 레이스 속옷이 가느다란 파열음을 내며 찢겨진 채 넝마가 되어 바닥에 떨어진다.

"아까, 숍에서 미치는 줄 알았어요. 이렇게 하고 싶어서."

단단해진 남자의 속살이 무섭게 밀려들었다. 많이 힘들고 지쳐 있는데도 며칠사이 한층 유연하고 성숙해진 여자의 몸은 한 치의 망설임 없이 그를 받아들인다.

남자의 애무와 키스가 곳곳에 사정없이 뿌려진다. 가슴에 하는 것에 비해 입술과 목과 어깨에 하는 강도는 대단히 약하다. 조금 전 고른, 노출이 심한 웨딩드레스를 신경 쓰는 것이 분명하다.

남자의 배려가 고맙다. 식을 올릴 때, 화장 도중 메이크업 담당자

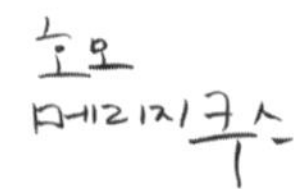

가 몸에 난 키스마크를 지우기 위해 애를 먹지 않아도 되겠다.

갑자기 너무 우습다. 현관에 서서 벌이는 격한 섹스 중에 그런 걸 의식하는 그가. 그걸 또 고마워하고 있는 내가.

한 차례의 파정 후 그가 나를 안고 침실로 들어가 다시 몸을 겹친다. 정신적으로는 한없이 피곤한데도 육체는 남자를 거부감 없이 매끄럽게 흡입한다. 연이은 두 번의 섹스가 끝난 후 그가 내 허리를 안고 나른하게 웃으며 중얼거린다.

"잘해줄게요."

잘해주다니.

누구를 위해, 왜, 무엇을, 어떻게, 얼마나 잘해준다는 것인지 묻고 싶다. 그런데 차마 입이 떨어지지 않는다. 바래다주겠다는 제의를 뿌리치고 홀로 집으로 돌아오는 길. 버스 차창에는 박지수의 허물을 뒤집어쓴 낯선 여자가 멍한 표정을 머금고 있다.

이튿날 저녁 이모의 집에 간 나는 웨딩드레스 숍에서 받은 폴라로이드 사진을 이모와 지연에게 보여줬다. 얼굴을 잔뜩 찌푸린 이모와 달리 호화로운 드레스와 장신구를 바라보는 20대 동생의 눈빛에는 부러움과 감탄이 일렁인다.

"언니는 너무 좋겠다. 형부가 이런 것도 다 해주고."

충주에서 얼굴을 한 번 보고 난 후부터 지연의 입에선 '안토니오 반데라스 그 아저씨'가 아니라 '형부'라는 호칭이 척척 흘러나온다. 동생의 자연스러움이 싫은 건 아니다. 하지만 진짜 형부가 될 사람도 아닌데 너무 친근하게 구는 것이 그리 달갑지 않다.

"형부가 알아서 해주고. 언니는 가만히 앉아서 공주님 대접 받고.

부럽다. 이래서 남자는 돈이 좀 있고 가진 게 있어야 한다니까."

지연이 이런 말을 할 때마다 동생의 정체성에 의문이 생긴다.

내가 아는 박지연이라는 여자는 올해 스물일곱이 된, 똑똑하고 영민하고 주체성도 강한 사람이다. 남녀평등에 대해서도 민감하고, 여자가 남자에 대해 종속되어선 안 된다고 늘 주장한다.

가부장적 사회에 대해 날카롭게 지적하고, 70년대 풍 할리퀸 로맨스를 볼 때 사랑이라는 이름 뒤에 감춰진 여성비하 관점과 남자의 지배를 묵인하는 노예근성을 예리하게 발견하고 비판해왔다. 남녀를 차별하는 것과 남녀의 차이를 존중하는 것이 어떻게 다른지 똑바로 구분할 줄도 안다.

그와는 별개로 지연은 남자가 부자이기를, 그래서 자기를 위해 뭔가를 해주거나 해줄 수 있기를 바라는 편이다. 자랑하고 싶은 명품이나 값비싼 액세서리를 남자친구로부터 선물 받기를 원한다. 그런 욕망을 드러내는 것에 대해서도 거부감이 없다.

"받으면 어때? 남자에게 선물 받는 건 여자의 권리 아니야?"

지연이 당시 사귀던 남자친구를 조르고 졸라 100만 원이 족히 넘는 루이비통 티볼리 가방을 선물 받았을 때 한 말이다.

그 말을 듣는 순간, "남자친구에게 가서 미안하다 사과하고 당장 환불해."라며 열심히 나무라고 설득하던 내 입이 떡 벌어졌다. 저 어처구니없을 정도로 겁 없는 반문이라니. 지금 생각해도 기가 막힌다.

동생에겐 가혹하리만치 남자 중심으로 돌아가는 사회적 야합과 그 속에서 펼쳐지는 남녀의 역학관계를 제대로 맛보지 못한 철부지 여자만이 가질 수 있는 거만함이 있다. 엄청난 모순이다.

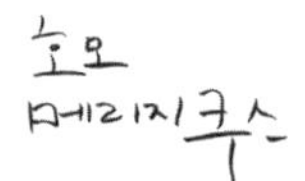

자본주의냐 아니냐 하는 이데올로기를 떠나 사회가 돌아가는 기본 원칙은 기브 앤 테이크다. 받는 게 있으면 주는 것도 있어야 한다. 그리고 무엇을 받고 주느냐에 따라 권력의 서열이 정해진다.

돈이나 현물 같은 유형의 재화와 사랑, 시간, 노동 등 추상적인 무형의 재화가 오갈 때 무게중심은 눈에 보이는 쪽으로 당연히 기울어지게 마련이다. 여자의 소유재산이 드문 전근대적인 사회일수록 남녀관계의 중심축이 남자 쪽으로 쏠리는 것도 그 때문이다.

내 동생의 정체는 무엇일까.

그녀가 지향하는 남녀평등은 가부장제하에서 여자라는 이름으로 단물만 빨아먹고 싶다는 이기적인 탁상공론일 뿐일까, 아니면 현실의 냉혹함에 어두운 철없는 이상주의? 궁금하다.

"언니는 뭐가 마음에 안 드는 건데?"

"비싼 물건을 무조건 받기가 부담스럽잖아. 남자가 화수분도 아니고."

"남자들은 사사건건 따지는 여자들을 싫어해. 형부가 다른 마음이 있겠어? 결혼할 사이니까 언니한테 무조건 잘해주고 싶다는 거잖아. 그냥 받아. 하던 대로만 하면 새로운 건 절대 못 가지는 법이야."

지연의 입에서마저 '잘해준다'는 말이 나온다. 기분이 더 안 좋다. 여느 때라면 '너 잘났다.'라며 웃어넘기겠지만 오늘은 아니다. '잘해준다'는 저 말이 정말 듣기 싫다. 하나밖에 없는 동생이지만 짜증난다.

하지만 지금은 옆에서 시건방지게 까부는 동생이 문제가 아니다. "잘해줄게요."라는 말을 하는 윤유호라는 남자에게 휘둘려 그가 하자는 대로 하고 있는 박지수, 요 근래 정체성을 분간할 수 없는 박지수. 바로 내 자신이 문제다.

"지수야. 너, 내 방에서 나 좀 잠깐 보자. 지연이 넌 들어오지 마. 네 언니랑 따로 할 말이 있으니까."

심상치 않아 보이는 이모와 나를 번갈아 쳐다보던 지연은 눈치를 보다가 자기 방으로 들어갔다. 이모는 침실로 들어가 방문을 잠근 후 나를 빤히 쳐다보았다.

"너, 그 사람이랑 무슨 일 있었지?"

있었다. 너무 많이. 그래서 뭐부터 말해야 할지 모르겠다.

"잤니?"

단도직입적인 질문이다. 하지만 피할 수는 없다. 사실을 인정했다.

"그 사람이 좋아?"

고개를 끄덕였다.

"그 사람은? 그 사람도 네가 좋다디?"

이번에도 말 대신 고개만 끄덕인다.

"그래서. 다른 여자랑 안 잘 거래? 결혼하고 나서는 어쩔 거래. 계속 너랑만 섹스할 거래?"

……대답할 자신이 없다. 이모의 얼굴에 노기가 스친다.

"그러니까……, 너랑 결혼할 거고, 같이 잤고, 앞으로도 원하면 계속 잘 수 있지만, 계약은 그대로다, 이거야? 자기가 하고 싶은 대로 자기가 원한다면 다른 여자랑도 섹스를 하고 사시겠다? 그 인간, 너랑 자는 동안에도 다른 여자 만난 거 아니야? 그런 거 아니냐고!"

아니라고, 그렇지는 아닐 거라고, 매일 나와 만났고, 다른 여자와 만나려야 만날 시간이 없었노라 말하고 싶다. 제아무리 변강쇠라도 나랑 그렇게 섹스를 하고 다른 여자를 곧장 만나 하기는 힘들었을 거라고, 우스갯소리를 섞어 윤유호를 위해 변명해주고 싶다.

하지만 할 수가 없다. 내 변명이 틀릴 수도 있으니까. 이모 말이 사실이라면 내 마음이 그대로 찢어져버릴 테니까. 난 아직 그에게 자신이 없다.

이모에게서 이런 질문이 나올 때를 대비해서, 그를 조금이나마 변명하기 위해서 윤유호의 지장이 찍힌 각서라도 계약과 별도로 받아둘 것을. 나와 자는 동안엔 다른 여자와 만나거나 잠자리를 하지 않겠다는 내용으로 새빨간 인주에 열 손가락을 묻혀 찍게 할 것을. 얼토당토않은, 그래서 한없이 부질없는 후회가 목을 내려찍는다.

결혼 후 관계에 대한 이모 지적도 마찬가지다. 부인하고 싶지만 부인할 수 없다. 사실이니까. 더도 덜도 아닌 명확한 진실이니까. 그게 우리의 계약이니까.

"저 엄청난 웨딩드레스 하며 목걸이에 귀걸이에 반지는 입막음용 뇌물이네. 결혼 후에 자기가 무슨 짓을 하고 돌아다니건 상관하지 말고, 가끔 섹스도 하면서 찍소리하지 말고 지내라는 뇌물."

이모가 이를 갈며 일갈한다.

가슴에 폭탄을 맞은 것 같다. 이거였구나. 나를 힘들게 만들었던 원인이, 사진을 보며 부러워하는 동생이 불편했던 이유가 바로 이거구나.

윤유호에 대한 내 감정에 몰입하느라 잊고 있었던 상황과 핵심을 깨닫는 순간 무릎이 힘을 잃고 좌우로 휘청거린다.

계약으로 평등하게 유지됐던 결혼동업자 관계가 섹스라는 향응과 값비싼 물질이 오가는 경멸스러운 종속적 남녀관계로 추락해버렸다. 그 현실을 적나라하게 파악하자 눈앞이 캄캄해진다.

“충주에서 처음 봤을 때 너한테 싹싹하게 하고, 얘기해보니 생각도 올바르게 박힌 게 꽤 괜찮은 놈이다 싶었는데. 내가 사람을 잘못 봤다. 이 개자식이 지금 사람한테 돈으로 갖다 처바르려고 그래? 돈이면 단 줄 알아? 그 새끼, 대체 어디서 배워먹은 버르장머리야!”

이모가 서슬이 퍼렇게 소리친다. 그날 대체 무슨 얘기를 언제 어떻게 나눴기에 그를 괜찮다 여겼냐고 묻고 싶지만 그럴 상황이 아니다.

일이 이 지경으로 된 건 내 탓이다. 계약하기 전에 이모가 했던 경고를 떠올리며 나는 아무 말도 하지 못한 채 고개를 숙인다. 분을 이기지 못하고 씩씩거리던 이모가 나를 매섭게 노려본다.

“내가 지금 할 말 많은 거 알지?”

안다. 이모가 지금 내 따귀를 한 대 갈기고 싶을 정도로, 아니, 나를 거꾸로 매달아놓고 몽둥이찜질을 하고 멍석말이를 해도 시원치 않을 만큼 화가 치밀어 올랐다는 것도.

“참는 거다. 내가 너한테 화풀이한다고 해결되는 건 아무것도 없고, 그 새끼가 갑자기 개과천선할 리도 없고. 무엇보다 이 상황에서 제일 힘든 건 너일 테니까.”

뭐라 변명할 거리가 없다.

“무슨 일이 있었는지, 언제, 왜, 무슨 생각으로 그랬는지. 네가 말할 수 있는 데까지 다 말해봐. 더하지도 말고, 빼지도 말고. 있는 사실 그대로.”

이모가 거칠게 추궁한다.

휴게소와 차에서 들은 그의 고백과 최화연에 대한 것, 모임에 나갔다가 그를 만났던 일과 다툼과 유치한 메일들, 김천에서 있었던 일, 충주에서 집으로 올라오는 길에 가졌던 대화, 그리고 육체적 관계…….

지금까지 있었던 일에 대해 더듬더듬 털어놓는다. 가끔씩 눈썹을 추켜올리던 이모는 긴 이야기가 끝날 무렵 착잡한 표정으로 내게 묻는다.

"지수야. 그 사람 사랑하니?"

아무 말도 할 수 없다. 추상적인 감정상태를 묻는 질문에 Yes와 No라는 구체적이고 잔인한 이분법으로 대답하기가 너무 힘들다. 이지적인 이모는 말을 바꿔서 다시 묻는다.

"가만히 있다가도 그 사람이 생각나니?"

응, 이모.

"같이 있어도 그립고, 보고 싶고, 그래?"

응……. 응……. 사실을 인정하니 심장이 토사곽란을 일으키는 것처럼 욱신거린다.

"그 사람이 결혼하고 다른 여자들이랑 자면서도 너랑 자고 싶다고 한다면, 잠자리를 요구한다면, 그때는 어떻게 하고 싶은데?"

절대로 자지 않는다, 정절을 지키지 않는 인간과 그럴 수 없다, 가 정답이다. 그러나 말하기가 힘들다. 숨쉬기조차 버겁다. 그가 다른 여자와 한 침대에 눕는 상상을 하는 것만으로도 배신감에 눈물이 난다.

그런데도 그와 떨어지기가 싫다. 그와 정신적으로 육체적으로 이미 주고받은 것들이 아까워서라도 내가 먼저 포기하기가 싫다. 엄마가 아빠와 도망칠 때도 이런 마음 때문이었을까? 아빠에게 준 마음을 포기할 수 없어서, 그래서 탄탄한 미래를 뒤로 한 채 사람을 택하기로 한 걸까?

"그 사람도 너를 사랑하는 거 맞아. 적어도 내 눈엔 그렇게 보였어. 그런데 그걸 직접적으로 표현하기 힘들어하는 것 같았어. 사랑이라는 걸 거부하는 것 같기도 하고. 그땐 몰랐는데 네 이야기를 들으니 이제 조금 이해가 된다."

그 사람이 나를?

이모 말이 사실일까. 나, 조금 희망을 가져도 되는 걸까.

"최화연이라는 그 여자 때문에 받은 상처가 크다 보니 사랑에 대해 회의감도 크고, 결혼이라는 구속에 얽매이기를 싫어하게 된 것 같아. 그러다 보니 구체적으로 생각하기를 꺼려하고. 그래서 너에 대한 마음까지 부정하려 애쓰는 거고."

사랑이라는 단어는 지나치게 포괄적이다. 이모처럼 논리적이고 현실감각이 뛰어난 사람이 하는 말로는 어울리지 않는다. 차라리 "그 사람 체내에 너를 향한 호르몬이 왕성하게 분비되고 있나 보다."라고 재치 있게 말하는 것이 나아 보인다.

이렇게 이성적이고 유머러스하고 쿨하고 세련된 생각을 하는데 촌스럽게 눈물은 왜 나는 건지.

"그 사람이랑 먼저 대화를 해보는 게 순서인 거 같다. 만나서 허심탄회하게 얘기해봐. 화연이라는 그 여자에 대해서도. 네 감정까지 모두 다 솔직하게. 네가 뭔가를 결정하기 전에 그 사람 이야기를 먼저 듣는 게 중요하겠다."

그렇게 하겠다며 말없이 대답했다. 이모가 다시 묻는다.

"그 사람 사랑하니?"

망설이다 고개를 끄덕인다. 윤유호라는 남자로 인해 체내에 각종 호르몬이 왕성하게 분비되고 있으며 그로 인해 무엇이라도 할 수 있음을 시인하는 행동이다.

앙드레 모루아가 정의한 사랑이 무언지는 알 수 없다. 하지만 지금 나는 윤유호라는 남자를 사랑하는 게 맞다. 이렇게 아프니까. 이렇게 눈물이 나니까.

그에 대한 내 감정에 '사랑'이라는 끈끈한 낙인을 찍어버리자 갑갑하고 불안하기만 하다. 스물아홉 살 이후 낙장불입의 불투명한 미래에 늘 그랬던 것처럼.

결혼식이 사흘 앞으로 다가왔다. 동업자에게 전화를 걸어 만나자고 했다. 회사 앞으로 찾아가겠다고 하자 그가 잔뜩 들떠 말한다.

— 아니. 진짜요? 그렇게 오라고 애원해도 안 오더니. 나야 당연히 좋죠. 이틀 연속 못 봤는데. 지수 씨, 좋은 일 있어요? 무슨 바람이 불었기에 회사 앞으로 왕림을 하신다고. 처음이라 그런지 떨리는데요?

철없이 좋아하는 남자의 목소리에 한숨이 나올 것 같다.

— 퇴근하고 와요. 기다리고 있을게요. 진짜 궁금하네. 무슨 일이에요? 힌트라도 줘요.

"별일 아니에요. 청소하다가 지난번에 유호 씨가 두고 간 넥타이가 있기에 그거 돌려주려고 그래요. 7시쯤 도착할 거니까 그때 봐요."

한도 끝도 없이 길어질 것 같은 통화를 간신히 끝냈다.

그의 본심을 알고 싶다는 마음 하나, 굿이나 보고 떡이나 먹는 심정으로 그의 선물을 받아 허영심과 과시욕을 채우고 동시에 호르몬 분비와 육체적 쾌락을 계속 누리고 싶다는 마음 하나.

두 마음이 충돌을 일으킨다. 이유를 불문하고 그에게 안기고 싶다는 나약함과, 박지수라는 이름에 알맞게 키워온 지조를 지켜야 한다는 자존심이 맞부딪치며 형체 없는 전쟁을 벌인다.

17인치 LCD 모니터에 깔린 수족관 화면보호기에서 색색가지 열대어가 따로 또 같이 돌아다닌다. 종도 다른 것들이 사이도 참 좋다. 내 속에서 경박한 아귀다툼을 벌이는 감정들을 향해 저들의 우아한 화목을 본받으라고 야단치고 싶다.

그러면 그것들이 이렇게 항의할 것 같다. 우리에게 미끄러운 비늘과 꼬리를 붙여주든지, 그게 힘들다면 내 마음의 면적을 17인치 이상으로 늘려보라고.

외근을 핑계 대고 30분 먼저 퇴근한 나는 유베이가 있는 강남으로 향한다. 6시 30분경 그의 회사가 있는 건물 로비에 있는 커피숍에 들어갔을 때 창가 구석에 앉은 낯익은 뒷모습을 발견하고 말았다.

그러나 내 결혼동업자는 혼자가 아니다. 앞에 단아한 베이지색 투피스에 단발머리를 한 30대 중반의 여자가 앉아 있다.

사진보다 조금 더 나이가 들고 세월에 지친 기색이 역력하지만 여전히 인형같이 아름다운 이목구비에 성숙함이 더해진 여자.

단번에 알아볼 수 있다.

윤유호라는 남자가 인생을 걸었다던 여자. 그가 목숨을 바쳐 사랑하리라 맹세했다던 그녀, 최화연을.

"아직도 나를……, 사랑하니? 말해줘. 듣고 싶어."

바로 뒷자리, 그를 등진 자리에 앉아 숨을 죽인 순간 들은 말이다.

호오

메리지쿠스

이른 저녁 커피숍에 앉아 울먹이며 사랑을 묻는 30대 여자는 객관적으로 너무 후져 보인다.

감정과 상황에 빠져 허우적거리는 당사자야 절실하겠지만, 몇 미터 떨어져서 지켜보는 입장에선 상투적이다 못해 유행을 감히 논하기 힘들 만큼 허접한 구닥다리 신파다. 시쳇말로 손발이 오글거리는 촌티의 절정이다.

하지만 "놀고 계십니다. 드라마 찍으세요?"라고 비웃으며 자리를 뜰 수는 없다. 부끄럽게도 나 역시 용건은 비슷했으니까. 저 남자에게 표현을 달리해서 좀 더 세련되게 말해야겠다는 생각과 주먹을 틀어쥐며 그의 대답을 기다리는 것. 그 외에 내가 할 수 있는 것은 아무것도 없다.

"사랑해. 예전에도 사랑했고, 지금도 사랑해."

등 뒤에서 울리는 남자의 말.

눈이 질끈 감긴다. 손이 멋대로 부들부들 떨린다. 상황도 후지고 질문도 후진데 대답도 후지다. 후져도 너무 후졌다. 그 후진 상황에 한몫 끼려고 준비했던 내 자신도 너무 후지다. 후져서 죽을 거 같다.

윤유호라는 남자는 왜 저렇게 자존심이 바닥을 치는 걸까. 왜 저렇게 미친 듯이 솔직한 걸까. 뇌구조가 어떻게 생겼기에 자기를 버리고 떠난 여자에게 지금도 사랑한다는 말을 할 수 있는 걸까.

사랑하지 않는다고, 너에 대한 내 사랑은 이미 오래전에 끝났다고, 눈 한번 질끈 감고 내뱉으면 그만일 거짓말을 왜 못 하는 걸까. 그 거짓말 한 마디를 못 해서 훔쳐듣는 내 마음을 왜 이리도 아프게 만드는 걸까.

"하지만 지금은……. 너보다 나랑 결혼할 그 사람이 더 보고 싶어.

잘해주고 싶어. 너에게 못 해줬던 것까지. 7시쯤에 도착할 거야. 화연이 너는 이만 가보는 게 좋겠다. 나중에 다시 연락하자."

잠깐의 정적이 흐른 후 여자의 흐느낌이 더해간다. 남자가 손수건을 꺼내 건네주는 동작이 느껴진다. 보지 않아도 알 수 있다.

울음을 그친 여자가 일어나 밖으로 나가버린다.

최화연이 떠나고 시간이 꽤 흘렀지만 남자는 움직이지 않는다. 창밖 너머 죽도록 사랑했던 여인이 시야에서 사라지는 순간까지 뒷모습을 좇고 있을 그의 애절한 정서가 내 등으로 전해진다.

윤유호도 그렇지만 최화연도 대책 없이 솔직하다. 감당이 안 된다. 너무 솔직해서 탈인 두 남녀 사이에 내가 끼어 있다.

그들이 의도했든 의도하지 않았든, 나는 지금 그 두 사람의 도마위에 올라가 생살을 발리고 있다. 횟집에서 접시에 실려 홀로 나가기 위해 대가리가 달린 채 처참하게 껍질이 벗겨지고 자기 속살이 횟감으로 떠지는 것을 막연히 바라만 보고 있어야 하는 불쌍한 도미처럼.

윤유호라는 남자의 마음이 내게 향해 있다는 것은 귀로 확인했다. 하지만 그게 다가 아니다. 그는 "지금은 너보다"라고 했다. 현 시점을 전제로 한 비교급이다.

사랑의 대상은 최화연이고 더 보고 싶고 잘해주고 싶다는 대상은 박지수다. 그것도 지금만. 잘해주고 싶다는 것조차 기실은 최화연에게 못 해줬던 것을 대신하려는 이기적인 대리만족이다. 심지어 "나중에 다시 연락하자."고 했다. 만나자는 뜻이다.

그는 양팔저울에 나를 고깃덩이처럼 올려놓고 있다. 그리고 최화연이 나타나자 맞은편 접시에 그녀를 척척 올리며 서슴없이 비교하고 있다. 나는 허락도 안 했는데 자기 마음대로. 자기 멋대로.

사랑의 무게중심축은 최화연 쪽, 보고 싶고 잘해주고 싶은 욕구의 축은 박지수 쪽.

오락가락 오가는 바늘을 눈여겨보는 그의 민첩한 눈썰미가 대단하다. 감정을 분할하고 각각에 대해 '사랑하는 대상'과 '잘해주고 싶은 대상'으로 정의를 내린 남자의 탁월한 판단력이 놀랍기 그지없다.

윤유호라는 남자에게 있어 박지수라는 여자에겐 절대성이 없다. 비교대상이 있어야 존재감과 무게 근수를 확인할 수 있는 상대적 가치에 불과하다. 결코 유쾌하지 않은 사실이다.

이제야 똑바로 직시할 수 있을 거 같다. 윤유호에게 있어도 그만 없어도 그만인 한없이 가벼운 박지수의 존재감을.

한동안 미동도 없이 앉아 있던 그가 의자를 스르르 밀고 자리에서 일어났다. 그리고 몸을 돌리는 순간 바로 뒷자리에 앉아 있던 나를 알아보고 우뚝 서버린다.

놀라움, 당황스러움, 은밀한 대화를 엿들은 결혼상대방에 대한 미안함과 불쾌감……. 남자의 모든 감정이 텔레파시처럼 속속들이 전달된다. 서서 약 5초간 머뭇거리던 그가 내 앞에 앉는다.

"언제 왔어요?"

질문엔 아무 말 없이, 예전에 그가 집에 와서 화풀이용으로 내팽개치고 간 은색 넥타이를 가방에서 꺼내 내밀었다. 그는 그것을 재킷 주머니에 아무렇게나 넣고 다시 물었다.

"나한테 할 말 있는 거 알아요. 말해요."

많다. 하지만 최화연처럼 후진 말을 늘어놓고 싶진 않다. 나는 제일 먼저 생각나는 것, 그와 나 사이에 가장 중요한 것을 차분하게 물었다. 당장 코앞에 닥친 일이기도 하다.

"우리 결혼. 어떻게 할까요?"

목울대가 꿈틀거리는가 싶더니 그가 곧장 대답한다.

"그 얘기라면 오래전에 끝났어요. 예정대로 잡아놓은 날짜에 지수 씨랑 결혼할 거예요."

됐다. 그걸로 충분하다. 더 이상은 알고 싶지도 않고, 알 필요도 없다. 더 물어보기엔 내가 너무 지친 상태다.

"그럼 됐어요."

간결한 대답과 함께 자리에서 일어나자 그가 벌떡 일어나 내 팔을 붙잡는다. 비명을 지르고 싶을 정도로 아프게. 뭔가를 호소하지만 당장 말로 하기 어렵다는 남자의 '복잡'한 눈빛이 화살촉처럼 날아온다.

하지만 나는 그의 간절함보다 다른 것에 더 신경이 쓰인다. 우리를 바라보는 사람들의 호기심어린 시선이 창피하다거나, 며칠 후에 노출이 심한 무거운 드레스를 입어야 하는데 팔뚝에 시퍼런 멍이라도 남으면 입장이 곤란할 것 같다는 종류의 사소하고 하찮은 사안들.

그 외엔 다른 생각을 할 겨를이 없다. 하고 싶지도 않다. 하지 않아야 한다. 했다간, 한다면, 미친 여자처럼 머리를 쥐어뜯고 소리를 지르며 꺼이꺼이 울어버릴 거 같다.

고작 사랑 때문에, 분비기간이 기껏 18개월에서 30개월밖에 되지 않는 호르몬 분비활동 때문에 무너지고 싶지 않다. 이 남자 앞에서, 이 남자 회사가 있는 강남 바닥에서 자존심 없이 눈물 흘리며 땅을 치고 통곡하고 싶지 않다. 지금까지도 충분하다. 더 이상 추해지고 싶지 않다.

“지수 씨. 우리, 다른 곳에 가서 잠깐 얘기 좀 해요.”

시간낭비다. 이제 알 거 다 아는데 또 무슨 얘기를 하나? 나는 내 팔을 움켜쥔 남자의 손가락을 하나하나 떼어낸다.

“난 아무렇지도 않아요.”

“지수 씨.”

“정말이에요. 괜찮아요. 아무 걱정 마세요. 식장에서 봐요. 이만 갈게요.”

그 말을 끝으로 커피숍을 나선 후 택시를 탔다. 잠시 후 그가 뛰쳐나와 내가 탄 택시를 쫓아 정신없이 달려오는 게 보인다. 느물거리는 바람둥이 윤유호답지 않다. 감당이 안 될 만큼 촌스러워 보인다. 먼저 차를 타고 자리를 뜬 내가 비교적 세련되고 쿨해 보이길 바랄 뿐이다.

집으로 가서 쉬고 싶지만 그가 찾아와 휴식을 방해할 것이 두렵다. 잠실에 있는 이모의 집도 싫다. 혼자 있고 싶다.

고민 끝에 10만 원대의 비교적 저렴한 가격을 가진 호텔을 찾아 들어갔다. 일요일에 체크아웃할 거라고 말한 후 방에 올라가자마자 나는 침대에 쓰러져 잠이 들고 말았다.

이튿날 새벽에 눈을 떴다. 휴대전화에는 그가 걸었던 백여 통의 수신기록과 수십 개의 문자메시지와 10여 개의 음성메시지가 저장되어 있다.

보지 않아도 뻔한 내용을 굳이 눈과 귀로 확인할 필요는 없다. 모든 기록을 가차 없이 삭제해버렸다. 그리고 팀장에게 정말 죄송하지만 급한 개인사정으로 연차를 하루 쓰겠다고, 이모에게는 결론이 났으니 아무 걱정하지 말고 연락할 때까지 지연이 단속을 부탁한다고, 마지막으로 그에겐 일요일에 식장에서 보자는 문자메시지를 연달아 보냈다.

거의 동시에 울리는 휴대전화. 겁이 더럭 난다. 받지 않을까 했는데 액정화면에 떠오른 사람은 이모다. 받을까 말까 망설이다가 전화를 받는다. 이모에겐 이 사태를 알릴 의무가 있다. 무조건 피한다고 될 일이 아니다.

— 어떻게 됐니?

이모의 목소리가 깔깔하다. 밤새 한잠도 못 잔 목소리다.

"……그렇게 됐어."

— 그렇게? 어떻게?

"……이모가 말한 그대로야."

휴대전화 너머로 이모가 육두문자를 내뿜는다. 개새끼, 쥐새끼, 바퀴벌레 같은 새끼. 찬란한 욕들의 향연을 난 묵묵히 듣고만 있다. 이모의 말 너머로 수신음이 교차된다. 이모와 통화하는 지금 누군가 나에게 전화를 걸고 있다. 그게 누군지 안 봐도 알 수 있기에 못 들은 척 외면한다. 욕을 퍼붓다 지친 이모가 한참 동안 씩씩거리다 푹 잠긴 목소리로 묻는다.

— 어떻게 할 거야?

"어떻게 할지, 지금부터 생각해서 정리하려고."

윤유호에 이어 이젠 내가 이모한테 욕을 한 바가지 얻어먹을 차례구나. 내가 이럴 거라고 했어 안 했어, 잘하는 짓이다, 등등. 온갖 악담을 들을 각오를 단단히 다진다. 내겐 그럴 의무가 있다. 또다시 귓

전에 울리는 수신음을 무시한 채 휴대전화를 귀에 바짝 댄다. 두 눈을 똑바로 뜨고, 두 귀를 활짝 열고 정면을 바라본다.

— 지금 어디니? 내가 거기로 갈게. 같이 있자.

예상범위에서 어긋난 이모의 말에 허를 찔렸다. 갑자기 눈물이 핑 돈다.

"이모. 나, 바보 같지?"

— 맞아. 바보 같아. 알긴 아는구나.

"욕, 왜 안 해?"

— 사람이 사람을 비난하긴 쉬워. 자기 마음에 안 들면 실컷 비난하고 도와주지도 않으면서 욕하고. 그러다 상관없다며 손 탁탁 털고 지나치면 끝이니까. 내 일이 아닐수록, 처음부터 삐딱하게 볼수록 더 그래. 하지만 이건 네 일이야. 다른 사람도 아닌 내 조카 일. 너를 탓하고 비난할 시간이 있다면, 차라리 네가 상황을 수습하는 시간과 여유를 주는 게 맞는다고 봐.

늘 그러했듯, 결정적인 순간만큼은 내 편이 되어주는 이모다. 세상 외톨이가 되어버린 것 같은 이 시점에 이모 같은 사람이 있다는 것이 눈물겹게 감사하다. 와달라고 하고 싶은 마음을 꾹 참고 혼자서 결정하겠다고 밝히자 이모가 작게 한숨을 쉰다. 그리고 전화를 끊기 전 마지막 결정적 한마디를 한다.

— 박지수다운 결론을 내. 믿는다.

전화를 끊기 무섭게, 내가 이모 전화를 받는 동안 받지 못했던 다른 사람의 흔적이 부재중 통화로 전화기록에 새겨진다. 윤유호, 윤유호, 윤유호, 윤유호, 윤유호……. 또다시 윤유호라는 세 글자가 액정화면에 뜬 순간, 나는 휴대전화 배터리를 빼버린다. 이건 내 일이니까. 그 남자가 끼어들 일이 아니니까.

그가 세게 잡았던 팔뚝엔 불그스름한 손가락 자국이 남아 있다. 다행히 수치스러운 멍은 들지 않을 것 같다.

샤워를 마치고 나와 머리를 말린 뒤 룸서비스로 부가세 10퍼센트가 별도로 붙는 북엇국을 시킨다. 식욕은 없었지만 일단 먹기 시작하니 밥과 국이 쑥쑥 들어간다. 음식을 거부하는 뇌와 심장과는 달리 위장은 심하게 굶주리고 있었나 보다. 전날 폭음을 했던 중년사내마냥 해장국에 밥을 말아 시원하단 소리를 연발하며 몇 번 씹지도 않고 허겁지겁 삼킨다. 주발에 붙은 찰진 밥알까지 알뜰하게 떼어먹는다.

깨끗이 비워진 그릇과 함께 다급한 허기도 정리되었다. 이제 남은 것은 일요일에 결혼식장에 들어서기 전까지 필요한 짐을 챙겨오는 것과 무력하게 흩날리는 내 마음과 생각의 질서를 바로잡는 일이다. 새하얀 시트가 깔린 침대에 앉아 머리를 하얗게 비우고 차근차근 생각을 정리해본다.

이건 모두 내 탓이다. 결혼하지 않는 이상 회수할 가능성이 전혀 없는 결혼축의금을 어떻게든 받아내겠다는 욕심에, 결혼하지 않으면 절대 받지 못하는 휴가 욕심에 윤유호라는 남자가 제안한 계약결혼에 응한 것도 나다. 끝이 보이지 않을 만큼 거대한 화근을 키운 것도 나고 책임질 사람도 나다.

윤유호라는 남자가 나를 배신한 건 아니다. 그가 어떤 사람인지 파악하고 있으면서, 내가 그와 합의한 계약을 달달 외우다시피 하면서, 심지어 최화연이 한국에 있다는 사실까지 알면서 그와 섹스를 한 것도 나다. 그러므로 그를 탓하면 안 된다. 그런데도 그가 나를 배신한 것 같다. 그가 밉고 원망스럽다.

내가 휘두른 도끼에 내 발등이 찍혔다. 꼴좋구나, 박지수.

그렇게 잘난 척, 똑똑한 척하더니. 내 감정을 내 이성으로, 계약서에 나열된 단어로 내 선택을 모두 컨트롤할 수 있을 것처럼 쿨한 척, 합리적인 척 나대더니. 세상의 모든 일반상식과 통속적인 관념에 맞서 싸워 다 이길 수 있는 것처럼 굴더니. 결국 이렇게 됐구나.

배신감에…… 자책감에…… 공허한 눈물만 속절없이 주룩주룩 흘러내린다.

대책 없이 판돈이 커진 이 도박을 수습할 길은 멀고도 멀어 보인다. 그러니 더 이상 무너져선 안 된다. 호르몬에 취해 내 인생에 하등 쓸모없는 소모적인 감정놀음에 약해질 수는 없다. 이 순간 아무 도움도 되지 않는 눈물을 닦고 감정을 추스른다. 이제 단단히 정신 차려야 한다.

결혼을 할 것인가, 말 것인가부터 고민한다. 정확히 10분 만에 결론이 나온다. '한다'로.

이건 허세가 아니다. 의무다. 책임감이다.

계약이라는 건 목적을 전제로 꼭 해야 할 것과 절대 하지 말아야 할 것을 규정한 문서다. 윤유호라는 남자는 이 결혼을 한다고 했다. 그러므로 나도 해야 한다. 아니, 할 것이다.

그는 나를 사랑하지 않는다. 그러나 최소한 나를 동업자로, 계약상 파트너로 존중하고 있다. 그러므로 나 역시 우리 계약을, 내 동업자를 존중해야 한다.

우리의 계약결혼 문서에 사랑에 대한 전제는 없다. 나도, 그도, 그런 걸 약속한 적이 없다. 사랑은 내 속에서 느닷없이 발생한 돌발감정일 뿐이다.

회사 대 회사의 계약에서 일방의 내부에 어떤 일이 생겼다 하여 나머지 일방이 계약조건을 봐주지는 않는다.

이 돌발감정은 내가, 오직 나 혼자만 감당해야 할 몫이다. 내 감정을 핑계로 멋대로 도망쳐선 안 된다. 그건 비겁한 짓이다.

의무를 저버리고 내 감정에만 충실했다 쳐도 그렇다. 이 결혼에서 눈 딱 감고 도망칠 순 없다. 그렇게 된다면, 그건 윤유호라는 남자에게 내가 완전히 무너졌음을 알려주는 꼴이 되어버릴 테니까.

지금까지 충분히 깨질 만큼 깨졌다. 부서질 만큼 부서졌다. 복구하려면 시간이 얼마나 걸릴지 모른다. 지금까지 힌트 준 것만으로도 충분하다. 내가 윤유호라는 남자 때문에 얼마나 산산조각이 나버렸는지 더 이상은 노출시키고 싶지 않다.

'내 죽음을 적에게 알리지 마라.'는 말을 마지막으로 이순신 장군은 죽었다. 그는 그렇게 죽었지만 노량해전은 끝까지 계속 이어졌다.

끝날 때까지 끝난 게 아니다. 인생을 살다 보면 마음에 들지 않더라도 때로는 끝까지 그냥 가야 할 때가 있다. 혀를 깨물고 죽고 싶을 정도로 하기 싫은 일도 해야 할 때가 있다. 코앞으로 다가온 나의 계약결혼이 바로 그런 순간이다.

결혼식이 열리는 D데이까지 앞으로 이틀.

고작 48시간밖에 남지 않았다.

그동안 나는 많은 것들을 준비해야 한다.

얽히고설킨 이 모든 상황을 차곡차곡 정리하여 상호평등의 원칙에 입각한 갑 대 갑의 원래 계약으로 되돌릴 이성을.

윤유호의 손을 잡고 나란히 결혼식장에 들어설 힘을.

노모
메리지쿠스

결혼이라는 이름으로 체결한 계약을 계약 그대로 지킬 의지를.

나를 보호하고, 내 인생을 지켜내고, 내 정체성을 온전히 유지할 수 있는 다짐을.

사랑이라는 강팍하고 미련한 호르몬 활동에 미쳐 무너지지 않을 에너지를.

그리고 엄마처럼 살지 않겠다는 오랜 맹세를 지켜낼 절실한 방법을.

13. 다기망양 多岐亡羊

: 길은 많아도 선택은 하나. 초심을 잃지 말자.

호모 사피엔스(Homo sapiens), 생각하는 사람.

호모 사피엔스 사피엔스(Homo sapiens sapiens), 생각하고 또 생각하는 사람.

호모 날리지언(Homo knowledgian), 미래학자들이 정의한 또 하나의 생각하는 사람.

호모 하빌리스(Home habilis), 능력 있는 사람.

호모 루덴스(Homo ludens), 유희를 즐기는 사람.

호모 파베르(Homo faber), 기술을 사용하는 사람.

호모 로켄스(Homo loquens), 언어를 사용하는 사람.

호모 폴리티쿠스(Homo politicus), 정치하는 사람.

호모 이코노미쿠스(Homo economicus), 경제활동을 하는 사람.

호모 릴리글로수스(Homo religlosus), 종교활동을 하는 사람.

호모 아르텍스(Homo artex), 예술을 하는 사람.

호모 마지쿠스(Homo magicus), 마술을 하는 사람,

호모 그라마티쿠스(Homo grammaticus), 문법적인 사람.

호모 텔레포니쿠스(Homo telephonicus), 전화하는 사람.

호모
메리지쿠스

호모 모벤스(Homo movence), 탄력적인 정보교류로 움직이는 사람.

호모 코레아니쿠스(Homo coreanicus), 미학자 진중권 님이 정의한 한국적인 사람…….

이 외에도 '호모'라는 두 글자를 앞세워 다양한 인간을 분류하고 정의하는 말은 많다. 호모 에로스, 호모 부커스, 호모 노마드 등등. 하지만 결혼에 집착하고 매달리고 강요하는 사람을 분류하여 정의를 내린 말은 아직 없는 것 같다. 없다면 새로 만들면 된다.

결혼하는 인간, 결혼을 꿈꾸는 인간, 무조건 해야 한다며 결혼을 강권하는 인간의 학명. 이름 하여 호모 메리지쿠스(Homo marriagecus).

아주 먼 훗날, 지구가 멸망하지 않는다면 미래의 후손들은 이렇게 말할지도 모른다.

"호모 메리지쿠스란 결혼에 목숨을 걸고 덤볐던 과거의 인간을 정의하는 학명입니다. 그들의 생활습성은 결혼에 죽고 결혼에 산다, 이유는 따지지 말고 무조건 결혼해라, 나이 차면 닥치고 결혼하자, 대강 이렇습니다. 우리 눈으로 봤을 땐 원시적이고 비합리적이지만 당시로선 그게 일반적이었습니다. 지금은 모두 멸종했습니다. 지금 결혼은 그런 게 아니니까요."

그때의 일반적인 결혼은 어떤 모습을 취하고 있을까?

어렸을 때부터 지금까지 나는 언제나 비주류였다.

어린 시절엔 부모가 없다는 이유로 친구들 사이에서 변두리로 떠돌았고, 나이가 들었을 땐 여느 이들과 달리 결혼하지 않았고 할 생각도 없다는 이유로 사회적 불가촉천민으로 취급당했고, 그래서 하게 된 결혼 역시 일반적인 가치관과는 거리가 먼 것을 선택했다.

먼 미래에 살아갈 사람들의 눈에는 내가 어떻게 보일까? 내 결혼이 어떻게 보일까? 나는 호모 메리지쿠스일까, 아닐까?

혹시 그때에도 호모 메리지쿠스의 범주에 끼우기 힘든 불가촉천민 내지는 이름마저도 열성으로 보이는 '기타'라는 이름으로 한데 뭉뚱그려진 비주류가 되어버리는 걸까? 윤유호라는 남자의 인생에서 절대적 가치를 잃고 휘둘리고 너풀너풀 헤매는 것처럼? 참을 수 없는 내 존재의 가벼움. 이젠 짜증난다.

그런데 나는, 박지수라는 여자는 정작 무엇으로 분류된 존재가 되고 싶어 하는 걸까.

먼 미래의 사람들에게서, 윤유호라는 남자에게서, 어떤 이름으로 불리고 어떻게 기억되길 원하는 걸까.

……모르겠다.

딱히 바라는 것도 없으면서 일반의 부류에서 제외되는 건 싫다고 우긴다. 특이하길 바라면서 그렇고 그런 분류로 똑같이 취급되는 건 싫다며 고집 부린다.

이게 뭐 하자는 짓인지. 이런 내 자신이 싫다.

언제 어디에 갖다 붙여도 눈치 없이 삐죽 튀어나오고, 제대로 섞이지 못한 채 부평초처럼 둥둥 떠다니는 가벼운 내 존재감에 물려버린다. 다 때려치우고 어디론가 도망쳐서 숨어 살고 싶지만 그럴 순 없다. 이 결혼만큼은 반드시 해야 하니까. 그게 계약이니까.

마음만 먹는다면 결혼만큼 쉬운 것도 없다. 또 조건을 두고 따지면 결혼만큼 어려운 것도 없다. 생각하면 할수록 쉽고 또 달리 생각하면 할수록 더 어려워지는 것. 쉬운 만큼 더 불안정해지고 어려운 만큼 더 불완전해지는 것. 그것이 바로 결혼이다.

이유야 어찌되었건 나는 결혼을 하기로 계약했고 바로 지금 그 행사의 클라이맥스가 준비되고 있다. 이 행사가 잘 치러져야 앞으로의 내 생활이 순탄하다. 그러므로 오늘 하루만큼은 더할 나위 없이 행복한 신부라는 이름의 배우가 되어야 한다.

철저하게. 그리고 완벽하게.

일요일 꼭두새벽, 호텔을 나와 집에 들러 짐을 챙겨들고 웨딩플래너와 약속한 식장 미용실에 들어선다. 일사불란하게 움직이는 사람들에게 얼굴과 머리를 내맡긴 채 몇 시간 앞으로 다가온 결혼식 개막을 위해 마음을 비운다. 하지만 눈은 거울에 비친 결혼동업자에게 틈틈이 향하고 있다.

인조가죽 소파에 우두커니 앉아 있는 남자의 안색은 산성이 강한 표백제로 세척한 것처럼 창백하다. 눈빛은 슬퍼 보이기까지 한다. 나와 시선이 마주칠 때마다 그는 목을 15도 각도로 좌우로 움직였다가 흑백으로 모자이크 처리된 바닥을 한 번 훑고서야 고개를 들어 올린다. 며칠사이에 심장이 반으로 압축되었거나 O형이라는 혈액형이 A형 아니, a형으로 변한 것 같다.

난데없는 그의 소심함에 오늘의 행사를 그르치는 건 아닌가 싶어 불안하다. 오늘 하루는 아무런 타박도 하지 않을 터이니 제발 정신 차리고 뻔뻔한 능구렁이 윤유호로 돌아가 원래 하던 대로 하라고 텔레파시로 호소했지만 송수신상태가 좋지 않다.

오전 9시경 웨딩드레스 숍 여직원들이 비닐로 포장된 요란뻑적지근한 드레스와 면사포, 턱시도를 들고 도착했다. 그가 주문한 것이다. 이게 대체 무슨 일인가 하며 의아해하는 웨딩플래너에게 나는 원래 예복으로 입겠다고 했다. 계약의 취지를 복원하는 첫걸음이다. 그가 무엇을 입을지, 그들과 어떻게 마무리할지는 내 소관이 아니다.

약간의 우여곡절 끝에 주문자 윤유호에게 잔금 전액지불 확답을 받은 숍 여직원들은 드레스만 들고 돌아갔다. 세 명이 들고 받치고 있는데도 무거워 보이는 저 옷을 하마터면 나 혼자 입고 몇 시간 동안 견딜 뻔하다니. 간담이 서늘해진다. 신년연휴 이후 정신이 하나도 없어 예전 예복을 미처 취소하지 못한 사실에 감사할 따름이다.

1차로 머리와 얼굴에 분장이 끝났다. 웨딩플래너가 다음 순서를 확인하는 틈을 타 나는 두 번째 웨딩드레스를 맞추던 날 받은 자줏빛 공단 케이스를 남자에게 되돌려줬다. 그리고 온라인 쇼핑몰에서 사둔 24K 실반지 케이스를 내밀었다.

"내 반지는 이걸로 끼워주세요. 유호 씨 건 유호 씨가 산 걸로 끼워드릴게요."

케사르의 것은 케사르에게, 하느님의 것은 하느님에게.

박지수의 것은 박지수에게, 윤유호의 것은 윤유호에게.

각자의 몫을 고스란히 나눈다. 내 선택을 존중하고 그의 선택도 존중하는 성숙한 동업자로서의 자세다.

그의 얼굴이 한층 더 바래진다. 상처 입은 것 같은 그 표정. 여자 앞에서 약해 보이고 싶을 때 남자들이 선보이는 상투적인 연기다. 알면서도 그가 안쓰럽다.

"지수 씨. 우리, 얘기 좀 해요."

"식 끝나고 둘만 있을 때 얘기해요. 나도 유호 씨에게 부탁할 게 있으니까."

그때 웨딩플래너가 다가와 드레스 룸으로 가자고 청한다. 나는 나중에 보자는 말을 남기고 자리에서 일어난다. 오전 11시 30분경 내가 고른 웨딩드레스와 면사포로 신부 변장을 마치고 이동할 때, 그는 새벽에 비해 비교적 안정된 안색으로 내가 앉았던 자리에 얌전히 앉아 메이크업을 받고 있다. 드디어 텔레파시가 통한 것 같다. 반들거리는 은회색 가운을 입은 남자가 가르마에 맞춰 집게와 실핀을 꽂은 모습을 보니 무거운 기분 속에서도 실없는 웃음이 새어나온다.

결혼식 예비무대인 신부대기실에 들어가자 이모와 지연이 나를 반긴다. 드레스가 다시 바뀐 사실에 의아해하는 지연과 모든 사정을 다 아는 이모의 걱정스러운 시선을 한 몸에 받으며 나는 행복한 신부 역할에 철저하게 몰입한다.

외갓집 식구들을 포함한 친인척들과 친구들과 회사동료들에게 와줘서 감사하다는 예의바른 인사를 건넨다. 신부 역을 맡은 나를 배경삼아 사진을 찍자며 빨간 불빛이 점멸하는 디지털 카메라와 휴대전화 카메라를 들이대는 이들에게도 기꺼이 상냥한 미소를 바친다.

너무 많은 사람들을 단시간에 보고 있자니 정신이 하나도 없다. 정원이 말대로 결혼식이라는 건 일생에 한 번이라면 모를까 두 번 할 짓은 결코 못되는 것 같다.

그사이 신랑 변장을 마친 결혼동업자가 몇 번 왔다갔다. 신부를 보고 싶어 왔냐는 사람들의 객쩍은 놀림과 이모의 따가운 눈초리 속에서 그는 제법 늠름한 신랑 같은 웃음을 선사한다.

저 정도 연기력이면 문제없다. 외삼촌과 함께 축의금 접수와 식권

배급을 맡은 지연의 표정으로 보나 북적거리는 사람들로 보아 축의금 회수전선에도 이상 없어 보인다.

각자의 목적하에 계약을 맺고, 혼주석을 없애고, 웨딩플래너가 라이터로 화촉을 밝히고, 주례와 사회마저도 낯선 타인으로 동원한 진보적인 결혼식은 대단히 진부하게 진행되었다.

대기하고 있던 그와 나는 평이한 사회자 진행에 맞춰 결혼식이라는 이름의 무대에 제때에 정확하게 동반입장으로 들어선다. 평생을 맹세하는 순간에도 주저 없이 예, 라고 답한다.

“이 결혼에 반대하시는 분은 지금 이의를 제기하십시오. 그렇지 않다면 영원히 침묵하십시오.”라는 주례의 극적인 멘트에 “이 결혼, 반대합니다.”라며 철없는 순애보를 발휘하는 남자 따위는 당연히 없었다. 아이를 등에 업거나 손을 잡고 신랑신부 머리채라도 뽑을 것처럼 살기등등하게 나서서 쪽팔림을 감수하는 여자도 없었다. 가장 두려워했던 최화연도 나타나지 않았다. 영화나 드라마에서 심심치 않게 일어나는 일일수록 현실과는 거리감이 있다.

하지만 기어코 문제가 발생한다. 바로 반지다. 내가 준 24K 실반지 대신 그는 자기가 주문한 백금반지를 기어코 꺼내 약지에 끼우려 덤빈다.

고집스러운 애드리브에 나는 순순히 맞장구를 쳐주기로 한다. 수많은 관객들이 지켜보는 무대다. 소품이 마음에 안 든다고 무대에선 주연배우가 실수할 수는 없다.

반지야 나중에 되돌려주면 그만이다. 그 정도 아량은 베풀 수 있다. 이견이 있을 때 적절한 타협과 조율로 이뤄내는 것이 그와 내가 지향하는 상호평등의 원칙이니까. 이제야 계약이 제대로 돌아가는 것 같다.

식은 성황리에 끝났다. 포토타임도 무사히 치러졌다. 부케를 받을 사람을 미처 지정하지 않은 것에 당황한 것도 잠깐, 올해 결혼할 것이라 호언장담하는 회사동료 한 명이 주목받는 단역을 쾌활하게 자청함으로써 근사하게 마무리되었다.

폐백을 생략한 대가로 얻은 휴식시간에 무대의상을 벗고 캐리어에 담아온 연회색 바지정장으로 갈아입고 목을 축인 뒤 다음 무대인 식사시간을 준비한다.

그때 지연이 다가와 오늘 받은 축의금을 어떻게 할 것인지 묻는다. 그리고 청송 친가에서 축의금으로 백만 원을 보내온 사실과 친할머니가 전화로 "피는 물보다 진한 법이야."라고 울먹이며 나중에라도 따로 얼굴을 보고 싶으니 언제든 내려오라고 했다는 전언을 알려온다.

결혼식을 빙자하여 30년 가까이 쌓인 반목과 냉대를 딛고 눈물 속에 극적인 대화합을 이루자는 것인가? 고작 백만 원에? 친할머니와 친가의 눈물겨운 시도에 실소가 나온다. 영화나 드라마를 너무 많이 보셨나 보다.

미안하지만 피붙이를 핑계 대는 신파적인 반전은 취향이 아니다. 억만금을 줘도 소용없다. 피가 물보다야 진하겠지만 세월과 기억 속에 각인된 울화보다는 묽다. 그쪽 어르신들은 나와 내 속에 차곡차곡 쌓인 응어리를 너무 만만하게 보시고 있다. 괘씸하다.

"축의금은 일단 잠실로 가져가고, 청송에서 온 돈은 계좌번호 알아내서 되돌려 보내. 뭐라고 하시면 내 발로 청송에 찾아갈 일은 없으니 쓸데없는 기대는 금물이라는 말도 꼭 전하고."

지연이 난처한 얼굴로 망설이다 결국 물러난다. 고루한 혈연적 메커니즘에 흔들리지 않는 내 행동에 이모는 못마땅한 시선을 보내면서도 끝끝내 입을 다물었다. 마음에 드나 안 드나 미우나 고우나 끝까지 내 편을 들어주는 이모가 너무 고맙다. 오늘처럼 할 일이 태산처럼 쌓인 데다 심경이 예민하고 사나운 날엔 더더욱.

사람들이 식사를 마치고 어느 정도 빠져나갔을 무렵 나와 그는 웨딩플래너와 함께 2막이 준비된 식당으로 이동했다. 이모와 지연, 그의 형과 형수가 함께한 단출한 자리다.

식사를 하는 도중 지인들이 찾아와 축하한다는 인사를 건넸다. 웃으며 답례인사를 정신없이 하는 와중에도 음식은 제대로 입에 들어갔다. 치아는 기계적으로 그것을 씹고 아밀라아제와 섞어 목으로 넘겼다. 인간의 멀티 플레이어적 기질이 놀라울 따름이다.

마침내 신혼여행을 떠나는 시간이 다가왔다. 일종의 커튼콜. 외갓집 식구들과 그의 친인척들에게 다녀오겠다는 인사를 드린 뒤 홀에서 이모와 지연, 그의 형 내외와 웨딩플래너에게 인사하는 것을 마지막으로 그와 함께 주차장으로 내려갔다.

미리 합의했던 대로 차에 요란한 장식도 없고 친구들의 떠들썩한 환송도 없다. 나는 뒷좌석에 내 캐리어를 실은 뒤 조수석에 오른다.

차가 출발함과 동시에 타인의 시선에서 완전히 벗어났음을 확인하자 무대소품이었던 버거운 백금반지를 빼서 조수석 글로브박스에 넣었다.

왼손 약지에서 턱턱 막히던 혈액이 순조로워지고 속도 후련해진다. 도로정체 속에 속도를 낮춰 운전하던 그는 착잡한 표정으로 내가 하는 양을 지켜만 본다.

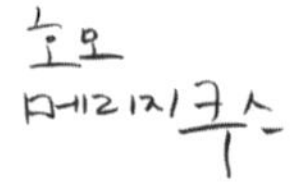

"어디 가서 얘기할까요?"

내 물음에 그가 잠시 멈칫거리며 나를 쳐다본다.

"비행기 시간이 많이 급한데. 우선 공항에 가서 수속 밟은 후에 조용한 곳에서 얘기하는 게 어떨까요?"

훗, 하는 헛웃음이 절로 나온다. 이 사람, 내가 자기와 퍼스트 클래스에 나란히 앉아 샴페인 잔을 기울이며 푸껫으로 날아가 한 침대를 쓰리라고 생각한 걸까? 착각은 자유라지만 이 정도 수준이면 SF 판타지 급이다.

이제 결혼식은 끝났다. 예식장 홀에서 내려왔을 때 연극은 이미 종친 상태다. 신데렐라도 12시 종이 땡 치면 집으로 돌아가야 한다.

지금부터는 현실이다. 그와 나 사이에 섹스로 인해 빚어진 환상과 착각을 부숴야 할 시간. 결혼의 목적을 찾아 각자의 길로 되돌아가야 할 시간.

"나는 가지 않아요."

내 대답에 그의 얼굴이 딱딱하게 굳는다. 대단히 '복잡'한 표정이다. 하지만 나로선 당연하다. 그건 그가 나와 조율 없이 일방적으로 진행한 사안이고, 이미 예약을 해버렸다는 말에 침묵했을 뿐 동의하지는 않았던 상황이니까.

이건 횡포가 아니다. 계약으로 이루어진 내 당당한 권리행사다. 신혼여행에 이미 들어간 내 돈은 너그러운 양보의 미덕으로 포기해주는 거다.

"이러면서 결혼식 한 거예요?"

빙고. 그게 내가 결혼한 목적이니까. 이미 계약한 바대로 내가 할 건 하고 내가 받을 건 받아야 하니까. 그게 우리의 계약이니까.

"지수 씨. 지금 지수 씨가 나한테 얼마나 모질고 독하게 구는지 알아요? 지금 지수 씨 행동이 나에게 얼마나 상처가 되는지, 모르겠어요?"

모질어? 독해? 내가? 설마. 설령 내가 모질고 독하게 굴었다 쳐도 그렇다. 상처? 웃기지 마라. 자기 입으로 '잘해주고 싶은' 여자가 '됐다, 잘 안 해줘도 된다, 치워라, 이제 각자 살자'고 거부했다는 이유로 상처를 받다니. 같잖다.

백 보 양보해서 상처를 받았다 해도 마찬가지다. 설마 이 사람이 나만큼 상처를 받았을까? 어림도 없다.

우리의 계약결혼은 이제 본격적으로 시작이다. 이 사람은 이 사람대로, 나는 나대로 표면상의 결혼을 유지하면서 각자의 삶을 찾아나가면 된다. 홀로 호텔에서 보낸 며칠간, 그럴 자신이 생겼다.

윤유호라는 남자에게 이리저리 휘둘리던 박지수는 더 이상 없다. 이 남자도 그 사실을 알아야 한다.

"지수 씨. 나한테 복수하고 싶어요?"

복수? 피식. 또 헛웃음이 난다.

복수라니. 이 남자, 오버다. 그것도 상당히.

남녀사이에 복수라는 거창한 행위는 긴 세월 동안 애증이 점철되었을 때나 사용이 가능하다. 아무것도 아닌 존재가 그에게 감히 헛된 허례허식을 행할까?

"그런 거 아니에요."

내 대답에 그의 표정이 더욱 '복잡'해진다.

"지수 씨. 내가 어떻게 해주면 좋겠어요?"

"간단해요. 여기에 차 세워주시면 돼요."

호모
메리지쿠스

그는 아무 대꾸도 하지 않는다. 이대로 인천공항까지 갈 것 같다. 그러거나 말거나 상관하지 않는다. 그 정도는 이미 각오한 바다. 집까지 오는 리무진도 시간별로 있으니 걱정할 바 없다. 그가 심술을 부리며 고속도로 중간에 내려주더라도 택시를 타면 그만이다. 바지 정장을 택하고 두툼한 파카까지 챙겨온 이유도, 지갑에 현금을 두둑이 챙겨둔 것도 그 때문이다.

한동안 침묵하던 그가 묻는다.

"아까 아침에 나한테 부탁할 게 있다고 했죠?"

그 말을 기억하고 있다니. 기억력 좋은 동업자가 내심 기특하다. 나는 아주 조심스러운 마음으로, 그의 양보가 없으면 도저히 이루어질 수 없는 사안을 요구했다.

"우리가 한 달 동안 동거하기로 한 거 말이에요. 없던 일로 했으면 좋겠어요."

더 이상은 불필요한 소모전에 힘을 쏟거나 그와 부딪치는 일을 피하고 싶어 한 제안이다. 계약상에도 계약상 조건에 대해 양방 중 일방이 수정이나 변경을 요청할 경우, 양자협의와 동의하에 할 수 있다고 되어 있다.

만약 이 남자가 안 된다, 계약했으니 무조건 지키라고 거절하면 그 집에 들어가 살 거다. 같은 집에 살더라도 마음만 먹는다면 야근과 밤샘 등을 핑계로 얼굴 마주치지 않도록 스케줄을 조정하는 건 얼마든지 가능하다. 그래도 같은 공간에서 숨 쉬는 게 싫은 건 싫은 거니 말이라도 한번 해볼 뿐이다.

몇 분 후. 긴 한숨을 내쉬며 그는 택시 정류장에 차를 세운다.

"지수 씨가 원하는 대로 해요."

"집 문제는요?"

"……집 문제도요."

믿기 힘들 정도로 선선한 동의다. 불쾌한 감정다툼을 벌이거나 유치한 호승심을 발휘하지 않고 매너를 지키는 그가 이 순간만큼은 너무 고맙다.

"아침에 제가 드린 반지, 돌려주세요."

그는 주머니에서 24K 실반지가 든 케이스를 꺼내 건네준다. 줄 것을 모두 주고, 받을 것을 모두 받고 나니 편안해진다.

오늘부로 표면상이지만 남편이라는 이름을 가진 동업자를 향해 나는 악수를 청했다. 앞으로 잘 부탁한다는 뜻이며, 나도 대외적인 아내로서 못지않게 노력하겠다는 뜻이다. 하지만 그는 내 손을 잡지 않는다. 그저 '복잡'한 표정으로 나를 뚫어져라 바라볼 뿐이다.

태연을 가장하며 차에서 내려 캐리어를 꺼내든다. 그리고 "잘 다녀오세요."라는 싹싹한 말로 인사를 대신한다. 그는 묵묵히 고개를 끄덕인 후 차를 출발시켰다. 차가 인천공항 방향으로 들어서는 것을 확인한 뒤 택시를 잡고 집으로 향한다.

심신이 고단하다. 결혼으로 받은 휴가 동안 두문불출하며 푹 쉬고 싶다는 생각뿐, 그 외엔 아무것도 생각나지 않는다.

피자와 중국음식을 시켜먹으며 공중파 및 케이블 방송과 함께 결혼휴가 이틀을 빈둥빈둥 흘려보낸 뒤 이모에게 전화를 걸어 축의금으로 들어온 돈을 확인했다.

대강 셈을 해보니 내가 투자한 돈과 웨딩플래너에게 치를 잔금과 식대를 제외하고도 약 구백만 원이라는 거금이 남는다. 거기에 더해

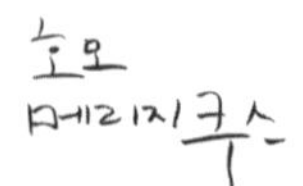

외갓집에서도 이모에게 오백만 원을 보내주셨다고 했다. 회사이름으로 공식적으로 나올 축의금 백만 원까지 합산해보니 단 하루 만에 앉은 자리에서 순수익으로 천오백만 원을 벌어들인 셈이다. 장사로 따진다면 대박이다. 이모에게 통장번호를 불러주고 돈을 입금해달라고 부탁한 뒤 전화를 끊었다.

휴가와 돈. 이 결혼으로 내가 원하는 목적을 모두 이뤘는데도 전혀 기쁘지 않다. 열없는 웃음이 연달아 튀어나온다.

매 1초 1분마다 지나치게 많은 생각이 든다. 시속 100킬로미터 이상으로 달리는 차에 앉아 무료하게 바라본 바깥 풍경들이 망막에 새겨지듯, 채 인지도 못 한 찰나의 숱한 상념들은 신경계를 타고 마음을 종착지 삼아 차곡차곡 쟁여진다.

윤유호, 결혼, 섹스, 최화연, 사랑.

기억하지 않아도 될 많은 단어들로 인해 멀미가 났다. 알감자처럼 주렁주렁 무르익은 감정의 과부하에 헛배가 부르다.

아무것도 생각하지 않고 그 누구도 떠올리지 않기 위해 노력하는 동안 입맛이 뚝 떨어진다. 굶어도 굶은 것 같지가 않다. 의미 없는 시간들이 무심히 흘러간다.

휴가가 끝나고 나는 월요일 아침 정시에 출근했다. 와르르 쏟아지는 축하인사를 받으며 나는 평소와 다름없이 일을 시작했다.

왼손 약지에 낀 24K 실반지 외에 달라진 것은 아무것도 없는데, 나를 보는 사람들의 시선은 어딘지 모르게 음흉하다. 며칠사이 핼쑥해졌다며 신랑이 잠을 안 재웠느냐는 객쩍은 농담을 서슴없이 건네는 이도 있다.

소위 첫날밤이라는 것 때문인가?

새삼스럽긴. 우습다. 그날 해야 할 메인 행사인 섹스는 이미 할 만큼 다 해봤다. 무면허로 하는 사람들도 세상에 널리고 널렸다. 결혼했다고 섹스라는 성행위의 의미가 남달라질 것도 없고, 부부가 되었다고 테크닉이 하루아침에 일취월장할 리도 없다.

결혼했다는 이유 하나만으로 흥미진진한 블록버스터 예고편을 구경하듯 공식석상에서 남의 침대생활을 짐작하고 거론하는 그들의 관심사와 한가로움이 유치하기 짝이 없다.

정원과 현경 등 친구들로부터 무수히 많은 전화와 문자메시지가 쏟아졌지만 푸껫에 다녀왔을 동업자에게선 아무 연락도 오지 않았다. 일전에 받았던 단 한 줄짜리 유치한 내용이 적힌 메일도 없다.

뉴스에서 비행기 사고나 폭동과 천재지변이 없던 걸로 보아 멀쩡히 살아 돌아왔음이 분명한데도 그는 감감무소식이다. 기다리다 못해 안부 인사를 겸하여 문자를 보내봤지만 답은 돌아오지 않는다. 전화를 걸어도 받지 않는다. 제대로 씹힌 거다.

곧장 자기 계약의 목적인 방종한 성생활에 돌입하느라 바쁜 걸까. 아니면 최화연을 만나느라 연락을 꺼리는 걸까.

결혼을 하기로 합의하고 계약서에 도장을 찍던 당시의 초심을 되새기며 그가 누구를 만나건 아무 상관없는 일이라며 신경을 끊는다. 그가 최화연 때문에 안 되겠으니 이혼하자고 요구한다면 5억의 돈벼락을 맞으니 그것도 괜찮다며 자위하면서. 그러나 가슴 한편이 쿡쿡 쑤시는 반사작용은 막을 도리가 없다.

계약서 검토, 제휴제안서 작성, 미팅, 회의……. 누가 하건 별로 티도 안 나는 일상업무를 또박또박 처리하고 임자가 생겼다며 놀려먹

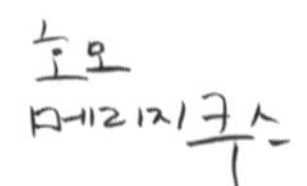

는 의례적인 식사자리와 술자리를 몇 차례 치르고 나니 금요일 오후다.

퇴근 후 엘리베이터에서 내렸을 때 무의식적으로 로비를 훑는다.

나는 나도 모르게 윤유호라는 남자가 그곳에서 나를 기다리기를 기대하고 있었던 걸까, 아니면 그가 있을 것을 두려워하고 있었던 걸까. 그가 없는 것을 확신했을 때 든 감정의 정체는 실망감이었을까, 안도감이었을까.

초중고 12년과 대학교 4년을 합한 16년간의 정규과정 코스를 밟고 각종 학원과 세미나 및 코스 과정을 통해 내 것이라 여겨온 알량한 지식이 참으로 무참하다.

내 마음이나 감정에 대한 정의도 제대로 못 내리는 주제에 난 뭘 그리 많이 안다고 착각했는지.

주말의 외로움을 견디지 못하고 밤에 잠실로 향했다. 현관문을 열어주던 이모는 2주 만에 보는 조카 얼굴을 보고 흠칫 놀란다. 그 뒤에 서 있는 동생은 단단히 화가 난 표정이다.

"얼굴이 이게 뭐야?"

다소 격앙된 두 여자의 이구동성은 여러 가지를 시사하고 있다. 그간 핼쑥해졌다던 사람들의 말이 빈말이 아니라는 것, 지연이도 그와 내 사이에 어떤 일이 있었는지 모두 알게 됐으리라는 것, 내가 지금 두 사람의 민폐덩어리가 되어버렸구나 하는 것 등등.

"안 되겠다. 지수야. 당분간 여기서 지내. 열쇠 내놔. 내가 필요한 걸 챙겨올 테니까."

이모의 말이다. 싸우기도 싫고 진정으로 걱정하는 사람 앞에서 세른세 살다운 독립심을 발휘하기도 귀찮다. 진이 빠져 있던 나는 순순히 집 열쇠를 내밀었다.

"도대체 왜 그래? 기운 차려서 그 인간 싸대기를 백 타 연발로 날려도 속이 시원찮을 판국이구만. 내가 언니 대신 가서 갈겨줘? 밥을 왜 밥 먹듯이 굶어? 단식투쟁이야? 언니가 간디야?"

입맛이 없다며 식사를 몇 번 거부하자 지연이 잔뜩 독이 올라 퍼부은 말이다. '안토니오 반데라스 그 아저씨'도 아니고 '형부'도 아닌 '그 인간'이라는 호칭에는 열혈동생의 분노가 다분히 실려 있다.

하나뿐인 언니를 걱정하는 지연의 마음이야 고맙지만 그를 때릴 자격이 내게는 없다. 동생이 분통을 터뜨리며 나를 대신해 갈기네 마네 할 이유는 더더욱 없다. 그리고 언제는 눈 딱 감고 그가 해주는 대로 받으라더니 지금은 왜 이렇게 화를 내는 건지.

"나는 그 인간이 정말로 언니를 좋아하는 거라고 생각했어. 안 그랬으면 내가 그렇게 말했겠어? 언니도 그 인간한테 마음이 있었잖아. 그러니까 언니도 그 인간을 믿고 같이 잤던 거잖아. 아니야?"

좋아하면, 마음만 있으면, 같이 자면…….

여자는 경제적 우위에 있는 남자로부터 분수에 넘치는 물건들을 선물이라는 이름으로 받아도 된다는 정당성이 덧붙여지는 걸까? 지연의 정체성에 대해 다시 헛갈린다.

"그 사람은 언니 첫 경험 상대야. 그 사람을 사랑하니까 언니가 서른세 해 동안 지켜온 순결을 바친 거 아니야?"

첫 경험 상대? 맞다. 키스를 해봤건, 페팅경험이 있건, 내 인생에 있어 윤유호와의 섹스는 처음이니까. 그건 객관적인 사실이다. 사랑한 거? 맞다. 인정한다. 주관적인 사실이다.

그런데 서른세 해 동안 지켜온 순결? 바쳐?

내 동생 입에서 이따위 저질스러운 표현이 튀어나오다니. 이것만큼은 참을 수 없다.

"지연이 너, 진짜 웃긴다. 섹스는 선택이야. 네가 하기로 마음먹은 것처럼, 난 안 했고, 하려고 했는데도 못 했고, 그러다 보니 할 기회가 없었던 것뿐이라고."

지연이 당황한 기색으로 뭔가 말하려고 입을 연다. 불행히도 내겐 동생 말을 들어줄 여유가 없다.

"순결? 지연이 네가 정의하는 여자의 순결이라는 게 고작 처녀막이 있네 없네 하는 거니? 너한텐 여자의 순결이라는 게 고작 그런 의미야? 그럼 오럴 경험만 있는 애들은 뭐니? 걔들은 순결한 거니? 네가 클린턴이야? 모니카 르윈스키냐고!"

"언니, 난……"

"내가 그 사람이랑 같이 잔 건 맞지만, 난 그 사람한테 뭘 바친 적 없어. 바친다고 생각해본 적도 없어. 바쳐? 뭘 바쳐? 바치다의 사전적 의미가 뭔지 알아? 신이나 웃어른에게 뭔가를 정중하게 드린다는 거야. 난 그 사람을 신이나 내 웃어른으로 생각해본 적, 단 한 번도 없어. 나와 동등한 입장의 남자로 봤을 뿐이야."

"언니, 난 언니 첫 경험을 그 인간이 가져갔다는 게 화가 나서……"

"가져가긴 뭘 가져가? 내 첫 경험은 내 거야. 아무도 못 가져가. 하지만 네 첫 경험은 네 것이 아니지? 넌 줬으니까. 어느 놈팡이한테 네 순결을 바쳤으니까. 그놈이 네 순결을 가져갔으니까. 네 첫 남자와 헤어지고 다른 남자 사귀다 잔 적은 없니? 네 스스로가 무척 혐

오스러웠겠구나. 네가 순결하지 않다고 생각돼서. 네가 더럽다는 생각이 들지는 않디? 너 같은 애는 남자를 새로 사귈 때마다 처녀막 재생수술을 받아야겠다. 순결해지려면."

지연의 안색이 싹 변한다.

"언니, 말이 너무 심하다."

나는 동생의 말을 싹둑 자르고 다시 쏘아붙였다.

"심해? 툭하면 여성인권 어떻고, 여성의 자아 어떻고 입으로는 나불나불 떠들어대면서, 자기 언니한테 서른세 해 동안 지켜온 순결을 바친다 운운하는 말을 쉽게 내뱉는 네가 더 심해. 더 폭력적이야. 네 것이라곤 하나도 없는 남근중심적인 사고방식이 부끄럽지 않아? 개마초네 뭐네 욕할 거 하나도 없어. 내가 보기엔 바로 네가 그 마초들의 사고방식에 길들여진 걸로 보여. 알아?"

지연이 뭔가 반박하려다 멈칫거리며 입을 다문다. 자신의 속에 내재된 이율배반에 할 말이 없을 수도 있고, 힘든 언니를 위해 한 발 양보한 것일 수도 있다.

"미안해. 내가 잘못 말했어. 말이 잘못 나갔어. 난 다만, 언니가 그 인간을, 그래도 어쨌거나 내가 형부라고 부르게 될 사람인데. 그 사람을 진짜로 사랑했으니까 같이 잔 게 아니냐는 얘기를 하고 싶었을 뿐이야."

그와 나 사이에 어떤 감정이 존재하고 섹스를 했다는 이유만으로 문서로 정의한 특수한 결혼이 일반화되리라고 생각한 것인지. 그게 아니면 자기가 형부라고 불러야 할 특수한 사람은 섹스와 사랑을 구분하는 남자들의 일반성과 거리감이 있는 것이라 오해한 것인지.

일반성과 특수성이 맞부딪치는 내 인생의 급조류 속에서 제삼자인 지연이 어떤 생각을 했는지 짐작하기 힘들다. 기실은 하기도 귀찮다.

"하여간에 그 인간이 개새끼야. 사람을 풀어서 확 패버릴까 보다. 아님 고자로 만들어버리든가."

20대답게 욱하는 성질도 많고 아직 피가 뜨거운 동생이다. 여차하면 그의 따귀를 갈기고 사람 풀어 때리거나 고자로 만드는 정도가 아니라 맨손으로 백두산 호랑이도 때려잡아 올 기세다.

"깨죽 끓여왔어. 좀 먹어봐."

마음에 안 들면 앞뒤 가리지 않고 사건사고를 치는 지연을 막는다는 대승적 차원에서, 그리고 사납게 면박 줬던 것이 미안해서 지연이 끓여온 깨죽을 몇 술 떠야 했다.

느끼하고 텁텁하다. 마음에 안 든다. 지연이도, 깨죽도.

부가세가 별도로 따라붙었던 시원하고 칼칼한 호텔 북엇국이 그립다.

시간은 잘도 흘러간다.

이모 집에서 출퇴근하며 평일에는 일을 하고 주말엔 내내 잠을 잤다. 그리고 집에 두어 번 들러 지로납부용지와 우편물을 챙겨왔다.

전기요금, 도시가스요금, 두 달 치 수도세, 인터넷회선 사용료와 휴대전화요금 고지서는 물론 지금까지 단 한 번도 낸 적 없는 적십자회비 고지서까지 은행에 들고 간다. 합산금액은 16만 6천 8백 10원.

흐트러진 감정 속에서도 내가 꼬박꼬박 누린 일상의 대가다. 꼬랑지에 붙은 10원마저도 에누리하기 힘든 가격을 다달이 부쳐야 할 월세와 함께 일시불로 지불한다. 누더기가 되어버린 내가 깔끔하게 처리할 수 있는 유일한 일이다.

결혼동업자에게선 계속 아무 소식도 없다. 2월 초에 있는 설 연휴 때 어떻게 할 것인지를 묻는 전화와 문자메시지를 그는 줄기차게 무시했다. 심지어 계약의무조항을 들먹이며 가족대소사를 함께 치러야 한다고 비장한 각오로 협박하는 장문의 메일조차 질겅질겅 씹어버렸다.

장렬한 껌딱지가 되어버린 나는 외갓집에 전화를 걸어 어쭙잖은 갖가지 핑계를 대며 충주에 내려갈 수 없는 현실을 눙쳤다. 그리고 두 번째 연례행사인 추석연휴가 올 때까지 그에게 연락을 취하는 것을 잠정적으로 포기해버렸다.

그가 이렇게 나온 이상 김천 쪽은 굳이 참견하거나 관장할 범위가 아니지만, 그래도 결혼식 후 첫 번째로 맞은 연휴이니만큼 신경이 쓰인다. 동업자가 특유의 능글거림과 유들유들함으로 알아서 단속하기를 바랄 뿐이다.

다른 사람들이 가족과 함께 모여 기름진 음식을 먹고 마시며 지내는 설 연휴 동안 나는 이모와 지연이 자리를 비운 잠실 집에서 컵라면으로 하루 한 끼를 때웠다.

윤유호의 집이나 회사로 내용증명이라도 보내야 했지만 치사한 외면과 계약위반을 시시콜콜 따지고 문서화할 기운이 없다. 볼품없이 무기력해진 내가 할 수 있는 것은 체념과 달관뿐이다. 천수경과 법구경이 새겨진 사리 두 개가 내장 속에 영그는 소리가 밤마다 귀에 들린다.

호모
메리지쿠스

— 신랑이랑은 어때애? 낮이나 밤이나 잘해줘? 이 기집애야. 아무리 둘만 있는 게 좋아도 집들이는 꼭 해라. 설 연휴도 지났는데. 날 풀리면 할 거지? 시간 좀 내. 밖에서 얼굴 한번 보자.

재혼 후 코맹맹이 소리가 부쩍 심해진 정원이 전화로 한 말이다. 그저 허허 웃기만 했다. 나중에 만날 때 약국에 데려가 비염약이라도 사줘야겠다.

— 지수야. 너……. 괜찮아?

현경이 전화로 조심스럽게 한 말이다. 유베이에 근무하는 자기 남편에게서 심상치 않은 말을 들은 게 틀림없다. 태연을 가장하며 괜찮다고 대답했지만 말꼬리가 희미하게 떨린다. 이 정도 힌트로 친구가 적당히 눈치 채고 침묵하길 바랄 뿐이다.

결혼동업자가 요즘 회사에서 어떻게 지내고 있는지 안부를 묻고 싶지만 참아야 한다. 오랜만에 통화하는 친구에게 연락이 끊긴 배우자 소식을 묻지 않을 정도의 기품과 배알은 갖춰야 한다.

어쨌거나 윤유호는 대외적으로 내 남편이니까.

한 주가 가고 또다시 한 주가 간다.

집에 들러 걷어온 우편물에서 주소와 이름 부분을 따로 떼고 분리수거함에 넣는다. 공과금을 잊지 않고 꼬박꼬박 납부했다는 증거품들이 책상에 즐비하게 쌓여간다. 맥이 빠진 가운데 회사에서 하라고 할당한 일을 처리하는 동안 2월말이 왔다.

아침이 밝아오자 늘 그랬던 것처럼 나는 여지없이 무성의한 발걸음으로 회사에 들어섰다. 사무실은 분위기가 유달리 뒤숭숭하다. 지난주 임원회의와 팀장급 회의에서 구조조정에 대한 구체적 사안이라며 나온 얘기에 관련된 소문이다.

새해에는 새 마음으로 시작하자, 봄이 오면 새봄이니 새롭게 시작하자 등등. 걸핏하면 팔을 걷어붙이고 만날 "새롭게!"를 강조하며 아랫것들을 달달 볶기에 여념이 없는 회사 수뇌부들에 대한 뒷담화부터 시작하여 각종 억측이 오간다.

지난해 연말 명퇴신청 공지결과에 얽힌 이야기들은 물론 "해마다 사람을 정리하면서 신규사원은 또 왜 뽑아?", "돈 아끼려고 그러는 거잖아. 몰라?"라는 18번 발언도 빠지지 않는다.

매해 연초에 이어 봄이 올 때마다 으레 따르는 사내 후폭풍이려니 짐작하고 자리에 앉아 담담하게 업무를 시작했다. 그때 팀장이 나를 은밀히 회의실로 불러낸다. 그리고 우국충정에 몸부림치다 마침내 최후의 결단을 내린 구국열사처럼 착 가라앉은 목소리로 웅얼거린다.

"작년 연말에 뜬 인트라넷 명퇴공지는 박 대리도 알고 있지?"

당연히 알고 있다. 정원을 만나 결혼한다는 얘기를 하고, 정원과 이모의 발언으로 내 섹스리스 결혼에 대해 심각하게 고민하던 시점이었으니까.

그런데 그 얘기를 왜 나한테 하는 거지? 그것도 이렇게 따로 불러내서.

설마, 설마?

"신청자가 별로 없었어. 경제사정도 안 좋고 회사사정도 정말 많이 어렵나 봐. 지난주 팀장급 회의 때 팀당 한 명씩 무조건 명퇴신청을 받아오라는 사장님 말씀이 있으셨어. 우리 팀에서는 박 대리가 신청해줘야 할 것 같아. 근무기간도 길고 결혼도 했고. 그게 제일 나을 거 같아."

눈앞이 명멸한다. 망막이 하얘졌다 다시 새카매지길 반복하는 가운데 벽을 등지고 앉은 팀장의 모습이 기괴한 마블링을 이루며 일그러진다. 지독하게 염세주의적인 한 폭의 지옥도를 감상하는 기분.

정말이구나.

정말 나구나.

그래도 설마 했는데 드디어 내 차례가 돌아왔구나.

결혼 전에 비공식적으로 복도에서 얘기를 들었던 것과는 달리 이번에 그와 마주한 장소는 회의실이라는 공식석상이다. 다시 말하자면 그가 말하는 것은 지금 당장은 비밀이긴 하되, 더 이상 빼도 박도 못 하는 기정사실이자 결론이라는 얘기다.

팀장은 이번에 명퇴를 신청하는 사람이 지금까지 명퇴했던 어떤 사람들보다 더 많은 혜택을 받는다며 각종 우대조건 사항을 줄줄 읊어준다. 했던 얘기를 하고 또 하고 반복하고 또 반복하며 체면치레에 불과할 내 동의를 보다 손쉽게 받아내기 위해 안간힘을 쓴다.

착잡함을 위장한 말투 속엔 올해 서른셋이 된 기혼의 여자 대리 하나를 처분함으로써 팀의 안정을 찾고 자리를 악착같이 보전하고 자기 가정의 안위까지 도모하려는 남자 가장의 1석 3조형 이기심이 생생하게 살아 있다. '그렇게 조건이 좋으면 너나 신청하세요.'라고 쏘아붙여주고 싶지만 그 말조차 기관지에서 턱턱 걸려버린다.

어느새 우아한 리듬마저 타고 흐르는 팀장의 퇴사강요 돌림노래에 내 얼굴이 노래져간다.

꽃피는 춘삼월이 코앞으로 다가온 2월 마지막 날.

쪽방에서 칼잠을 자고 종이박스를 줍는 30년 후 늘그막의 자화상이 머릿속에 그려진다.

호모
메리지쿠스

14. 부부유별 夫婦有別
: 옆집에 전 남편이 산다?

사필귀정이란 事必歸正, 일은 반드시 바르게 돌아가게 마련이라는 뜻이다.

하지만 현대사회 조직생활에서의 사필귀정은 事必歸政, 즉 일은 반드시 정치적으로 돌아가는 법이라는 뜻이다.

정치에는 늘 희생양이 따른다. 그것이 이번엔 나였다.

올해로 이 회사에 들어온 지 9년째, 나이 서른셋, 대리라는 직급, 여자라는 성별, 유베이 사장을 맡고 있는 남편이라는 존재 덕에 밥 굶고 살 일이 없어 보이는 기혼녀, 젊고 연봉이 싼 다른 사람으로 얼마든지 대체가 가능한 직무.

내막이나 실체야 어떻든 간에 내가 가진 객관적 조건의 합체는 각 팀별로 1인씩 정치적으로 할당된 명예퇴직에 적합한 아우라를 완비하고 있다.

결혼하지 않았다면 달라졌을까, 생각해봤지만 그건 아니다. 홍보팀에서는 나보다 두 살 많은 비혼 여자 과장 한 명이, 또 어떤 팀에서는 곧 결혼한다고 밝힌 이제 갓 서른이 된 여자 주임이 명예퇴직 대상이 되었다고 한다.

종합해봤을 때 이번에 회사에서 벌이는 명예퇴직은 서른 넘은 여자들을 왕창 몰아내려고 작심한 것처럼 보인다. 조선시대에 가뭄이 들 때 이는 궁녀들이 시집을 못 가 음기가 쌓여 그렇다고 누군가 상소를 올리고, 그 때문에 궁에 있던 궁녀들을 정리해고했다던데. 이 놈의 회사는 궁도 아니고 지금이 조선시대도 아닌데 왜 이러는지 모르겠다.

해마다 여느 다른 회사들처럼 이 회사 역시 "살을 깎는 심정으로" 운운하며 부지런히 구조조정(을 빙자한 정리해고)을 해왔다.

만약 내가 결혼하지 않았다 하더라도, 무슨 일이건 그럴듯한 대의명분을 내세우는 이 조직이 '나이도 찰 만큼 찼으니, 회사에서 퇴직금 듬뿍 챙겨서 내보낼 때 빨리 시집이나 가라.'는 참견 아닌 참견으로 명퇴를 강요할 수도 있으리란 결론이 나온다.

갑작스러운 명퇴강요로 빚어진 황망함과 아연실색, 어이없음과 미래에 대한 암울한 심정을 어떻게 처리할지는 나만의 문제로 잠시 접어야 한다.

이제 회사에서 내게 남은 선택은 단 두 가지다. 이 기정사실을 얼마나 빨리 자진해서 받아들이느냐, 아니면 더 좋은 퇴직조건을 끌어내기 위해 눈치작전으로 개개느냐…….

이것이 바로 현실이다. 냉혹하고 명징한 현실.

윤유호라는 남자로 인해 만수산 드렁칡처럼 얽히고설킨 내 감정과 이모의 준엄한 물음 앞에 그것을 사랑이라고 인정하고 그것을 다시 제거하기 위해 필사적으로 노력하는 것과는 전혀 별개로 내게 닥친 현실.

사랑은 감정에 불과하다. 감정은 찰나에 불과하다. 현실의 공허함

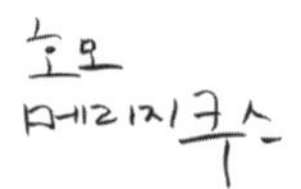

을 메울 일시적인 미봉책일 뿐이다.

사랑이 밥 먹여주진 않는다. 언젠가 스러질 감정이 의식주를 책임질 수는 없다. 감정은 감정일 뿐이다.

내가 사랑한다고 결혼동업자의 바람기가 없어지진 않는다. 내가 섹스를 했다고 해서 윤유호가 최화연에 대해 사랑이라 명명한 애틋한 감정이 사라지지지도 않는다.

그와 나의 동업관계도 여전히 유효하다. 서로에 대한 부양의무 없이 각자 생활은 각자가 알아서 건사한다는 합의하에 결혼식을 올렸다는 사실을 밝혀봤자, 이미 나(는 물론이요 비슷한 연령대의 고참 여자 직원들)를 제거하기로 마음먹은 팀장과 모종의 합의에 OK 사인을 보낸 회사에서 내 책상을 안 빼고 얌전히 놔둘 리 없다.

설령 그 사실을 알리고 손바닥 열심히 비벼 간신히 살아남는다 해도, 이반적인 결혼에 대한 수군거림과 눈총에 뒷목이 빼근하고 뒤통수가 따가울 거다. 나의 자유, 권리 및 사생활을 존중하지 않고 껌처럼 씹으며 무분별한 비난만 횡행할 게 뻔하고, 그걸 감당 못 해 스스로 물러날 가능성도 있다.

돌이킬 수 없는 이 모든 상황은 박지수라는 인간이 살아온 흔적이다. 오롯이 내가 짊어지고 책임져야 할 현실이며 결과다.

여자가 아니라면, 대리가 아니라면, 서른이 넘지 않았다면, 결혼하지 않았다면, 입사연차가 조금이라도 적다면 등등 되돌릴 수 없는 가정은 모두 부질없다.

"열심히 일해 온 사람한테 어떻게 갑자기 그럴 수 있어? 회사가 원래 그런 거야? 사람들은 왜 가만히 있어? 억울하게 해고당하는 사람이 있는데 당장 자기 일 아니라고 나 몰라라 하고. 사회가 왜 이모양으로 돌아가는 거야?”

스물일곱 지연이 정의롭게 광분한다. 하나뿐인 언니를 대신해 화를 내주는 동생의 호기로움은 불행히도 내게 전혀 도움이 되지 않는다. 그녀가 물정에 어둡고 생각보다 훨씬 더 어수룩한 샌님에 불과하며, 만민평등의 이상과 달리 약육강식이 법칙으로 판치는 현실의 괴리감을 파악하고 있지 못하다는 진실을 새삼 깨닫게 할 뿐이다.

점차 난폭해지는 지연의 분기를 누그러뜨리기 위해 나는 언니로서 가볍게 웃어주는 탁월한 센스를 발휘해본다. 이런 행동을 할 줄 아는 내가 초등학교 교과서적 윤리관념으로 세상을 대하는 동생의 젊은 눈에 음흉하고 노회한 정객으로 비치리란 씁쓸한 생각을 하면서.

내가 잘린다는 소문이 퍼졌지만 사람들은 조용하다. 5초 정도 울컥했지만 나 역시 조용히 지내기로 했다.

사실 내가 갑작스레 해고대상이 되었다고 하여 타인의 침묵에 불평불만을 늘어놓을 처지는 못 된다. 조직에서 이런 일은 말 그대로 복불복이다. 나만 아니면 된다.

지난 9년간 나도 구조조정 등 사내파란이 예고될 때마다 다른 사람이야 어찌 되건 나만은 제발 무사하길 바랐다. 그 결과로 명퇴나 해고라는 이름으로 행해진 누군가의 정치적 희생을 강 건너 불구경하듯 바라보며 가슴을 쓸어내렸다. 기계적인 일처리와 보신주의로 일관하며 매해 연봉으로 책정된 월급을 꼬박꼬박 받아왔다.

사람은 자기 일에만 관심이 있는 사회적 동물이다. 내 것은 알아서 챙겨야 한다며 자기 밥그릇에만 전전긍긍할 뿐 타인에게는 무관심하다. 그게 세상법칙이고 나 역시 그에 충실하게 암묵적으로 임해왔다. 단지 이번엔 내가 누군가를 위해 희생해야 할 상황으로 입장이 바뀐 것뿐이다.

지금까지 내가 누군가의 해고와 명퇴에 대해 입바른 동정의 말을 몇 마디 던지는 것 외에 그들의 억울함을 일일이 챙기지 않았던 것처럼, 누군가 내 억울한 처지를 챙겨주지 않는다 하여 분하게 여길 수는 없다.

다만 아쉬운 것은 지금껏 나름대로 열심히 일을 해왔는데도 사람들에게 별다른 인상을 주지 못했다는 점이다. 그마저도 입 밖으로 내면 내 무능력을 만방에 증명하는 것이라 부끄러운 한숨만 내쉴 뿐이다.

상황은 속전속결로 진행되었다.

팀장의 지속적인 설득과 '웬만하면 시끄럽지 않게 나가주지.'라는 은은한 눈총과 강요 속에 나는 자의 반 타의 반으로 명예퇴직에 동의하고 사직서에 도장을 찍었다. 그 대가로 5월까지 약 3개월간의 유급휴가를 받고, 퇴직이 처리되고 결재가 되는 즉시 8개월 치 월급을 위로금조로 일시불 지급을 받는 것을 서면으로 확인받았다.

회의실에서 얘기를 들은 지 사흘째 되는 날의 일이었다. 권고사직인 만큼 실업급여는 당연히 따라오는 덤이지만 연봉에 포함되어 매해 연초에 받는 퇴직금 외에 별도로 받는 퇴직금은 없었다.

세상이 권장하는 기혼이 된 대가로 돈을 받고, 강제성이 다분한 퇴사의 대가로 돈을 받고.

돈으로 안 되는 일이 없다. 돈이라는 금전적이고 실리적인 명분으로 결혼하지 않을 인간의 자유와 일할 권리가 적절히 환산되고 있다. 이 사회가 자본주의 사회가 맞긴 맞나 보다.

액면가로만 따진다면 앉은 자리에서 두 번째 돈벼락을 맞은 셈이었지만 결혼축의금으로 들어온 액수를 확인할 때와 마찬가지로 열없는 웃음만 나온다.

팀장은 "내가 본부장에게 박 대리에겐 2개월 치를 더 줘야 한다고 강력하게 말했어."라는 말로 자기의 수고를 수다스럽게 생색낸다. 나는 그저 감사하다는 한마디만 했다. 그걸로 부족하다면 일회용 비닐장갑을 끼고 나날이 숱이 적어지는 남자의 머리라도 쓱쓱 쓰다듬어줄까 생각했지만 그건 나는 물론 그도 바랄 것 같지 않다.

업무 인수인계를 누구에게 하면 되겠냐는 물음에 팀장은 자기에게 서면으로 정리하여 넘기라고 말한다. 내 후임이 누가 될 것인지, 내가 맡았던 일이 차질 없이 진행될 것인지 관심을 갖는 것은 애당초 필요 없어 보인다. 퇴사하는 날까지 남은 일은 표준화된 회사 문서양식에 누가 읽어도 이해하기 쉽게 조리 있는 말로 인수인계서를 작성해서 넘기는 것과 개인 짐정리뿐이다.

즉각 수리가 이미 예정되어 있던 사직서를 제출, 아니 강탈당한 직후 나는 밤마다 신열을 앓았다.

녹조류가 자욱하게 깔려 있는 탁한 물에 빠져 숨을 쉬기 위해 필사적으로 허우적거리다 끝끝내 가라앉는 악몽에 반복적으로 시달리다 가위에 눌리길 몇 차례.

생즉필사 사즉필생(生卽必死 死卽必生).

살고자 하면 죽으나 죽고자 하면 살게 된다는 진리를 되새기며 몸에서 완전히 힘을 빼버리자 물에 둥둥 뜨는 꿈을 마지막으로 열이 가라앉았다.

호모
메리지쿠스

추한 거품이 일렁이는 녹색 물의 수면 환각도 더 이상 나타나지 않았다.

마침내 퇴사 당일이 다가왔다.

떠들썩해봤자 서로에게 껄끄럽기만 할 송별회는 점심시간에 참치 횟집에 가서 팀 회식을 갖는 것으로 대신했다. 시계바늘이 6시를 가리키자 평소와 다름없이 인사를 하고 표표히 회사를 나섰다. 내일 다시 회사에 나올 사람처럼.

9년간 다녔던 회사생활은 비밀회담 직후 단 열흘 만에 그렇게 덜컥 끝나버렸다.

미련이나 후회 같은 사치스러운 감정은 들지 않는다. 그저 푹 쉬고 싶다. 결혼식을 올린 날 신혼여행을 떠나던 길목에서 결혼동업자와 어색한 인사를 나누고 헤어질 때처럼.

"이참에 한두 달 여행이나 갔다 와. 국내 말고 유럽이든지 지중해든지. 멀리 나가서 바람이나 실컷 쐬고. 세상구경도 하고."

일찍 퇴근해서 기다리고 있던 이모가 치즈를 듬뿍 얹어 노릇노릇하게 구운 로브스터와 와인으로 위로파티를 열어주며 한 조언이다. 그럴까 생각해봤지만 간신히 밥 먹고 살던 월급쟁이 인생이 하루아침에 잘린 처지에 기백만 원을 뿌려야 하는 해외여행은 지나치게 분수에 넘쳐 보인다.

그래도 기분전환은 분명 필요하다. 나는 여행 대신 훨씬 저렴하고 알찬 대체재로 머리 손질을 택했다. 머리를 짧게 치고 파마를 해보겠다는 말에 지연이 눈을 휘둥그레 떴다.

"그냥 파마만 하는 게 아니고? 언니는 고등학교 졸업한 후로 짧은 머리 해본 적 없잖아. 미용실에 가끔 가더라도 머리끝만 다듬었고."

그러게나 말이다. 지금껏 긴 생머리 스타일을 악착같이 고수해온 나 자신이 이해가 가지 않는다. 삼손도 아니면서 왜 그랬을까? 다른 사람들에겐, 그리고 윤유호 그 사람에게도 미용실에 매번 가기 귀찮아서 기른다고 했는데 본심은 그게 아니었나 보다.

"예를 들자면 과거에 대한 애착 같은 거요. 잊고 싶은 일이 많지만 절대로 잊지 말아야겠다면서 스스로 다짐하기 위해서라고나 할까."

나는 왜 머리카락 같은 하찮은 것에 미련한 애착을 가졌던 걸까?

"그게 아니면 자신이 없는 것일 수도 있겠죠. 남자에게 여자로서 사랑받고 싶은 욕심은 많은데, 욕심만큼 자신이 없으니까."

내 문제는 무엇일까? 사랑받고 싶은 욕심이 많은 게 문제일까, 아니면 사랑 앞에 자신이 없는 게 문제일까?

"아서라. 그냥 예쁘게 파마만 해."

말리는 이모의 말을 듣고 보니 더 자르고 싶다. 청개구리도 아닌데. "한번 잘라보고 싶어."라는 말에 이모는 "맘대로 해라."라며 더 이상의 조언을 삼갔다. 말없이 와인을 마시고 있자니 이모가 내 손등을 토닥이며 머리카락을 어깨 뒤로 넘겨준다.

"미용실에 같이 가줄까?"

"아니야, 이모. 나 혼자 갈 수 있어."

옆에서 눈치만 살피던 지연이 근처에 좋은 미용실이 있다며 추천

한다. 가식적이라는 게 고스란히 느껴질 정도로 목소리가 쾌활하다.

"아무튼 자르지 마요. 굳이 자르고 싶은 생각 들면 미용실에 나랑 같이 가요. 지수 씨한테 잘 어울리는 머리 스타일 추천해줄게요. 지수 씨 머리 하는 동안 기다려주고. 같이 수다도 떨고."

눈물이 핑 돈다.
아무런 이유도 없이. 그냥…… 핑그르르.

출근에 대한 압박감 없이 느지막이 일어날 수 있는 백수생활 첫날이 밝았다.
어딜 가고 싶어도 부르는 곳이 없어 침대에 죽치고 누워 있길 자처하는 무직자의 아침은 초라하고 남루하다.
늦잠을 자는 건 좋았지만 깨고 나니 무엇을 하며 하루를 보내야 할지 막막하다. 회사에 다닐 땐 아쉽기만 했던 휴일들과 시간이 오늘 내일 모레, 그리고 그 다음날까지도 남아돌다 못해 흘러넘치고 있다. 지나치게 과분한 휴가다.
타인의 개입이 전혀 없는 나만의 온전한 24시간을 갖게 된 것이 감당할 수 없을 만큼 부담스럽다. 지금까지 박지수의 이름을 걸고 살고 싶은 대로 산 게 아니라 보이지 않는 손이 박지수의 이름으로 시키고 조종하는 대로 살아오거나 살아진 것 같다.
이모는 사무실로 출근하고 지연이 학교에 간 고요한 공간.
오렌지 불빛이 반짝이는 전기장판의 유혹을 물리치고 일어나 샤워를 마친다. 그리고 홀로 식탁에 앉아 토스트와 커피로 아침 겸 점심을 해결한다. 설거지를 마치고 무엇을 할까 고민하다 코트를 걸친 뒤 지갑과 휴대전화를 챙겨들고 밖으로 나간다.

텅텅 비어 있으리라 생각한 거리엔 뜻밖에도 사람들이 제법 많다.

부처 눈에는 부처만 보이고 백수 눈에는 백수만 보이는 법. 저들도 나처럼 백수가 아닐까, 하며 바삐 오가는 그들을 유심히 관찰한다. 그리고 그런 생각을 하는 내가 우스워 피식 웃고 만다.

며칠 후 꽃샘추위가 온다는 예고 속에 기온은 무척 따스하다. 겨울 가뭄으로 메마른 흙갈색 땅에 푸릇한 기운이 간간이 보이는 것이 장하고 대견하다. 사람들의 옷차림도 가벼워 보인다. 한겨울 코트 차림으로 나선 건 나 하나뿐인 것 같다.

꽁꽁 잠근 단추를 하나 둘 풀다 용기를 내어 끝까지 모두 풀어버린다. 냉기가 누그러진 봄바람 속에 두툼한 옷자락이 묵직하게 나부낀다.

언제 이렇게 날이 풀린 걸까. 알 수 없다. 지난 몇 달간 내 계절은 윤유호라는 남자와 결혼으로 엮이기 시작했던 겨울 속에 그대로 멈춰 있었나 보다.

한때 을씨년스러운 칼바람 속에 크리스마스트리가 총총히 흩날렸을 공간을 한 바퀴 거닐다가 지연이 추천해준 미용실로 간다.

유리문을 열고 안에 들어가보니 손님은 나 하나. 그것도 마수걸이 손님이다. 잡지를 하릴없이 뒤적이다 나는 세련된 보브 컷 파마를 한 연예인 사진을 가리키며 이렇게 해달라고 청했다.

"정말 자르실 건가요?"

다소곳한 말투를 쓰는 남자 미용사는 무엇이 그리 걱정스러운지 같은 말을 두 번 세 번 반복해서 묻는다.

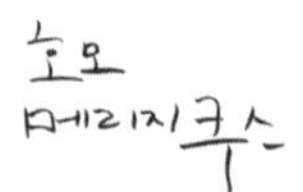

"머리가 기신 손님들 중엔 주로 안 좋은 일이 있을 때 충동적으로 머리를 짧게 잘라 파마해달라고 하시거든요. 그러다 커트 중에 우는 분들이 많으세요. 머리가 정말 예쁘게 나와도 눈이 퉁퉁 붓도록 우시죠. 손님께서 울면서 문을 나서시면 정말 난감해요."

비교적 값싼 기분전환 대체재로 머리 손질을 택한 여자들이 후회하는 경우가 많으니 다시 생각하라는, 소위 직업적 경험에서 우러나온 충고다.

하지만 나는 진짜로 자르고 싶다. 머리카락이야 또 기르면 그만이다. 고작 그거 자른다고 상황이 달라지지도 않겠지만, 길러왔던 머리카락이 잘렸다는 이유로 감정이 한 번 더 바닥을 친다고 해도 별로 아프지 않을 것 같다. 윤유호라는 남자와 갑작스러운 명예퇴직 덕에 면역이 되어도 단단히 되었나 보다.

"안 운다고 각서라도 쓸까요?"

내 말에 미용사는 그제야 웃는 낯으로 손사래를 치며 가위를 들었다.

싹둑, 싹둑, 싹둑.

고무줄로 묶인 긴 머리카락이 세 번에 걸쳐 잘려나가는 순간 느낀 홀가분함이라니. 내 뇌와 어깨와 심장을 짓눌렀던 과거의 아픔과 미련, 현실의 질량감과 불투명한 미래에 대한 불안감의 무게감도 사실은 검은 고무줄로 묶여버린 말총 같은 머리카락 중량에 지나지 않았던 걸까. 시원섭섭함에 웃음이 난다.

현란한 가위 놀림 속에 잘려나간 머리카락이 꽃잎처럼 화사하게 흩날린다. 이른 봄날, 나는 형광주황색 가운을 두르고 앉아 미용실에서 펼쳐지는 검은 꽃놀이를 즐기며 상념에 잠긴다.

9년간 몸 담아온 회사에서 나오기까지 걸린 시간은 약 열흘.

결혼을 위한 계약을 완성하기까지 걸린 시간은 약 아흐레.

결혼을 제안 받고 결심하기까지 걸린 시간은 약 하루.

그리고 스무 살 이후 13년째 고수해왔던 긴 생머리가 잘리기까지 걸린 시간은 약 3초.

밋밋하고 심심했던 박지수의 인생이 최근 들어 단시간에 급변하고 있다. 그간 많이 미적거리고 안주하며 살아왔으니 앞으로는 삼삼한 나이에 맞게 삼삼하게 살아보라는 신의 계시인지도 모르겠다.

적당한 길이로 잘려나가는 머리카락을 보고 있자니 윤유호라는 남자 때문에 커뮤니티에 가입하고 오프모임에 갔던 날이 떠오른다. 너무 바보 같아 피식 웃음이 난다. 그땐 정말 너무나 절박해서 한 선택이었는데, 지나고 보니 그렇지 않다.

조금 더 현명한 방법을 택할 수도 있을 텐데, 하는 작은 후회도 든다.

내 눈앞에 닥치면 있는 해결방법도 보이지 않아 막막하고, 내 옆으로 한 걸음 물러나면 다시 방법이 보이게 되는 것.

당장 팍팍하기 짝이 없는 삶이라는 게, 맞닥뜨리면 너무 힘들어 죽을 것 같은 사람의 감정이라는 게, 모두 그런 식으로 한 걸음 두 걸음 옆으로 혹은 뒤로 흘러가야 편해지나 보다. 그리고 조금씩 후회하고, 그 후회를 바탕으로 시행착오의 경험을 쌓으며 자기만의 삶을 구축해나가는 건가 보다.

약 세 시간에 걸쳐 모든 작업이 끝났다. 거울을 물끄러미 바라보았다. 지난 몇 달간 살이 홀쩍 내려 눈에 띄게 갸름해진 얼굴선을 타고 찰랑거리는 머릿결에선 생동감이 흐른다. 오랜만에 느껴보는 목덜미의 서늘함이 산뜻하다.

"잘라낸 머리카락은 가져가시겠어요?"

미용사의 물음에 나도 모르게 잠깐 멈칫한다.

"그렇게 해요. 기왕이면 머리에 빨간 댕기까지 드리워서 보내줘요."

웃음이 난다.

자른 머리카락을 가져가는 여자들도 상당히 많다는 미용사의 덧붙임 말에 고개를 가로저었다. 나는 지난 과거 따위에 연연하지 않는 미래지향적이고 세련된 어른이라는 뜻으로 의젓한 미소까지 띠면서.

다음 행보는 집이다.

잠실 이모 아파트가 아닌, 보증금 2천에 월세를 주고 사는 둔촌동 다세대주택 3층에 자리 잡은 내 집.

도착했을 때 옆집 302호에선 이사가 한창이다. 얼굴만 몇 번 봤던 이웃집 젊은 두 남녀는 일을 도우러 온 사람들과 함께 해맑은 표정으로 짐을 실어 나르고 있다. 몇 달 전에 들어왔는데 왜 벌써 나가는 것인지 의아하다.

"집주인 아저씨가 아는 분이 들어와 살게 됐다며 집을 비워달라고 하셔서요. 조금 당황했는데 좋은 조건으로 보상도 해주시고, 새로 집을 구하는 것도 알아봐주시고, 이사대금도 대신 내주시고. 그래서 집을 구하자마자 이사 가는 거예요. 그런데 머리를 자르셨네요. 잘 어울리세요."

북적거리는 틈바구니를 멀뚱하게 지나가기가 민망한 나머지 체면치레로 한 질문에 여자는 고운 목소리로 성심성의껏 답하며 내 안부를 챙긴다. 이 사람이 말을 이렇게 사근사근하고 다정하게 잘하는 사람인 줄 몰랐다. 심지어 그녀의 단발머리가 예전에도 같았는지 달랐는지 기억도 안 난다.

친한 이웃으로 지낼 수도 있었는데. 마주칠 때마다 소가 닭을 보듯 했던 나의 불성실한 처사에 공연히 미안하다.

갑작스레 우러나온 유별난 박지수 표 상냥함이 퇴사 때문인지, 따스한 기후 때문인지, 짧은 헤어스타일 덕에 마음이 한결 가벼워졌기 때문인지. 그것도 아니라면 이렇게 가면 다시 만나기 힘든 타인에 대한 인간적 도리 때문인지는 알 수 없다.

그간 인사도 제대로 못 했는데 아쉽다는 예의상 인사치레에 이어 "도와드릴까요?", "아니에요, 괜찮아요. 바쁘실 텐데 들어가 보세요."라는 멋쩍은 문답을 주고받은 뒤 나는 우편물과 공과금고지서를 챙겨 들고 집 안으로 들어간다.

밖에서 부지런히 움직이는 사람들의 기척을 듣자니 뭔가 하지 않으면 안 될 것 같다. 그런데 뭘 해야 할지 도통 알 수 없다.

한동안 서성이다 창문을 활짝 열어본다. 그리고 약 두 달간 인기척이 사라진 틈을 타 고스란히 내려앉은 먼지를 부지런히 쓸고 닦기 시작했다.

한번 움직이기 시작하자 아드레날린이 분비되면서 몸에 가속이 붙는다. 민첩하고 과감한 행동력으로 집을 청소하고 겨우내 우중충하게 자리 잡은 미세한 근심걱정까지 봄 햇살 속에 깨끗이 박멸시켰다.

호모
메리지쿠스

집주인이 옆집에 한 것처럼 내게도 갑자기 집을 비워달라고 요청해오면 어쩌나 걱정스럽긴 했지만, 만약 그렇더라도 어떻게든 되겠지 하며 털털하게 생각했다.

그간 울울했던 상황과 심경의 반작용 탓일까. 터무니없는 활력이 몸에 넘치고 있다. 조울증 초기증세가 아닐지 걱정스러울 정도다. 이 알토란같은 힘을 어딘가에 저축해두고 이자까지 꿍쳐놨다가 힘이 부칠 때마다 남몰래 한 톨씩 꺼내 쓰고 싶다.

해야 할 일을 모두 마친 뒤 문을 잠그고 오후 세 시경 다시 잠실로 돌아갔다.

남아도는 시간과 넘치는 기운을 주체하지 못하고 아파트단지 근처에 있는 대형마트에 들러 장을 잔뜩 봤다.

이모 집에 들어가자마자 쌀을 씻어 밥을 안치고, 제주 무를 듬뿍 넣고 된장을 풀어 끓인 개운한 꽃게찌개와 잡채를 만든다. 다진 돼지고기에 각종 야채와 두부를 섞어 되게 반죽한 후 동그랑땡을 부쳤다.

그래도 시간이 남는다. 이번엔 모짜렐라 치즈를 듬뿍 넣은 대형 계란말이를 하고, 남은 재료를 싹싹 끌어 두반장과 XO 소스를 넣은 퓨전 레스토랑 급 두루치기까지 만들어낸다. 만들 때는 미처 몰랐는데 다 만들어놓고 나서 보니 삼만 대군을 족히 먹일 엄청난 분량이다.

9시쯤 집에 돌아온 이모와 지연은 짧아진 내 머리모양을 보자마자 깜짝 놀라고, 한 상 가득 차려진 진수성찬을 보고 또 한 번 놀란다. 훨씬 어려 보인다, 너무 잘 어울린다, 음식이 너무 맛있다 등등 낯간지러운 찬탄이 쏟아진다. 나 때문에 몇 달간 함께 마음고생을 심하게 한 이모와 동생에게 이렇게나마 보답을 할 수 있다는 사실이 기쁘다.

저녁식사를 마친 후 이번 주까지만 여기에서 머무르고 일요일 저녁에 다시 집으로 돌아가겠다고 선언했다. 지연은 "그냥 여기서 계속 살면 안 돼?"라며 내놓고 투덜거렸다. 이모는 다붓하게 눈썹만 찡그렸을 뿐 내 결정을 묵묵히 수긍했다.

표현과 방법은 달라도 나를 진정으로 걱정하고 위하며 편이 되어주는 마음만큼은 고맙기 그지없다.

다음날부터 나는 바쁘게 생활했다.

책상에 널브러진 공과금 영수증을 챙겨 스테이플러로 찍고, 캐리어에 옷을 챙겨 넣고, 음악을 듣고, DVD도 보고, 장바구니 놀이도 하고, 저녁마다 이모와 지연을 위해 식사를 준비했다. 필요하다면 친구들에게 서슴없이 전화를 걸었다. 결혼식 이후 가급적 피했던 것과는 달리 오는 전화도 마다않고 받았다.

수다를 떨다 레퍼토리처럼 집들이를 졸라대는 정원에게는 "나, 회사 잘렸어. 그건 나중에 얘기하자."라는 전지전능한 두 마디로 입을 다물게 하는 신비한 능력을 발휘했다. 전화할 때마다 내 눈치를 살피며 전전긍긍하는 현경에게는 "고마워."라는 말로 '복잡'한 심정을 간접적으로 전달했다.

가장 중요한 핵심사항으로 취업문제도 알아봤다. 그리고 30년 후에 체력저하로 일을 그만둔 후에도 잘 먹고 잘 살기 위해 지금부터 무엇을 하고 어떤 준비를 해야 하는가 하는 지극히 박지수스러운 고민을 재개했다.

생각만 해도 여전히 두렵고 암담한 미래다. 하지만 스물아홉, 서른 때의 초조함과는 달리 설마 산 입에 거미줄 치겠냐는 서른세 살다운 여유가 싹트고 있다. 어쩌면 여유가 아니라 혹독한 겨울을 지나며 생긴 무모한 배짱인지도 모르겠다.

연락을 포기해버린 결혼동업자 윤유호에 대한 생각도 했다.

가끔. 아니, 왕왕. 아니, 아니. 자주. 그것도 굉장히 자주.

하루 열두 번은 아니지만 서너 번은 한 것 같다. 안부가 궁금하다. 사실은 보고 싶다. 고의성이 다분한 그의 설 연휴 '쌩까기'에 대한 앙금을 털고 앞날을 도모한다는 핑계를 대서라도 만나보고 싶다.

그런데 만나더라도 무슨 얘기를 해야 할지도 의문이다. 문자도 씹고, 전화도 안 받고, 메일도 확인하지 않는 그에게 일단 만나자는 말을 어떻게 해야 할지 방법을 찾을 수가 없다. 그냥 이대로 물 흐르듯이 지날 수밖에 없다.

이 상태로 추석연휴까지 계속 시간이 흐르면, 구미호가 여우구슬을 토해냈던 것처럼 인간 박지수는 팔만대장경 전문이 새겨진 사리를 입으로 꾸역꾸역 뱉어내게 될 것 같다. 그걸 팔면 노후자금으로 한밑천 장만할 수 있으려나?

이런 생각을 하는 거 보니 이제야 내가 적당히 재치 있고 유머러스한 박지수, 입 하나는 팔팔하게 살아 있는 박지수, 내가 알던 박지수다운 박지수로 보인다.

박지수 비긴즈 어게인.

그렇게 일요일이 왔다. 잔치국수로 조촐하게 늦은 점심을 해결한 뒤 나는 따라오겠다는 이모와 지연을 만류하고 겨울을 방불케 하는 꽃샘추위 바람 속에 둔촌동으로 혼자 돌아왔다.

옆집 현관문 틈으로 희미한 불빛이 새어나온다.

집주인의 지인이라고 하는 새로운 이웃사촌이 들어온 게 분명하다.

얼마 전에 이사를 나간 내 나이또래의 여자와 미안한 마음으로 작별을 고한 게 마음에 걸렸다. 문을 두드리고 인사라도 할까 생각해봤지만 처음 본 사람 혹은 사람들에게 할 말이 딱히 생각나지 않아 말기로 한다. 나는 백수고, 백수에게 남는 건 시간이니까. 새로운 이웃사촌과는 인사를 나눌 시간은 넉넉하다.

집으로 돌아오기 무섭게 백수의 일상이 이어졌다. 해가 뜨고 지기까지 남아도는 시간 동안 나는 세끼 밥을 먹고 직장을 알아보고 미래를 고민하고 틈틈이 영화를 보고 음악을 듣고 장바구니 놀이를 했다.

거기에 더해 또 하나의 새로운 여가활동이 생겼다. 바로 302호에 새로 이사 온 이웃사촌 관찰이다.

전화통화를 하는 듯 벽을 통해 전해지는 낮은 음색은 소프라노, 메조소프라노, 알토로 분류되는 여자의 것과 거리가 멀다. 남자가 분명하다. 2인 이상의 복음이 아닌 단음인 것으로 보아 혼자 사는 독신이 틀림없다. 집을 방문하는 사람이 없다. 애인이나 절친한 친구도 없는 것 같다.

밤낮으로 집안에서 두문불출하는 나와는 달리 그는 꽤나 바빠 보인다. 아침 일찍 나가 자정을 훌쩍 넘어야 돌아온다. 주말에도 예외 없다.

호모
메리지쿠스

늦게 돌아와 씻은 후엔 새벽까지 부스럭거리며 뭔가를 쉴 새 없이 정리한다. 밥할 시간도 없는지 야식배달을 시켜먹는다. 옆집 문을 쿵쿵 두드리며 "식사 왔습니다."를 외치는 배달원들의 목소리가 가끔 밤마다 들린다.

새로운 이웃사촌은 기본적으로 점잖고 괜찮은 사람이다. 아주 가끔씩 야밤에 못을 치는 것을 제외하면 이전에 살던 조용한 사람들보다 더 조용히, 쥐 죽은 듯이 고요히 지낸다. 자기 현관 앞을 치우면서 내가 사는 곳 앞까지 함께 치워준다거나, 대문에 대충 아무렇게나 끼워진 3층 우편물과 지로고지서들 중 내 앞으로 온 것들만을 깔끔하게 모아 현관문에 끼워 넣어주는 매너는 그의 친절 수준을 짐작케 하고도 남는다.

시간이 흐를수록 얼굴도 보지 못한 이웃사촌에 대해 한마디로 정의하기 힘든 호의가 싹텄다. 한 번쯤 자연스럽게 인사를 나눌 기회를 찾아봤지만, 백수인 나와 취업준비에 한창일 학생 혹은 바쁜 직장인일 그의 활동시간대는 좀처럼 겹쳐지지 않았다.

그렇다고 반찬이나 간식 나부랭이를 만들어 들이밀며 "안녕하세요. 옆집에 사는 사람인데요, 이것 좀 드셔보세요."라는 류의 말로 착한 여자 콤플렉스 신봉자처럼 굴기는 싫다. TV 드라마 속 스테레오타입의 방정맞은 30대 여자 캐릭터에나 어울릴 법한 저질스러운 인사로 첫 대면을 하고 싶지 않았다.

'어떻게 첫인사를 나눌까? 조금 친하게 지내고 싶은데. 예전에 살던 302호 부부 때처럼 있으나 없으나 상관없다는 식으로 지내고 싶진 않은데.'

당장의 밥벌이나 30년 후 미래와는 하등 상관없이 하나마나한 소심한 고민을 하는 사이 4월이 성큼 다가왔다.

조개구이 타령을 하는 지연의 투정에 못 이기는 척하고 금요일 오후에 잠실로 향했다. 수다를 떨며 밤을 지새우다가 잠깐 눈을 붙인 뒤 오후에 이모와 동생과 함께 대부도로 향했다. 미리 예약한 펜션에 짐을 푼 뒤 가까운 가게에 들어갔다.

대 자를 시키자 커다란 쟁반 위에 이름을 알 수 없는 각종 조개들이 한가득 실려 나왔다. 가스불로 달궈진 맥반석 위에 청량고추와 마늘을 듬뿍 넣은 붉은 양념장이 은박접시에서 보글보글 끓고 신선한 조개들이 탁탁 소리를 내며 껍데기를 열어 말캉한 속살을 선보였다. 보기만 해도 군침이 돌고 먹는 동안에도 식탐이 넘친다.

"언니. 이모. 조개가 연체동물이라는 거 알아?"

뜬금없는 말에 이모와 나는 조개를 먹다 말고 동생을 멀뚱멀뚱 바라보았다. 지연은 껍데기를 발라낸 조갯살을 양념장에 듬뿍 찍어 입에 넣었다.

"조개를 떠올리면 먹을 수 있는 살보다 먹지 못하는 딱딱한 껍데기부터 생각하잖아. 그래서 나는 조개가 동물이라는 생각을 미처 못 했거든. 그러다 무심코 백과사전을 보다 알게 됐는데, 조개가 판새류에 속하는 연체동물이라는 거야. 깜짝 놀랐어."

판새류라. 일상에서 쓰기엔 너무 어려운 학문적 분류용어다.

그러고 보니 나는 조개를 무엇이라 생각했을까. 식물이나 광물이라 생각한 적은 없지만 딱히 동물이라 여긴 적도 없다. 그저 살아 꿈틀거리는 그 무엇이라고만 여겼나 보다.

같은 테이블 위에 십여 센티의 거리를 두고 쟁반 위에는 산 조개가, 불판 위에는 죽은 조개가 널려 있다. 삶과 죽음을 가르는 명확한 간극이다. 조개들은 모르겠지만 먹는 나는 알고 있다.

갑작스레 회사에서 잘린 나와, 지금도 그곳에서 일하고 있을 누군가 사이에도 회사 윗선이 바라보는 구분이 반드시 존재할 거다. 최화연과 박지수 사이에도 윤유호의 입장에선 두 여자를 분류하는 나름의 선이 분명히 있을 거다.

그 선에 무의미하게 저항할 필요는 없다. 인정하고, 받아들이고, 나는 나대로 내 것을 찾아 나가면 된다.

테이블 위에 쌓인 작은 패총을 바라본다. 무심히 보고 넘길 껍데기가 아니다. 알뜰히 찌운 몸을 불태워 내 입에 고스란히 넣어주고 생을 마감한 자들의 흔적이다.

먹어야 살고 살기 위해 먹는 본능적인 행위엔 기실은 먹히는 자들의 소리 없는 희생이 따르고 있다. 회사의 패총에도, 윤유호의 패총에도 서른세 살 박지수의 죽은 과거가 박제된 화석처럼 들어 있을 거다.

일찍이 예수가 말했다. 케사르의 것은 케사르에게로, 하느님의 것은 하느님에게로.

그리고 21세기, 인간 박지수가 말한다. 지나간 것은 지나간 것에게로. 앞으로 올 것은 앞으로 올 것에게로.

그래. 있는 것은 있는 그대로, 없는 것은 없는 그대로. 사실 그대로 받아들이면 된다. 그러니까 인정하자.

나의 과거는 이제 지나갔다. 그러니 지나간 것에게로 보내줘야 한다. 하지만 나의 현재와 미래는 지금도 생물로 살아 다가오고 있다. 그러므로 살아 있는 것에게로, 앞으로 다가올 것에게로 보내야 한다. 그게 사람이다. 그게 삶이다.

불에 그은 조개껍데기 무더기를 바라보며 숙연해진다. 내 것이 아닌 것, 내 것일 수 없는 것, 내 것이길 거부한 것에 대해 더 이상 미련 따위 갖지 말자. 나중에 내 머리를 쥐어뜯을 만큼 후회하는 일이 생기더라도, 그리하여 그것이 소유의 가치가 아닌 존재의 가치로 남더라도…… 내 감정을 속이며 살지 말자.

지금 이 순간, 내 자신에게 솔직하며 최선을 다하자. 지금껏 내가 내 삶을 영위하기 위해 먹어치우며 살아온 엄청난 생명들이 헛되지 않도록. 나도 모르는 사이 나를 위해 희생했던 사람들에게 부끄럽지 않도록.

조개들이 고맙다.

이 순간 펄떡거리며 숨을 쉬는 내 시간과 인생, 앞으로 다가올 내 미래를 위해서라도 더 열심히 밥값하며 살아야겠다는 엄숙한 사명감마저 들게 만드니 말이다.

대부도에서 하룻밤을 보내고 다시 둔촌동 집으로 돌아왔다.

8가구가 공동으로 쓰는 다세대주택 대문에 들어서자 생뚱맞은 붉은 꽃길이 계단으로 나 있다.

뭔가 싶어 자세히 보니 폭이 5센티미터가 넘는 양면테이프에 꽃잎을 따서 붙여 만든 것이다. 이 집에 사는 누군가가 또 다른 누군가를 위해 성심껏 준비한 로맨틱 이벤트가 분명하다.

닭살이 우르르 돋지만 이 정도쯤은 이웃된 도리로 참아줘야 할 거 같다. 길을 밟지 않기 위해 조심하며 계단을 올라간다. 2층집으로 올라가는 계단에 이어 내 집이 있는 3층에도 계속 이어진 꽃길은 새로운 이웃사촌의 현관문 바닥에 색색가지 꽃잎으로 만든 하트모양에 화살표를 꽂으며 멈췄다.

얼굴도 못 본 남자가 누군가에게 보낼 희망에 찬 삐꾸기가 성공하길 진심으로 빌며 나는 열쇠를 꺼내 문을 연다. 그 순간 옆집 현관문이 덜컥 열린다. 갑작스럽게 이웃사촌과 인사를 나누게 된 순간이다. 초면에 호의적인 첫인상을 주길 바라며 나는 무의식적으로 머리를 다듬었다.

하지만 그런 준비는 필요가 없었다. 쌍꺼풀이 1센티미터인 그 남자는 이미 나와 구면이었으니까.

"지금 와요?"

윤유호.

내 결혼동업자. 그리고 내 편의상의 남편이 인사를 건넨다.

그가 바로 문제의 이웃사촌이었다니. 기가 막힐 노릇이다. 그가 집주인과 모종의 거래를 했으며, 옆집사람들이 별말 없이 밝은 얼굴로 이사를 나갈 수 있도록 조종한 배후에 그가 있다는 것은 백일 지난 삼척동자라도 알 수 있겠다.

다만 왜 하필 내 옆집으로 들어온 건지 그 이유를 모르겠다. 결혼하자마자 별거생활에 들어간 것을 다른 사람들이 알아버려서, 그래서 상황 수습차원에서 어쩔 수 없이 이사를 감행한 것일까?

……충분히 그럴 수 있다. 불편하더라도 이해하고 양보할 수밖에 없는 상황이다. 하지만 최화연이 방문할 때마다 그가 마련한 꽃길과 하트를 견뎌내려면 대단한 인내력이 필요할 거 같다.

그런데 TV에서 여자에게 이런 이벤트 벌이는 거 보면 사내새끼가 뭐 하는 짓이냐고 욕한다더니. 자기도 별수 없나 보다.

느끼하고 유들유들하고 세상 여자란 여자는 다 후리고 다닐 것처럼 보이던 윤유호라는 남자 역시 보통 남자가 맞나 보다. 사랑하는 사람을 위해선 무엇이든 할 수 있고, 사랑하는 사람 앞에선 한없이 약해지는, 그런…… 보통 남자.

"머리, 예쁘네요. 언제 잘랐어요?"

사랑하는 여자가 오길 기다리며 붉은 꽃길을 만들어 계단마다 칸칸이 붙인 낭만의 화신치고는 참으로 본새 없는 말이다.

"빨간 댕기를 못 사서. 머리카락을 못 보내드렸어요."

명색이 남편이라는 사람이 옆집에 사는 것도 모르고 댕기타령이나 하는 나도 본새 없긴 마찬가지다. 그래도 그가 피식 웃는 걸 보니 말하길 잘했다는 생각이 든다.

오랜만에 본 남자를 물끄러미 관찰한다. 예전엔 몸에 근육도 붙어 있었는데, 지금은 살이 너무 빠져 볼품없어 보일 정도다. 볼도 쑥 들어가고 안색도 창백하고 핼쑥하다. 쌍꺼풀 1센티가 아니었다면 몰라봤을지도 모른다.

그래도 차려입은 옷은 제법 멀끔하다. 약간 헐렁해 보이는 게 안타깝지만, 광택이 살짝 도는 회색 양복에 넥타이 없이 적당하게 풀어헤친 와이셔츠는 로맨틱한 프러포즈를 위한 탁월한 선택으로 보인다.

"얘기 좀 하고 싶은데. 어디서 할까요? 제가 갈까요, 아니면 들어오실래요?"

그가 사는 집이나 내 집이나 구조는 같다. 어디라도 상관없지만 그래도 홈그라운드가 좋다.

남자를 안에 들이고 나서야 집이 아니라 지하철역 근처에 있는 커피숍으로 가는 게 낫지 않았을까, 최화연 때문에 멀리 가기가 꺼려진다면 대문 밖에 나가서 얘기하는 게 좋았을 걸, 하는 염려가 든다.

아뿔싸. 진작 그럴걸. 하지만 엎질러진 물이다. 그가 이미 들어와 내 현관을 잠그고 있는 중이다. 단 몇 분에 불과하겠지만 꽤 힘든 시간이 될 거 같다.

무얼 마시겠느냐고 의견을 묻지도 않고 유자차를 탄다. 예전엔 황기 마늘차를 찾던 그 사람 역시 좋다 싫다 내색 없이 찻잔을 받아든다. 거실과 복도를 겸한 좁은 공간에 마주 서서 그와 나는 들척지근한 차를 마시는 데 열중한다.

다시 만난다면 지난 설 연휴에 있었던 일부터 냉정하게 짚고 넘어갈 생각이었다. 그런데 막상 얼굴을 보니 그 말을 별로 하고 싶지 않다. 이미 지나간 일을 들추고 싶지 않다. 할 말도 별로 없는 것 같으니 빨리 마시고 나가라고 해야겠다 싶은 순간, 침묵을 깨고 그가 먼저 말문을 연다.

"회사는 어떻게 된 거예요? 계속 집에 있는 거 같던데."

지난 십여 일 동안 벽을 통해 내가 그랬던 것처럼 그도 이웃사촌이 되어버린 편의상의 아내가 내는 소리를 귀 기울여 듣고 있었나 보다.

"그만뒀어요."

그의 얼굴에 홀연히 죄책감이 떠오른다. 설마 자기 때문에 내가 사표를 던진 것이라 오해하는 걸까? 서둘러 "회사사정 때문에 그렇게 됐어요."라는 한마디를 덧붙였지만 남자의 안색에 낀 그늘을 거둬내기엔 역부족이다. 다른 말을 덧붙이기엔 물색없어 보인다.

에이, 몰라. 차만 마시면 나갈 사람인데. 두 번 다시 안 들이면 그만이다. 갈팡질팡하던 나는 그 사람을 그대로 내버려두기로 했다.

그는 나갈 생각이 아예 없는 거 같다. 아니, 못 움직이는 거 같다. 남자의 발밑에서 난 뿌리가 마루 밑으로 깊숙이 침투한 것처럼.

침묵 속에 시간이 계속 흐른다. 손에 든 찻잔엔 단물이 쪽 빨린 유자차 잔해가 메말라간다. 우두커니 서 있던 그가 노란 유자 건더기보다 더 꾸덕꾸덕한 어조로 읊조린다.

"미안해요."

미안하다니?

"미안해요. 모두 다. 지수 씨한테 내가 한 모든 게. 너무 미안해요."

'모두 다', '모든 게'라는 세 음절에 담긴 출발점이 어디인지 모르겠다. 정원의 결혼피로연부터 잡고 있는 것인지, 현경의 결혼식이나 집들이를 잡고 있는 것인지, 계약결혼을 합의한 그 순간부터 잡고 있는 것인지. 가장 최근에 있던 결혼식인지, 그 이전에 최화연과 있던 것을 본의 아니게 내게 들킨 걸 가리키는 것인지…….

당최 어느 지점부터 말하는 건지 도무지 가늠할 수 없다. 규모와 범위를 알기 힘든 사과를 냉큼 받아들이기란 힘든 일이다.

게다가 어느 시점을 따져 봐도 그가 내게 잘못한 일은 하나도 없다. 내가 모르는 일, 그가 나를 속인 일은 단 하나도 없으니까. 그가 미안해할 필요는 없다. 나 역시 괜찮다는 말 한마디를 건네기가 민망하다.

"유호 씨가 나한테 미안할 일은 없어요."

내가 할 수 있는 말은 고작해야 그뿐이다. 사실 그 외엔 할 말도 없다. 예전엔 이 남자를 다시 만나면 계약파기 운운하며 잔뜩 퍼부어주리라 다짐했는데. 다 소용없는 짓인가 보다.

"지수 씨에게 제안을 하고 싶어요."

또 제안이다. 이 사람, 제안 참 좋아한다. 툭하면 제안이다.

이번엔 이혼을 제안할까? 그럴 거 같다. 최화연이 돌아온 사실을 알게 됐을 때부터 나는 어쩌면 이 순간을 예상했는지도 모른다.

이혼의 대가로 올 돈벼락은 억대의 돈벼락이다. 세 번째 돈벼락을 맞는 순간 뿜어낼 열없는 웃음을 담담히 준비하며 동업자의 얼굴을 바라보았다. 하지만 그의 말은 내 예상과 전혀 달랐다.

"지수 씨. 우리……, 지금부터 사귑시다."

뭐라?

"사귀자고요."

장난치곤 심하다. 몇 달 동안 못 만난 사이에 내가 자기를 사랑한 걸 알게 되어버린 건가? 그래서 사랑받는 사람의 우위를 점령하고 이따위 말을 하는 건가?

더 들을 필요 없다. 고개를 돌려버린다. 그러나 그는 내 어깨를 잡고 자기를 똑바로 보게 한다. 창백하고 핼쑥했던 남자의 얼굴에 새빨간 핏기가 단박에 치고 올라온다.

"그동안 내내 생각해봤는데. 지수 씨가 아니면, 지수 씨가 없으면 내가 도저히 안 되겠어요. 그러니까 잘 들어요. 나 같은 놈이 살면서 두 번 하기 힘든 말이니까."

그게 뭔데? 빤히 쳐다본다. 남자의 눈가가 금방이라도 터질 거 같다. 그가 각혈하듯 한마디를 토해낸다.

"지수 씨를 사랑해요."

오 마이 갓!

이건 반전 중의 대반전이다. '식스 센스'와 '유주얼 서스펙트'의 충격을 합친 초대형 블록버스터 급 반전이다.

최화연을 사랑한다고 할 땐 언제고 나한테 왜 이러는 거지? 사랑한다던 최화연이 지금 당장이라도 도착하면 어쩌려고 이러나 모르겠다.

멍하니 바라보는 동안 그가 내 이마와 입술에 입을 맞춘다.

딱 1초, 1초씩.

실수가 아니다. 고의도 아니다. 이 사람은 지금 미친 거다. 도파민, 페닐에틸아민, 엔도르핀, 옥시토신, 세로토닌, 바소토신. 호르몬들의 요동 때문에 미친 거다. 그의 왕성한 호르몬 분비로 인한 활동과 언어 및 행동 표현행태는 지나치게 닭살스럽다. 보고 당하는 사람이 닭으로 둔갑할 지경이다.

"평생 동안, 내가 죽을 때까지 지수 씨만 영원히 사랑한다고 말할 순 없어요. 하지만 지금은 그 누구보다, 아니, 누구와 비교할 수 없을 만큼 지수 씨만을 사랑해요. 진심으로."

어디 가서 프러포즈 잘하는 방법이라도 배워올 것이지, 하며 남편을 흉보던 정원이 생각난다. 내 말이 그 말이다. 이 촌티라니. 감당하기 힘들다. 어디 가서 세련되게 고백하는 방법이라도 배워올 것이지, 라는 말로 윤유호라는 남자를 면박주고 싶다.

로맨스의 장르적인 관습을 표방한, 이런 느끼하고 촌스러운 사랑 고백은 내 스타일이 아니다. 누가 보고 비웃을까 봐 창피하고 두렵다. 손발이 오글거린다. 등줄기와 뼈마디가 절로 수축한다. 지금 당장 자로 재면 키와 팔다리 길이가 5센티미터쯤 줄었을 게 분명하다.

그러나 싫지 않다. 윤유호의 거짓 없는 진심에, 이 남자의 뜨거운 열정에 목이 메어버린다.

알고 있다. 나라는 여자, 제아무리 시니컬하고 세련된 박지수라도 이 순간을, 이 사람의 진정성을 절대로 거부할 수 없다는 것을.

"잘할게요."

예전의 '잘해줄게요.'가 아니다. '잘할게요.'다. 주체와 객체는 같으나 목적과 의미는 지극히 다른 말이다.

그 순간 거짓말처럼 모든 걸 깨달아버린다.

윤유호가 사랑하는 여자는, 그의 체내호르몬 분비의 원인이 된 여자는, 그가 현관 밖의 꽃길을 만들어 바친 여자는 최화연이 아니다.

바로 나다.

그가 오래도록 망설이고 생각하고 결심하고 많은 것을 준비한 이유도 바로 나다. 이 남자가 오늘 이 시간 내 앞에 다시 서기까지 지난 몇 달간 뼈저리게 후회한 이유도, '포기하고 원래 살던 대로 살자.'라는 마음의 유혹을 끝끝내 뿌리치고 용기를 모아온 이유도 바로 나, 박지수라는 여자 때문이다.

진실은 힘이 세다.

나처럼 삭막하고 까칠하고 냉소적인 서른셋 여자가 눈물을 쏟아낼 만큼 감성적이다.

윤유호가 나를 힘껏 끌어안는다. 눈에 부연 물그림자를 안고 바짝 굳어버린 박지수가 그에게 덥석 안겨버린다.

수축과 이완을 반복하는 무릎이 휘청거린다. 긴장 속에 오그라든 심장이 바닥으로 철퍼덕 쏟아진다. 약 1년 전, 그에게 "시간 있으면 섹스나 하죠. 원 나이트 어때요?"라는 말을 들었을 때처럼.

남자의 입술이 내 것에 깊이 포개진다.

거부하지 않는다.

내숭이나 앙탈 같은 것도 부리지 않는다.

이 남자의 진실에, 이 뜨거운 순간에 저항하기엔 나는 아직 너무나 젊다.

노오
메리지쿠스

15. 낙위지사 樂爲之事

: 자유로운 결혼. 편한 연애. 지금이 좋다.

서른세 살 기혼녀 박지수가 삼삼한 나이에 삼삼한 연애를 시작했다.

상대는 바로 옆집에 사는 윤유호.

한때 두 번 다시 보지 않길 바랐던 사람이지만, 지금은 엎어지면 코가 닿을 거리에 사는 이웃사촌이자 인간사회 남녀관계의 분류법상 대외적으로 남편이라고 정의된 남자다.

상호평등과 절대적인 비밀유지, 그리고 각자의 결혼목적에 대한 철저한 존중 및 협력을 원칙으로 하는 우리의 계약은 그대로 존재한다. 사랑을 핑계로 이미 도장을 찍은 합의사항을 무효화하거나 한 수 무르는 어리석은 짓은 윤유호라는 남자도, 나도 원하지 않았다.

각자의 사생활이 확실히 보장된 계약결혼은 계약결혼 그대로 둔 채 각자 연애를 할 뿐이다. 특이한 것은 각자의 연애대상이 계약결혼을 한 상대라는 것이다. 둘 다 연애만큼은 철저히 모노가미를 지향한다.

모든 결혼은 계약이다. 사회적 약속이다. 연애도 마찬가지다.

다만 우리의 경우엔 그 두 가지가 차이가 있다. 결혼계약은 서면으로 쓰고 인감을 찍어 공증을 받았지만, 연애계약은 연인 간의 불문율에 의거하여 구두상 양방의 확인절차를 거치기로 했다는 점이다.

연애계약 협상이 시작되자마자 나는 윤유호라는 남자에게 선언 겸 엄포 겸 경고장을 날렸다.

적어도 나를 사랑하고 나와 연애하고 사귀는 동안, 다른 여자를 만나거나 사귀거나 육체적 접촉 ―키스, 페팅, 오럴, 실제 삽입 등등 구체적 사안까지 모두 사례로 들었다― 은 없어야 한다고. 이미 그런 일이 생겼다면 그것까지는 눈 질끈 감고 용서해주겠노라고. 그러나 앞으로 만약 그런 일이 생긴다면 도장찍어버린 계약결혼관계는 어쩔 수 없이 유지되더라도, 사랑이나 연애는 모조리 다 끝이라고.

노골적인 내 지적에 그의 얼굴은 하얘졌다 파래졌다 새빨개지다 다시 하얘지기를 반복했다. 열이 난다는 듯 얼음물을 두어 컵 연달아 마시고 "덥다. 아 더워."를 연발하며 천장을 바라보았다. 그리고 한동안 한숨을 푹푹 내쉬다 억울하다는 투로 말했다.

"나라는 놈, 착한 놈은 아니라고 생각했지만. 그래도 사람관계에서 기본윤리관은 지키는 놈이라고 자부했는데. 내가 생각했던 수준보다 지수 씨한테 훨씬 더 못나고 이기적이고 형편없는 놈으로 찍혔었나 보네요."

무슨 말인지 몰라 빤히 쳐다보자, 그는 머리가 지끈거려 죽겠다는 듯 얼굴을 찡그리고 양쪽 관자놀이를 꾹꾹 눌렀다.

"내가 전에 얘기했잖아요. 서 팀장 집 집들이에 마지못해 끌려가는 척했을 때, 속으로는 지수 씨 만날 수 있겠구나, 하고 기대했다고.

서 팀장이랑 서 팀장 와이프한테 내심 고마웠다고. 다른 여자는 눈에 들어오지도 않고, 내 눈이 지수 씨만 찾고 있었다고. 그게 무슨 말인지 모르겠어요? 남자가 왜 그러는지 정말 모르겠어요? 남자가 그런 말 할 때 어떤 마음인지 모르겠어요?"

그거, 남자들의 오기 아니었나? 멀뚱히 보고 있다가 "네. 모르겠는데요." 하고 답하자 그가 "그걸 왜 몰라요!" 하고 소리를 버럭 질렀다.

"자기 마음에 임팩트 강한 여자 하나가 푹 박혀버렸는데! 가만히 있어도 자체발광하는 여자가 눈에 들어오는데! 그 여자 때문에 애간장이 녹아난 게 몇 달인데! 더 알고 싶고, 밤새 같이 있고 싶고, 얘기하고 싶고. 얘기하면 할수록 끌리고, 안고 싶고, 자고 싶어서 미칠 것 같았는데! 미친놈에 성격파탄자에 인간말종 중에 말종이 아니고서야 그런 여자를 두고 어떻게 다른 여자랑 자겠어요?"

그게 그런 의미였나? 해석까지 완벽하게 듣고 나니 그제야 이해가 갔다.

사랑에 대해 여자들끼리는 달콤한 환상을 나누지만, 남자들끼리는 잠자리를 함께 했는지 여부를 따진다는 사실을 새삼 되새긴 순간이었다.

확실히 남자와 여자는 이 지구상에서 공존하며 쓰는 표현의 갭이 너무 크다. 이러니 말 한마디 때문에 남녀가 만날 투덕투덕 싸우나 보다.

결혼식 전 모든 사실을 털어놓았을 때 이모는 이 남자가 나를 사랑하는 걸로 보인다고 말했다. 만약 다른 여자가 같은 고민을 내게 털어놓는다면 나 역시 이모와 똑같은 조언을 해줬을 것이다. 다른 사람들 눈에 다 보이는데, 그 속에 빠져 허우적대는 당사자만 모르나 보다.

중이 제 머리 못 깎는 법이다. 숲을 보려면 숲을 나와야 하는 법이다. 옛 선현들이 남긴 가르침과 현명한 표현 속에 깃든 의미에 감탄사가 절로 나온다.

"나라는 놈, 적당히 즐기며 살아온 건 맞지만 양다리 걸치며 사람 마음 갖고 논 적은 없어요. 그리고 적어도 나, 지수 씨한테만큼은 순결한 남자예요. 대천 해수욕장에서 지수 씨랑 얘기하고 전화로 계약결혼 합의한 후엔 다른 여자는 쳐다보지도 않았어요. 눈에 들어오지도 않았고."

"정말요?"

"몰라요. 됐어요! 무슨 여자가 이렇게 눈치가 없는지. 예전에 다 말했는데. 이제 와서 이런 걸 또 일일이 다시 다 말하고 설명까지 곁들이게 만들고. 사람 쪽팔리게."

심하게 삐친 남자가 새빨개진 얼굴로 등을 돌리고 툴툴거렸다. 나이가 서른여섯이나 돼갖고 하는 짓이 참…… 귀엽다.

우리 둘 중 잘못한 사람은 없다. 틀린 사람도 없다. 성격도 비슷하고, 서로에 대한 마음도, 그 마음이 싹트는 시기도 거의 비슷했다. 다만, 자기 자신을 표현하는 방법이 그리고 서로를 이해하는 방법이 달랐을 뿐이다.

당시에 난 이 남자의 마음 깊은 곳을 보지 못했다. 그저 내 것, 내 감정에 급급하여 내가 이 남자를 보는 관점을 기준으로 이 남자가 하는 말 표면만 보고 판단했다. 시간이 흘러 여유를 갖고 다시 보니 이 남자의 속이 어땠을지 조금은 보인다.

호오

메리지쿠스

내가 아는 남자라는 족속의 입장에 서서 그가 했던 말을 다시 차근차근 해석해봤다. 이 남자가 무슨 뜻으로 한 말인지, 정말로 내게 하고 싶었던 말이 무엇인지 이제는 좀 알겠다.

시간이 허락한다면 윤유호라는 남자에게 여자의 언어를 가르쳐줘야겠다. 물론 나도 남자의 언어를 더 배우고 말이다. 무슨 말을 했을 때 제대로 해석하고, 서로가 서로를 오해하는 일이 없도록.

……아니다. 그보다는 포털사이트에 남자 여자 언어 번역기를 만드는 게 더 편하겠다. 그게 아니라면 남자 여자 언어 번역 전자사전이 출시되든가.

그게 우리 둘뿐 아니라, 지금 이 순간에도 말 한 끗 차이로 싸우는 모든 남녀를 위하는 공익적인 일이다. 어쩌면 홈쇼핑에서 대박을 칠 기획상품일 수도 있다. 무엇이라도 좋고, 누구라도 좋으니 빨리 개발해주길.

슬쩍 돌아보니 윤유호라는 남자는 여전히 등을 돌린 채 토라진 얼굴로 뭔가를 구시렁거리고 있었다. 아무래도 자기를 달래달라는 표현인 거 같았다. 직독직해. 아니, 직관직해. 보면 보는 대로 해석이 좀 된다.

하지만 이 남자 때문에 생긴 내 울화가 다 풀린 것은 아니었다. 달래주긴 뭘 달래줘? 나를 달래기도 바빠 죽겠구만. 좋다. 딱 걸렸다. 오늘 날 제대로 잡았다. 이보시게, 윤유호 씨. 오늘 제대로 양심 팍팍 찔려보시게.

"그 말을 믿을 수가 있어야죠."

"뭐라구요?"

"유호 씨는 바람둥이잖아요. 1년 365일 주 7일제로, 추석과 설 당일만 빼고 바람둥이 노릇 했잖아요. 그리고 나한테 안고 싶고 자고 싶다고 했지, 끌리고, 더 알고 싶고, 밤새 같이 있고 싶고, 얘기하고 싶다는 얘기는 한 적 없어요."

"그런 얘길 꼭 해야 알아요?"

엇다 대고 소리를 버럭 지르는 거야, 이 남자가? 뭘 잘했다고. 나도 같이 버럭 질렀다.

"당연하죠! 내가 독심술을 익힌 사람도 아닌데. 들은 적이 없는 말을 어떻게 알겠어요?"

"그래서 얘기했잖아요! 자고 싶다고!"

"자고 싶다고 해서 같이 자줬잖아요!"

"그 상황에 그 말을 그 뜻으로만 받아들이면 어떡해요?"

"잠만 잤나요? 하기도 했어요. 난 유호 씨가 원하는 거, 할 거 다 했어요. 할 만큼 다 했고."

또박또박 받아친다. 윤유호의 얼굴이 더 벌게진다. 아, 재밌다.

그가 답답하다는 듯 가슴을 탕탕 치다 양손을 퍼덕이며 벌게진 얼굴을 식힌다.

"하여간 여자들은 정말 이상해요. 꼭 말을 해야 알고."

"내가 보기엔 남자들이 더 이상해요. 말도 제대로 안 해놓고 무조건 '내 맘 알지?', 이 말 한마디로 다 해결하려 들고. 말 안 해도 다 알아주길 바라고."

남자의 얼굴이 삶은 문어 빛깔이다. 화가 나는지 그가 입술을 삐죽 내밀고는 나보고 들으라는 듯 혼잣말로 툴툴댔다.

"이심전심이라는 말도 모르나? 꼭 말을 해야 아나? 미안하다고 사과할 때도 그래. 알고 미안하다 사과하면 알면서 그랬느냐고 화내고. 화 풀게 하고 싶어서 모르면서도 무조건 미안하다 사과하면 모르면서 왜 미안해하느냐고 화내고. 아, 복잡해."

역시나. 남자와 여자의 차이가 극명하게 드러나는 발언이다.

"지금 그거, 저 들으라고 하는 얘기예요?"

질문을 받자마자 그가 화들짝 놀라 생명선이 긴 양 손바닥까지 내보이며 손사래를 쳤다.

"아니, 아니. 그냥 한 말이에요, 그냥. 연극에도 방백이라는 게 있잖아요. 그런 거예요."

"그러니까요. 저 들으라고 한 얘기 맞네요."

새치름한 표정을 한껏 지어본다. 순식간에 그의 얼굴이 퀭해지고 볼이 쏙 들어갔다. 1센티미터 쌍꺼풀은 삼만 리쯤 더 깊이 들어가 속눈썹 위로 짙은 그늘을 만든다.

"맞는 건 맞는데……."

윤유호라는 남자가 고개를 푹 숙이고 발가락을 꼼지락거린다. 아유, 귀여워라. 이 나이에 이렇게 귀여운 거 불법 아닌가? 이 남자를 조금 더 괴롭혀서 더 귀여운 모습을 보고 싶다는 가학적인 욕구가 샘솟는다.

"말 나온 김에 더 하죠. 백 번 양보해서 내가 유호 씨 말을 못 알아듣고 이심전심이 안 통했다 쳐요. 유호 씨는 안고 싶고 자고 싶다는 그런 여자를 두고 오프모임도 나갔잖아요. 문제의 호야 님. 잊었어요? 문제적 인간 호야 님은 앞으로 어쩔 거예요?"

그가 벙 찐 표정으로 멍하니 입을 벌리고 나를 바라봤다. 얼굴이 더 빨개진다. 이젠 아예 인주 빛깔이다. 그러다 물에 빠졌다 건진 보따리 풀어놓듯 주섬주섬 엉성하게 말을 풀기 시작했다.

"그게 그러니까, 내, 내가 그때부터, 지수 씨를…… 했는데, 나는 그게 아니라고, 나란 놈이 십 년 넘게 살아오던 스타일이 있는데 아닐 거라고 혼자 부정하다 또 그게 또 그렇게 돼서……. 근데 그러다 사내새끼가 가오가 있지, 여자 하나 때문에 나라는 놈이 대체 뭐 하는 짓인가 싶어서……. 사실 거기 안 나간 지 꽤 됐는데, 혼자 삐딱해지고 욱해서 나갔는데, 거기서 지수 씨 보고 완전히 빡 돌아서……."

횡설수설. 귀로는 도통 무슨 말인지 알아먹을 수가 없다. 하지만 마음으로는 다 알아듣고 있다.

해석 및 요약하자면…… 오랫동안 사랑을 부정했는데, 나를 사랑하게 됐고, 그 사실도 자존심 때문에 인정하기 싫어했고, 나 때문에 질투의 화신이 되어버렸다는 얘기다.

더듬거리는 저 말투라니. 순 '찐'한 바람둥이 윤유호가 다시 순'진'한 윤유호로 돌아왔나 보다. 이른바 윤유호 비긴즈 어게인.

그날 새롭게 알게 된 사실이지만 윤유호라는 남자는 자기변명이 너무 서툴다. 매사에 썩둑썩둑 칼로 무 베듯, 자기가 원하는 핵심만 딱딱 짚어서 말하는 스타일이 몸에 익어서 그런 거 같다.

예전에 다짜고짜 "하자."고 덤빈 것도 혹시 그래서일까? 그건 연애 계약을 체결하던 그날도, 그리고 시간이 좀 더 흐른 지금도 가늠하기 힘들다. 처음 만났던 그날의 윤유호는 박지수가 사랑하는 윤유호, 박지수를 사랑하는 윤유호가 아니니까.

하나를 이해하니 열을 알겠다. 현경이가 자기네 신랑에게 들은 말이라며 해준 말도 믿을 수 있을 거 같다.

신혼여행을 다녀온 직후 이 남자가 새신랑답지 않게 회사에 거의 24시간 붙어 일만 했다는 것, 결국 지나친 과로로 회의 도중 세 번

쓰러져 응급실에 실려 갔고, 그 사실이 보도되는 것을 막느라 홍보실에서 진땀을 뺐다는 것, 설 연휴에 내내 회사에 있었다는 것, 별다른 스케줄이 없는데도 주말에 회사에 나와 자기 사무실에 틀어박혀 두문불출했다는 것 등등의 이야기 말이다.

결혼식 이후 다시 내 앞에 나타나기까지 윤유호라는 남자가 회사에 붙박이로 붙어 어떻게 지냈는지, 어떤 생각을 하며 살았는지 나는 묻지 않았다. 그가 스스로 이야기해준다면 모를까, 앞으로도 물을 생각은 없다.

들은 적은 없지만 나는 알고 있다. 지난 몇 달간 내가 힘들고 고통스러웠듯, 그도 많이 힘들고 고통스러웠다는 것을. 굳이 말로 하지 않아도 알 수 있는 것이 있다. 그리고 살다 보면 자연스럽게 알게 되는 것이 있다. 이 일이 바로 그런 거다.

하지만 꼭 한 가지만큼은 그의 입을 통해 직접 확인하고 싶었다.

"그날 이후……, 혹시 최화연 씨 만난 적 있어요?"

잠시 망설이다 그가 입을 열었다.

"그날 만난 게 처음이자 마지막이었어요. 그날도 지수 씨 전화 끊자마자 전화를 받은 거였어요. 한국에 왔다고, 지금 카페에 있는데 잠깐 내려와달라고, 내가 올 때까지 기다리겠다고. 착잡했지만, 나갈 수밖에 없었어요."

그랬구나. 타이밍이 그렇게 되어버렸구나.

"그 후에 만나지는 않았어요. 하지만 전화통화는 했어요. 딱 한 번."

또다. 그는 또 너무 솔직하게 나왔다.

듣는 사람 마음 편하게 거짓말 좀 할 것이지. 만난 적 없다, 전화

통화도 한 적 없다, 말이라도 그렇게 하면 어디가 덧나나?

입맛이 썼다. 매도 한꺼번에 맞는 게 낫다. 두 번 세 번 나눠 맞으면 더 아프다. 쇠뿔도 단김에 빼야 한다. 내친김에 그에게 단도직입적으로 물었다. 최화연에게, 그가 한때 유일한 여자라 믿어 의심치 않았던 여자에게 무슨 얘기를 했느냐고.

“사과했어요. 미안하다고.”

사과? 미안해? 무엇이?

“내가 지금도 너를 사랑한다고 생각했는데 아니었다고. 다른 사람을 사랑한 지 이미 오래됐는데 내가 내 마음을 잘 몰랐다고. 인정하기 싫었다고. 내가 너무 멍청하고 어리석어서 본의 아니게 거짓말한 꼴이 되어버렸다고. 그래서 너와 그 사람 모두에게 상처를 줬다고. 미안하다고. 잘 살라고. 나보다, 그리고 전남편보다 더 좋은 사람을 찾으라고. 그리고 행복해지기 위해 더 노력하라고.”

과거의 연인에게 완벽한 안녕을 고한 그가 너무 아파 보였다. 듣는 나도 아파 더 이상 말하지 말라고 했지만, 그는 고개를 젓고 끝까지 들어달라며 말을 이었다.

“내게서 화연이를 당장 지울 순 없어요. 지수 씨를 만나기 전, 윤유호라는 인간 인생에 너무 깊게 새겨진 여자니까. 평생이라고 장담하긴 힘들지만, 당분간은 화연이를 잊을 수도 없을 거예요. 하지만 화연이를 사랑한 건 10대, 20대의 윤유호예요. 지금 지수 씨 눈앞에 있는, 박지수라는 여자를 보는 서른여섯의 윤유호가 아니라.”

남자의 눈빛이 신실하게 빛났다.

“지수 씨에게 고마워요. 지수 씨를 만나고, 지수 씨를 사…… 사, 사랑하고, 그걸 깨닫게 된 덕에……, 내 속에 숨어 있던, 화연이 때문에 상처 입고 무너져서 아무도 믿지 못하고 있던 어린 윤유호라는 놈을 제대로 직시하고 인정할 수 있었으니까. 또 상처 입을까 봐, 그 때처럼 무너질까 봐 두려워하던 그 어린 녀석 말이에요. 너무 오래 내 안에 있어서 당장은 힘들겠지만, 그래도 언젠가는 웃으면서 보내 줄 수 있을 거 같아요."

최화연을 사랑했던 10대, 20대 윤유호는 '사랑'이라는 단어를 서슴없이 말했다. 박지수를 사랑하는 서른여섯의 윤유호는 '사랑'이라는 단어를 말할 땐 여전히 부끄러워한다.

하지만 얼굴이 새빨갛게 익은 와중에도 마음속에 담겨 있는 것을 한 마디 한 마디 또박또박 힘주어 말했다. 서른여섯 살 현재의 윤유호 안에 들어 있던 과거의 어린 윤유호, 최화연을 죽도록 사랑했던 윤유호를 이제야 발견한 것처럼.

그의 이야기를 듣고서야 나도 돌아볼 수 있었다. 내 안에 누가 들어 있는지를.

부모 때문에 상처 입은 박지수.

결혼과 사랑의 영속성을 믿지 못하게 되어버린, 어린 일곱 살짜리 그 여자아이를.

외면했던 것을 불시에 깨달아버린 순간 눈물이 쏟아져 나왔다. 윤유호라는 남자가 나를 안고 등을 토닥였다. 그의 위로를 받으며 생각했다.

나는…….

내 마음속에 있는 어린 박지수를, 그 어린아이를 떠나보낼 수 있을까?

윤유호처럼 나도 언젠가, 웃으면서 안녕을 고할 수 있을까?

아마도…… 그럴 수 있을 거 같다. 언젠가는.

"평생 동안, 내가 죽을 때까지 지수 씨만 영원히 사랑한다고 말할 순 없어요. 하지만 지금은 그 누구보다, 아니, 누구와 비교할 수 없을 만큼 지수 씨만을 사랑해요. 진심으로."

단서와 제약조건이 주렁주렁 달린 그의 고백을 듣던 순간을 매일 떠올려본다. 그는 내게 사랑을 맹세했다. 하지만 평생이나 영원을 약속하진 않았다. 그래서 고맙다. 사실 그대로를 말해줘서.

그에겐 최화연이라는 트라우마가 있다. 내게는 부모님이라는 트라우마가 있다. 그로 인해 둘 다 세 치 혀로 맹세하는 결혼과 사랑의 영원을 믿지 못한다.

현재와 미래는 과거의 산물이다. 이미 있었던 사실을 돌이킬 순 없다. 몸과 마음에 단단히 각인된 과거를 억지로 부인하고 미래의 영원을 들먹이며 그걸 지킬 수 있으리라 자신하는 건 어리석은 짓이다. 나도, 그 남자도 달콤한 거짓말로 스스로를 세뇌시키며 거짓을 봐도 못 본 척 들어도 못 들은 척 살고 싶진 않다.

윤유호라는 남자가 나를 평생 동안 사랑할 자신이 없듯, 나도 역시 그를 평생 동안 영원히 사랑할 자신이 없다. 그를 향한 내 호르몬이 평생 분비되리란 보장이 없으니까. 그건 그도 마찬가지일 것이다.

같은 사실에 대해 나는 적당히 침묵했고, 그는 있는 사실 그대로 말했다. 그가 내게 정말로 솔직하고 100퍼센트 진실하다는 사실을, 그가 지금 이 순간 "그 누구보다, 아니, 누구와 비교할 수 없을 만큼" 오직 나 하나만을 사랑한다는 말을 믿을 수 있는 건 그래서다.

호오
메리지쿠스

이따금 우리는 서로의 집에서 함께 자고 일어나 아침을 맞는다. 쉬는 날엔 함께 외출을 하거나 둘 중 하나의 집에서 하루 종일 같이 시간을 보내기도 한다.

당연히 섹스도 한다. 결혼이 아니라 연애에 포함된 섹스다. 우리 결혼은 섹스리스지만, 연애는 아니니까. 그러나 애인이라는 이름아래 내 집이 네 집이요 네 집이 내 집이라는 식으로 각자의 독립영역을 장기간 점거하는 무분별한 행위는 없다.

종합적으로 볼 때, 결혼하더라도 엄마처럼 살지 않겠다는 다짐, 축의금을 알뜰히 챙기고 휴가를 받고 기혼으로 신분만 바꾼 채 내 생활을 계속 유지하겠다는 계약결혼의 목적, 결혼 후 나대로 진하게 연애할 사람을 찾아 사랑하겠다는 결심을 나는 모두 이뤘다. 일거삼득인 셈이다.

그러나 제삼자에겐 윤유호와 나의 관계가 못내 답답해 보이나 보다.

"어렵다."

집에 찾아온 이모가 한숨을 푹 쉬며 한 말이다.

"난 몰라."

이모 옆에 서서 지연이 뾰로통한 얼굴로 윤유호의 집 현관문을 두어 번 힘껏 걷어차다 한 말이다.

한 마디씩 퉁명스럽게 내뱉은 두 사람의 미간에는 불만의 주름이 자잘하게 잡혀 있다. 하지만 거기까지다. 우리 관계에 대해 서투른 촌평이나 당장 헤어지라는 부당한 강요는 없다. 두 사람이 왜 그러는지 충분히 이해하기에 나도 섣부른 변명을 덧붙이지 않는다.

하긴.

당사자인 내가 봐도 윤유호라는 남자와의 이 남다른 관계가 이상해 보인다. 계약으로 3년간의 기본기간이 설정된 결혼을 하고, 각자의 연애자유권을 존중하고 보장받기로 문서화한 가운데 하필 결혼한 계약상대방과 사랑에 빠지고, 유효기간을 짐작하기 힘든 연애를 하다니.

일반적으로 연애의 끝은 결혼 혹은 이별이다.

일반적인 결혼과 연애를 기준으로 볼 때 내 결혼은 이반적이다. 연애는 이반을 뛰어넘어 삼반적이다. 이 관계를 어떤 분류로 걸러 어떤 범주에 집어넣어야 할지 도통 알 수가 없다.

그러나 내가 지금 하는 사랑과 연애는 틀린 게 아니다. 내 결혼이 틀린 게 아니듯 연애도 마찬가지다.

다른 사람들과 조금 다르다. 그저 그뿐이다. 그리고 윤유호라는 남자와 하는 삼반적인 연애는 서른세 살이 되기 전 내가 했던 그 어떤 사랑과 연애보다 편하고 자유롭다.

때때로 자문한다. 지금까지 내가 바라고 꿈꿔왔던 사랑과 연애가 이런 것이었을까, 그래서 그 이전엔 사랑과 연애에 대해 그렇게 맨송맨송했던 걸까, 하고. 그때마다 17인치 LCD 모니터보다 좁은 내 마음이 대답한다. 바라지 않았다면 어쩔 거냐고. 벌써 시작해버렸는데 이제 와서 달라지는 게 있느냐고.

계약에 의한 결혼생활을 시작하고 동시에 연애를 하면서 부모님에 대해 깨달은 사실이 있다.

바람을 피우면서도 10원짜리 하나 빠뜨리지 않고 월급봉투를 갖다 줬다던 아버지나, 그런 아버지에게 여관비라도 쥐어줘야 하나 고민했다던 엄마는 자식들이라는 버거운 부가가치가 생산된 결혼생활을 책임지려고 나름 노력했다는 거다.

나와 지연이는 두 분의 결혼생활에서 파생된 존재다. 혈연관계를 떠나, 암묵적으로 의무감을 강제하는 1차적 집단의 한계를 벗어나 아주 냉정하게 인간 대 인간으로 따져봤을 때 말이다.

가족관계에서 가장 힘든 것은 가족구성원 중 누군가에 대한 분노나 불화가 아니다. 버림받았다는 사실 혹은 확신이다.

나와 동생은 부모님에게 버림받지는 않았다. 그런 생각조차 가진 적이 없다. 그것은 곧 두 분 모두 결혼생활의 부산물인 우리를 외면하지 않았다는 걸 증명한다. 버리지 않으면 다냐, 사람이 밥만 먹고 어떻게 사냐는 식의 유치찬란한 투정은 부리지 않기로 했다.

이제 온전히 인정한다. 아내와 남편과 자식이라는, 결혼에서 파생된 관계 모두를 책임지기 위해 각자의 입장에서 끝까지 포기하지 않은 부모님의 노력을.

이건 부모와 자식이라는, 서로에게 기대감을 갖는 종속관계를 떠나서 하는 얘기다. 아버지에 대한 적개심이나 어머니에 대한 한심한 감정을 초월하여 인간 대 인간으로 하는 존중이다.

하지만 나는 부모님을, 특히 엄마를 단지 인정하고 존중만 할 뿐이다. 자식으로서, 같은 여자로서 엄마와 엄마가 선택한 삶을 여전히 이해하지는 못한다. 엄마 나이가 됐을 때쯤엔 이해할 수 있을지도 모른다. 하지만 장담할 수 없다. 어쩌면 평생 못할지도 모른다. 왜냐하면 나는 엄마가, 박지수라는 여자는 김진희라는 여자가 아니니까.

나와 내 삶, 내 사랑도 마찬가지다. 다른 사람들이 나나 윤유호를, 우리 둘의 관계를 바라보는 것도 마찬가지다. 그들은 나, 박지수가 아니니까. 윤유호가 아니니까.

그러므로 다른 사람이 내 선택과 결혼과 사랑에 대해 속속들이 이해해주길 바라거나 욕심내지 않는다. 다만 나와 나에게서 파생된 모든 관계가 최소한의 존중을 받기를 원한다.

엄마는 엄마의 것을, 아버지는 아버지의 것을, 나는 나의 것을, 그리고 다른 이들은 각자 자기들의 것을. 세상 어느 누구나 각자의 삶을, 각자의 몫을 책임지려 애쓴다는 것도 함께 말이다.

십인십색. 백인백색.

사람이 다르고 사람마다 관점이 다르고 인생이 다르다. 그러므로 각자 자기 가치관대로 사는 것이다. 나는, 그리고 윤유호는 자기 가치관에 맞게 최선을 다해 선택하고, 충실하게 책임지며 살아왔다. 앞으로도 그럴 것이다.

나와 다른 가치관을 지닌 누군가의 눈에는 바보 같고 멍청한 선택일 수도 있다. 그래서 비난할 수도 있다.

그렇지만 내 인생을 책임져온 건 나다. 바보 같고 멍청한 선택이라고 하거나 비난하는 이들이 내 선택을 책임져준 적은 단 한 번도 없다. 내 삶, 내 선택은 오롯이 내가 짊어지고 책임질 내 몫이다. 오래전 돌아가신 우리 부모님도 그랬을 것이다.

그래. 그러면 된 거다.

그러니 이제 내 선택에 따라 내가 행복해질 차례다.

6월이 되면서 삼성역 근처에 새 직장을 구했다. 전에 다니던 A사보다 작은 규모지만 건실한 중견기업이다.

하는 일도 마케팅 업무 그대로고 직급도 대리 그대로다. 9년의 경력도 인정받았다. 연봉수준은 비슷하나 일의 강도는 훨씬 세다. 주

5일 근무지만 일이 밀릴 땐 월화수목금금금으로 하루 12시간 넘게 마소처럼 일해야 한다.

내가 이곳에서 잘릴지, 아니면 일에 치여 자발적으로 나가겠다며 짐을 싸게 될지는 알 수 없는 노릇이다. 그러나 서른이 훌쩍 넘은 나를 원하는 회사가 있을까, 라는 물음에 Yes라는 답을 흔쾌히 얻고, 다시 일을 시작하고, 내 밥벌이를 스스로 하게 된 것만으로도 충분히 기쁘고 만족스럽다.

취업을 위해 이력서를 내고 면접을 보면서 알게 된 사실이 있다. 세상이 20대의 풋풋함과 혈기왕성함만을 바라는 것은 아니라는 거다. 30대다운 노련함과 성숙한 면모를 요구하는 회사도 세상엔 많다. 30대라는 나이가 충분히 젊다는 것도 알게 되었다.

20대가 끝난다고 해서 세상이 끝난 것처럼 슬퍼하거나 좌절할 이유도 없고, 30대가 시작됐는데 이룬 것이 없다고 속상해하거나 초조하게 안달할 필요도 없다.

이제 나는 나의 서른셋이 예수나 이소룡, 마이클 조던이나 빌 게이츠 같지 않다고 실망하지 않는다. 서른셋이 된 다른 누군가처럼 사회적·정치적·경제적 입지를 다지지 못했다고 가슴을 치지도 않는다. 그들에겐 그들만의 서른셋이, 박지수에겐 박지수만의 서른셋이 있으니까.

체념이 아니다. 포기도 아니다.

내게 없는 것, 내게 모자란 것만을 갈구하며 아등바등하기보다, 내게 있는 것, 내가 가진 것을 되돌아보게 된 것뿐이다.

금요일 저녁에 퇴근을 하고 회사 근처 이탈리안 레스토랑에서 오랜만에 정원을 만났다. 재혼한 지 약 1년 2개월, 햇수로 2년차가 되는 친구의 표정은 어딘지 뚱해 보였다. 말끝마다 'ㅇ'이 따라붙던 콧소리 음절도 7, 80퍼센트 정도 사라졌다.

날이 갈수록 절륜해진다는 남편이랑 침대생활이 어떠냐는 짓궂은 내 질문에 그녀는 "그렇지, 뭐."라고 건성으로 심드렁하게 답했다. 한때 활활 타올랐을 열정도 자극 없는 심심한 일상에 젖어 어느 정도 식어 보인다.

"결혼하면서 회사를 괜히 그만뒀나 봐. 다시 일을 시작할까?"

정원의 말에 나는 시큰둥한 얼굴로 그렇게 하라고 했다. 하지 말라고 해봐야 안 할 친구도 아니거니와, 남의 인생에 간섭하며 감 놔라 대추 놔라 하는 충고는 박지수라는 여자와 어울리지 않는다.

"지수야. 너는 네 남편이랑 언제까지 사랑하면서 함께 살 수 있다고 생각하니?"

답하기 곤란한 질문이다. 그것 때문에 지금도 고민 중이다. 10년은커녕 1년, 아니 3개월 후의 내 삶, 내 감정도 감히 짐작하기 어렵다. 하물며 다른 사람의 감정과 삶이 개입된 먼 미래를 예측하는 것은 어불성설이다.

그런데 얘가 하는 말이 이상하다. 보아 하니 남편이랑 사소한 다툼이 있었던 거 같다. 설마 그렇다고 또 이혼한다는 말을 하려는 건 아니겠지? 이혼에 재미 붙인 것도 아니고.

"나중에 말이야. 만약에 네가 남편 없이 혼자 살게 되면, 나랑 시골에 내려가지 않을래?"

이혼한다는 말은 아니니 다행이다. 그런데 시골이라니. 갑자기 너무 엉뚱한 소리다. 하지만 정원은 진심으로 보인다.

소오
메리지쿠스

"지금 당장 가자는 게 아니야. 한 30년쯤 후? 누가 앞으로 언제 어떻게 될지 모르잖아. 너도 그렇고 나도 그렇고 나이 들어 혼자 살게 될 가능성이 있잖아. 그때를 대비해서 만일을 위한 미래 노후계획을 미리 세워두자는 거지."

미래 노후계획이라는 말에 잠자코 귀를 기울인다. 친구는 턱을 괴고 꿈꾸는 소녀처럼 나른한 목소리로 중얼거린다.

"때가 되면 너랑 나, 뜻 맞는 사람들을 더 모아서 물 맑고 공기 좋은 시골에 내려가는 거야. 폐교 하나를 구입해서 교실을 오피스텔처럼 개조하고 같이 사는 거지. 따로 또 같이 어울려 사는 독신자들의 공동체를 꾸리는 거야."

독신자들의…… 공동체?

"남는 교실들은 펜션으로 꾸며서 숙박도 받고, 뒤에 텃밭도 가꾸고, 운동장은 주차장으로 쓰거나 도시에서 야유회 온 사람들에게 대여해서 돈도 벌고. 아이를 키우는 여자도 있을 테니 베이비시터로 용돈도 벌고, 소일거리로 적적하지도 않고. 아프면 서로 죽도 끓여주고 병원에도 데려가고. 상부상조, 유유자적, 안빈낙도. 지국총 지국총 어사와. 멋지지 않니?"

GOOD! 이건 정말 솔깃한 말이다. 기발하다. 난 이런 노후대비를 기다려왔다.

그런데 폐교를 구입하고 개축할 비용이 얼마가 될까? 그만한 돈이 그때 내게 있을까? 걱정스럽다. 하지만 철없는 줄 알았던 친구가 이렇게 기특한 노후계획을 세워두고 있다는 사실이 적이 안심이 된다. 쪽방과 종이박스로 채워졌던 외롭고 캄캄한 30년 후 미래가 멀찌감치 미끄러진다.

"건물 이름도 벌써 붙여놨어. 타지마할을 본떠서 '타지망할'. 어때?"

뭔 망할? 타지망할? 오. 이런 망할. 식도로 넘어가야 할 물이 비강으로 역류한다.

"그건 진짜 아니라고 본다."

결사반대를 외쳤다. '타지망할'이라니. 이름에서 왠지 망조가 느껴진다.

차라리 베르사이유를 본떠서 '벨사이에유'로 짓는 게 낫겠다며 친구를 설득했다. 내 생각이지만, 따로 또 같이 사는 개인주의적인 삶들의 집합체에겐 '타지망할'보다 "우린 별사이 맞아요."라고 당당하게 외치는 '벨사이에유'가 훨씬 더 어울린다.

하지만 '타지망할'이라는 망할 놈의 이름에 꽂혀버린 정원은 '타지망할'이 얼마나 재치 있고 재미난 표현이냐며 고집을 굽히지 않는다. '벨사이에유'는 재미있기는 하나 너무 길며, '타지망할'보다 임팩트가 약하다는 것이 친구의 의견이다.

"예비입주자로서 얘기하지만 '타지망할'은 좀 피해주라. 짓지도 않았는데 벌써부터 망할 것 같잖아. 이름 임팩트가 그렇게 중요하면 버킹검을 본떠서 '벗긴 것'이라고 해. 다른 것도 있어. 알함브라 대신 '알아부러', 아방궁 대신 '아바구'. 그게 낫겠다."

내 의견에 정원은 깔깔거리며 웃다가 정색을 하고는 '벗긴 것'은 지나치게 선정적이며 그 외의 다른 이름들은 강한 느낌이 없다며 죽어도 '타지망할'로 가겠다고 막무가내로 우긴다. 제발 망조가 보이는 '타지망할'만은 참아달라고 하다 결국 설득을 잠정적으로 포기했다.

30년이나 남아 있다. 아직은 먼 미래다. 툭하면 이랬다저랬다 변덕이 죽 끓듯 하는 친구의 마음이 바뀌기에 시간은 충분하다. '타지망할'은 '벨사이에유'나 '벗긴 것', '알아부러', '아바구'로 언제고 변할 수 있다. 물론 2012년에 지구가 멸망한다는 고대 마야 인들의 예언이 어긋나거나 30년이 지나기도 전에 지구 종말이 찾아오지 않는다면 말이다.

오후 10시경, 정원의 남편에게서 귀가독촉 전화가 날아온다. 투덜거리는 친구를 달래 차를 태워 보낸 뒤 지하철을 타러 걸어간다. 갑자기 휴대전화가 부르르 몸을 떨었다.

윤유호. 그 남자가 건 전화다.

가족관계를 증명하는 국가공인 가족관계 문서상으로는 남남이요, 계약문서로는 결혼동업자이자 사람들의 시선이 오가는 곳에서 대외적으로는 남편이지만 사적으로는 친한 이웃사촌인, 그리고 파란만장한 사건사고를 거쳐 벌써 3개월째 내 마음에 안착한…… 내 연인.

— 어디예요?

"회사 근처예요. 정원이랑 저녁 먹고 집에 가는 길이에요."

— 나도 마침 퇴근하는 길인데. 잠깐 기다릴래요? 모시러 갈게요. 10분 정도면 될 거예요. 같이 드라이브나 하고 들어가요. 어때요?

주말의 밤나들이로 괜찮은 계획이다. 모 은행 앞에서 기다리겠다는 말로 전화를 끊고 약속장소로 향한다. 불이 환하게 켜진 지하철역 지하도를 빠져나와 밤거리에 발을 내디딘다. 번쩍이는 네온사인과 가로등불이 인공적인 빛을 발하는 도시의 어둠 속에 자연스럽게 무르익은 신록의 향기가 코를 찌른다.

5분쯤 기다렸을까. 가벼운 클랙슨소리에 이어 눈에 익은 검은

SUV 차량이 속도를 낮추며 내가 서 있는 쪽으로 다가온다. 운전석에서 다정하게 웃는 남자를 향해 손을 흔들어 아는 체하며 걸어간다.

그와 내가 서로를 사랑하는 유효기간은 얼마나 될까. 호르몬 분비가 멈추는 18개월에서 30개월 사이? 아니면 그 이상 혹은 그 이하?

……모르겠다.

이 사랑과 연애가 끝나는 날이 오면 그와 나의 관계, 특히 우리의 결혼은 어떻게 변하게 될까? 계약을 맺어 결혼을 하고 뒤늦게 연애를 시작한 21세기의 돌연변이들, 이반적인 호모 메리지쿠스 두 남녀는 어떤 모습으로 진화할까?

서로 등을 긁어줄 수 있는 절친한 이성친구로 변해버릴까, 아니면 그때도 여전히 호르몬을 팡팡 분비하며 뜨겁게 사랑하고 있을까?

……잘 모르겠다.

먼 훗날, 내가 가칭 '타지망할'에 입주를 준비할 때 그는 지속적인 계약연장에 합의하고 여전히 내 옆에 있을까, 아니면 그 이전에 일찌감치 계약종료를 합의하고 서로 남남이 되어 있을까? 혹시 지금처럼, 그도 '타지망할' 입주자가 되어 내가 사는 옆 교실로 이사를 올까?

……그것도 잘 모르겠다.

내 나이 서른셋.

나는 아직도 모르는 것이 너무 많다. 이런 건 나이와 경험으로 알아지는 게 아니다. 닥치고 난 후에야 알게 될 뿐이다.

생각해보니 내가 확실하게 아는 것이 두 가지 있다. 억 단위의 목돈이 없는 내가 우리의 계약결혼이 유지되는 기간 내에 최소 5억의 위자료를 물어야 하는 이혼을 막무가내로 요구할 리 없다는 것.

그리고 또 하나는 일반적인 결혼과 연애와는 달리 이반적인 결혼에 이어 삼반적인 연애를 했으니 그 결과가 사반적으로 나오더라도 타당성만 있다면 받아들일 수 있다는 것.

물이 반쯤 채워진 컵이 있다. 어떤 사람들은 "물이 반밖에 없네." 라고 부정적으로 말할 것이다. 또 어떤 사람들은 "물이 반이나 있네."라고 긍정적으로 말할 것이다. 또 다른 어떤 사람들은 "물이 반이 있네."라고 냉정하게 말할 것이다. 물이 있는지 없는지 신경도 쓰지 않을 사람 역시 물론 있다.

서른둘 이전의 박지수, 이미 죽어 패총이 되어버린 과거의 박지수는 "물이 반밖에 없네."라고 말했던 여자다. 없는 것, 안 한 것, 못 한 것, 못 가진 것에 대한 아쉬움이 더 큰 여자다.

지금 살아 있는 서른셋 현재진행형 박지수는 "물이 반이나 있네." 라고 말하는 여자다. 있는 것, 한 것, 해본 것, 가진 것에 대한 만족이 더 큰 여자다.

미래는 늘 불투명하다. 불투명한 만큼 암울해 보이는 법이다.

그러니까 Let it be.

그러므로 Let it grow.

현재는 현재대로, 먼 미래는 먼 미래대로 그 자리에 그대로 둬야 한다. 그 시간이 되지 않으면 절대로 이해할 수 없는 미래의 문제와 고민을 현재로 앞당겨 30년 치나 미리 할 필요는 없다.

내겐 여전히 없는 것, 못 한 것, 안 한 것이 많다.

부모님도 안 계시고 지금도 아버지 제사상에 술 한 번 따르지 않는다. 청송 친가에 대한 냉담과 불화도 여전하다.

하지만 있는 것, 하는 것도 많다.

결혼을 했고, 남편이 있고, 애인이 있고 밥벌이할 수 있는 직장도 있다. 밤새워 수다를 떨 수 있는 이모와 동생이 있고, 여가활동을 함께 할 친구도 있다.

많은 돈은 아니지만 9년간의 회사생활을 통해 허리띠를 졸라가며 모아놓은 적금과 저축이 있고, 치료비는 물론 연금전환이 가능한 보험도 있다. 결혼축의금과 전 회사에서 위로금으로 받은 목돈은 은행에서 3개월마다 한 자릿수 이자율로 꼬박꼬박 가지치기를 하고 있다.

여전히 노후가 걱정이긴 하다.

그렇지만 먼 훗날 언젠가 만에 하나 홀로 살게 되었을 때, 외롭게 늙어가지 말자며 시골에 폐교를 구입해서 함께 산다는 노후계획을 치밀하게 세워두는 똑똑한 친구도 있다.

지금 없는 것, 안 한 것, 못 한 것은 가칭 '타지망할'에 입주하기까지 남은 30년간 천천히 이루고 쟁취하면 된다. 이 정도면 A+은 아니더라도 최소한 낙제점은 면한 삶 아닐까. 그거면 충분하다.

냉정하게 돌이켜봤을 때 달라진 것은 아무것도 없다. 대신 내가 달라졌다. 지난한 33년 세월 속에 진부하게나마 박지수라는 여자가 한 걸음 진화했다. 지금도 진화하고 있다. 부분적으로 봤을 때 때론 뒷걸음질친 적도 많겠지만, 전체적으로 봤을 땐 꾸준히 앞을 향해 나아가고 있다.

지금 이 상황과 현실은 내가 노력하고 선택함으로써 만들어낸 새로운 시간과 내가 지닌 가능성들이 어우러져 창조된 결과다.

그러므로 까르페 디엠.

호모
메리지쿠스

모든 것은 나 스스로가 쟁취하고 탄생시킨 내 몫이라 여기며 현재를 즐기자.

나를 위하고, 내 옆에 있는 윤유호라는 남자를 사랑하고, 내가 가진 것을 누리고, 내게 없는 것을 조금만 소망하자. 힘들면 힘든 대로, 행복하면 행복한 그대로를 인정하면서.

1년 혹은 10년 혹은 가깝거나 먼 훗날 언젠가…… 이 남자와 헤어져 가슴이 찢어지게 아픈 날이 올지라도, 그 후에 또 다른 사랑이 내게 새롭게 올 수 있다는 것을 믿으면서.

먼 훗날 돌아봤을 때 비록 후회는 할지언정 내 스스로에게 부끄럽지 않게. 지금 이 순간만큼은 내 삶과 내 사랑에 최선을 다하면서.

아무런…… 아무런 미련도 남지 않도록.

"지수 씨. 어디로 갈까요?"

조수석에 오르자마자 그가 안전벨트를 채워주며 묻는다. 내일부터 이틀의 휴식이 보장된 주말 밤. 딱히 가고 싶은 곳도 가야 할 곳도 없다.

윤유호라는 남자에 대한 내 마음이 언제 어디서 시작됐는지 나는 잘 모른다. 그런 남자에게 구체적으로 어떤 행선지를 경유하여 어떤 종착지로 가자고 인도해야 할지 막막하다. 그저 가보는 수밖에 없다.

"일단 양수리 쪽으로 갈까요?"

제안에 동의하자 차가 곧장 출발한다. 창문을 조금 열었다. 비릿한 짠내를 머금은 바람이 틈새로 밀려들어온다. 비가 오려는 걸까? 차창 밖을 내다봤지만 스쳐지나가는 무수한 풍경들은 사소한 내 물음에 아무것도 대답해주지 않는다.

부쩍 높아진 기온과 습기 속에 주황색 아크등 불빛이 부옇게 번져간다.

이제 곧 7월.

여름이 오고 있다.

너무나 당연하게. 늘 그러했듯이.

……사실은 그럴 것이라 짐작만 할 뿐이다.

노오
메리지쿠스

Behind Story. 남원북철 南轅北轍
: 그러나 믿고, 다만 지켜볼 수밖에.

몇 년 전 어느 겨울밤. 외출했다가 차를 타고 돌아오던 길이었다.

러시아워 때문에 S동 근처에서 길이 막혔다. 언제 길이 뚫리나만 생각하며 전방 신호등을 무료하게 응시하는데, 조수석에 앉아 창밖을 보고 있던 그녀가 갑자기 쿡쿡 웃었다.

"왜 그래?"

그녀는 아무 말 없이 한 곳을 가리켰다. 살펴보니 20대 중후반으로 보이는 한 쌍의 연인이 팔짱을 낀 채 찰싹 달라붙어 좌우로 모텔 네온사인이 번쩍이는 골목으로 들어가고 있다.

"아는 사람이야?"

"아니. 그게 아니라. 저기, 저 여자. 옷차림 봐."

말한 대로 여자 옷차림을 다시 살펴봤다. 진분홍색 패딩 점퍼에 짧은 청 스커트와 검은 레깅스, 그리고 어그 부츠. 요즘 겨울에 젊은 여자들 사이에 유행하는 스타일이다. 내가 보기엔 별 특이한 구석은 없었다. 그런데 그걸 보며 그녀는 어찌할 바를 몰라 하며 웃었다.

"왜 그래? 혼자 웃지만 말고 말을 해봐. 뭔데 그래?"

계속 재촉하자 그녀가 간신히 웃음을 참고 말했다.

"상상을 해봤거든."

"무슨 상상?"

"저 두 사람이 모텔에 방 잡고 들어갔을 때 말이야."

"응."

"뭐, 둘이 이렇게 저렇게 하다가 옷을 벗거나 벗기겠지?"

"그렇겠지?"

"그런데 저 여자, 지금 까만색 레깅스 입고 있잖아."

"근데?"

"마이클 펠프스 같지 않아?"

마이클 펠프스? 아니 웬 마이클 펠프스?

"무드 딱 잡히고 둘이 분위기 좋을 거잖아. 그런데 여자가 이래저래 하다가 남자 앞에 레깅스만 딱 입고 있는 거야. 그 모습, 수영대회에 전신 쫄쫄이 수영복 입고 등장한 마이클 펠프스가 연상되지 않아?"

5초 정도 생각하다가 그제야 나도 푸핫, 하고 웃음을 터뜨리고 말았다. 핸들에 얼굴을 묻고 얼마나 웃었던지 뒤차가 빨리 가라며 클랙슨을 연방 울리는 것도 깨닫지 못했다.

계속 웃음이 나와 운전에 집중하기가 힘들었다. 이러단 사고가 나겠다 싶어 결국 갓길에 잠시 차를 세워야 했다. 그리고 한동안 웃어댔다. 한참 후 그녀가 말했다.

"여자들 커뮤니티나 집단지성이 모이는 사이트에 올려야겠어. 레깅스 입은 여자들이여, 남자랑 응응할 땐 반드시 레깅스부터 벗어라, 라고."

"부제는 내가 달아줄게. 안 그러면 남자들 앞에서 마이클 펠프스

된다, 라고."

우리는 또 한 번 박장대소를 터뜨렸다.

한참을 웃고 집으로 돌아오는 길. 그녀가 대학에 다닐 때 일어났던 사건이 생각났다.

그녀가 1학년 때였던가. 당시 사귀던 같은 과 동갑내기가 술을 마시던 도중 "내가 널 지켜줄게.", 뭐 이런 종류의, 맨정신으로 듣기엔 상당히 민망한 얘기를 굉장히 진지한 목소리로 폼 잡고 했단다.

그때 그녀 왈,

"나는 내가 지킬 테니까, 너는 나라나 지켜. 빨리 군대나 가. 신검 몇 급 나왔디?"

이랬단다.

얼마 후 두 사람은 파경을 맞았다. 그녀는 서운해하지도, 섭섭해하지도 않았다. 진작 이렇게 됐어야 한다는 듯 표정은 오히려 홀가분했다.

이 외에도 비슷한 일이 부지기수다. 키스하고 싶다는 남자에게 "저녁 먹고 양치질했니?"라는 말을 툭 내뱉은 적도 있다고 들었다. 잘은 모르지만 누가 손이라도 잡으려 하면 "난 수족냉증 없어."라는 소리, 목에 입을 맞추면 "난 뱀파이어는 싫어."라는 소리, 가슴 언저리라도 세게 더듬을라치면 "때 벗기니?"라는 소리, 분명히 했을 거다. 확신한다.

이렇게 결정적인 순간에 분위기를 확 깨니 남아나는 사람이 있을 리 없다. 그녀에게 다가오거나 다가왔던 남자들은 늘 유턴하기 바빴다. 덕택에 이 여자, 지금까지 살면서 사귀던 사람에게 100일 기념선물을 받아본 적이 손에 꼽는다.

무드에 젖어들기보다 무드를 깨는 게 더 익숙한 여자. 낭만이라곤 병아리 눈물만큼도 없는 여자. 열정에 도취한 남자들을 김 팍 새게 만들고 정 확 떨어지게 만드는 게 특기인 여자.

남자에게 냉정하고, 쉽게 사랑을 입에 올리는 남자에겐 아예 대놓고 냉소적인 여자. 연애의 필수인 '밀당', 일명 밀고 당기기 전법은 밥벌어먹고 살기 위해 클라이언트나 상사와만 하기에도 피곤하다는 여자.

사랑이라는 감정을 고스란히 받아들이기엔 너무 현실적인 여자. 심지어 남녀상열지사를 앞둔 순간에도 마이클 펠프스의 전신 쫄쫄이 수영복을 상상하며 웃음을 팡팡 터뜨릴 수 있는 여자.

그리고 자기 부친 때문에 남자에 대한 불신이 만리장성을 이루는 여자.

이 여자가 박지수, 바로 내 조카다.

지수 말로만 들었을 땐 안토니오 반데라스, 그것도 '데스페라도'나 '오리지널 씬'에서 나왔던 그 모습을 상상했다.

물만 마셔도 섹슈얼한 기운이 뚝뚝 떨어지고, 가만히 숨만 쉬고 있어도 위압적인 느낌이 물씬 흐를 것 같은 인상. 적당히 느끼하고 음흉한 눈빛을 빛내며 사방팔방 페로몬을 풀풀 풍기고 다니는 그런 남자.

지수 같은 애라면 자체적으로 위험경계경보 사이렌을 요란하게 울리거나 사방 1킬로미터 내에 바리케이드를 치고 접근금지를 선언할, 혹은 운동화 끈을 매고 십 리 밖으로 도망칠 준비를 하게 만드는 그런 사람 말이다.

눈오
메리지쿠스

하지만 윤유호라는 남자를 실제로 봤을 때 내 느낌은 전혀 달랐다.

눈빛이 따뜻하고 표정은 부드러우면서도 정갈하다. 피부도 깨끗하고 키도 훤칠하다. 자세도 참 곧고 바르다.

사무실에서 일하는 사람들이 으레 풍기게 마련인 유약한 기운은 눈을 씻고 찾아봐도 없다. 손을 보니 크고 두툼하고 손마디가 굵은 편이다. 제법 고생하며 자란 손이다. 한마디로 전체적으로 참 바르게 잘 자란 사내다운 인상이다.

무엇보다 지수 옆에 서서 지수를 보며 웃는 모습이 참 마음에 든다. 오늘 날짜로 나이 서른여섯이 되었다는 남자가 어쩜 이렇게 의뭉스러운 구석 하나 없이 선하게 웃을 수 있는지 의심스러울 정도다.

쌍꺼풀이 1센티미터라는 지수의 말은 단언컨대 과장이다. 이목구비가 시원시원하고 뚜렷한 데다, 움푹 들어간 서글서글한 큰 눈매에 잘 어울리는 짙은 쌍꺼풀이 "쌍꺼풀이 1센티야."라는 발언을 낳은 거 같다.

첫인상에 대한 소감을 표현한다면…… 요즘 시쳇말로 하는 '바람직하다'? 그 정도 표현이 가장 적확하다. 솔직한 심정으로는 좀 더 야박하게 말하고 싶은데, 사람이 너무 괜찮아 보이니 그러기도 힘들다. 최소한 겉으론 그렇다.

'흠이 있을 거야. 목소리가 이상하다든가. 사람한테 허투루 대한다든가.'

물론 그것도 오산이다.

지수가 기름기가 뚝뚝 떨어진다고 묘사했던 목소리는 듣기에 딱 좋은 중저음이다. 나는 물론 부모님이나 오빠, 올케한테 하는 행동

역시 사근사근하고 싹싹한 사윗감 그대로다. 적당히 친근하면서도 깍듯한 한편, 웃어른에겐 적당히 거리를 두고 어려워하는 모습도 보여준다. 참 진중하다.

어느 모로 보나 세상물정이라곤 통 모르는 백면서생과는 거리가 멀다. 사람을 대하는 걸 보니 세상물정을 너무 잘 아는 사람이다. 그 앞에 곧이곧대로 굽실거리며 복종하지 않으며 살아왔다는 고집과 강직함이 행동은 물론 적당히 다물린 입모양에서 여실히 드러난다.

사람한테 은근히 까다로운 식구들이 왜 단번에 오케이 사인을 날렸는지, 지수가 여기 충주에 왔다간 후에 번갈아가며 내게 전화를 걸어 이 남자에 대해 왜 묻고 또 물었는지, 올케언니는 왜 그리 열광했는지 이제야 이해가 간다.

예상보다 훨씬 나은 실물을 확인했지만, 그렇다고 내 마음이 다 풀린 건 아니다. 윤유호라는 남자의 흠을 잡기 위해 지악스럽게 눈에 불을 켠다.

'발가락이 못생겼을 거야. 아니면 화장실에서 볼일 보고 나오면서 손도 안 씻고 나오는 고약한 버릇이 있든지.'

아, 싫다. 하다 하다 이런 생각마저 하는 내가 진짜 싫다. 어디 내놔도 빠지지 않는, 나이 쉰이 가까운 전문직 여성이 사람 하나 붙들고 이게 뭐 하는 짓인지.

윤유호라는 남자를 계속 보고 있자니 자꾸 화가 난다. 답답해 속이 터져 죽을 지경이다. 나무랄 데 없어 보이는 이런 남자가 왜 그렇게 계약결혼을 하려 하는지. 그리고 그 상대가 왜 하필 내 조카 지수인지.

"뒷마당에 가서 얘기할 시간 있어요?"

지수가 부엌에 들어가 두문불출하는 사이, 방에서 부모님과 오빠 내외 눈치를 살피다 윤유호에게 몰래 말했다. 남자 역시 나만 알아들을 수 있을 정도로 "예."라고 대답하며 작게 고개를 끄덕인다.

추운 날씨를 대비하여 외투를 걸치고 먼저 뒷마당으로 나가서 기다리길 약 3분. 그가 재킷과 코트 없이 방에 있을 때 차림 그대로 나온다.

나를 향해 다가와 깍듯하게 목례하는 남자를 보자니 참 머쓱하다. 이마를 슥 만지는 걸 보니 윤유호도 그런 것 같다. 우리, 조금 전까지 방에서 남들 보란 듯이 농담 따먹기하고 하하호호 웃으며 친한 척 굴던 사람들 맞나?

"추운데 뭐라도 걸치고 나오지 그랬어요? 얘기가 길어질지도 모르는데."

"아닙니다. 괜찮습니다, 이모님."

"괜찮다니 됐네요."

그 말을 끝으로 본론에 들어갔다. 팔짱을 끼고 윤유호라는 남자를 가만히 쳐다본다. 째려보고 노려본다. '나, 너한테 할 말 많다. 넌 나한테 할 말 없냐?'라는 시비조의 포스를 물씬 풍기면서. 웬만한 사람이라면 지레 움찔해서 "저기, 저한테 뭐 하실 말씀이라도."라는 말을 저절로 더듬더듬 내뱉을 정도로 아주 무섭게.

하지만 윤유호는 그런 내 시선을 거리낌 없이 받아낸다. 내가 뭘 묻고 따질지 이미 다 알고 있다는 표정으로 그저 의연하게 서 있다. 움츠러들거나 내 눈치를 비굴하게 살피지도 않는다. 배짱도 참 좋다.

그렇지만 시건방지거나 거만한 느낌은 전혀 없다. 청풍명월이란 게 이런 사람, 이런 성격을 가리키는 건가 싶다.

"계룡산에서 도 닦았나 봐요, 윤유호 씨. 그것도 아주 오랫동안."

"부끄럽습니다. 아직 2갑자밖에 안 됩니다, 이모님."

한마디도 안 진다더니. 그건 지수 말이 맞다. 남자의 대답에 어이가 없어 웃어버린다. 그도 나를 따라 작게 웃는다.

"웃지 마세요. 정 드니까."

"그냥 정, 붙여주시면 안 되겠습니까? 말씀도 낮춰주십시오. 저, 이제 이모님 조카사위나 다름없습니다."

"미안하지만 그건 안 되겠네요. 그냥 보통 조카사위가 아니라서."

알겠다는 듯, 편하신 대로 하라는 듯 그가 고개를 끄덕인다.

"서로 전후사정 다 알고 있으니 단도직입적으로 말할게요."

"말씀하십시오."

"지수랑 한 그 계약, 파기하면 안 되겠어요?"

남자의 얼굴에서 서서히 웃음이 걷힌다. 이미 예상은 했지만, 맞대면한 상황에서 직접 들으니 조금 충격이라는 표정이다.

"계약서에 어떤 조항이 있는지 다 알아요. 이미 날인하고 공증 받았다는 것도 알아요. 내가 검토하고 내가 보관 중이니까. 하지만 문서에도 있잖아요. 양자협의라는 거. 양자협의로 치고 계약은 도로 무르자고 얘기하세요. 그렇게 해주면, 나머지는 내가 다 알아서 할게요. 지수도, 우리 집도."

그는 잠시 고개를 숙인 채 묵묵히 서 있다 조용히 대답했다.

"안 되겠습니다. 죄송합니다."

역시나.

단번에 거절이다. 예상대로다. 어떻게 한 계약인데 그걸 제삼자의 말 한마디에 무효로 돌릴까. 나 같아도 그러진 않을 거다.

첫 술에 배부를 리 없다. 이제 겨우 도끼질 한 번 했는데 나무가 넘어가길 바라면 그게 이상한 거다. 전열을 가다듬고 나는 변호사답게 최대한 합리적이고 냉정하게 설득에 나섰다.

"아시겠지만 난 변호사예요. 사람이 사람 이용하는 거, 많이 봐왔어요. 서로에게 득이 된다면 나쁘지 않다고, 괜찮다고 생각하는 사람이에요. 어차피 세상은 물고 물리는 법이고, 그 속에서 사람이 사람을 이용해야 서로에게 득이 되는 법이니까. 지수랑 윤유호 씨가 한 이 계약도 서로를……."

"맞습니다."

남자가 간결한 어조로 말을 끊는다. 너무 침착한 어투에 나도 모르게 멈칫한다.

"이모님 말씀, 다 맞습니다. 다 옳습니다. 사람이 사람 이용하는 거, 당연합니다. 저도 우리 회사 직원들을 이용해서 돈을 벌고, 우리 회사 고객들 역시 저와 우리 회사 직원들을 이용해서 원하는 상품과 부가가치를 받아냅니다. 우리 직원들 역시 저를 이용해서 돈과 서비스를 가져갑니다. 다른 어디를 가도 그럴 겁니다. 그게 세상법칙이죠."

사람이 사람을 이용한다는 말을 들으면 대개 사람들은 흥분하고 화를 낸다. 어떻게 사람을 이용하느냐고, 그런 말을 어떻게 그렇게 쉽게 말할 수 있느냐고 따져 묻는다.

하지만 이 남자는 그러지 않는다. 시원시원하게 인정한다. 조리 있는 논리까지 덧붙인다. 한 술 더 떠서 내가 할 말까지 한다. 바로 이렇게.

"저, 지수 씨 이용했습니다. 지수 씨도 저를 이용한 거 맞습니다. 계약이라는 게 원래 그런 거니까요. 우리 계약도 마찬가지구요."

이거야 원. 말문이 막힌다.

사람을 이용한다는 말에 화를 벌컥 내든지 당황하는 기색을 눈곱만큼이라도 보이면 그때 다시 적절하게 역공을 펼치려 했는데. 완전히 판단착오다. 이렇게 덤덤하게 인정하고 나오니 할 말이 없는 건 내 쪽이다.

으르고 달래고 협박하고 애원하고. 오늘을 위해 각종 작전을 짜 왔건만, 오히려 내가 밀리는 느낌이다.

'너무 만만하게 봤어. 다른 방법으로 접근해야 했을까? 이제 어떻게 해야 하지?'

눈치 못 채게 속으로만 전전긍긍하는데 그가 "하지만" 하고 말한다. 나는 적당히 거만한 눈빛으로 팔짱을 낀 자세 그대로 그를 쳐다본다. 윤유호도 진지한 표정으로 나를 똑바로 쳐다본다. 예의바르고 공손하되 절대 기죽지 않겠다는 눈빛으로.

"최소한 저는 사람 마음을 이용하지는 않습니다."

사람을 이용은 하되, 사람 마음을 이용하지는 않는다? 모순되는 듯하면서도 공감이 가는 논리에 3초 정도 또 말문이 턱 막힌다.

말과 논리로 먹고 사는 내가 이러면 안 되는데. 안 되겠다. 이 사람 약점을 들춰내야겠다.

"나, 지수한테 다 들었어요. 윤유호 씨가 소위 바람둥이라는 거."

스스럼없이 대답이 튀어나온다.

"맞습니다, 바람둥이. 여자들 많이 만난 남자가 바람둥이라면, 저라는 놈, 바람둥이 맞습니다."

이 인간 뭐지? 너무 기가 막혀 "헐." 하는 소리가 입에서 절로 나온다.

"지금까지 만났던 여자들, 꽤 됩니다. 그 여자들에게 나 이런 남자다, 결혼할 생각 없다, 그래도 만날래, 그냥 즐기기만 하는 거다, 그런 얘기 정확하게 하고 만났습니다. 그런데도 귀찮게 매달리는 여자에겐 매몰차게 군 적도 많습니다."

"지수한테도 원 나이트 하자고 했다면서요?"

참다 참다 안 하려던 원 나이트까지 입에 올렸는데도 윤유호는 대답에 거침이 없다.

"예. 했습니다. 다른 여자에게도 그런 말 많이 해봤습니다. 물어보실 것 같아 미리 말씀드린다면, 원 나이트 한 적도 많습니다."

가관이다.

"이것 보세요. 그거 지금 자랑이라고 하는 얘기예요?"

"자랑 아닙니다. 그렇다고 다 알고 계시는 분에게 굳이 숨길 일도 아닙니다."

"그래서 다 알고 있으니, 숨길 일도 아니니, 묻지도 않은 것까지 솔선해서 다 밝히시겠다? 너무 뻔뻔한 거 아니에요? 윤유호 씨. 지금 이거, 자폭이라는 거 알아요?"

"이모님께서는 이미 지수 씨에게 저에 대해 다 들으셨을 테니까요. 그리고 말씀하신 걸 보면, 저에 대해 이미 어느 정도의 선입견을 갖고 계신다는 생각이 들었습니다. 그래서 저 역시 각오하고 말씀드리는 겁니다."

무슨 말을 하든 한마디도 지지 않는다. 지려고 하지도 않고 져주는 척도 안 한다. 내가 배수진을 친 것처럼 이 남자도 심정적으로 배수진을 쳤나 보다.

그런데 강하다. 내가 생각했던 것보다 훨씬 더.

"그렇지만 양다리, 삼다리, 문어다리, 그런 적 없습니다. 사람 마음 갖고 장난친 적, 없습니다. 이모님이 걱정하시는 그런 일, 지금까지도 없었고 앞으로도 없을 겁니다. 지수 씨한테는 더더욱."

이 남자, 정말 바람둥이 맞나? 지수 말대로 이 바람 저 바람에 나풀거리며 여자한테 추파 던지는?

아닌 것 같다.

사람은 누구나 자기변명이 익숙하다. 그런데 윤유호는 변명을 안 한다. 사실 그대로를 그대로 직시하고 인정한다.

자기 흠이 되는 말을 웃음기 하나 없이 사람 눈 똑바로 쳐다보고 이야기하는 사람은 드물다. 이런 말을 솔직하게 털어놓는 사람치고 진중하지 않은 사람도 못 봤다. 사고방식이 삐뚤어진 사람도 못 봤다.

'이 사람, 사실은 정말 괜찮은 사람 아닌가? 지수가 사람을 잘못 본 게 아닐까?'

자꾸 헷갈린다.

지수 마음이 이 남자에게 기울어진 것은 이미 확인했다. 이 남자를 직접 만나기 전엔 바람둥이한테 지수가 걸려든 게 아닌가 싶었다. 그래서 너무 걱정스러웠다.

지수 데리고 장난치는 거라면 지금까지로 충분하다고, 그러니 이제 그만하라고 할 생각이었다. 물론 적당한 시점에 치고 빠지는 멘트로. 자존심이 하늘같은 지수는 절대 다치지 않도록 조심스럽게. 그런데 이 남자가 선수 치는 바람에 꼭 하고 싶었던 그 말까지도 꽉 막혀버렸다.

사람을 이용한 게 맞는다고 솔직하게 인정하는 사람. 하지만 사람을 이용하되 사람 마음을 이용하지는 않는다고, 그런 적 없다고 하는 사람. 최선을 다해 예상 밖의 답안을 내놓는 사람에게 예상문제를 내는 것 자체가 심각한 오류다.

좋다. 계약이고 작전이고 뭐고 다 걷어치워 버리자. 계약이니 뭐니 하는 건수는 집어치우고, 이모니 조카사위니 하는 족보에 계급장도 다 떼버리고, 인간 대 인간으로 물어보자.

"윤유호 씨, 우리 지수 어떻게 생각해요?"

"좋은 사람입니다."

참 평범한 대답이다. 한숨이 나온다. 하긴. 남자라는 종족이 다 이렇게 생겨먹었지. 깜빡했다. 상황과 사람이 다르다고 뭔가 특별한 대답을 바라는 내가 바보다. 다른 질문을 하려는데 그가 계속 말한다.

"같이 있으면 기분 좋고, 편안한 사람입니다. 헤어지면 아쉽고. 자꾸 생각나고. 자꾸 보고 싶고."

으, 음?

"가만히 있다가도 생각나고. 같이 있어도 그립고, 보고 싶고. 그래서 자꾸 보게 되고."

뭐, 뭐지? 저 말, 저 표정은?

"겉으로는 세상 다 아는 척 영악한 척 센 척하지만 사실은 너무 여리고 착하고. 사람에 대한 배려심도 깊고. 말발도 세고. 한마디도 안 질 땐 너무 얄미워서 꽉 깨물어주고 싶은데도 자꾸 웃게 됩니다. 그래서 자꾸 장난치고 싶고. 좋은 모습, 멋진 모습만 보여주고 싶은데 마음대로 안 되고. 그럴 때마다 집에 가면 괜히 혼자 화내고."

어? 이 웃음은?

“그리고 지수 씨, 정말 예쁩니다. 가만히 있을 때도 예쁘고 웃을 때도 예쁘지만 혼잣말 하면서 구시렁거릴 때도 예쁩니다. 내 눈에도 저렇게 예쁜데 다른 사람 눈에도 저렇게 예뻐 보이면 어쩌나 싶을 땐, 납치해서 저만 볼 수 있는 곳에 몰래 가둬두고 싶습니다. 한편으로는 나, 이렇게 예쁘고 멋진 여자랑 결혼한다고 여기저기 자랑하고 싶기도 하고.”

뭐라고?

“지난번에 지수 씨 회사 앞에 갔었습니다. 건물 밖에서 기다리는 동안 사람들이 이렇게 많은데 못 찾으면 어떻게 하나 걱정하면서. 그런데 그럴 필요가 전혀 없었습니다. 단번에 찾을 수 있었거든요. 아니, 지수 씨가 그냥 눈에 확 들어왔습니다. 다른 곳에서도 그랬습니다. 어디에 가서도 그럴 겁니다.”

“잠깐. 잠깐만요. 스톱, 스톱.”

양손을 번쩍 들고 뭔가 더 계속 말하려는 남자를 막는다. 이제 혼란을 넘어 혼미할 지경이다. 정신이 하나도 없다.

“저기, 나이 쉰 가까운 여자가 남자한테 멀쩡한 정신으로 이런 말 대놓고 묻기 참 민망한데……. 얼굴에 철판 깔았다 치고 그냥 물어볼게요. 윤유호 씨. 혹시, 우리 지수, 사랑해요?”

윤유호가 표정을 딱딱하게 굳힌다. 입까지 꾹 다물어버린다. 남자의 눈 밑에 진한 그림자가 생긴다. 조금 전까지 나를 보고 싱그럽게 웃으며 지수에 대한 얘기를 청산유수로 줄줄 하던 것과는 천지차이다. 어이가 없다. 골이 띵하다.

“이모님. 저, 솔직하게 말씀드려도 되겠습니까?”

호오
메리지쿠스

한참 후 그가 조심스레 묻는다.

"말씀하세요."

"들으시고, 저를 한 대 때리셔도 괜찮습니다. 각오하겠습니다."

"그건 일단 듣고 판단할게요."

남자가 잠깐 망설이다 단단히 결심한 표정으로 말한다.

"자고 싶습니다. 지수 씨랑 자고 싶다는 생각, 늘 합니다. 얼마 전부터 그랬습니다."

맙소사.

내가 이 남자와 잘 아는 사이라면 내놓고 이렇게 말했을 거다. "야! 너, 바보 아냐?"라고.

지금도 "어떻게 된 인간이 나이를 서른여섯이나 잡수시고 자기 마음을 모를 수가 있으세요?"라는 일갈과 함께 뒤통수를 한 대 쥐어박고 싶은 마음이 굴뚝같다.

윤유호 이 남자, 지금 지수를 사랑하는 거다. 그걸 인정 못 하겠다고, 자기는 그저 박지수라는 여자를 원하기만 할 뿐이라고 고집부리며 버티는 중이다. 적어도 내 눈엔 그렇게 보인다.

이 남자, 이러는 이유가 뭘까? 왜 자기한테 이미 온 사랑을 부정하려 애쓰는 걸까?

"다른 곳, 어디요?"

"예?"

"아까 그랬잖아요. 회사 앞뿐 아니라 우리 지수가 다른 곳에서도 눈에 들어왔다고. 어딘데요, 그게? 언제 그랬어요?"

허를 찔린 듯 눈빛이 잠시 흔들렸지만, 윤유호는 다시 입을 꾹 다문다. 보아 하니 그게 언제 어디인지 내겐 절대 말 안 할 거 같다. 아무렴 어떨까. 난 지금 그때와 그 장소가 궁금한 게 아니다. 지수에 대한 이 남자의 본심이 궁금한 거다.

"윤유호 씨. 우리 지수랑, 그냥 잘해볼 생각 없어요? 계약서니, 계약결혼이니, 손해배상이니, 그런 거 다 집어치우고. 처음부터. 남자 대 여자로, 인간 대 인간으로 시작할 생각 없어요?"

절박한 심정으로 얘기해본다. 이번에도 남자는 좀처럼 대답하려 하지 않는다. 조금 전과는 달리 내 시선을 피하고 땅만 쳐다볼 뿐이다. 눈 밑의 그림자가 더 진해지고 표정도 너무 어둡다. 그럴 생각이 없는 건가. 또 한숨이 절로 나온다.

"이모님."

"저기요, 그 이모님 소리는 좀 집어치우고……."

"전 자신이 없습니다."

자신이 없어? 뭐가? 당신 같은 사람이, 뭐가 그렇게 자신이 없는데?

"지수 씨랑 저, 아시겠지만 계약관계로 시작했습니다."

안다.

"그걸 모두 저버리고 되돌아가기엔 이미 너무 멀리 왔습니다."

인정하기 싫지만 맞는 말이다. 계약서에, 협상에, 날인에, 공증에, 계약에 따른 실제 예식절차 예약까지…….

둘 다 멀리 오긴 참 멀리 왔다.

"우리는 각자의 목적을 갖고 계약결혼을 약속한 사이입니다. 그 관계를 기반으로 여기까지 왔습니다. 그런데 그 관계가 없었다면 어떨지, 지금 그 관계가 사라졌을 때 또 어떻게 될지, 솔직히 전 자신이 없습니다. 지수 씨한테도. 그리고 제 자신한테도."

또 말문이 턱 막힌다. 하는 말마다 다 맞다. 심정적으로는 반대지만 이성적으로는 동의할 수밖에 없는 말이다. 너무 합리적이고 현실적인 말이라 반박하기도 힘들다.

"그리고 전 평생 지수 씨만 사랑할 자신, 없습니다. 지수 씨에게 평생 저만 사랑하라고 강요하거나 요구할 자신, 그런 것도 없습니다."

맥이 탁 풀린다.

나는 평생의 사랑이란 걸 믿지 않는다. 그걸 믿기엔 내 직업이 직업이고, 내 나이가 나이다. 이혼전문 변호사로 일하면서 사랑이 증오나 무관심으로 바뀌는 경우도 일상처럼 봐왔다.

아무리 뜨겁게 사랑하고 연애해도 결혼이라는 관문을 거치면 '사랑'이란 두 글자는 '살림'이란 두 글자로 바뀐다.

사랑이라는 조건을 걸고 이뤄진 결혼은 사랑이라는 조건이 사라지면 조금씩 무뎌지다 무미건조하게 변해간다. 다른 조건이라도, 다른 관문이라도 그렇다. 사람살이에서 이뤄지는 관계는 원래 다 그렇고 그런 법이다. 결혼이라 해서 예외는 아니다.

지수와 이 남자가 대천에서 계약결혼을 처음으로 거론했던 날, 이 남자든 지수든 마음을 달리 먹고 그 계약을 포기했다면, 내가 죽도록 위협하고 반대해서 그 계약을 못 하게 방해했다면, 그래서 계약결혼 자체가 무산됐다면…….

만약 그랬다면 두 사람은 지금 어떻게 되어 있을까? 그래도 이 두 사람이 만나고 있을까? 지수가 이 남자에게 마음이 끌려갔을까? 이 남자가 지수를 지금처럼 생각할까?

……모르겠다. 계약결혼이 아니었어도 두 사람이 지금처럼 되었을 거라고 난 감히 장담할 수가 없다.

어쨌거나 두 사람이 서로에게 끌리게 된 것은, 여기까지 오게 된 것은 그 빌어먹을 계약결혼 때문이다. 그리고 그 계약에 둘 다 발목이 붙잡혀 있다. 그래서 딱 계약만큼의 거리를 두고 있다.

지수는 지수대로, 윤유호는 윤유호대로. 계약은 저기에, 마음은 여기에.

이 지독한 모순이라니.

"윤유호 씨. 제가 어떻게 하면 되겠어요?"

안쓰러워 묻는 질문에 그가 작은 한숨을 내쉬다 나를 쳐다본다. 몇 분 사이에 눈이 퀭하고 얼굴이 핼쑥해졌다. 확실히 알겠다. 이 사람도 지수만큼 힘들어하고 있다. 지수 못지않게 고민하고 있다.

"그냥……, 지켜봐주시면 안 되겠습니까?"

"언제까지요?"

"저도 잘 모르겠습니다. 그렇지만 이모님께서 지수 씨와 저를, 그리고 우리 결혼과 계약을 끝까지 봐주셨으면 합니다."

이해는 하지만 한숨이 나오는 말이다.

"그 꼴을, 나보고 끝까지 지켜봐라? 눈 빤히 뜨고?"

"눈 감고 계셔도 됩니다."

속이 끓고 심각해 죽겠는데 체통 없는 웃음이 툭 튀어나온다. 조금은 알 거 같다. 지수가 윤유호라는 남자에게 왜 자기도 모르게 끌렸는지.

박지수와 윤유호. 이 두 사람, 참 닮았다.

군더더기 없이 솔직한 것도. 거침없는 말발도. 재치와 위트가 넘치는 것도. 갑자기 툭툭 내던지는 의외의 발상도.

그리고 영원한 사랑을 신뢰하지 못하는 현실적인 면까지도.

눈오
메리지루스

뭔가 더 말할까, 뭔가 더 충고할까, 고민하다 "먼저 들어갈게요." 라는 말 한마디를 하고 그대로 몸을 돌렸다. '우리 지수 다치게 하지 마라.' 내지는 '우리 지수 마음 아프게 하지 마라.'라는 류의 꼰대 같은 엄포도 놓지 않기로 했다.

이건 두 사람 일이다.

일반적인 삶에서 조금 벗어났지만, 그걸 이유로 참견하고 나무라고 비난할 자격은 어느 누구에게도 없다. 그들의 선택을 믿고 지켜보는 수밖에 없다. 윤유호가 요청한 대로 가급적 끝까지. 나 같은 제삼자는 그것만으로도 그 역할은 충분하다.

나 역시 일반적인 삶에서 조금은 벗어난 사람이다. 결혼 때문에 주변에서 말도 참 많이 들었고, 살면서 후회도 많이 했다. 그래도 내 선택에 책임을 지며 최선을 다해 살아왔다. 그래서 행복했다.

나는 김미희답게 선택하고 책임지고 최선을 다해 살아왔다. 내 조카 박지수도 박지수답게, 윤유호도 윤유호답게 그러길 바란다. 사람들이 말하는 일반적인 삶과는 거리가 멀지라도 최선을 다하길 바란다. 지금 힘들어하고 고민하고 괴로워하는 만큼 현명한 판단을 내리길 바란다. 그래서 행복해지길 바란다. 그러리라 믿고 싶다.

만약 내가 더 할 일이 있다면, 이 일로 지수가 힘들어하는 순간이 왔을 때 이유 불문하고 지수의 편이 되어주는 거다. 그거면 충분하다.

방으로 들어가다 부엌을 살펴보니, 수심이 가득한 얼굴로 과일을 깎는 지수가 보인다. 다가가 조카를 툭 쳤다. 화들짝 놀라고 긴장했다가 나라는 걸 확인하고서야 지수는 다시 안심하는 표정이다.

이렇게 겁먹을 거면서 왜 계약결혼 같은 걸 하려 하는지. 잔소리가 나올 것 같지만 참는다. 나는 김미희다. 교육의 아버지 페스탈로치가 아니다. 나이 조금 더 먹었다는 이유로 함부로 사람 가르치려 들지 말자.

그래도 윤유호를 처음 본 소감을 한마디쯤은 말해줘야겠지. 아마 그건 지수도 듣고 싶을 테니까.

"그 사람, 괜찮아 보이더라."

"뭐가 그렇게 괜찮아?"

말투는 참 심드렁하다. 그런데 지수 얼굴에 꽉꽉 들어찼던 수심이 한순간이지만 확 걷힌다. 지수를 놀리고 싶은 마음이 불끈 치솟는다.

"쌍꺼풀이."

지수가 피식 웃는다. 나는 장난스럽게 몇 마디를 더 보탠다.

"1센티 안 되는 거 같은데? 한 0.5센티? 안토니오 반데라스보다는 폴 메르쿠리오 쪽에 가깝다. '댄싱 히어로'에 나온 남자."

윤유호를 다시 만난 것은 지수의 결혼식이 있은 지 약 한 달 후, 지수가 우리 집으로 온 지 2주하고도 며칠이 지난 후였다.

우연히 만난 게 아니다. 사실은 내가 그 사람 회사에 찾아갔다. 가서 "야, 이 개자식아!"라는 욕과 함께 주먹으로 따귀라도 한 대 갈길 각오로 갔다. 이 꼴을 보게 하려고 끝까지 지켜봐달라고 한 거냐고 단단히 묻고 따질 생각이었다.

나날이 시체처럼 변해가는 지수를 지켜보다 더 이상은 못 참고 간 거다. 요즘 지연이 버릇처럼 하는 말대로 주먹깨나 쓴다는 사람들까지 대동할까 고심했지만, 그것만큼은 정말 참았다.

퇴근 후 저녁 시간을 고른 건, 남의 회사에서 잠시 정신줄을 놓고 미쳐 날뛸 김미희 변호사의 사회적 명성과 체면을 의식해서다. 벌건 대낮에 회사 사람들 앞에서 사장이 처이모에게 맞는 꼴을 들키게 해선 안 된다는 실낱같은 이성도 한몫했다. 물론 밤이라고 해서 달라질 건 딱히 없겠지만.

유베이 안내데스크에 가서 윤유호 사장을 만나러 왔다고 말했다. 중후한 인상의 남자는 신분증을 달라는 말이나 방문자 카드키를 내미는 대신 상냥하게 묻는다.

"누구시라고 전해드릴까요?"

그 빌어먹을 놈 와이프 이모라고 밝힐까, 하다가 이렇게 말했다.

"김미희 변호사라고 전해주세요. 약속은 안 하고 왔습니다."

안내데스크의 남자가 잠시만 기다려달라는 말과 함께 전화를 건다. 전의를 다지며 백 끈을 단단히 그러쥔다. 내 이름과 직업을 전달한 남자가 전화를 끊는다.

"회의 중이셔서 비서에게 전했습니다. 잠깐만 기다려주시겠습니까?"

잠깐이 아니라 1박 2일이라도 기다릴 수 있다. 그 정도는 이미 각오한 바다.

만약 비서를 통해 알고 보니 외근 중이다, 회의가 생각보다 훨씬 더 길어질 거 같다, 라는 뻔한 핑계를 댄다면 그 인간이 나타날 때까지 이 자리에서 계속 버틸 작정이다. 설마 얼굴을 맞닥뜨렸는데도 날 감히 무시하진 못하겠지.

지수와의 관계를 밝히지 않고 내 이름과 직업만 말한 이유는 딱 하나다. 만에 하나 내가 그 인간을 여기 이 로비에서 팰 경우, 지수 이름이 불필요하게 들먹여질 일은 피하기 위해서다. 소중한 내 조카 이름이 이런 지저분한 일에 오르내릴 필요는 없다.

그런데 그 인간이 내 이름을 아나? 알더라도 기억은 하고 있나 의심스럽다. 그때 안내데스크 전화벨이 울린다. 안내데스크의 남자가 전화를 받고 예, 예, 하다가 전화를 끊고 "김미희 변호사님." 하고 불렀다.

"사장님께서 지금 바로 내려오신답니다."

적어도 내 이름이 뭔지, 내가 누군지 까먹진 않았나 보다.

그런데 지금 바로 내려와? 하던 회의까지 관두고? 헐. 내가 왜, 뭘 하러 왔을지 눈치가 빤할 텐데 피하지 않으시겠다? 윤유호, 여전히 배짱은 참 좋다.

엘리베이터 신호음이 경쾌한 소리를 낸다. 윤유호가 도착했음을 직감적으로 알 수 있다. 손에 끼고 있던 가죽장갑 끝부분을 손목 쪽으로 꽉꽉 잡아당긴다. 주먹을 쥐었다 폈다 하며 결정적 한 방을 날릴 순간을 고대하면서.

문이 열리고 문제의 인간이 곧장 모습을 드러낸다. 나를 보자마자 공손하고 깍듯하게 인사하고 고개를 드는 남자를 본 순간, 그때까지 내내 표독스럽게 날을 세웠던 얼굴 근육이 단숨에 허물어졌다. "꼴이 그게 뭐예요?"라는 말은 이곳에 온 목적상 간신히 삼켰다.

고작 한 달 남짓한 사이에 윤유호는 볼품없이 초라하게 변했다. 형형했던 눈빛은 거무죽죽하게 가라앉았고, 살도 많이 내려앉았다. 볼은 쑥 들어가고 안색은 아예 잿빛이다. 움푹 들어간 눈매는 아예 땅굴을 파고 들어간 꼴이다. 사내다운 웃음을 머금고 있던 입술 역시 여기저기 피멍이 든 채 건조하게 쩍쩍 갈라져 있다.

충주에서, 그리고 지수 결혼식에서 본 사람과 눈앞에 있는 사람이 같은 사람인지 의심스럽다. 지수가 지금 시체 상태라면 윤유호는 해골바가지라고 해도 과언이 아니다.

예전에 봤을 때처럼 등을 곧추세우고 어깨를 펴고는 있다. 하지만 내 눈엔 빤히 보인다. 평소와 다름없이 저렇게 하고 있으려고 속으로 얼마나 기를 쓰고 있을지. 남들 눈을 의식하며, 그래도 자기 일을 하기 위해 얼마나 안간힘을 다해 버티고 있을지.

"일, 많이 바빠요?"

"아닙니다. 괜찮습니다."

거짓말이다. 회의 중이라는 얘기는 이미 들었다.

"저녁, 먹었어요?"

"먹었습니다."

이것도 거짓말이다. 몰골이 이런데. 먹었다면 오늘이 아니라 어제 저녁일 거다. 잠은 자고 다니는지 걱정스럽다.

"난 안 먹었는데. 같이 가요."

고개를 끄덕이는 남자를 대동하고 나갔다. 다행히 몇 미터 걷자마자 프랜차이즈 죽집이 눈에 들어왔다. 의견 같은 건 묻지도 않고 안으로 냉큼 들어가서 자리에 앉았다. 윤유호 역시 나를 따라와 맞은편에 앉았다.

전복죽 두 개를 주문하고 약 30분. 나는 아무 말도 하지 않았다. 할 말이 참 많았는데, 남자 얼굴을 한번 보고 나니 까마귀 구워먹은 소식이다.

앉아 있기도 힘든 병자의 안색을 한 남자가 내 앞에 냅킨을 한 장 깔고 그 위에 수저를 가지런히 챙긴다. 이 와중에도 선보이는 이 예의라니. 참 내. 기가 막힌다.

마침내 죽이 나왔다. 미처 불사르지 못한 전투력을 식욕으로 맞바꾼 나와 달리 남자는 먹는 시늉만 낸다. 몇 달 전 베트남 식당에서 지수를 만났던 그 느낌이다. 계약서를 들고 와 내게 정원이 이야기를 하며 결혼의 목적에 대해 심도 깊게 물었던 그때 말이다.

"힘들죠?"

"아닙니다."

"지수는 많이 힘들어해요. 그런데 입으로는 아니래요. 지금 윤유호 씨처럼."

남자가 반쯤 빈 숟가락을 입으로 옮기려다 그대로 내려놓는다. 그나마도 이젠 먹기가 싫은가 보다.

"저한테 말씀하실 거 많다는 거, 압니다. 말씀하십시오."

하고 싶은 말, 많다. 아니, 많았다. 그런데 지금은 말하기가 싫다.

나는 제삼자지만 이 사람은 당사자다. 당사자가 이렇게 힘들어하며 고민하고 있는데, 제삼자인 내가 옆에서 불필요한 참견을 하는 건 무례한 짓이다.

"지난번에 충주에서 저한테 그랬죠? 지켜봐달라고."

남자가 고개를 끄덕인다.

"결혼식 올리기 며칠 전. 지수가 윤유호 씨 만나고 온 다음날, 지수한테 그랬어요. 박지수다운 결론을 내라고. 믿는다고."

윤유호가 나를 쳐다본다. 왜 그랬냐고 원망하는 눈빛이다. 매를 주는 심정으로 매몰차게 말한다.

"그렇게 보지 마세요. 이 계약결혼 전후로 윤유호 씨가 원하는 대로 살아왔고 살아가려 했듯이, 최화연 씨를 만나야 한다고 생각해서 만났듯이, 난 지수한테 내가 해야 한다고 하는 말을 한 거니까."

남자의 눈빛이 힘을 잃는다. 그가 고개를 툭 떨어뜨린다. 매를 줬으니 약을 줘야 할 거 같다.

"윤유호 씨한테도 똑같이 말씀드릴게요. 윤유호 씨다운 결론을 내세요. 믿을게요. 제게 부탁하신 대로 끝까지 지켜보면서."

윤유호가 다시 고개를 들어 나를 본다. 복잡다단한 감정이 얽히고설킨 눈빛이다.

"이해해주시는 겁니까?"

이해라. 이 남자, 배짱만 좋은 줄 알았더니 욕심도 많다.

"지금까지 이 계약결혼, 누구 이해 바라고 한 건 아니잖아요?"

윤유호는 아무 대답도 하지 않는다. 아니, 못 하는 것 같다. 또다시 눈 밑이 까매지는 남자가 너무 측은해 몇 마디 덧붙였다.

"걱정 마세요. 이해는 못 해도 오해는 안 할 테니까."

"……감사합니다."

그 말을 끝으로 윤유호는 다시 죽을 먹었다. 남자가 그릇을 깨끗이 비울 때까지 나는 잠자코 기다렸다.

이해와 오해 사이. 혹은 2해와 5해 사이.

2와 5 사이에는 3과 4라는 자연수만 있는 게 아니다. 무한한 유리수와 무리수가 있다. 이렇게 다양한 수가 있는데도 사람은 사람에 대해 2해와 5해, 그 중간을 지키기가 참 힘들다.

그래도 해야겠지. 박지수를, 윤유호를, 두 사람을 믿고 지켜봐야겠지.

참 어렵다.

사랑이라는 거.

사람이라는 거.

— fin.

노오

메리지쿠스

작가 후기

Thanks to

도서출판 가하의 모든 분들.

고마운 내 화수분들.

든든한 내 뒷백들.

제가 글쟁이임을 일깨워주신 네이버의 블로그 ID 무XX떡 님.

Special Thanks to

한 선생님과 가족분들. 모두 건강하셔요.

Shirmain and Sam Son. I'm missing both of you.

Wolly, See you again. Someday.